Het geheim van Grace

MARISKA OVERMAN

Het geheim van Grace

DE CRIME COMPAGNIE
CRÈME DE LA CRIME

Omslagontwerp: Bij Barbara
Boekverzorging: Michiel Niesen, ZetProducties, Haarlem
Foto omslag: © Yolande de Kort / Trevillion Images
Auteursfoto: Vicky Keulen, PhotograVics

ISBN 978 94 6109 496 4
NUR 332

Meer informatie over De Crime Compagnie op www.crimecompagnie.nl

Deel 1

'Fairytales are more than true: not because
they tell us that dragons exist, but because
they tell us that dragons can be beaten.'
– Neil Gaiman

Hoe het allemaal begon

Dit begon niet goed. Helemaal niet. Ik liet mijn rugzak van mijn schouders glijden.

Het witte huis dat ik me vaag herinnerde uit mijn jeugd was omringd door mensen. Ik had geen idee waar ze vandaan kwamen. Voor zover ik wist lag het dichtstbijzijnde dorp op een paar kilometer afstand en kwam het inwoneraantal ervan niet boven de paar honderd mensen uit.

'Excuse me, miss,' mompelde een man die tegen mijn schouder aan liep en zich in de richting van het huis haastte. Hij droeg een zwarte stevige koffer en hij deed me sterk ergens aan denken. Voordat mijn hersens een passend woord konden vinden, verried de tekst achter op zijn jas het al. *Coroner.* Lijkschouwer.

Oké. Dit begon nog vele malen slechter dan ik dacht.

Traag bewoog ik over het smalle pad naar de woning. Een stevige wind blies me bijna omver. Het was killer dan ik verwacht en gehoopt had. Volgens Google was het in Ierland in deze zuidwestelijke streken en in deze tijd van het jaar een graad of achttien. Zo voelde het niet. Donkere wolken raasden boven mijn hoofd en wierpen schaduwen die spookachtig langsgleden. Onderweg van het vliegveld in Cork, met een huurauto waarvan de koppeling schraapte en de remmen piepten, had ik me over de rust verbaasd. Nauwelijks verkeer, geen McDonald's langs de wegen, en vele tinten groen zover het oog reikte. Het oogde als een sprookjeslandschap. Na elke bocht verwachtte ik feeën te zien. En terwijl ik door de toegangspoort naar het witte huis kwam, en de gezichten van de toekijkende mensen in me opnam, besefte ik dat het sprookje hier alweer geëindigd was.

Kom je zomervakantie bij mij doorbrengen, had tante Josie afgelopen voorjaar geschreven. De brief kwam volkomen onverwacht; ik had jaren niets van haar gehoord. En zij niet van mij. Ik ben niet zo goed in het onderhouden van verre contacten. Tante Josie heb ik slechts één keer in mijn leven gezien, toen ik een jaar of zeven was en met mijn ouders bij haar op bezoek ging. Ik herinner me vooral de schapen die rondom het huis liepen. Witte, wollige schapen. Ik herinner me de gespannen sfeer tussen mijn moeder en tante Josie, al had ik geen idee waarom dat zo was. En ik herinner me de spoken. Die waren er ongetwijfeld niet echt; mijn fantasie werd geprikkeld door de omgeving. Zet een willekeurige zevenjarige in een oud huis op een zo goed als verlaten Iers eiland en de spoken vliegen je om de oren. Inmiddels ben ik vierendertig en de enige spoken die ik ken zijn mannen. Eentje in het bijzonder.

Ik moet je wat vertellen, schreef ze. *Iets van levensbelang.* Ik dacht vooral: waarom bel je dan niet? En wat kan er zo belangrijk zijn dat ik, nichtje van ver weg, dat moet weten? Maar goed, de onverwachte situatie met Mark, die toestand die alles op zijn kop zette, leidde ertoe dat ik dolgraag weg wilde uit Nederland. Een verblijf op een magisch eiland met kliffen en schapen werd plotseling erg aanlokkelijk. Ik schreef terug. *In augustus kom ik bij je.* Vlak voor mijn vertrek viel het antwoord in mijn brievenbus. Slechts een bubbeltjesenvelop met daarin een kaartje met de woorden: *Fijn. Liefs, tante Josie.* En een huissleutel met een label eraan. *Just in case*, stond erop. Voor de zekerheid. Op de voorzijde van de kaart een tekst in de Ierse oorspronkelijke taal: Gaelic. Ik had geen idee wat het betekende.

En nu stond ik hier, voor het witte huis, samen met tientallen mensen die ik niet kende en die mij aankeken alsof ik rechtstreeks uit de hemel was neergedaald. Of uit de hel.

'Sorry, wat is er aan de hand? Wat is er gebeurd?' vroeg ik aan de dichtstbijzijnde persoon, een man van middelbare leeftijd met een buik als een containerschip. Hij keek me met opengesperde ogen aan, nam me traag van onder tot boven op, wendde zijn blik af en fluisterde iets wat ik onmogelijk kon verstaan. Geweldig. 'Mijn tante woont hier,' probeerde ik opnieuw. De man reageerde niet en begon een gesprek met een vrouw schuin tegenover hem. Uit een hoofdbeweging naar mij en de blik van de vrouw die erop volgde begreep ik dat ik het onderwerp van gesprek was geworden. Ik draaide me om. Er stond een vrouw achter me. Haar armen over elkaar, en woeste wenkbrauwen die boven haar neus samenkwamen in een innige verstrengeling. Het gaf haar de look van een soort weerwolfheks. *'Excuse me,'* begon ik. 'Mijn tante Josie woont hier. Weet u wat er gebeurd is?' De harige streep boven haar ogen zakte omlaag in wat vermoedelijk een poging tot fronsen was. Haar schouders gingen omhoog en ze draaide zich van me af. Wat was er aan de hand met deze mensen?

Links van de ingang, bij de groene weide waar vroeger de schapen liepen, zag ik een agent staan. Die moest het weten.

'Je tante? Josie is jouw tante?' antwoordde hij. Hij glimlachte erbij. Mijn hart sloeg over. De wind greep mijn haar en bedekte mijn ogen. Even zag ik niets. Daar was hij weer. Wauw. Ogen blauwer dan... nou ja, dan de zee, om maar eens een cliché te gebruiken. Hoewel de feitelijke zee achter hem pikzwart leek. Alleen het witte schuim op de golven stak er scherp bij af.

'Ja, ik kom bij haar logeren.' Vanuit mijn ooghoeken zag ik mensen naar me staren en met elkaar smoezen. Iemand wees. Een ander schudde zijn hoofd.

'Let maar niet op hen. Ze kennen je niet, daarom doen ze zo.' De glimlach loste op. 'Jouw... tante. Ik vrees...' Hij raakte mijn schouder aan; een zachte, nauwelijks waarneembare aanraking.

‘Volgens mij is ze overleden.’ Ik zweer dat ik een glimp van verwondering in zijn ogen zag, die ik niet kon plaatsen.

De man met de touwtjes in handen, ene Joshua Burke met een pokdalige verweerde huid en een klein, gedrongen lichaam, zei het onomwonden. Josie Sweeney, slechts vijftig jaren jong, was deze middag van de trap gevallen. De postbode had haar gevonden. Nee, de deur was niet op slot geweest. Dat deed niemand hier. Hij was naar binnen gegaan, want meestal dronk hij een kopje thee en at een door Josie zelfgebakken scone, voordat hij terugkeerde via de enige weg die het eiland met het vasteland verbond. De opengesperde ogen en de misselijkmakende draai waarin haar hoofd ten opzichte van haar romp had gelegen, had geen twijfel doen bestaan: Josie was dood. Morsdood. Wat een toestand. Zo jong, zo’n ongelukkige val. Wat zal ze gemist worden. De woorden ontsnapten aan Joshua Burkes mond alsof hij ze ingestudeerd had. Emotieloos en zonder intonatie.

Razendsnel vloog zijn knoestige kabouterhand naar mijn haren. ‘Mooie kleur. Net als Josie.’ Automatisch ging ook mijn hand naar mijn rode haar, en in een en dezelfde beweging deinsde ik terug. God ja, wat had ik die kleur vervloekt. Wees er trots op, zei mijn moeder altijd. Zelfs op haar sterfbed herhaalde ze die woorden: *‘Be proud, ginger one, be proud of your Irish roots.’* Zij had makkelijk praten. Ierse van geboorte, maar de vloek van een stugge rode haardos was haar bespaard gebleven. Alleen in fel zonlicht zag je een lichte rode waas over haar donkere haren.

Joshua Burke keek naar me op, grijnsde een paar stompjes bloot, en trok me ruw aan de kant. ‘Daar gaat ze.’ Hij liet zijn hoofd zakken. Ik keek boven op een kale plek waar adertjes en bruine pigmentvlekken omgeven door een schare grijzende haartjes het middelpunt vormden. Twee mannen, nauwelijks groter dan de kalende dwerg, liepen met een brancard met daarop een zwarte lijkzak de voordeur uit. Tante Josie.

Heel kort overwoog ik te vertrekken en elders onderdak te

vinden. Maar nu nog op zoek gaan naar een alternatieve verblijfplaats leek me, gezien de onvriendelijke gezichten om me heen, verre van prettig. Bovendien was ik doodop, ik had helemaal geen zin om weer op pad te moeten. Ik was Josies nicht. Ik had de huissleutel. En al was het een vreemd idee om alleen in mijn tantes huis te verblijven, ergens voelde het ook goed. De kabouteragent nam een korte verklaring op, brabbelde iets over contact zoeken als er vragen waren, en dat was het.

En zo gebeurde het dat ik vele uren na mijn vertrek uit Nederland de deur dichttrok van een zo goed als vreemd huis. De deur op slot. '*Just in case*, tante Josie,' fluisterde ik tegen de muren. *Just in case.*

De woonkeuken riep vaag herinneringen op. Op het aanrecht stond een zilveren schaal met daarop drie scones. Ik rook eraan. Blauwe bessen. De geur overviel me. Het rook vers, alsof tante Josie ze een uur geleden gebakken had. Voorzichtig nam ik een hap. Heerlijk. Met de scone in handen liep ik door het huis. Het was muisstil. Alleen de wind was hoorbaar, en het water dat de kustlijn teisterde. En hoorde ik dat goed? Regen. Waarom ook niet? Perfect rotweer op een perfecte rotdag. In elk vertrek ontstak ik alle lampen die ik kon vinden. Door het raam van de woonkamer zag ik in de verte over het water van de baai de lichtjes van het op het vasteland gelegen kustdorp Baltimore. Ver weg, onbereikbaar.

Een paniekerig, claustrofobisch gevoel overviel me. Ik was alleen. Alleen in the middle of nowhere. In een onbekend huis. Waarin slechts enkele uren geleden een dode vrouw had gelegen. En dat hele eiland, inclusief zijn dwergen en onvriendelijke inwoners met weerwolfwenkbrauwen, wist dat ik hier in mijn eentje was. Adrenaline verjoeg alle uitputting die mijn lijf net nog behuisde. Geluiden in en om het huis zetten mijn voelsprieten op standje mega-alert. 'Kom op, Maud, verman jezelf,' zei ik hardop. De laatste hap bessenscone verdween in mijn mond.

Ik hoorde een zacht tikken bij de voordeur. Of was het die godvergeten wind? Of de regen. Mark noemde me altijd een angsthaas. De zak. Ik had hem laten zien hoe heldhaftig ik ben. In mijn uppie naar Ierland. Dat had hij vast niet zien aankomen. Tik. Tik. Het leek... een takje? Dat moest het zijn. De wind en een boomtak. Tik. Tik. Schaduwen vormden wiegende silhouetten voor de ramen. Tik. Voorzichtig sluipend, en dat onmiddellijk belachelijk vindend, schuifelde ik naar de voordeur. TIK. TIK. Heel dichtbij was het. TIK. Behoedzaam draaide ik de sleutel in het slot om. TIK. Met een ruk trok ik de voordeur open, en realiseerde me – een beetje laat – dat ik helemaal niets in handen had waarmee ik mezelf kon verdedigen.

Stom, heel stom, zou je kunnen denken. In je eentje, in een huis in the middle of nowhere, en oké, een tikkeltje naïef. Het verhaal had hier zomaar kunnen eindigen met mijn dood. Tenslotte was tante Josie ook al op een onduidelijke manier aan haar einde gekomen. Maar goed, dit zet wel de toon. Je weet nu al wat voor een vlees je met mij in de kuip hebt. Ik beloof je dat ik niet altijd zo stom doe. Nou ja, misschien is 'beloven' een te groot woord. Ik doe mijn best. Dat is al heel wat. Toch?

De man stond druipend van de regen voor de deur. Ik staarde hem met open mond aan, mijn hand hing nutteloos in de lucht ter verdediging. Het zag er ongetwijfeld debiel uit, maar hij reageerde er niet op. 'Sorry dat ik stoor. Ik hoorde dat Josie gevallen is. Dood is. En ik moest...' Hij weifelde en stapte dichterbij. 'Mag ik binnenkomen?'

'Ik ken je niet,' zei ik.

'Ik jou ook niet. En toch durf ik te vragen of ik bij je binnen mag komen.'

Hij had een punt. Een krom punt. Maar toch. Aarzelend liet ik hem binnen. Misschien was dit wel meer zijn huis dan het mijne. Ik keek langs hem heen naar buiten voordat ik de deur sloot.

Het was aardedonker voorbij de eerste meters rondom het huis. Ik zag geen auto staan. Was hij lopend gekomen? Vanaf het vasteland? Of woonde hij ergens op dit eiland?

'Ik ben een vriend van Josie,' antwoordde hij op mijn niet-gestelde vraag. 'En jij bent?'

'Een nichtje. Uit Nederland.'

'Aha. Vandaar het rare accent.'

'Dank je.' *Not.* Wat dacht hij wel niet? Ik bekeek hem terwijl hij met zijn handen over zijn gezicht wreef. Water druppelde van zijn haren op zijn schouders. Een vriend. Wel een jonge vriend dan. Ik schatte dat hij een jaar of vijfendertig was. En verrekte aantrekkelijk. Hij droeg een gilet, een tweedjasje en – echt waar – er hing een zakhorloge in zijn borstzak. Hij leek vaag op Mark. Hij was mooier. En dichterbij. Wat zou Mark aan het doen zijn nu? Miste hij me, ondanks alles?

'Heb je misschien een handdoek voor me?' vroeg hij.

'Ja, eh, tuurlijk.' Tuurlijk. Waar dan? Ik had twee badkamers gezien. Boven. Snel rende ik de trap op, negeerde de gedachten aan een dode tante Josie onder aan de trap, en vond handdoeken in de eerste badkamer. Ik snelde weer naar beneden. Weg was hij. 'Hallo?' Niets. Bewapend met de handdoek, absurder werd het niet, sloop ik door de keuken en de woonkamer. Nergens te bekennen. Teruggekomen in de keuken zag ik een modderig plasje water op de grond. Ik was niet gek. Hij was er echt geweest.

Een ouderwetse man...

De rit naar Baltimore bracht godzijdank iets van het oorspronkelijke sprookjesgevoel terug. Een mager zonnetje viel over de glooiingen langs de hobbelweg die kronkelend door het landschap dorpjes aan elkaar verbond. Muurtjes van gestapelde stenen in de weilanden splitsten de groene vlakten in onregelmatige delen. De dreigende nacht was in een hoopvolle dag veranderd. De spoken waren verdwenen. Met de regen en de wolken weggewaaid over de baai, naar open zee.

Ik parkeerde mijn huurauto bij een haventje. Het water kabbelde rustig tegen de kade en bootjes dansten op de rimpelingen. WHALE WATCHING WEST CORK, stond er op de zijkant van een aangemeerde catamaran. Misschien moest ik dat een keer gaan doen: walvissen spotten. Maar eerst een supermarkt vinden. De koffie was bijna op. Zeer essentieel om in huis te hebben. Ik wist niet hoelang ik wilde blijven. Oorspronkelijk was het de bedoeling dat ik er drie volledige weken zou zijn. Afgelopen nacht dacht ik in alle verlatenheid dat ik snel weer terug naar Nederland moest vliegen. Naar Mark. Hem onder zijn verraderlijke neus wrijven dat ik heel goed alleen kon zijn. Nu, in de ochtend, met het zonnetje dat aarzelend doorkwam, wist ik het niet meer zo zeker. Waarom zou ik niet blijven? Tante Josie zou het vast goed gevonden hebben, iemand die een tijdje op haar huis past. Ik kon naar haar uitvaart gaan. Misschien zelfs helpen met het regelen ervan.

De kleine supermarkt – en als ik zeg klein, dan bedoel ik echt heel erg klein – bood nauwelijks keuze. Koffie was er gelukkig wel. Oploskoffie.

'Waar vind ik een grotere supermarkt?' vroeg ik aan de jongeman van een jaar of twintig achter de toonbank, die naar zijn mobiel stond te staren.

Hij keek vluchtig op, weer naar zijn mobiel, en toen weer naar mij. Zijn ogen kneep hij samen. Toen schudde hij zijn hoofd.

Ik herhaalde mijn vraag. Weer keek hij me aan. Schudde zijn hoofd. Ik begon te vermoeden dat het een soort tic was.

Toen mompelde hij: 'Skibbereen.'

Met de afgerekende koffie – die was in elk geval binnen – verliet ik de supermarkt. Rare jongen.

Skibbereen. Ik zocht het op in Google. Het dorpje zag er prachtig uit. En het lag ongeveer tien kilometer verderop. Goed om alvast te weten als de laatste etenswaren in mijn tantes koelkast opraakten.

Op de parkeerplaats zag ik toeristen aan boord van de catamaran gaan. Een man met een wilde bos grijs haar en groeven in zijn gezicht, type woeste zeebonk, grijnsde en wenkte me. Ik naderde hem en schudde mijn hoofd. Nee, ik hoef niet op die boot nu. Later misschien. Zijn grijns versteende toen hij me beter in zicht had. Snel draaide hij zich om en sprong op de catamaran, waarbij hij per ongeluk een vrouw aanstootte die een gil slaakte alsof ze ter plekke door een haai in haar achterste werd gebeten. De man maakte de boot los en startte de motor, zonder nog om te kijken. Mafketel.

Met de koffie in mijn hand stak ik de autosleutel in het portier. Daar liep iemand. Verrek. Het was die agent van gisteren, met zijn mooie blauwe ogen. Ik hief mijn hand op. Hij zag het niet. Ik sloot de auto weer af en zette het op een lopen. Na een korte sprint haalde ik hem in. 'Hallo, weet je nog wie ik ben?'

'Natuurlijk. De eh... nicht van Josie. Je bent er nog.'

'Waar zou ik anders moeten zijn?'

‘Weg, naar huis. Naar een hotel?’

‘Ik wilde... Ik weet niet wat ik wilde. Niet weg in ieder geval.’

Hij knikte naar de oploskoffie in mijn handen. ‘En je blijft ook nog even, zo te zien.’

‘Ja, ik denk het wel. Nu ik er toch ben. En misschien kan ik naar de uitvaart van mijn tante.’

‘Je lijkt niet erg aangedaan.’

‘Ik kende haar nauwelijks. Als kind heb ik haar ooit een keer ontmoet.’

‘Waarom ben je hier dan?’

‘Ze schreef me en vroeg of ik wilde komen. Ze had me iets belangrijks te vertellen.’ Ik volgde met mijn blik de catamaran, die inmiddels bijna de baai uit was. ‘Tja. Ik zal nooit weten wat dat was.’

Nu keek hij me langer aan. Die ogen. Wauw. En zijn haren. Donkerbruin met een rode gloed, net als mijn moeder. Stoppels op zijn kin, met eveneens een rode gloed. Ik kon amper de neiging onderdrukken mijn hand over die beginnende baard te laten gaan.

‘Misschien kom je er op een andere manier achter. Geef het alsjeblieft niet op.’

Een vrouw passeerde ons. Priemende ogen namen me van top tot teen op. Ik probeerde haar net zo indringend aan te kijken. Rare Ieren. Langzaam liep ze verder, met een plastic zak in haar hand waar een bos prei uit stak. Haar donkere krullende haren wapperden in de wind. Ze bleef opeens staan, tikte met haar vinger tegen haar voorhoofd, en vervolgde hoofdschuddend haar weg. Tjongejonge. Ik draaide me om naar de agent en opende mijn mond om hem te vragen of iedereen in dit dorp zich zo vreemd gedroeg. Hij was verdwenen.

‘Misschien kom je er op een andere manier achter.’ Dat had de agent gezegd. Stom dat ik zijn naam niet gevraagd had. Ik had alle ramen en deuren opengezet. Buiten hoorde ik fluitende vogels en het gekabbel van de branding. Een zilte zeelucht woei zachtjes door de kamers. In het daglicht zag ik dat het huis hier en daar wel wat onderhoud nodig had. De zachtgele verf op de kozijnen bladderde op sommige plaatsen af. Maar overwegend was het een prachtige cottage. Mark zou er verliefd op zijn geworden. Zuur kwam omhoog in mijn keel; mijn maag wilde zijn naam niet horen.

Hoe kon ik er op een andere manier achter komen wat tante Josie te vertellen had? Misschien had ze iets opgeschreven. In de keuken stond een grote houten kast. Ik opende een lade. De rommellade, dat was duidelijk. De tweede lade. Piepend protesterend gaf het hout mee. Papieren. Het leek niets bijzonders. Een overzicht van de jaarlijkse waterkosten. Een factuur van een reparatie aan het dak. Een herinnering voor onderhoud van de houtkachel. Zucht. Dit was het niet.

'Hallo?'

Van schrik morste ik koffie over mijn shirt. In de deuropening stond de man van afgelopen nacht. Droog, deze keer. Hij lachte en haastte zich naar het aanrecht, waar hij een doek vandaan toverde die hij me aanreikte. 'Sorry, ik wilde je niet laten schrikken, miss.' Hij zag er wederom zo ouderwets uit. Alsof hij uit een negentiende-eeuwse roman was gestapt.

'Waar kom jij nu weer vandaan?' vroeg ik onvriendelijk. 'Is dat een gewoonte van je, mensen besluipen?'

'Nee, nee, miss. Zeker niet.'

'Ik had een handdoek voor je gepakt vannacht.'

'Sorry, ik moest plotseling weg.'

'Ja, het zal wel.' Ik veegde vergeefs over mijn shirt. De koffievlek gaf zich niet gewonnen.

'Je lijkt op haar.'

'Ze was mijn tante.'

Hij knikte. Met zijn armen over elkaar geslagen leunde hij tegen de deurpost.

'Wat kom je doen?' Vriendelijk blijven, Maud, vriendelijk blijven. Een van de zeldzame mensen hier die aardig doet, poeier je af.

'Kijken of het goed met je gaat. Vannacht was ik ineens weg, ik...'

'Ja, dat merkte ik.' Au. Hou toch eens je kop, Maud.

'Het was stom. Ik zal het nooit meer doen.'

'Ik hoop sowieso dat je niet nog een keer verregend halverwege de nacht aankomt.'

Hij grinnikte en stak zijn hand uit. 'Ik heet James. Jamie.'

'Maud.' Zijn handdruk was warm en krachtig. 'Wil je ook koffie?'

'Graag.'

In de woonkamer liet hij zich in de grote grijze kussens van de bank zakken. De wind speelde met de pagina's van een tijdschrift op tafel. *Ireland's Home Interior & Living*. Ik zag dat James er een steelse blik op wierp, en toen snel de beker koffie aan zijn mond zette.

'Wanneer ga je terug?' vroeg hij toen hij een slok had genomen.

'Ik denk dat ik zo lang blijf als oorspronkelijk gepland. Tenzij naasten van Josie me hier eerder weg willen hebben.'

'Die zijn er niet.'

'Niemand?'

'Niet dat ik weet.' Hij concentreerde zich weer op de koffie.

'Waar ken jij haar van?'

Hij zette de mok op tafel en legde beide armen languit over de rugleuning. Spieren in zijn onderarm trokken strak. Snel wendde ik mijn blik af.

'Van vroeger,' antwoordde hij.

Wat een onzin. Hij was minstens tien jaar jonger. Waarom loog hij?

'Heb je Josie nog gezien en gesproken? Voordat ze viel?' Het woord 'viel' begeleidde hij door met zijn vingers aanhalingstekens in de lucht te vormen.

Ik schoof heen en weer op mijn stoel. 'Nee, toen ik aankwam was ze al dood. Hoezo?'

Hij wees naar de salontafel. Ik moest even schakelen, maar toen begreep ik het. Het was me niet eens opgevallen. Er stonden twee gebruikte theekopjes tegenover elkaar. Josie had kort voor haar fatale val bezoek gehad.

Nadat James vertrokken was, zocht en vond ik een fles drank in de keuken. Drie Ierse whiskeys verder wankelde ik naar de slaapkamer. Ik dook onder het zachte donzen dekbed en luisterde naar de geluiden van het huis. Door het venster zag ik de glinstering van het water in de baai. Een klein olielampje brandde om het donker geen kans te geven. Gekraak. Gepiep. Gierende wind. Wat zou ik nu graag in Marks armen hebben gelegen. De harde werkelijkheid drong elke dag die ik langer bij hem weg was dieper door. Ik zou die armen nooit meer om me heen voelen. Iemand anders nu wel.

Langzaam dommelde ik weg. Ik zag de helblauwe ogen van de agent voor me. De spieren van James. Mijn lijf sidderde. Het moest de whiskey zijn. Tussen mijn wimpers door zag ik schaduwen in de kamer dansen. Ik kneep mijn ogen dicht. Josie had bezoek gehad. Dat was niet vreemd, toch? James leek het raar te vinden. Waarom?

Puzzelstukjes

De eerste persoon tegen wie ik die ochtend in Baltimore bijna letterlijk aan liep – ik weet zeker dat hij het expres deed – was de knoestige kabouteragent: Joshua Burke.

'Ah, u bent er nog?' zei hij met een vet accent.

'Jazeker.'

'Wanneer vertrekt u?'

'Dat weet ik niet.'

'U kwam voor Josie, toch?'

'Ja, hoezo?'

'Ze is dood. Geen reden om te blijven, zou ik denken.' Hij tikte met zijn wijsvinger tegen zijn pet, spoog een groene klodder op de grond en slenterde weg.

Verbijsterd stond ik hem na te kijken. Waar sloeg dat nou weer op?

'Hij is een beetje gek. Niet al te serieus nemen,' hoorde ik een vertrouwde stem achter me zeggen. Ik draaide me om en er fladderde iets in mijn buik.

Blauwe ogen. Ik glimlachte. 'Hij is raar, inderdaad.'

'Maar verkijk je niet op hem. Hij is intelligenter dan hij oogt.'

'Hij is je collega? Jullie dragen niet hetzelfde uniform.'

Blauwoog nam me op, maar antwoordde niet. Hij wees naar de inham van de baai. Boven op het hoogste klif stond een baken. 'De Beacon, heet het. Wil je erheen om even te kijken? Het uitzicht is fenomenaal.' Hij begon te lopen. 'Je kunt bij goed weer het huis van je tante zien vanaf dat punt.'

Hij had niets te veel gezegd. Het uitzicht wás waanzinnig. De wind krulde zich om de gigantisch grote witgrijze Beacon, het gras eromheen was groener dan elders, en de zee strekte zich uit tot het einde van de wereld. Onder aan de kliffen klauterden de golven tegen de rotsen, en het zonlicht kleurde het water afwisselend in groen- en blauwtinten die geen verfspecialist ooit zou kunnen evenaren. Ik ademde de lucht in, die door mijn longen wervelde en weer ontsnapte via mijn mond. Als op dat moment de tijd was gestopt, was ik voor altijd en eeuwig ultiem gelukkig geweest.

Vanuit de baai dreven bootjes de zee op. Ik zag de catamaran met de grijze zeebonk.

Blauwoog volgde mijn blik. 'Ah. Nic. Dolfijnen- en walvissenzoeker.'

'Ik kwam hem gisteren tegen.'

'Dat zag ik.'

'Hij schrok van me.'

'Hij is bijgelovig, zoals veel mensen hier.'

'Ik geloof niet dat ik begrijp wat je daarmee bedoelt.'

Hij zweeg en maakte een hoofdbeweging naar een stuk land verderop. 'Kijk, dat is Sherkin Island. En als je die kant op kijkt zie je Ringarogy Island, met het witte huis van Josie.'

Hij zei Josie. Niet 'je tante'.

'Waarom zei je dat ik wel op een andere manier achter het geheim van mijn tante kon komen? Weet jij wat het is?' Ik sloeg hem gade. De zon haalde de rode gloed in zijn haardos naar boven. Opnieuw moest ik mezelf beheersen om hem niet aan te raken. Een aantrekkingskracht als deze had ik nooit eerder ervaren. Het was bijna... magisch. En raadselachtig vertrouwd.

Hij keek me aan. Ravenzwarte pupillen, omgeven door hemelsblauw. In het blauw schitterden minuscule lichtpuntjes, als sterren in een donkere hemel. Ik dacht op dat moment dat het echt waar was: dat je kon verdrinken in iemands ogen. Hij sloot zijn ogen, en keek toen op naar de helblauwe lucht. Weg was de betovering.

'Ken je ene James? Jamie?'

Geen reactie.

'Hij is... wás een vriend van mijn tante, zegt hij.'

'Dat zou kunnen.'

'Dus je kent hem.'

'Ik weet wie hij is.'

'Je bent niet echt mededeelzaam van nature, hè?'

'Ik weet niet zeker of hij te vertrouwen is.'

'Tja, wie wel?' Ik kende in elk geval één idioot in Nederland die dat absoluut niet was.

'Gaan jullie verder onderzoek doen, of is het klaar zo?' vroeg ik toen hij verder niks zei.

'Hoe bedoel je?'

'Jullie gaan ervan uit dat tante Josies dood een ongeval was, geen opzet?'

'Opzet? Als in: moord?'

'Ja. Dat kan toch?'

Hij friemelde met zijn vingers en ging verzitten. 'Ik denk niet dat ze dat doen.'

'Ze?'

'De politie.'

'Hoezo weet je dat niet? Jij hoort toch bij "ze"?'

Wederom het grote zwijgen. Hij stond op en liep naar de rand van het klif. Op het uiterste puntje bleef hij staan. De wind rukte als grijpgrage kindervingers aan de randen. Wat deed hij nou? Straks verloor hij zijn evenwicht! Ik schoot overeind. Achter me hoorde ik stemmen. Ik keek om. Een jong koppel liep gearmd op me af. Dolverliefd. Dat geluk zien deed verrekte pijn. Zíj wel... Ik draaide mijn hoofd terug, naar Blauwoog. Hij was nergens meer te bekennen. Hij was toch niet... Ik schoof op mijn buik naar de rand – staan durfde ik niet – en blikte eroverheen. Golven beukten onder aan de rotsen, grepen gretig vast en lieten onwelwillend weer los. Niets te zien.

In het dorp dook ik de eerste de beste pub in: Jacob's Bar. Drie stevige, kleine mannen hingen aan de bar. Kort keken ze op toen ik binnenkwam en vervolgens begonnen ze met elkaar te smoezen. Ik proefde zout op mijn lippen. Bier, dat had ik nodig. Ik schoof op een kruk naast de mannen, die zichtbaar schrokken. *'Half a pint of Guinness, please.'* De barman wisselde een blik van verstandhouding met het drietal en knikte. Ik sloeg het glas in één keer achterover. Onmiddellijk steeg de alcohol naar mijn hoofd. Mooi. Ik stak een vinger op. Nog eentje. De barman grijnsde een paar absurd witte tanden bloot die totaal niet overeenkwamen met de rest van zijn groezelige uiterlijk.

Op de hoek van de bar lag een stapel tijdschriften. Half geïnteresseerd bladerde ik erdoorheen, terwijl ik ondertussen het gesprek van de drie stamgasten probeerde op te vangen. Ik verstond er geen klap van. Mijn oog viel op een tijdschrift over Home Decorating. Zoiets lag ook bij tante Josie. Zou ze plannen hebben gehad om haar cottage te renoveren? Zou dat het belangrijke ding zijn geweest? Nee... Dat was onzin. Je zou je nichtje, na haar bijna dertig jaar niet gezien te hebben, niet laten overkomen om te vertellen dat je je huis opnieuw wilde inrichten. In het tijdschrift zat een flyer van een bed and breakfast. Op de achterzijde ervan stond een foto van een lieftallig huisje, en daarnaast de lachende gastvrije verhuurder. Grappig: dezelfde smetteloze witte tanden als de barman. Ik stak de flyer in mijn zak. Als ik onverhoopt uit mijn tantes huis moest vertrekken, kon ik daar misschien heen.

Ongemerkt waren de drie mannen spoorloos verdwenen. Was dat lokale folklore of zo, mensen die om de haverklap in het niets oplosten? Ik trok een scheve lach naar de barman. Die drukte een vaatdoek in een omgespoeld glas en keek om zich heen alsof hij verwachtte dat er CIA rondliep. Traag boog hij zich naar me toe en fluisterde met een zwaar accent: 'Vertrouw James niet.'

Met een dik vest uit mijn tantes kast – ik had me schromelijk vergist in het idee 'zomer in Ierland' en had veel te weinig warme kleding meegenomen – zat ik buiten voor het witte huis. De geur van de whiskey in mijn glas vermengde zich met zeelucht. De zon zakte. De laatste lichtstralen weerkaatsten op het donkere water. Aan de horizon zag ik een wolkendek aan komen drijven dat weinig goeds beloofde. Ik dacht aan Blauwoog. Aan rode James. Aan eikel Mark.

Vertrouw James niet. Waarom niet? Op die vraag had de barman niet meer gereageerd. Had James iets te maken met tante Josies geheim? Hoe wist die barman trouwens dat ik James kende? Kom op, Maud, doe je best. De puzzelstukjes moesten passen. Ik sloeg de laatste slokjes whiskey achterover, die brandend mijn maag in zakten, en ging het huis in. De deur deed ik op slot.

Zucht.

Ik spitste mijn oren. Wat was dat? Zuchtte daar iemand?

Zucht.

Schraap.

Wat gebeurde er? Het was de wind. Het moest de wind zijn. Daar was het weer. Een schrapend geluid, alsof er iemand met een tak langs de buitenmuren ging. Buiten zag ik niets dan schemer. Heel af en toe lichtte het wat op, als de wolken een fractie maanlicht vrijgaven.

'James?' riep ik hoopvol.

Zucht. Schraap.

'James?'

Niets.

Minutenlang bleef ik achter de deur staan. Het enige wat ik hoorde was de wind en mijn hart dat als een schichtig hert in mijn borstkas tekeerging. En regen. Uiteraard regende het weer.

De advocaat

'Blauwe ogen. Donkere haren. Ongeveer zo lang.' Ik hield mijn hand een centimeter of dertig boven me. En *sexy as hell*, maar dat zei ik niet hardop. De politieagente achter de balie keek me verdwaasd aan. 'Ik weet niet wie u bedoelt, miss.'

'U kent uw eigen collega's toch wel?'

'Jazeker, en daarom weet ik dat uw beschrijving me niet bekend voorkomt. Mijn collega's zijn... niet zo lang. Sorry.' Ze dook met haar neus in papieren. Einde conversatie.

Bij de haven was het rustig. Het motregende zacht, de grijzige lucht vormde een neerslachtig decor. Grillige wolken rustten ogenschijnlijk op de kliffen in de verte, alsof ze even pauze hadden.

'Weertje, hè?'

Een bekende stem.

'James. Goedemorgen. Wat goed om jou hier te zien.'

Hij trok een wenkbrauw op.

'In tegenstelling tot je onaangekondigde huisbezoeken, bedoel ik.'

Hij glimlachte. 'Ja, ik dacht, ik laat mezelf eens van de goede kant zien.'

'Waarom kan ik jou niet vertrouwen?'

De vraag sloeg de glimlach van zijn gezicht. Fijne druppeltjes liepen langs zijn slapen. Zijn woelige haardos krulde op door de regen. 'Wat is dat nou voor een rare vraag?'

'Iemand waarschuwde me voor jou.'

‘Iemand?’

‘De barman van een pub.’

‘En daar hecht jij waarde aan?’

‘Waarom niet? Je komt en verdwijnt, ik weet niet meer dan dat je James heet en naar eigen zeggen mijn tante kende. Niet echt een solide basis voor vertrouwen.’

Even staarde hij langs me heen de baai in, waar slechts één dapper bootje het weer trotseerde.

‘Zit wat in. Kom mee. Ik ga je wat vertellen.’

‘Advocaat?’

Hij knikte. ‘Afgelopen jaar zocht je tante contact met mij voor advies. Iemand van Murphy’s Real Estate, een makelaar en vastgoedhandelaar in Skibbereen, had haar benaderd. Hij wilde het witte huis kopen en herinrichten, om er een bed and breakfast van te maken.’

‘Dat kan ik me wel voorstellen. De locatie is subliem.’

‘Precies. Maar Josie wilde er uiteindelijk niets van weten. In eerste instantie stond ze ervoor open, vandaar dat ze mij inschakelde. Maar ergens gaandeweg veranderde ze van mening, tot grote frustratie van de geïnteresseerde persoon. Nu ze dood is ligt alles weer open.’

‘Waarom veranderde ze van mening?’

‘Dat weet ik niet. Wat ik wel weet, is dat jij daar opeens stond. En nu begrijp ik misschien waarom.’

‘Ik niet.’

James legde zijn handen in zijn nek. Ik zag hem denken. Kleine vage sproetjes stonden als een minizonnestelsel om zijn neus. ‘Ik denk dat Josie... vermoord is.’ Hij zei het zonder met zijn ogen te knipperen. Voordat ik kon antwoorden, zag ik vanuit mijn ooghoeken buiten iemand voorbijlopen. Blauwoog. Ik schoot overeind, struikelde over de tafelpoot, belandde op schoot bij James, liep rood aan en mompelde iets van sorry. Toen rende ik naar buiten, de regen in.

'Hé!'

Blauwoog reageerde niet. Een groepje toeristen keek me verbaasd aan terwijl ik voorbijrende. De regen was intenser dan daarstraks, binnen een meter of tien was mijn kleding doorweekt. De wolken waren versmolten tot een grote donkergrijze waas over het dorp. Ik riep nogmaals. Blauwoog bleef staan. Ik moest weten hoe hij heette, ik kon hem niet Blauwoog blijven noemen.

Kuchend en puffend stond ik naast hem.

'Je moet binnen blijven, straks word je nog ziek,' zei hij.

Ik keek hem aan. De sterretjes in zijn ogen waren weg. Ik wilde vragen waar ze waren gebleven, maar dat zou vast heel raar zijn. 'Ik ben nu toch al nat.'

In een traag tempo liep hij verder.

Ik volgde in zijn kielzog. 'Wie ben jij?'

'Hoezo?'

'Ik heb een collega-agent naar je gevraagd, maar zij wist niet wie je was.'

'Dat kan.'

'Dat kan? Dat is toch raar?'

Hij hield zijn pas in en boorde zijn blauwe ogen in de mijne. Het voelde ineens alsof ik hem kende. Al veel langer. Maar waarvan dan? Hoe dan? Mijn slapen bonkten. Alles werd wazig en een weeïg gevoel maakte zich van me meester. Het werd me te veel. De wind, de regen, die vage mensen hier. Ik zakte door mijn knieën en sloeg mijn handen voor mijn gezicht. Een lichte aanraking. Heel licht. Ik keek op. Blauwoog keek zorgelijk. 'Ik kan je niets vertellen. Dat is niet aan mij. Alleen dat je móét ontdekken waarom Josie je hierheen haalde. Dat is de sleutel.'

'Maud!' riep iemand. 'Maud!' Ik richtte me op, een windvlaag sloeg me onderuit, en ik belandde op mijn achterste op straat. Twee handen pakten mijn armen en trokken me overeind.

'Gaat het? Waarom rende je weg?' James hield me vast. Ik draaide mijn hoofd. Waar was Blauwoog gebleven? Dit kon niet waar zijn. Werd ik gek? Zoute tranen vermengden zich met regendruppels, en ik weet tot op de dag van vandaag niet waarom, maar ik trok James stevig tegen me aan en snotterde zijn tweedjas vol.

De warme chocolademelk gleed door mijn keel. James stond tegen de schouw geleund, in de ochtendjas van tante Josie. Ik onderdrukte een lach. Zijn doorweekte kleding hing over een rek voor de haard. Het vuur knetterde en verwarmde de kamer. Een rozige gloed viel over zijn gezicht. Ik deed hard mijn best om niet naar de lichaamsdelen te kijken die onvoldoende bedekt werden. Ik was in de war, erg in de war. James had Blauwoog niet gezien. Volgens hem had ik in mijn eentje op de grond gezeten, een meter of honderd van de pub verwijderd.

'Ik ben niet gek.'

'Dat beweer ik niet.'

Nee, dat was waar. Maar ik had zijn blik gezien. Tenzij... Tenzij het geen spot was geweest die ik erin meende te zien, maar herkenning. Hij roerde in zijn chocolademelk. Wie was hij? Was hij echt wie hij zei dat hij was? Verdorie, Maud, vertrouw mensen. Niet iedereen is zoals Mark. Ja, ja, zei een hardnekkig stemmetje vanbinnen. Ja, ja.

'Waarom zijn de mensen hier zo... raar?'

'Je bent een vreemdeling. Dit is een kleine gemeenschap. Je komt hier binnenvallen op het moment dat Josie sterft.' Hij zette zijn mok op de salontafel en ging tegenover me zitten. De ochtendjas viel iets open. 'En je lijkt bijzonder veel op haar. Ik denk dat mensen je als een soort geestverschijning zien.'

Ik lachte. 'Geestverschijning? Doe niet zo maf!'

Bloedserieus keek hij me aan. De ochtendjas bleef openhangen. Had hij het niet door? Of deed hij dit expres? 'Dit is Ierland, miss. De mensen hier vinden helemaal niets grappig aan geestverschijningen.'

Ik huiverde. De geluiden van afgelopen nacht. Het zuchten en schrapen. De wind. Stel dat... Ik sloeg mijn armen over elkaar.

'Ik dacht dat jij een geest was,' zei ik zachtjes.

Nu was het aan hem om te lachen. 'Ik? Waarom dat?'

'De eerste avond hier... Je was plotseling verdwenen toen ik een handdoek op ging halen.'

'O, dat. Ik had niet verwacht dat er iemand hier zou zijn. De deur was op slot, Josie sloot nooit af, ik probeerde die te openen, en als bij toverslag stond daar een jonge versie van haar. Geloof me, ik dacht dat jíj de geest was.'

'Echt?'

'*Damn sure.* Totdat het tot me doordrong dat je een mens van vlees en bloed was, en ik geen idee had hoe ik mijn aanwezigheid moest verklaren. Of die van jou. Dus ging ik er weer vandoor.' Hij keek me vreemd aan.

Dacht hij echt... Ik dronk mijn chocolademelk op. Rillend sloeg ik een wollen plaid om me heen.

'Josie... Er klopt gewoonweg iets niet.' Hij aarzelde, haalde diep adem en zweeg.

Ik pakte mijn tas en haalde de kaart eruit die tante Josie me gestuurd had. *Ik moet je iets belangrijks vertellen.* 'Weet jij wat dit betekent? Waar gaat dit over?'

James bestudeerde de kaart. Buiten loste de wereld op in de schemering. 'Ik weet het niet,' zei hij schor. 'Maar dit' – hij ging met zijn wijsvinger langs de woorden op de voorzijde van de kaart – 'is Gaelic. Er staat: "De waarheid zal bovenkomen."' Hij zakte terug in de kussens van de bank. 'Nu begrijp ik het.'

'Wat?' Ik durfde nauwelijks te ademen.

'De laatste keer dat ik Josie zag huilde ze. De woorden die ze toen sprak waren een raadsel voor me. Ze zei: "Er is één ding in mijn leven waarover ik niets hardop kan zeggen. Als ik dat wel doe, breekt mijn hart als een gevallen glas in miljoenen splinters uiteen."'

'Er is écht een geheim,' fluisterde ik. De vlammen in de haard sisten en wierpen schaduwen. Ergens in die schaduwen verborg zich het antwoord.

Midden in de nacht schrok ik wakker van een geluid. Een kort moment hielden flarden van bizarre dromen me gevangen tussen de slapende en de wakkere wereld. Blauwe ogen. Rode haren. Witte tanden. Zelfgenoegzame en vreemdgaande Mark. Geesten. Wie was de geest? Was het James? Blauwoog? Ik? Tante Josie? Of waren we allemaal geesten, in een vacuüm tussen realiteit en droom?

Toen opnieuw de geluiden. Hetzelfde als de nacht ervoor. Ik stopte mijn hoofd onder de dekens en duwde mijn handen tegen mijn oren. Ga weg, herhaalde ik als een mantra tegen mezelf. Ga weg. Ga allemaal weg.

Een geheim. Er zijn vele soorten geheimen. Ik heb er verschillende gehad. Ik heb als puber een blikje cola gestolen bijvoorbeeld, en dat nooit aan mijn ouders durven vertellen. Ik heb geheimpjes gehad met vriendinnen, die – het zal je niet verbazen – over de liefde gingen. Grote overweldigende liefde die je onherroepelijk geestelijk de vernieling in helpt als die niet beantwoord wordt. Want dat geloof je écht, als je twaalf bent. Maar het geheim van Josie, dat was anders. Verborgen in de schaduwen, zei ik. En dat bleek ook zo te zijn. Een donker en groot geheim dat jarenlang geen daglicht had gezien, en mij een volledig nieuwe versie van het begrip 'geheim' openbaarde.

Verwarring

Ik voelde me verrassend fit na de beroerde nacht. In de ochtend hing er een dikke mist rondom het huis. Geesten, ammehoela. De mensen hier lieten zich veel te veel door die wisselende en spookachtige weersomstandigheden gijzelen. Vandaag was de dag. Ik ging de man opzoeken die tante Josies huis tot een B&B wilde omtoveren. Hij kon misschien meer licht op de zaak werpen. Het was gek. Ik was alleen in een vreemde wereld, ver van thuis, van Mark, van de diepe put waar ik maandenlang in vertoefd had, maar een ongekende kracht borrelde in me op. In de spiegel bekeek ik mezelf. Leek ik op Josie? Voor het eerst was ik me sterk bewust van mijn Ierse roots. Ik zag het krachtige rood van mijn haren en de lichte sproeten rondom mijn neus. Ik dacht aan de sproeten van James. En ik verschoot van kleur, reflecteerde de spiegel ongenadig.

De tinten van de huisjes in Skibbereen waren fenomenaal. Maïsgeel, lavendelblauw, vaalrood. Liefelijk en kronkelend strekten de klinkers zich uit in het bescheiden centrum. Wat een prachtig stadje. Smalle pandjes met fleurige zomerkleding in de rekken, diepe donkere pubs waar gasten vrolijk toostten op het goede leven. Ierland op z'n best.

Ik vond snel wat ik zocht. Murphy's Real Estate. Een schel gerinkel klonk toen ik de deur opende en binnenstapte in een bedompte ruimte.

'Yes hi?' Een hoogblonde dame, twee centimeter uitgroei, een decolleté vanjewelste en behangen met goudkleurige sieraden, begroette me.

'Goedendag. Ik zou graag met iemand spreken over mijn onlangs overleden tante, Josie Sweeney.'

De dame kromp ineen en ze verdween bijna volledig achter de balie. 'Sorry, wie bent u?'

'Ik ben Maud, ik ben een nichtje van Josie. Ik begreep van...' Ergens schoot door mijn hoofd dat het wijs was om de naam van James niet te noemen. '... iemand dat er gesprekken gevoerd zijn met mijn tante over haar woning.'

De dame herstelde zich en groeide weer een paar centimeter. Armen werden over elkaar geslagen. 'Ik weet niet waar u het over hebt, miss. Als u mij wilt verontschuldigen, ik moet naar een afspraak. Voor informatie over onze woningen verwijs ik u naar onze website en de flyer.' Dezelfde flyer als in de pub lag werd in mijn handen gedrukt. 'En als u uw tanden wilt laten bleken, verwijs ik u met plezier naar onze laserkliniek in Cork.' Ze schoof een stapel flyers naar voren waarop stralend witte tanden afgebeeld stonden. Aha. Vandaar.

'Kan ik anders een afspraak voor een ander moment maken?' zei ik in een laatste poging.

'Nee, nee, we zijn erg druk. Later. Later.' Ze glimlachte haar blinkende tanden bloot, maar het maskeerde allerminst het ongemak en de angst in haar zwaar opgemaakte ogen. *'Good day, miss.'* Ze duwde me letterlijk naar buiten, knikte naar me terwijl ze de deur afsloot en beende met tikkende hakken weg. Een walm goedkoop parfum was alles wat resteerde.

Terwijl ik binnensmonds vloekend in mijn auto stapte, zag ik de mij welbekende agent aan de overzijde staan. Hij begluurde me. Was hij me gevolgd? Geïrriteerd reed ik weg zonder eerst goed te kijken. Een langsrijdende auto wist me ternauwernood te ontwijken. En ook in Ierland kenden ze het gebruik van het fuck-offgebaar, zag ik.

In Baltimore aangekomen – ik was nog niet minder opgefokt – liep ik James tegen het lijf. Wat een toeval. Hij bezag mijn onweersblik, aarzelde kort, en zei: 'Tijd voor iets anders, *my lady*.' Hij nam mijn hand en we liepen naar de haven. De catamaran glinsterde in het zonlicht, de zachte bries leek in niets op de wind van de dag ervoor. Wat een wonderlijk land was dit, qua weer.

De zeebonk, Nic, schrok terug toen hij me in het vizier kreeg. James fluisterde iets in zijn oor. Ik wist niet wat, maar het hielp. Nic knikte vriendelijk en stapte opzij. Welkom aan boord.

Binnen een paar minuten verliet de boot de baai en strekte de zee zich voor me uit. Voor het eerst sinds ik in Ierland beland was, viel Nederland van me af. En Mark. Ik had hem niet nodig. Ik hoefde hem niet terug. Ik had alleen mezelf nodig, en ik was nu hier. Het water sprankelde, Nic hield zijn door zon, zout en wind geschuurde en gebruinde handen aan het roer en grijnsde zowaar naar me. James stond vooraan met zijn handen op de reling. Hij keek over zijn schouder en lachte ontspannen. Licht viel in zijn ogen en leek te flikkeren, alsof hij foto's van me maakte in zijn gedachten.

'Wat zei je tegen hem?' Ik maakte een gebaar naar Nic.

'Dat je Josies nichtje bent. Meer niet.'

'Echt? Zo simpel was het?'

'En misschien iets over voor de zekerheid de geesten goedgezind zijn. *Better safe than sorry.*' Hij knipoogde. 'Bijgeloof moet je nooit ontkrachten.'

Een dolfijn sprong vlak voor ons omhoog uit het water. Een tweede volgde. Een derde. Luttele seconden later werd de boot omgeven door dolfijnen, die links en rechts over elkaar heen buitelden in wat een wedstrijd leek. De zonnestralen op hun huid, elk moment dat ze boven de golven uit kwamen, gaven ze een zilveren gloed. Wie bleef de boot voor? De lol spatte ervanaf. Ik liet me op mijn hurken zakken en liet de dolfijnen me meevoeren in hun wonderlijke speelse waterwereld. James' hand rustte op mijn schouder. Ik was gelukkig. Honderd procent gelukkig. Tante Josie, het witte huis, het raadselachtige geheim en mensen met akelig witte tanden waren verdwenen onder het wateroppervlak, ver de peilloze diepten in. En gedurende die lange minuten waarin ik, James en de dolfijnen een driehoek van gelukzaligheid vormden, kon ik me zomaar voorstellen dat ik hier een leven zou hebben.

Het was geen verrassing meer dat het weer opnieuw omsloeg, later op de dag. Het regende zo hard dat ik bang was dat de ramen van het huis het zouden begeven. Tomatensoep borrelde op het fornuis; voorzichtig lepelde ik iets naar binnen. Heerlijk. Ik zette een onderzetter op de tafel, en schrok me het apezuur van de schim die tussen de keuken en de woonkamer stond. Blauwoog. Hij wees naar de wand. Een schilderij. Ja? Wat bedoelde hij? Ik wilde het vragen, maar hij liep de keuken in en legde zijn hand op een lade van de buffetkast. 'Hier ligt de sleutel.' Zijn stem was zangerig, lief. Hij glimlachte en stapte opzij. Ik opende de lade. Er lag van alles in. Plakband. Een flesopener. Bierviltjes. Elastiekjes. Een wasknijper. En... een sleutel. Niet-begrijpend keek ik hem aan. Hij wees naar het schilderij. 'Wat... Ik snap het niet. Wat bedoel je?'

Niets. Alleen die glimlach. Ik hoorde mezelf ademen. Buiten klonk geschraap en getik. O god, niet weer. Rillingen beklommen mijn ruggenwervels, en ik wilde Blauwoog vastgrijpen. Maar ik deed het niet. Onverwacht schoot hij naar buiten, zo snel dat ik dacht dat ik het me inbeeldde. Ik rende achter hem aan. De voordeur stond wagenwijd open, regen kletterde naar binnen, de kilte stroomde de gang in. Voorzichtig keek ik langs de deurpost en mijn gezicht was binnen luttele seconden natgeregend. Hij was nergens te zien. Lichtjes aan de overkant van de baai. Een dorp in diepe rust. En hier voelde het bestaan als een oorlog op de vierkante meter. Ik hoorde in de verte een auto starten. Daarna was het stil. Alleen mijn adem en de regen bestonden.

Ik bekeek het schilderij vluchtig. Woeste kliffen en kolkend water in een dreigende donkere omgeving. Voorzichtig tilde ik het van de spijker af en legde het op de tafel. Het kluisje dat erachter verstopt bleek, was ongeveer veertig bij veertig centimeter groot. De sleutel gleed erin als een heet mes in zachte boter.

Ik opende de kluis. Er lag een stapel mapjes in. Hoe wist Blauwoog eigenlijk dat hier een kluis verstopt was? Een harde knal deed de glazen in de buffetkast trillen. Ik kromp ineen. Zag ik wat bewegen voor het raam? Geen spoken gaan zien, Maud. Ik sloeg de whiskey achterover en legde de mapjes op tafel. Een voor een spreidde ik ze uit. Allemaal hadden ze een opschrift. HUIS. VERZEKERINGEN. FOTO'S. Bij een van de mapjes stokte mijn adem. Waarom had mijn tante dit mapje? Dit kon niet waar zijn. Mijn bloed pompte rond als een razende. De alcohol stroomde enthousiast mee. Het duizelde me. Dit kon niet waar zijn. Het geheim. O god.

Bliksemflitsen zetten de kamer in een overdaad aan licht. En nu zag ik het goed. Er was iemand buiten. Verward stormde ik naar de voordeur. James, laat het James zijn.

Wilder dan bedoeld gooide ik de deur open. Geen James. Een onbekende man, die me uiterst bekend voorkwam, maar ik kon hem niet meteen plaatsen. En hij keek mij aan alsof hij een spook gezien had. Om vervolgens lijkbleek te worden.

'Sorry, u bent...?' begon ik. Iemand moest het ijs breken.

De man zweeg, zijn mond hing half open.

Ik deed een tweede poging. 'Kan ik helpen?' Ik twijfelde even aan mijn eigen aanwezigheid. Ik stond hier toch echt?

'Josie...' stamelde de man. 'Je bent... weer jong?'

'Vierendertig, om precies te zijn.' Echt, ik was er nu van overtuigd: het barstte van de malloten in deze uithoek.

'Het spijt me ontzettend, het was niet mijn bedoeling, ik...'

'Het spijt mij,' onderbrak ik hem, 'maar ik weet niet waar u het over hebt. Ik vraag het nog maar een keer: kan ik helpen?'

Vluchtig keek hij over zijn schouder, haalde diep adem en vroeg of hij binnen mocht komen.

'Dat mag, als u zegt wie u bent.'

Bevreemd keek hij me aan. 'Oké, je wilt een spelletje spelen. Goed.' Hij kuchte. Ik had geen idee waarover hij raaskalde. 'Ik ben Donald Murphy, makelaar.' Hij stak zijn hand uit. Die beefde.

Glimlachend nam ik de hand aan. Hij trok hem razendsnel terug. Ergens begon dit amusant te worden.

In de woonkamer nam hij plaats op de bank en zat me onafgebroken aan te gapen. Ik ging op de leuning van een stoel zitten. 'Dus u bent Donald Murphy. Ik ben vanmiddag langs geweest in Skibbereen. U was er niet. Zei uw... assistente.'

'Dat hoorde ik. Daarom kom ik langs.' Donald Murphy glimlachte. Spierwitte tanden. Het kwartje viel. De man van de flyer zat in levenden lijve voor me. Alsof ik in een commercial voor tandpasta gestapt was. En ineens viel me de gelijkenis op met de barman van de pub. Niet alleen de tanden waren even wit, ook de gelaatstrekken kwamen overeen. Familie. Als een bal in een flipperkast die tegen alle te raken doelen aantikt, werden ineens allerlei details verbonden met elkaar. Zijn waarschuwing om James niet te vertrouwen. Natuurlijk niet: een kritische advocaat die aan Josies zijde had gestaan, dát kwam in hun straatje niet van pas. Mijn blik schoot naar de plek op de tafel waar de twee theekopjes hadden gestaan. En een idee kwam op. Stom? Wellicht. Gevaarlijk? Mogelijk.

'Zin in thee?' Ik stond op en liep naar de keuken. 'Ik ben echt aan thee toe.' Ik zette de waterkoker aan en nam theekopjes mee de woonkamer in. Dezelfde kopjes die op tafel hadden gestaan op de dag dat Josie stierf. De man werd zo mogelijk nog bleker dan hij al was, en vervolgens vuurrood. 'Josie...'

'Ja?' Hij leek écht te denken dat ik Josie was, of haar geest. Wauw.

'Je weet dat het een ongeluk was, toch? Dat ik het niet zo bedoelde...'

Verwonderd keek ik hem aan. Zijn blik schoot alle kanten op.

Vingers friemelden aan kleding. Het tweede kwartje viel, oorverdovend hard, in mijn hoofd tenminste. Precies op het moment dat het buiten donderde. De bal van de flipperkast schoot door de flippers en stortte in het gat. Game over. Dit was de man die de dag van Josies dood bij haar was. Geen twijfel mogelijk.

In gedachten hoorde ik het James weer fluisteren: *ik denk dat Josie vermoord is.*

Flits. De kamer lichtte op. Achter Donald Murphy dook Blauwoog op. Hij zag er anders uit; het blauw in zijn ogen leek pikzwart. Zijn gezicht vertrokken in een gruwelijke grimas, overmand door... verdriet? En weg was hij weer. Ik knipperde met mijn ogen. Werd ik nu echt gek? Ik snelde de keuken in om de waterkoker te halen. Ondertussen viste ik mijn mobiel uit mijn zak en zocht naar de opnamefunctie. Donald had Josie vermoord. Ik wist het zeker. Met een beetje geluk ontfutselde ik hem nog een bekentenis, zolang hij in de waan bleef dat ik Josie was. Mijn vingers trilden, de waterkoker in een hand, de mobiel in de andere.

Flits. Een schreeuw. Een knal. Ik draaide me om en zag Donald Murphy opspringen. Voor zijn voeten lag een van de theekopjes aan diggelen. In miljoenen splinters, schoot door mijn hoofd, als het hart van Josie.

'Het... Het viel vanzelf!' Hij staarde beurtelings naar de scherven en naar mij. Zijn blik ging naar de mobiel in mijn hand. 'Wat...' Donald stond op en zette een stap in mijn richting.

Ik deinsde achteruit. De verwarring op zijn gezicht was enorm. Ik zag dat er bij hem nu ook kwartjes vielen, al was het met een omweg. De vraagtekens maakten plaats voor iets anders. Ik wist niet precies wat, maar voelde verrekte goed aan dat ik moest maken dat ik wegkwam.

Flits. Blauwoog bewoog door de gang, en verdween weer. De voordeur klapte open, wind blies regen naar binnen. Voordat Donald zich realiseerde wat er gebeurde, schoot ik langs hem heen, de gang in, naar buiten. Regendruppels sloegen in mijn gezicht. Ik rende naar de weg, tenminste dat hoopte ik, struikelend over stenen en mijn eigen voeten. De kracht van de wind was overweldigend. Ik dacht dat ik van het eiland af zou waaien, de donderwolken tegemoet. Ik strompelde door, over stenen muurtjes, door drassig gras, over lage rotspartijen. En toen stond ik plotseling bij een klein strandje. Slechts enkele meters breed, ingesloten door rotsen. Golven klotsten schuimend over het zand. Het onweer was nu recht boven me. Het was alsof de hemel openbrak en al het licht en water in één worp naar de aarde gooide. Allemaal hier, op deze plek. Ik wierp een snelle blik achterom. In het kortdurende licht van een bliksemschicht zag ik het silhouet van Donald naderen. Ik zweer dat ik zijn gehijg dwars door de gierende wind heen hoorde. Maar er was nog iemand. Blauwoog. Ik zag vrijwel niets in het donker, maar ik voelde zijn aanwezigheid. Help me, dacht ik. Help me.

'Jij bent Josie niet. Jij bent écht een nichtje!' bulderde Donalds stem dwars door de storm. Mensen geloven in geesten hier. Dat had James gezegd. Ik had het goed ingeschat: hij dacht daarnet, binnen, dat ik Josies geest was. Die bevestiging maakte iets nieuws in me los. Woede. Immense woede. Híj was er de oorzaak van dat ik Josie nooit meer kon vragen wat ze me had willen vertellen. Ik schreeuwde, tot mijn eigen verbazing, zo hard dat ik dacht dat het van buiten mezelf kwam. Tranen vermengden zich met de regen op mijn gezicht. Alles balde samen tot een kluwen van verdriet en woede. Tante Josies geheim. Mark die me bedroog. En deze man, Donald. Met witte tanden en een zwarte ziel. Ik stoof – verblind en achteraf gezien belachelijk naief – op hem af.

'Ik ben haar nichtje niet!' schreeuwde ik, terwijl ik tegen hem aan knalde. De onverwachte aanval deed hem zijn evenwicht verliezen en hij belandde op zijn achterste. 'Ik ben haar dochter, idioot! Het huis is nu van mij!' Hijgend torende ik boven hem uit. 'Je hebt haar voor niets vermoord!' Ik dook boven op hem en begon met mijn vuisten op zijn borst te slaan. Hij greep mijn armen en voordat ik wist wat er gebeurde lag ik onder hem. Ik voelde zijn handen om mijn keel.

'Als jij er ook niet meer bent, is het huis voor mij,' zei hij op een kille toon die vreemd genoeg perfect paste bij de wind die om me heen raasde. Ik voelde de levenslucht uit me wegstromen. Maud, je bent een sukkel, dacht ik terwijl de bliksem het landschap om me heen oplichtte. Het was hier zo mooi. Te mooi om te sterven. Mijn handen vielen opzij. De regen drupte via Donalds hoofd over mijn gezicht. Ik kon bijna niet geloven dat zijn stomme witte tanden het laatste zouden zijn wat ik zag.

Achter ons schreeuwde iemand. Een schaduw schoot langs en sprong tegen Donald aan. Flits. Rode haren. James? Wat deed hij hier? Beide mannen worstelden en kronkelden. Maar Donald was geen partij voor James. Binnen een paar seconden lag hij kermend onder hem. Snikkend en kuchend kroop ik over het zeiknatte zand bij hen vandaan. Ik keek achterom. Achter Donald, en James die boven op hem zat, stond Blauwoog. Hij zwaaide. Het was een afscheid. Ik hief mijn hand. Het voelde absurd, alsof ik zwaaide naar een kind dat in een draaimolen zat. Ik zag zijn ogen niet, maar ik wist dat hij keek. En toen was hij weg. Opgeslokt door het donker.

Ierse spokerij

De slaap plakte mijn wimpers aan elkaar. Zonnestralen piepten langs de opening tussen de twee gordijnen. Ik tastte naast me. Niemand. Een drukkende pijn op mijn slapen bracht in herinnering dat er drank in het spel was geweest. Met loodzware benen sleepte ik me naar de keuken om koffie te maken. Halverwege de trap kwam de koffiegeur me al tegemoet. Mijn hartslag versnelde. Wat nu weer?

'Goedemorgen!' James klonk akelig opgewekt.

'Dat is nog maar de vraag,' mompelde ik, terwijl ik de mok met koffie van hem aannam. Zijn vingers beroerden langer dan noodzakelijk de mijne.

'Je moet om tien uur bij Joshua Burke zijn, ik...'

'Heb je hier geslapen?'

Hij knikte. 'Op de bank. Na afgelopen nacht...' Hij keek me van onder zijn wenkbrauwen schuldbewust aan. 'Ik vond dat je niet alleen moest zijn. Als ik gisteravond niet toevallig langsgekomen was, en jou had zien wegrennen met iemand op je hielen, dan...' Hij zweeg.

Ik wist ook niet wat dan. De naïeve aanval op Donald Murphy de vorige avond leek toen heel logisch. Nu, in het ochtendgloren en met hoofdpijn boven mijn beker koffie hangend, realiseerde ik me dat het best eh... onverstandig was. Mijn keel deed pijn bij elke slok koffie. Ik durfde niet te kijken naar de zichtbare sporen aan de buitenkant.

Om tien uur zou ik een verklaring gaan afleggen bij de politie. Míjn verklaring, mijn versie van de gebeurtenissen. Agent Burke mocht de rest oplossen. Het kon me op dit moment allemaal niets schelen. Iets anders kon me wel degelijk wat schelen. Iemand met een rode, licht krullende haardos en sproeten.

Om halftien stapte ik in de auto, op weg naar het politiebureau. En ruim anderhalf uur later zat ik hoog op de kliffen naast de Beacon. Precies daar waar ik een paar dagen geleden met Blauwoog had gezeten. Naast me lag het mapje uit de kluis van tante Josie. MAUD, stond er in grote letters op. Nu had ik de tijd om rustig te bekijken wat ik de avond ervoor slechts in een fractie van een seconde had gezien. Het eerste document dat ik uit de map haalde was een geboorteakte. Die had ik gisteren kort onder ogen gehad, voordat Donald de avond verstoorde. Maar er was meer. Kraamgegevens. Adoptiepapieren. Kaartjes uit Nederland. Van mijn moeder. Aan Josie. Over mij. Mijn groei, mijn eerste woordjes. Ik op school. Ik naar de havo. Dat het goed met me ging. Dat het een wijze beslissing was geweest. Dat zestien te jong was geweest voor een baby. Nog een foto. Ik met dezelfde rode haardos als Josie, een jaar of veertien oud. De verwarring op de gezichten van de mensen in het dorp. Het geheim. *Ik moet je iets belangrijks vertellen.* Tante Josie was niet mijn tante. Ze was mijn moeder. En ik had geen flauw benul hoe ik met die nieuwe werkelijkheid moest omgaan.

Ik schoof alle documenten weer in de map. Er gleed een foto tussenuit. Ik pakte hem van de grond voordat hij door de wind opgetild kon worden. Twee vrouwen, een man en een baby. Ik draaide de foto om. *Papa, ik, Josie en Maud*, stond er geschreven. Opnieuw keek ik naar de foto. Vaag herkende ik een heel jonge Josie, en mijn al wat oudere moeder. Die niet mijn moeder was. De baby moest ik zijn. De man... Ik kneep mijn ogen samen. Dit kon niet waar zijn. Hun beider vader. Mijn opa dus. Met prachtige blauwe ogen, die zelfs op een tientallen jaren oude vergeelde foto nog schitterden. Opa, van wie ik weinig meer wist dan dat hij politieagent was geweest, en dat hij kort na mijn geboorte was gestorven.

Ik glimlachte en huilde tegelijkertijd, en staarde over de zee. In de verte voer de catamaran. Het water was opvallend kalm, na de storm. Ik schoof de foto terug in het mapje, ging erop zitten om te voorkomen dat het wegwaaide, en sloeg mijn handen voor mijn gezicht. Als de wind die rondom de Beacon draaide, cirkelden duizenden gedachten door mijn hoofd. Ik ging staan, de map voor mijn borst geklemd, en liep verdwaasd naar de rand van het klif. De catamaran had een goede dag, dolfijnen sprongen voor de boot uit. Als ik de map nu losliet, zou hij in de golven verdwijnen. Onder water. Bij de dolfijnen. Alsof het allemaal niet waar was. Een rare droom. Mijn greep verslapte en het mapje gleed een beetje weg.

'Maud!'

Langzaam draaide ik me om en ik stapte weg van de rand. James kwam aansnellen, met een lach die me verwarmde en ontroerde.

'Hoe wist je dat ik hier was?' vroeg ik.

'Gewoon. Ierse spokerij.'

Ik glimlachte. En in een fractie van een seconde verbeeldde ik me dat ik Josie achter hem zag staan, glimlachend en goedkeurend knikkend. Ik sloot mijn ogen en opende ze weer. Weg was ze.

Ik nam James' hoofd in mijn beide handen, ging op mijn tenen staan, en keek net onder zijn ogen. Ik kon de zonnesproetjes rond zijn neus tellen. En toen kuste ik hem.

Gearmd liepen we terug naar het dorp. Een laatste blik op de glinsterende zee. Voor nu. De sleutel van het witte huis drukte in mijn broekzak tegen mijn dijbeen.

Just in case. Ik was nog niet weg van deze plek. Nog lang niet.

Wat een prachtig verhaal, toch? En daar had het perfect kunnen eindigen. Samen liepen we de zonsondergang tegemoet, en we kregen vele mooie kindertjes, en we leefden nog lang en gelukkig. Maar zoals wel vaker in het leven ging het allemaal toch een tikkeltje anders. Dit was nog maar het begin van het verhaal. Ik heb lang getwijfeld of ik de rest ook moest delen. Niet dat ik dat niet wil, maar ik ben bang dat je gaat denken dat ik gek ben. Bang dat je het niet gelooft. Wat ik je tot nu toe verteld heb, was al gek genoeg, vind je niet?

Aan de andere kant, het beste moet nog komen. Kijk maar wat je ervan vindt en of je me gelooft. Ik weet dat het echt gebeurd is. Dus... Ik ga je de rest van het verhaal vertellen van mijn wonderlijke avontuur in het prachtige, duistere en mysterieuze (en o ja, toch ook wel romantische...) Ierland. Maak je riemen vast, zet je schrap, schuif je sceptische 'ik' even terzijde, en luister.

Het witte huis is geen kers

De man tegenover me was weggelopen uit een Dickensroman. Ik wist het zeker. Wollige grijze bakkebaarden verborgen zijn wangen. Ik moest de aandrang onderdrukken om eroverheen te aaien. Gelukkig zat er een dingetje op zijn lip waarvan ik vermoedde dat het een schamel restant van een uitbundige lunch was, waardoor ik me snel bedacht over dat aaien. Zijn dikke buik werd ogenschijnlijk bij elkaar gehouden door de brandweerrode bretels die er aan weerszijden langs liepen. Een warrige haardos, al even grijs als de bakkebaarden, sprong over zijn voorhoofd tot aan zijn borstelige grijze wenkbrauwen. Als ik mijn ogen een beetje toekneep, leken haren, wenkbrauwen en bakkebaarden één vloeiend geheel. Ik grinnikte. Dat was een vergissing.

'Miss McCarthy, dit is een uiterst serieuze zaak. Ik begrijp niet goed wat er te lachen valt.' De wenkbrauwen fronsten, de bakkebaarden golfden mee. Ik verschoof mijn blik naar het schilderij achter de man, om te voorkomen dat ik hardop in lachen uitbarstte. Een voluptueuze dame in een weelderige negentiende-eeuwse outfit vulde de barokke lijst. Vast een overgrootmoeder.

'Sorry, een binnenpretje. Uiterst ongepast, ik zal het niet meer doen.' Ik was goed in doen alsof ik het meende. Denk ik.

De man zakte naar achteren in zijn enorme bruine leren fauteuil, die kraakte en zuchtte onder het gewicht. Hij vouwde zijn korte dikke vingers in elkaar. 'Het moet allemaal een schok voor u zijn geweest.'

Ik knikte beamend. Mijn lach verdween naar de achtergrond. Gelukkig. 'Ja, het is een achtbaan geweest. Nog steeds eigenlijk. Met dit' – ik wees naar de eigendomspapieren op het enorme donkerhouten bureau – 'als kers op de taart.' Ik verwachtte niet dat hij de ironie op zou pikken.

'Ik zou het geen kers willen noemen.' Meteen na die woorden keek meneer Dickens verschrikt. Hij veegde met een hand langs zijn bakkebaarden en schraapte zijn keel.

'Hoe bedoelt u?'

'Niets, niets, ik bedoelde er niets mee.' Hij lachte. Het dingetje viel van zijn lip. 'Het is een mooie kers. Een dikke, rode, rijpe kers.'

Ik trok mijn wenkbrauwen op. Wat een rare man. Die Dickensassociatie werd met de minuut passender.

'Als u hier tekent, en dan een paraaf op alle pagina's, is het witte huis van u.' Kleine zweetdruppeltjes parelden op zijn slapen, rechtstreeks de bakkebaarden in.

'Niet dat in Washington, hoop ik?' Ik knipoogde.

Hij keek me aan alsof ik gek was en zei: 'Nee, het betreft het witte huis op Ringarogy Island, County Cork. Zoals omschreven in de nalatenschap van uw tante, eh excuses, uw moeder: Josie Sweeney.'

Oké. Geen gevoel voor humor. Ik krabbelde mijn initialen op alle papieren en sloot af met de sierlijke handtekening waar ik in mijn puberjaren flink op geoefend had, en schoof de papieren naar hem toe. Het witte huis, niet dat in Washington dus, was van mij.

Misschien moet ik even een en ander een beetje meer verhelderen. Sinds het waanzinnige verhaal waarmee het allemaal begon, zijn we een paar maanden verder. Die zoen en die omarming die zo romantisch en perfect waren, nou, daar bleef het eigenlijk bij. Want al klink ik vooral luchtig, het hele gebeuren ging me niet in de koude kleren zitten. Ik was niet wie ik dacht te zijn, of eigenlijk waren vooral mijn ouders niet wie ik dacht dat ze waren.

En daarnaast kwam er in praktische zin heel veel op me af. Ineens was ik erfgenaam van een huis in Ierland. En moest ik van alles in Nederland regelen om een nieuw begin in het witte huis te kunnen aangaan. En dat allemaal leidde ertoe dat nu, een paar maanden later, mijn verhouding tot James... ingewikkeld is. Niet als Facebookstatus, maar in het echt. Maar dat licht ik later nog wel toe. Dit begint al meer als een boek te klinken, vind je niet? Maar het was in vergelijking met alles wat er nog zou gaan gebeuren slechts een kort verhaal. Soms is het maar goed dat je niet van tevoren weet hoe het leven zich voor je ontrolt.

James zat tegenover me in de pub. Het licht was schaars, ik kon de gebruikelijke glinstering in zijn ogen niet zien. Hij gebaarde de barman twee *pints* bier te tappen. 'En wat nu?'

'Op jacht.'

Hij keek me aan en glimlachte zijn prachtige lach. Dat zag ik wel, ondanks het donker. 'Op jacht?'

'Natuurlijk. Nu al het officiële gedoe achter de rug is, kan ik me daarop storten. Ik heb mijn schepen in Nederland verbrand, ik heb het fundament voor nieuwe scheepjes hier gelegd, het jachtseizoen is geopend.'

'Ik denk dat ik niet begrijp wat je bedoelt.' Hij hief zijn glas en sloeg hem harder dan de bedoeling was tegen de mijne. '*Sláinte, my lady*, op je nieuwe bestaan in spookachtig Ierland.'

'*Sláinte*,' antwoordde ik, en ik zette gulzig het glas aan mijn mond en proefde het bitterzoete vocht. Heerlijk.

'Jacht, dus. Op wie of wat?'

'Wat dacht je? Ik wil weten waarom Josie me heeft afgestaan aan haar zus.'

'Dat weet je toch? In die map uit de kluis stond dat ze te jong was. Zestien.'

'En jij gelooft dat dat de enige reden is?'

'Waarom niet?'

Ik twijfelde. Moest ik hem vertellen wat ik nog meer had gelezen in de correspondentie tussen Josie en mijn moeder, die niet mijn moeder was?

'Je weet meer, hè?' Hij was niet gek. Dat had ik kunnen weten.

'Misschien.'

'Kom op, Maud. Hoelang kennen we elkaar nu?'

'Eh, een paar maanden? Waarin ik druk ben geweest met het afhandelen van Josies nalatenschap en waarin ik terugkeerde naar Nederland om daar de huur van mijn huis op te zeggen en opslag voor mijn spullen te regelen.' Ik sloeg de rest van het bier achterover. En om losse eindjes af te werken, dacht ik erbij.

'We hebben met elkaar gezoend.'

'Eén keer. Toen Josie net dood was. Ik was labiel.' God, Maud, wat een rotsmoes. Ik zag hem ineenkrimpen. 'Sorry, dat klonk lullig. Ik bedoel dat ik gewoon eerst de zaken op de rit wil krijgen. Als ik me in een relatie stort, verlies ik mezelf te veel. En ik moet...' Plotseling voelde ik de tranen opkomen. Geweldig. Ik snoot mijn neus, in een poging te doen alsof er een spontane verkoudheid opkwam. Met half toegeknepen ogen keek ik naar hem, mijn neus in de zakdoek. Ik zag zijn rechtermondhoek een fractie omhooggaan. Een subtiele glimlach. Een trieste glimlach.

'Ik snap het wel. Je hele leven is van de ene op de andere dag overhoopgegooid. Je tante blijkt je moeder te zijn, en ze is dood. Je ouders zijn dood, die kun je niets meer vragen. Je weet niet wie je echte vader is. Je identiteit staat op losse schroeven.'

'Dat zeg je mooi.' Ik stopte de zakdoek weg. 'En je hebt gelijk. En precies daarom moet ik op jacht. Ik moet weten hoe het zit. Ik moet mijn verleden in kaart brengen, en tot dan kan ik niets anders doen, hoe graag ik dat ook wil.' Ik haalde het kaartje van de notaris uit mijn tas. Brannon Aodhán Higgins. De letters glommen en waren in een sierlijk lettertype in reliëf op het kaartje gedrukt. Goudkleurig. Uiteraard. 'Ken je hem eigenlijk?'

'Ja, dat wil zeggen, beroepsmatig. In mijn hoedanigheid als advocaat kom ik hem soms tegen.'

'Hij is een beetje raar.'

'Hij is een notaris. En van de oude stempel.'

'Hij zei... Hij deed een beetje gek bij de overdracht.'

'Hoe bedoel je?'

'Toen ik het erven van het witte huis een kers op de taart noemde, reageerde hij abrupt met een ontkenning daarvan. Hij schrok van zijn eigen woorden.'

'Heb je je dat niet ingebeeld?'

'Nee. Absoluut niet.'

James zweeg en trommelde met zijn vingers tegen zijn glas.

'Ach, hij is niet de eerste zonderling die ik tegen het lijf loop hier. Dus wat dat betreft...' Ik wenkte de barman. Twee bier graag. De man, gebouwd en bebaard als een Viking, tapte traag en in etappes de glazen vol en schoof ze voor onze neus. Het donkere bier had de perfecte dunne schuimkraag. '*Sláinte*, op mijn leven in het witte huis!' Ik tikte tegen het glas van James en zette het mijne aan mijn mond. Vanuit mijn ooghoeken zag ik James hetzelfde doen. En ik weet zeker dat ik zag dat hij een blik van verstandhouding wisselde met de barman.

Met mijn pas aangeschafte vierdehandsautootje, een Toyota Corolla in een grijze kleur die moeiteloos versmolt met het grijs van de Ierse luchten, reed ik over de hobbelige weg van Skibbereen naar het witte huis. Inmiddels wist ik precies waar de gaten in de kronkelige smalle weg zaten, waardoor ik er slingerend als een dronkenman overheen reed. Er hing een lage mist in de velden langs de wegen, waardoor het groen en de stenen muurtjes die het landschap versierden nauwelijks zichtbaar waren.

Hoelang kennen we elkaar nu? Nou, míster James, niet lang genoeg. Ik had niet overdreven toen ik zei dat we elkaar de afgelopen maanden nauwelijks gezien hadden. Ik had er alleen niet bij verteld dat ik dat een tikkeltje expres had gedaan. Als ik te veel in zijn buurt vertoefde, zou er een moment komen waarop ik stomme dingen ging doen. En ik had al te veel stomme dingen gedaan in mijn leven. Vrij recent nog, toen ik die idiote makelaar aanviel op het strand, bijvoorbeeld. Nu was het tijd voor focus. De jacht. Ik kneep mijn handen stevig om het stuur. Focus. Je kunt het, Maud.

Ik reed de enige toegangsweg naar Ringarogy Island op, de Lag Bridge. Een smalle stenen toegang van niet meer dan een meter of tweehonderd tot het eiland. Aan weerszijden van de smalle brug lag vies, bruinig modder en slib, met een dun laagje water erop. Met vloed kwam het water bijna tot aan de rand van de weg. Alsof je over water reed. De weg over het eiland was niet veel breder dan een gemiddeld Nederlands fietspad, en slecht begaanbaar. Hobbelend en hopend dat de schokbrekers van de auto het niet zouden begeven, legde ik de afstand af. Hemelsbreed een paar kilometer, maar dankzij de hobbels en bochten duurde de rit een kwartier. De laatste paar honderd meter was een privéweg, afgesloten door twee brede roestige poorten. Uitstappen, poort openen, auto erdoor, poort sluiten, en verder. Je moest geen haast hebben hier.

Hoe dichter ik het witte huis naderde, des te meer leek het eiland in de verte in de zee te zakken, als een overgave naar de ontembare krachten van de Atlantische Oceaan. Pas als je doorreed tot je niet verder kon, tot aan het witte huis, zag je de weerstand van het land in de vorm van de rotsachtige kustlijn. Het land gaf zich niet zomaar gewonnen aan het water. Ik vond dat prachtig en mijn liefde voor dit kleine stukje land groeide met sprongen. Dat het huis letterlijk aan het einde van de weg en aan het einde van het eiland lag, versterkte een eind-van-de-wereldgevoel. Ik dacht aan Mark, akelige vreemdgaande ex Mark, en herhaalde zijn laatste aan mij gerichte woorden hardop: "'Dat is niets voor jou Maud, zo afgelegen wonen. Je komt met hangende pootjes terug.'" Dat zouden we nog weleens zien. Het ging tot nu toe best goed. *Strike one*, Mark.

Ik parkeerde mijn auto en zocht in mijn tas naar de huissleutel. Die tas moest ik echt een keer uitmesten. Dit huis geen kers... Ik keek op naar de witte muren, die triomfantelijk afstaken tegen al het groen eromheen. Gebouwd in 1901, stond er in de eigendomsakte. En al die jaren in het bezit geweest van mijn familie. Het huis waarin ik geboren was. En nu was het van mij.

Het huis bestond uit een middengedeelte met twee verdiepingen, met links en rechts een deel zonder bovenverdieping. Links (als je ervoor stond met je gezicht ernaartoe) lag de woonkamer, middenin de keuken, en rechts een ruimte die als een soort bijkeuken en opslagruimte diende. De ingang bestond uit een klein halletje, waarvandaan je in de ruime woonkeuken kwam. Zowel in de keuken als in de woonkamer bevond zich een open haard. Heel erg nodig, had ik vrij snel ontdekt. De aanvulling van de elektrische verwarming was prettig, maar zonder het knisperende haardvuur was de temperatuur niet echt aangenaam binnen. Achter de keuken was de hal met de trap naar boven, een toilet met een klein bad waarin je slechts kon zitten, een smalle wasruimte en een slaapkamer. Op de tweede verdieping bevonden zich drie liefelijke slaapkamers en een badkamer met ligbad.

De ruimte eromheen buiten was groot. Ik zou paarden kunnen houden. Of schapen, zoals Josie vroeger. Het land strekte zich uit over negentienhonderd vierkante meter. Groen, begrensd door gestapelde stenen muurtjes van ongeveer een halve tot een meter hoog. En een losstaand bijgebouw. Kortom: het was een behoorlijk huis met een nog behoorlijker lap grond. Zonder doorlopende weg erlangs, want deze eindigde bij dit huis. Alleen als je hier moest zijn had je die weg nodig. En dan was er het fenomenale uitzicht op de baai van Baltimore, de oceaan erachter, en Sherkin Island. Van een huurflat in een drukke stad in Nederland naar een vrijstaand huis met grond op een zo goed als verlaten eiland. Je kon het slechter treffen.

Binnen gooide ik mijn tas op de keukentafel, opende mijn laptop en zette water op voor thee. Ik checkte mijn Gmail. Een paar mailtjes van reisbureaus. Mooi. Ik tikte snel wat antwoorden terug en opperde dat Ierland een prachtige reisbestemming was. En of ze foto's nodig hadden. Ter illustratie postte ik meteen een paar foto's die ik de afgelopen weken van de omgeving gemaakt had op Instagram: #ireland #nature #landscape #spooky #gothic. Ik zag ter plekke de hartjes beginnen te stromen. *Like*.

In mijn fotografie had ik van het begin af aan de neiging gehad om donkere, sfeervolle plaatjes te schieten. Alsof ik me al die jaren onbewust had voorbereid op deze terugkeer naar mijn roots. Ierland was perfect voor mijn soort foto's. Deprimerend, noemde een vakdocent op de kunstacademie mijn stijl ooit. Dat vinden mensen niet leuk, zei hij. Bijna vierhonderdduizend Instagramvolgers en volop opdrachtgevers bewezen zijn ongelijk. En bovenal bewees mijn keuze om ooit voor mezelf te beginnen zijn nut ook op andere wijze: ik kon zonder problemen Nederland verlaten, voor zo lang ik wilde. Het maakte niet uit vanuit welke thuisbasis ik werkte. Al ging ik op de Noordpool zitten. *Strike two* naar Mark, die mijn stap naar freelance werken altijd een impulsieve, ondoordachte en vooral stomme keuze had gevonden.

Ik wierp een blik naar buiten. Slierten mist omarmden het huis. Het gierende geluid van de wind die door kieren en gaten binnendrong was bijna vertrouwd geworden. Bijna.

Ik nam voorzichtig een slok van de hete thee. Het was ironisch, vond ik: op de vraag die ik nooit had gesteld, had ik een antwoord gekregen waar ik niet op zat te wachten: Josie Sweeney was mijn moeder, niet mijn tante. Je zou denken dat daarmee de kous af was. Helaas riep het vooral meer vragen op. Waarom, was de grootste. Waarom had ze me afgestaan aan haar zus Aileen, de vrouw van wie ik tot afgelopen zomer dacht dat ze mijn moeder was?

Een tweede grote vraag was: wie is dan mijn echte vader? Kennelijk niet iemand die me officieel erkend had, want zijn naam stond niet in de adoptiepapieren vermeld. *Vader onbekend*, stond er. En daarna volgden tientallen andere vragen. Waarom was Aileen met haar man en mij naar Nederland vertrokken? Vanwege papa's werk, had ik altijd te horen gekregen. Maar als je een leven lang kunt liegen over het moederschap, dan is niets meer geloofwaardig, toch?

In de map die in de kluis achter het schilderij verborgen lag, zaten adoptiepapieren en correspondentie van Aileen aan Josie. Over mij. Over mijn schooljaren. En dat het beter was zo, Josie was tenslotte zo jong geweest. Zestien. Maar haar zus was twintig. Dat was ook niet bepaald stokoud. Maar dat was niet wat me alert had gemaakt. Een andere zinsnede, in een latere brief, had mijn aandacht getrokken. En me een slapeloze nacht bezorgd.

Een harde klop op de voordeur deed me opschrikken. Afgelegen wonen hield mensen hier niet tegen om onaangekondigde bezoekjes af te leggen, wonderbaarlijk genoeg. Met mijn mok thee in de hand opende ik de voordeur. De kilte van buiten greep zich meteen aan me vast. Ik sidderde, nam een slok warme thee en verplaatste mijn blik wat omlaag.

'*Hi, how are ya*,' groette de kabouteragent die de moordenaar van Josie gearresteerd had. Joshua Burke. Hij stak zijn knoestige hand omhoog als groet en stapte langs me heen naar binnen. Oké, welkom... Ik volgde hem verbaasd.

'Ik mis Josies scones,' murmelde hij, terwijl hij een stoel van de tafel trok en ging zitten. Zijn voeten raakten amper de grond. 'Heb je koekjes, of taart?'

'Eh, nee. Sorry.'

'Je lijkt zo veel op haar.'

Verbeeldde ik het me, of zag ik een glimp van emotie op het pokdalige gezicht? 'Dat hoor ik voortdurend, inderdaad.'

'Weet je het zeker?'

'Dat ik op haar lijk?'

'Dat je geen koekjes of zoiets hebt.' Hij speurde rond. Ik kon de gedachte aan een bloedhond niet onderdrukken. Als hij net zo goed was in gespuis oppakken als in koek opsporen, was het verrekte veilig hier.

'Ik weet het zeker. Wat brengt je hier?'

'Dit.' Hij gooide een krant op tafel. De kop schreeuwde me dramatisch toe.

> ***Makelaar Donald Murphy veroordeeld voor poging tot doodslag***
> *In Cork is makelaar Donald Murphy door de rechter schuldig bevonden aan poging tot doodslag op Maud McCarthy. Doodslag op de tante van McCarthy, Josie Sweeney, werd niet bewezen geacht. De rechtbank buigt zich over de strafmaat. Geëist is zeven jaar onvoorwaardelijk, de verwachting is dat de strafmaat hier niet of nauwelijks van zal afwijken.*

Burke keek me triomfantelijk aan. 'Goed gedaan, miss.'

'Ik heb niets gedaan.'

'Zonder jouw getuigenis zou het een stuk lastiger zijn geweest. Dat hij je aanviel en probeerde te vermoorden was een geluk bij een ongeluk. Nu zit hij in elk geval vast. Anders was hij ermee weggekomen, met Josies dood.' Hij kauwde op zijn lip; het zag er onsmakelijk uit. 'Voor ons dan, hè. Voor jou was het niet zo gelukkig.' Hij grijnsde. 'Chips?'

'Hoezo chips?'

'Heb je die wel?'

Ik zuchtte. 'Nee, ook niet. Ik zal een en ander inslaan voor een volgende keer.' Mafkees.

'Mooi.' Hij aarzelde kort. 'Je gaat hier echt blijven dus?'

'Voorlopig wel. Ik heb wat uitzoekwerk te doen.'

Hij knikte, ondertussen nog steeds rondspeurend. 'Pas maar goed op.'

'Hoe bedoel je?'

'Soms krijgen mensen jeuk als er te veel gevraagd wordt.'

'Jeuk? Ik weet niet of ik begrijp wat je bedoelt...'

Ineens sprong hij op als een duvel uit een doosje en snelde naar het aanrecht. 'Wat is dit?'

'Eh, een halve paprika. Over van gisteravond.'

Hij graaide het stuk uit het kommetje en stak het in zijn mond. '*Good*, lekker.' Ik hoorde hem kauwen. 'Ik ga weer. Als er iets is, je weet me te vinden.' Hij liep in snelle pas naar de voordeur, draaide zich om, nog steeds druk kauwend en zei met volle mond: 'Vraag niet te veel. Dat is beter. Soms moet je de dingen laten zoals ze zijn.' Met een hoofdknik en een sprongetje over de drempel ging hij naar buiten en gooide de deur achter zich dicht. De vlaag wind die in die enkele seconden naar binnen wist te slaan, verkilde meteen de gang.

Wat een beroerde nacht. Rond drie uur schrok ik wakker van een schrapend geluid bij de voordeur. Even dacht ik dat die maffe Burke terug was gekomen, als een zwerfhond op zoek naar eten. Gedurende enkele minuten luisterde ik naar het geluid. Vast een of ander beest. Ik pakte een tweede hoofdkussen en ging half rechtop in bed zitten. Het was pikkedonker. Inktzwart. *Pas maar goed op*, had Burke gezegd. Moest ik dat als een dreigement of als een waarschuwing zien? Ik pakte mijn iPhone en deed het zaklampje aan. Het licht creëerde donkere schaduwen op de muur. Ik maakte een foto van het kleine raam recht tegenover het bed. De liefelijke wit met geel geblokte gordijntjes verborgen het zicht op het water van de baai. Ik bekeek de foto. Niets te zien, behalve veel zwart en schaduwen. In de linkerhoek van de foto leek een schaduw bijna op een menselijke gestalte. Ik scheen met het licht in die hoek. Niets. Natuurlijk niet. Het geschraap was opgehouden. Ik deed de zaklamp weer uit, zakte onderuit en trok het dekbed hoog onder mijn kin.

Spookhuis

Het was akelig kil in de ochtend. Ik gooide houtblokken in de open haard, frommelde de krant die ik de vorige dag van Joshua Burke had gekregen ertussen, en stak hem aan. Kleine vlammetjes groeiden snel uit tot grotere likkende roodgele vuurtongen. Warmte. Heerlijk. Buiten zag ik het water van de baai onrustig deinen. Grijs en donker water. De zon was verstopt achter in hoog tempo voorbij jagende wolken, die al even grijs waren als het water. Ik maakte een mok koffie en settelde me op de bank. Langzaam zakte ik er een beetje in weg, alsof de kussens me omarmden. Naast me lag de map. Dé map. Met de cruciale informatie erin die maanden geleden mijn leven op de kop gezet had. Eerst tot mijn grote schrik, maar die schrik was nu voorbij en inmiddels overheerste de nieuwsgierigheid naar een ander en nieuw leven. Tot afgelopen zomer was ik me zelden bewust geweest van mijn Ierse nationaliteit. Alleen als ik een nieuw paspoort aanvroeg werd ik eraan herinnerd, of als ik om een officiële reden mijn Nederlandse verblijfsvergunning tevoorschijn moest toveren. En heel soms als ik chagrijnig werd van mijn weerbarstige rode haren.

Ik opende de map en spreidde de papieren voor me uit op de salontafel. Het stapeltje brieven. De adoptiepapieren. De foto van mij als baby, met Josie, Aileen en hun vader. Ofwel mijn opa.

Ik nam de gezichten van mijn moeder en tante in me op. Ze leken niet echt op elkaar.

Waarom hadden mijn ouders nooit verteld dat ze niet echt mijn ouders waren? Ook na hun dood had ik niets in hun bezittingen gevonden wat alarmbellen had moeten doen afgaan. Ze hadden kennelijk hun stinkende best gedaan om mijn identiteit geheim te houden. Dat was raar, toch? Of niet? Ik heb geen bal verstand van adoptie, maar ik ging er altijd van uit dat mensen vroeg of laat de waarheid aan hun kind vertelden. Niet dus.

Was ik boos? Ik wist het eigenlijk niet zeker. Deels wel. Ze hadden ruim dertig jaar tegen me gelogen. Je zou om minder woest worden. Toch lukte het niet om écht heel erg kwaad te zijn. Om een of andere reden dacht ik dat ze het uit liefde hadden gedaan. Dat er een reden voor was die zo belangrijk was, dat ze deze keuze gemaakt hadden. Dat hoopte ik tenminste. De grote vraag was: wat was er dan zo belangrijk?

Ik dronk het laatste beetje koffie op en liep naar de keuken. In de smalle doorgang keek ik naar het schilderij waar de kluis achter verstopt zat. Woeste golven rolden bijna over de barokke rand. Middenin bevond zich een wazige vlek. Er leek iets tussen de woelige wateren in de mistflarden te liggen, of was dat een illusie? Het kon ook een golf zijn, of de schilder was uitgeschoten met zijn kwast, het was lastig te zien. Ik kneep mijn ogen tot spleetjes. Was het een eiland? Links onderin stonden woorden, leek wel. Ik ontcijferde het met moeite. *Tir Na nOg.* Zoiets. Betekende vast zoiets als 'vaag schilderij.' Het was al met al wel een mooi plaatje. Ik zag de foto die ik zou kunnen maken van de locatie levendig voor me. Waar zou het zijn? Dat was een beetje de pest hier, alles leek op elkaar: groen, kliffen, zee en mist. En regen. En grijze luchten. Zacht wreef ik met mijn wijsvinger over het doek. Het voelde bobbelig van de klodders verf. Dat had een foto dan weer niet.

De keuken was ijzig kil. Snel maakte ik een tweede mok koffie en ging terug naar de woonkamer. Op de bank trok ik een plaid over me heen. De blauwe ogen van opa staarden me aan. Blauwoog. Als ik niet zou weten wie hij was, had ik verliefd op hem kunnen worden. Ik nam de brieven op schoot. Hoofdzakelijk geleuter over mij: hoe het op school ging, hoelang ik was op allerlei leeftijden, mijn eerste verliefdheid (Richard, vijf weken verkering), en meer van die informatie die alleen maar interessant is als het om je eigen kind gaat. Eén brief had mijn aandacht in het bijzonder getrokken. Na een paar alinea's over mijn leven eindigde mijn niet-moeder Aileen met de woorden: *Over dat andere wat je me schreef, dit hebben we afgesproken, dit blijft het verhaal. Je weet dat het niet anders kan. En ik hoop dat je zo verstandig bent de vader niet meer toe te laten in je leven. Je weet wel waarom.*

En precies die woorden waren de reden dat ik niet geloofde dat alleen de leeftijd van Josie de reden was om me voor adoptie aan haar nauwelijks oudere zus af te staan. James had het goed geraden in de pub: ik wist meer.

Rond het middaguur werkte ik mijn foto's op Instagram bij. Achttien nieuwe volgers sinds de vorige dag. Mooi. Ik bekeek de namen. Een paar Ieren, zo te zien. Niet vreemd, met de hashtags die ik had gebruikt. Geen bekenden in elk geval. Dat was nooit zo, en toch bekeek ik ze elke dag.

Over een uur had ik met James afgesproken. En ondanks mijn hartgrondige voornemen om afstand te bewaren, stond ik voor de kast naar de weinige kleding te kijken die ik had. Met die stomme kou en regen waren de opties niet zo enorm. Na lang wikken en wegen koos ik voor een groene wollen trui. In plaats van een blauwe. Tja. Ik probeerde de kriebels die mijn maag wiegden tot ik er zowat onpasselijk van werd te negeren. De afspraak was puur zakelijk. James moest me verder helpen. Hij kende de mensen. Hun eigenaardigheden. En hun bijzondere bijgelovigheid. Misschien moest ik een lijstje maken met alle vragen die ik had.

Zakelijk, ja, ja. Ik zag in de verte al de rode gloed van zijn haren. Zoals altijd droeg hij een tweedjasje, bruin met een groenig flubbeltje erdoorheen verweven. Ik zag dat vaker hier. Vast een soort folklore. Het zag er... ouderwets uit. En charmant.

De paraplu die ik opende klapte onmiddellijk binnenstebuiten. Stom, dat had ik kunnen verwachten. In plaats daarvan trok ik de capuchon over mijn hoofd en rende over de natte kasseien naar de pub in de haven van Baltimore. De haven die zo ongeveer dood was in de winter. De aangemeerde bootjes waren op één hand te tellen. De catamaran lag werkeloos te dobberen. Geen weer om walvissen en dolfijnen op te sporen voor de toeristen.

Een vlaag wind met heel fijne motregen sloeg in mijn gezicht, net voordat ik de deur van de pub opende. Ik stapte over de drempel en veegde mijn gezicht af met mijn mouw. Een man liep bijna tegen me aan, schrok terug, sperde zijn ogen open. Hij mompelde iets en schoot langs me heen naar buiten. Aan een tafeltje voor het raam zag ik James glimlachen.

'Hij schrok van je.'

'Kennelijk. Hij mompelde iets. Het klonk als *eeslin* ofzo.'

'*Aisling*,' zei James. De tongval was onvervalst Iers.

'Ja, dat!'

'Droom. Hij dacht dat je een droom was. Je lijkt echt ontzettend veel op Josie, de mensen denken dat je een geest bent.'

'Tegen geesten bots je niet op.' Ik trok mijn jas uit en hing hem achter me over de leuning.

'Dat weet je niet.'

Ik keek hem bevreemd aan. 'Geesten hebben geen fysiek lichaam. Ergo: ertegenaan botsen gaat niet.'

'Zo simpel liggen die dingen niet. Er is veel wat niet verklaarbaar is.'

'Jullie zijn raar.'

'Jullie?'

'Ieren.'

'Jij bent ook Iers van oorsprong. Je mag dan in Nederland opgegroeid zijn, maar Iers bloed is Iers bloed.'

'Ja, ja, wijsneus.'

'Waarom keken jij en die barman elkaar zo aan, gister in Skibbereen?'

James leek even van slag. 'Eh, ik weet niet wat je bedoelt...'

'We hadden het over het witte huis. En volgens mij zag ik zo'n blik van verstandhouding tussen jou en de barman. Of valt dat onder die niet te verklaren dingen van je?'

Hij lachte. 'En dan noem je mij de wijsneus. Thee?'

Ik knikte, hij maakte een gebaar naar de barman waar ik niets uit kon halen, en zeker niet dat er thee werd besteld.

'Oké.' Hij liet zich tegen de stoelleuning zakken en haalde een hand door zijn haar. De barman zette twee koppen heet water met theezakjes erin neer, vergezeld van een kannetje melk. Ik moest dat gebaar absoluut onthouden.

'Het witte huis,' begon James. De barman, een donkerharig mannetje dat bijna net zo breed als lang was, stokte zijn bewegingen en draaide naar ons om. 'Niet doen,' zei hij op gedempte toon en met zijn borstelige wenkbrauwen in een frons, en hij haastte zich achter de toog. Met zijn handen wreef hij druk heen en weer over zijn schort alsof ze kleddernat waren. Dat waren ze niet.

'Niet doen?' Vol verbazing keek ik James aan. 'Waar heeft hij het over?'

'Als je dingen hardop uitspreekt, dat is... niet altijd goed.'

'Want? Dan komt de *boogieman* je halen?' Dit kon toch niet waar zijn.

'Nou, nee.' James grinnikte kort en trok toen meteen weer een serieus gezicht. 'Mensen zijn hier nogal bijgelovig, dat weet je toch. De veiligste manier van leven is verzwijgen. Waar je het niet over hebt, bestaat niet.'

'En dat geloof jij ook?'

'Ja en nee. Ik ben gewoon een mens van de eenentwintigste eeuw, ik heb gestudeerd, ik ben gewend om vanuit mijn nuchtere verstand te leven.'

'Maar?'

'Ik ben ook hier opgegroeid. Ik ken de verhalen. Ik heb dingen gezien die ik niet kan verklaren.'

Ik monsterde hem. Sprak hij de waarheid? Meende hij wat hij allemaal zei? Het leek van wel. Maar vertrouwen op je intuïtie is niet altijd honderd procent betrouwbaar. Je denkt soms iemand te kennen, en dan blijkt diegene een andere agenda te hebben. Ik dacht aan Mark. Eikel.

'Josie ging dood in dat huis. Op een gewelddadige en onnatuurlijke wijze. Als mensen op zo'n manier sterven, kunnen ze het aardse leven niet loslaten. Ze gaan rondspoken. Op de plek waar ze voor het laatst ademden. Het witte huis is daarmee een spookhuis geworden,' legde James uit.

'Een spookhuis. Serieus.' Ik wilde een grapje maken, maar iets zei me dat dit niet het moment was. De uitdrukking in James' ogen was veranderd. De sprankeling was gedoofd, gedempt als de toon van zijn stem. Achter me scharrelde de barman hoorbaar rond de tafeltjes. Was hij aan het luistervinken?

'Bloedserieus, Maud. Over dit soort onderwerpen maak je geen grappen.' Hij keek vluchtig om zich heen. 'Hardop uitspreken is al... onverstandig. Je weet nooit wat het hoort.'

Wat, zei hij. Niet wie. *Wat* het hoort. Haartjes op mijn arm schoten omhoog. De ruimte leek ineens een paar graden killer. Automatisch wilde ik lachen om dit absurde verhaal dat rechtstreeks uit een slechte horrorfilm leek te komen. Maar dat gebeurde niet. Mijn instinct, mijn intuïtie, mijn Ierse roots desnoods, of hoe je het ook wilt noemen, nam de overhand. Ik lachte niet. Ik huiverde.

'Nog meer thee?'

Ik schrok op van de barse stem. De barman stond pal achter me. 'Eh, oké,' mompelde ik. Hij schonk onze kopjes bij, morste wat heet water over de rand zonder zich ervoor te verontschuldigen, en verdween weer naar zijn vaste plek naast de glimmende tap. Een echtpaar op leeftijd schuifelde binnen. De man liep zo krom dat zijn hoofd bijna zijn knieën raakte. 'Goedendag,' zeiden ze tegen iedereen en niemand in het bijzonder. Ze schuifelden naar een tafel achter ons en namen plaats.

'Maar goed,' ging James verder, nu op normale toon, 'je wilde aanwijzingen. Namen. Een richting om je speurtocht te starten. Daarom kwamen we hier samen, toch?'

'Precies.'

Met een samenzweerderige blik keek hij me aan en zei: 'Dan weet ik wie je moet spreken.'

Buiten, verlost van de donkere atmosfeer in de pub, en in de frisse lucht en de ontnuchterende regen, zakte de huiver iets af. Maar niet helemaal. Een knagend onrustig gevoel bleef ergens hangen. Het had rond gewerveld in mijn hoofd vanaf de dag dat ik deze streek betrad, en had zich inmiddels definitief verankerd. Nu was er een onzichtbaar maar hardnekkig weerhaakje geïnstalleerd in mijn hoofd, waar met gemak van alles aan kon blijven haken.

Ik trok mijn jas dicht, hield mijn gezicht uit de regenvlagen gekeerd, en snelde naar mijn oude Toyota. Ik had een naam, dat was winst. Iemand die me verder kon helpen.

Na een trage rit – ik kon maar niet wennen aan rijden op de smalle onverlichte wegen – stond ik bij mijn voordeur met de sleutel te morrelen. Het slot piepte en zeurde op de meest akelige manier. Olie kopen en slot smeren, noteerde ik in gedachten. Ik wilde de deur openduwen, maar van achter de glazen ruitjes staarde een gezicht me aan. Josie. Ik vloekte luidkeels en viel achterover op de modderige grond. De deur klapte dankzij een flinke windvlaag geheel open. Josie? Dat kon niet. Onmogelijk. Ik krabbelde overeind, mijn haren waaiden voor mijn ogen en onttrokken de open deur en het halletje aan mijn zicht. Snel haalde ik mijn handen over mijn gezicht en duwde mijn haren achter mijn oren. Zinloos, onmiddellijk ving de wind ze weer. Ik keek de hal in. Niets. Geen Josie. Opnieuw... Voorzichtig trok ik de voordeur weer dicht, zonder naar binnen te gaan. Ik draaide de sleutel om en keek in de raampjes. Het enige wat ik zag was de weerspiegeling van mezelf. Ik begon hardop te lachen. Een spookhuis. Dat rare Ierse spokengeloof was besmettelijk. Ik had gewoon mezelf gezien. En ik leek nu eenmaal op Josie. Met het restant van de lach op mijn gezicht opende ik de deur en stapte de gang in. De wind gierde, snel duwde ik de deur dicht en leunde ertegenaan. Hou je kop erbij, Maud. Laat je niet van de wijs brengen door idiote verhalen en bijgeloof. Focus.

Binnen gooide ik alle deuren open en verlichtte elke ruimte met minstens één lamp. Het licht stond gelijk aan veiligheid. Zoals je als kind denkt dat wanneer je je voeten niet over de bedrand laat hangen, het monster eronder je niet kan pakken. Allebei onzin, maar uiterst effectief voor de geruststelling. Ik liep door het huis en raakte de muren aan, die op de meeste plekken ruw gepleisterd waren. Geen kers. Maar een ouderwets spookhuis. Ja, ja.

Misschien is het goed om je eraan te herinneren dat ik en mannen een dingetje was. Weet je nog van Mark? De reden dat ik inging op de uitnodiging van Josie om een paar weken in de zomer in Ierland door te brengen? Mark, liefde van mijn leven, en verpester ervan. Na een latrelatie (ja, dat bestaat nog) van bijna vier jaar, mijn langste én meest intense relatie tot dan toe, vond hij het tijd om zijn blik te verruimen. En zijn handen van mijn lijf naar dat van een ander te verplaatsen. Zonder overleg. In gewonemensentaal noemen we dat vreemdgaan. En al ben ik een meegaand type (vind ik zelf), dat pik ik niet. Vervelend is dat het 'nietpikkendeel' in je hoofd zit, en liefde in je hart. En daar wroet Mark nog een beetje als een molletje rond. Terwijl ik met mijn hoofd probeer een verdelger in te schakelen.

Maar dit allemaal terzijde. Gewoon, zodat je misschien beter begrijpt waarom ik niet blindelings in de armen van de eerste bes-

te Ier rende. (Oké, los van die heel korte misstap in het begin, waarin ik even in zijn armen belandde...) Al zou ik James niet zo willen omschrijven. Wel als Ier, maar niet als de eerste de beste. Hij is hypnotiserend mooi met zijn donkerrode haardos met flinke slag erin. Net iets langer dan ik, prachtige groenbruine ogen en lichte sproetjes om zijn neus. Als een minizonnestelsel met honderden sterren. Maar om ze goed te zien, moet je dichtbij staan. En dat was nu net geen goed plan. Want hoe kon ik mezelf aan iemand geven als ik niet wist wie 'mijzelf' was?

Een gekke oma

Ik liep rond door het dorp, mijn hoofd in Google Maps verstopt. Zo te zien moest ik ergens aan het einde van een weg zijn die aan de rand van Baltimore lag. Rechts bevond zich de haven, volgens Maps was het simpelweg de weg vervolgen en dan ergens een keer rechts. Ik groette de eigenaar van een van de *whalewatch*-bootjes. Een man van een jaar of zestig, een nog weelderige woeste grijze bos haar op zijn gebruinde hoofd, met een al even grijs baardje. Kapitein Iglo in het echt. Hij knikte nauwelijks zichtbaar, wendde zijn hoofd onmiddellijk af en schoot achter het kleine toiletgebouwtje. Kennelijk was ook deze arme man er onveranderd van overtuigd dat ik Josies geest was. Ik was niet van plan nog pogingen te doen mensen van die gedachte te genezen.

Ik stak een kleine kruising over en vervolgde het voetpad langs de smalle weg waar aan beide zijden auto's geparkeerd stonden.

'Maud!' klonk het achter me. Ik keek over mijn schouder. Daar was hij. James. Als een prins op het witte paard. Nou ja, dit paard was bruin. En hij was niet mijn prins.

'Hoi. Wat doe jij hier? Ik bedoel, zo met dat paard?'

'Een stukje rijden, beetje ontspannen.' Het zweet parelde op zijn voorhoofd. En onder aan mijn rug. Ik weet het aan het wandelen en de stevige pas die ik had ingezet. Het paard dampte en brieste, schudde zijn hoofd. De diepbruine kleur glansde van het zweet. Een hoef schraapte over de grond.

'Hij heeft er zin in, hè?' Ik aaide het dier over de wang, die oververhit voelde.

'Zij,' zei James. Hij boog voorover en klopte een paar keer op de zijkant van de lange hals. Ze brieste opnieuw. De vage geur van een heerlijk parfum die ik opving vermengde zich met de typische paardengeur.

'Een dame. Aha. Je rijdt hier altijd in de buurt rond?'

'Af en toe. Als ik geen tijd heb om naar Bantry te gaan, dan red ik me met deze omgeving.'

'Wat is er in Bantry dan?' Ik sprak de plaatsnaam uit alsof ik al jaren wist waar het lag. Ik had geen flauw idee.

'Crosscountrymogelijkheden.' Hij haalde zijn schouders op. 'Een hobby.'

'Aha.' Wederom had ik geen idee wat dat was. Het was vast ruig, aan de naam te horen. Een leuk contrast met zijn nette tweedjasjes. 'En je loopt toevallig nu hier, op de weg naar het huis van...'

'Toevallig, ja. Ik vroeg me af... Wil je met me uit eten in Skibbereen, vanavond?'

'James, ik wil niet daten, ik...'

'Geen date,' onderbrak hij me. 'Ik moet eten, jij moet eten, en misschien is het goed om je te laten kennismaken met wat fijne eettentjes in de omgeving. Dat is alles.'

Het klonk als een slap verhaal, maar hij had gelijk wat het eten betreft. Dat moest toch gebeuren. En ik had best zin om er even uit te gaan. 'Akkoord. Ik zie je in Skibbereen. Uur of zeven.'

'Ik kan je ophalen.'

'Nee, dat mag alleen bij een date. En dat is het niet.'

Hij lachte. Zijn paard begon ongeduldig te trappelen. Ik deed mijn best om niet te staren naar de perfect gevormde benen in de strakke rijbroek die het paardenlijf omklemden. 'Ik ga verder, anders koelt ze te veel af. Tot vanavond.' Hij tikte tegen zijn cap, gaf been, en draafde in de richting van de haven.

Ik staarde hem na terwijl hij hoog verheven als een aristocraat op zijn merrie wegdraafde. *Vertrouw hem niet*, fluisterde een stemmetje diep in mijn hoofd. Hoe goed kende ik hem? Er was verre van een sterke basis voor een onwrikbaar vertrouwen. Aan de andere kant... Ik had Mark ook volledig vertrouwd. En dat bleek onterecht. Hoe betrouwbaar was dan mijn innerlijke stemmetje?

James was volledig in de verte verdwenen, opgeslokt door de mistige horizon. Die bijna voortdurend aanwezige mist hulde elk vergezicht in nevelen. Alsof alles buiten je directe zichtveld een fata morgana was.

Het einde van de wereld was het vaste adres van een hoop huizen in Ierland, viel me op. De weg, The Cove geheten, boog af naar rechts, net voor de weg die naar het grote baken op de kliffen eindigde. De Beacon, de grote grijswitte markering van de kust uit vervlogen tijden. Met uitzicht op de uitgestrekte oceaan, de bootjes, en de eilanden voor de kust. Als de wolken en de mist het zicht niet verhulden. Of de regen. Een van de vele vormen van regen.

'The Cove' betekende de inham. Dé inham. Alsof er niet tientallen inhammen aan de kust waren, maar alleen deze. De weg liep door op een uitsteeksel van het land dat Coney Island genoemd werd. Het water in de daadwerkelijke inham stond laag. Kleine bootjes met afbladderende verf lagen in het slib te wachten tot het water ze weer verhief.

Minutenlang wachtte ik voor de deur van het huis waar ik volgens James moest zijn. Ik rilde. Mijn haar voelde vochtig van de mist en krulde op. Net toen ik het wilde opgeven en omdraaien, ging de deur op een kier open.

Een geplooid gezicht stak om de deur en twee kleine oogjes keken me aan. Varkensoogjes, flitste het door me heen.

'Ja?' De krakerige stem klonk wantrouwend. De deur die niet verder openging dan de kier bevestigde dat. Dit was dus de meest nieuwsgierige vrouw van Baltimore en omstreken. Minstens honderddertig jaar oud, zo te zien.

'Dag, Mrs. O'Connor,' begon ik op mijn vriendelijkst. 'Ik heb uw naam doorgekregen van James. Hij zei dat u me meer kunt vertellen over mijn tante Josie.' Niet tante. Macht der gewoonte. Moeder. '... moeder. Josie was mijn moeder,' verbeterde ik mezelf.

De oogjes knepen samen. Ze nam me van top tot teen op. 'Josie?'

Ik knikte. Of bedoelde ze nu dat ik Josie was? 'Mijn moeder,' herhaalde ik ter verduidelijking. Het voelde nog erg onwennig om haar mijn moeder te noemen. Ik had net zo goed 'bakker' kunnen zeggen, of 'buurvrouw'. Op geen enkele manier voelde ik een emotionele binding met het woord in relatie tot Josie.

Met een zucht van het hout dat in de deurpost viel, werd de deur weer gesloten. Gemorrel. En toen ging de deur net ver genoeg open om een persoon door te laten. De vrouw zag ik niet meer. Was dit een uitnodiging? Voorzichtig duwde ik de deur iets verder open. Een smalle donkere gang werd zichtbaar. Een muffe, beetje zurige lucht die ik nog nooit eerder had geroken drong mijn neusgaten binnen. 'Hallo?' zei ik hoopvol. Niets. Ik haalde mijn schouders op en stapte de gang in. Een windvlaag sloeg de deur met een klap geheel open. Ik schrok, en verwachtte dat de vrouw opdook om me er scheldend uit te gooien. Maar niets van dat alles. Langzaam liep ik door naar de enige deur aan het einde van de gang. Einde klinkt heel ver, maar in feite was het maar een paar meter. Ik klopte en wachtte. Geen reactie. Behoedzaam pakte ik de klink en duwde die naar beneden. Fel licht viel de gang in. Verrassend fel.

'Je opa was een stuk sneller. Thee?' De krakende stem kwam van midden in een kleine woonkamer, die volgepropt was met oude eikenhouten meubelen. Ze wees naar een tweepersoonsbankje dat alleen tweepersoons was als je niet te dik was, en schuifelde zelf naar een poepbruine leunstoel die versleten en oud oogde. Haar rimpelige grauwe handen pakten de leuningen om zichzelf te ondersteunen terwijl ze achterover zakte. Haar borsten hingen op haar buik, ze ademde zwaar. De felle varkensoogjes zaten diep in de kassen verstopt, tussen rimpels die in hoeveelheid het aantal rimpels op haar handen ver overstegen. Haar korte warrige haar was geel-grijs en vlassig. Ze leek in het decor van haar eigen woning een passend accessoire.

'Mijn opa?'

'Zijn ogen waren feller dan de jouwe. Maar wel hetzelfde blauw. Is zeldzaam hoor, rood haar en blauwe ogen.'

Opa Blauwoog. Ze bedoelde hem.

'Hij waakt over je.' Ze zei het alsof ze het weerbericht meedeelde. Met een bevende hand schonk ze melk in mijn thee, zonder te vragen of ik dat wilde. Enkele druppels vielen naast het gebloemde kopje.

'De doden komen niet terug van waar ze ook maar naartoe gaan,' mompelde ik.

'Dat klopt. Maar sommigen gaan gewoon nooit weg,' was haar antwoord.

'Dat is fijn. Denk ik.' Het leek me het meest gepaste antwoord. Over me waken. Ik wierp een steelse blik over mijn schouder, alsof ik verwachtte dat hij daar stond, op wacht. Mijn persoonlijke beschermengel.

'U kende hem?' De vraag was volledig overbodig. Maar ik wist niet hoe ik anders het gesprek op gang moest krijgen.

'Natuurlijk, *love*.' Ze opende een koekblik dat akelig piepte op het moment dat het deksel losschoot. 'Koekje?' vroeg ze.

Uit beleefdheid pakte ik er een. Ik hoopte dat het niet tien jaar over datum was. Ik had niet de indruk dat ze veel bezoek kreeg, al waren mijn indrukken de laatste maanden verrassend vaak verkeerd. Ze doopte haar biscuitje in de thee en begon er uiterst onsmakelijk aan te zuigen en sabbelen. Ik legde mijn koekje op tafel.

'U kende Josie ook, en mijn moe... haar zus Aileen?'

Ze knikte. Kruimels vielen voor haar op de grond. 'Aardige zussen, beetje raar, maar aardig.'

'Hoezo een beetje raar?'

'Ik woonde op Ringarogy. Met mijn vader. Mijn moeder ging dood bij mijn geboorte. Dat gebeurde vroeger wel vaker.' Ze haalde haar schouders op. 'Als klein meisje zwierf ik over het hele eiland. Ik droom er vaak over. Fijne tijden waren dat.' Ze zweeg en nam een slok van haar thee, in gedachten verzonken.

Na enkele minuten, waarin ik van mijn thee nipte die door de grote hoeveelheid melk lauw was, schraapte ik mijn keel. Ze keek op. Even leek het alsof ze verbaasd was dat ik er zat, alsof ze het volledig vergeten was. Toen glimlachte ze. Haar hoektanden ontbraken. 'William viel een keer, toen we schapen aan het najagen waren. Dat mocht niet, maar het was leuk. Veel anders was er ook niet te doen.'

'William?'

'William Sweeney,' bevestigde ze.

'Mijn opa?'

'Dat zeg ik toch?'

Niet met zoveel woorden, maar goed. Ik hapte niet. 'Jullie waren dus bevriend.'

'Ja. Beste vrienden.' Een ondeugende blik verscheen in haar ogen. Waren ze misschien iets meer geweest dan vrienden? Ik huiverde bij de gedachte. Op geen enkele manier kon ik me voorstellen dat deze vrouw vroeger ooit een aantrekkelijke jongedame was geweest.

'Ik zag er niet altijd zo uit, hoor.' Ze keek me strak en onverwacht helder aan. Ik schrok. Had ik de woorden net hardop uitgesproken in plaats van gedacht?

Ze zakte weer in en staarde in haar theekopje.

'Weet u waarom mijn opa zo jong overleed?' Mijn moeder die niet mijn moeder was, had zich er nooit over willen uitlaten. Hij was gewoonweg jong gestorven, meer werd er niet over losgelaten.

'Ze zeiden dat het zelfmoord was. Hij sprong van de kliffen bij Lot's Wife. Ik heb dat nooit geloofd.' Ze kuchte, het klonk alsof er een rochel diep in haar keel meebewoog. Een golf misselijkheid kwam in me op en snel wendde ik mijn blik af. Adem in, adem uit. 'Lot's Wife? Waar is dat?'

'O, dat is de Beacon. De meeste mensen hier noemen het Lot's Wife. Naar het verhaal van de vrouw in de Bijbel die in een zoutpilaar veranderde.'

'En daar sprong hij vanaf?'

'Dat zegt men. Maar het kan niet.'

'Hoezo kan dat niet?' Ik begon zachtjesaan te denken dat deze vrouw misschien niet meer geheel geestelijk gezond was.

'Dan zou hij er niet meer zijn.'

Oké, ik wist het zeker. Niet helemaal meer van deze wereld.

'Niet van deze wereld, hij is niet meer fysiek hier. Maar zijn geest wel. Hij duikt af en toe op. Omdat hij rusteloos is, zijn leven is op de verkeerde wijze beëindigd. Het is niet afgerond.'

Las ze nu weer mijn gedachten? Dit werd creepy. En wat bedoelde ze toch? Ik dacht terug aan de keren dat ik Blauwoog gezien had. Mijn hoofd wilde er niet aan, elke keer als ik eraan terugdacht raakte ik in verwarring. Uiteindelijk had ik besloten het te laten voor wat het was. Een antwoord op de vraag hoe het mogelijk was dat ik mijn dode opa dacht te hebben gezien, was er toch niet. En langzaam had zich de overtuiging in mij genesteld dat ik een soort droom, een visioen, of desnoods een psychose moest hebben gehad. Daar was beter mee te leven dan denken dat ik daadwerkelijk de ronddolende ziel van mijn opa had ontmoet. En nu beweerde deze zonderlinge vrouw dat opa Blauwoog hier nog vrolijk rondscharrelde omdat zijn geest geen rust had. Gezellig samen met zijn dochter Josie, die volgens de dorpelingen ook al bleef rondhangen in aardse sferen.

Ik wilde lachen om de woorden van de vrouw, maar de realiteit was dat de haartjes in mijn nek rechtop gingen staan. Mijn verstand wilde er niet aan. Geesten bestaan niet. Toch? Ik schudde met mijn schouders, weg met die gedachten. Laat je niet gek maken door het kruidenvrouwtje in haar kleine donkere huisje en het spookachtige landschap hier. Nuchter blijven.

'En Josie? Je kende haar ook, wat kun je me over haar vertellen?'

Plotseling schoot de vrouw overeind, akelig snel voor haar leeftijd. Ze priemde een vinger in mijn richting. 'Duivelsgebroed!'

'Eh, wie? Josie?' Waar had ze het in godsnaam over?

'Die vent!' Stukjes koek vlogen uit haar mond. 'En, en...' Ze struikelde over haar woorden, om ineens te verstarren. Als een film die je op pauze zet. Er viel haar iets in. Haar kleine oogjes sperden open en knepen weer samen. 'Jij.'

'Ik? Ik weet niet zeker of ik begrijp...'

'JIJ!' Ze schreeuwde schel, zette een paar stappen naar voren, stootte tegen de tafel, en deed dezelfde stappen weer terug. 'Jij... Jij bent zijn dochter. Mijn huis uit!'

'Maar waarom, ik begrijp het niet!' riep ik, harder dan ik bedoelde.

'Eruit!'

Ik stond op en haastte me naar de voordeur. Wat was er gebeurd?

'Alstublieft,' probeerde ik nog, maar de vrouw stond midden in de kamer tegen me te briesen. Er kwam bijna letterlijk stoom uit haar oren. Die zou niets zinnigs meer zeggen, voor zover ze dat al gedaan had.

'Wat heb je me nou geflikt?' mopperde ik. Mijn ogen moesten donkerder staan dan de lucht die in de verte over de oceaan aan kwam zetten.

'Waar heb je het over?' vroeg James met vrij oprecht uitziende verbazing.

'Die vrouw, hoe heet ze, O'Connor.'

'O, Young Breanna. Je hebt haar dus gesproken?'

'Nogal. Ze is gek.'

'Volgens mij volg ik je niet. Ze is oud en traag, en oké, misschien een beetje excentriek, maar gek?'

'Als een deur.'

Nu keek hij me vol onbegrip aan. 'Als een deur? Is dat een Nederlandse uitdrukking?'

Shit, ja. 'Ja,' mompelde ik. 'Gek als... Weet ik veel.'

'*As hell.*'

'Dat, ja.'

'Wat zei of deed ze dan?' Hij streek door zijn haren.

'Niet veel, en weinig zinnigs. Ze hintte dat ze iets met mijn opa heeft gehad. En toen ineens flipte ze over de man die Josie ontmoette. Duivelsgebroed, zo noemde ze hem. Ik neem tenminste aan dat het over de man van Josie ging. Ze noemde mij zijn dochter.'

Mijn vader. Duivelsgebroed. Ik had weleens positievere termen gehoord over ouders.

'Aha.'

'Aha. Meer heb je niet te zeggen?'

'Ik kan wel even bij haar langsgaan. Misschien krijg ik meer uit haar, als local.'

'Laat maar, nu even niet. Ze leek me niet voor rede vatbaar.' Ik zuchtte en bewoog opzij om de serveerster ons eten te laten neerzetten. 'Alles naar wens?' vroeg ze, waarbij ze James aankeek op een manier die boekdelen sprak.

'Alles naar wens,' snauwde ik. Ga weg, flirt op een ander moment maar met je klanten.

Ik opende het kleine stenen pannetje. De heerlijke geur van een authentieke Indiase curry steeg op. Gretig schepte ik de saus met groente en kip naast de rijst op mijn bord. Ik hoorde James grinniken.

'Wat?' zei ik, terwijl ik een volle lepel in mijn mond stak.

'Je bent jaloers.'

'Jaloers? Doe niet zo gek. Ga eten,' zei ik en ik gebaarde naar zijn pannetje. 'Het is heerlijk.'

'Weet ik. Annie May maakt de beste curry van Skibbereen.'

Hij kiepte het pannetje leeg naast de rijst op zijn bord en begon te eten. De glimlach bleef onveranderd om zijn lippen hangen.

Jaloers. Ik? Wat een mafkees.

Raar toch, die oude vrouw? Of zou jij niet gedacht hebben dat ze een tik van de molen had gehad? Ik was het niet gewend, die vanzelfsprekende verweving met een geestenwereld zoals Breanna O'Connor die had. Ik vond haar vooral een vreemde vrouw, misschien wel dement. Hoe kun je dan waarde hechten aan wat iemand zegt?

En jaloers. Tuurlijk was ik jaloers, dat durf ik nu wel ruiterlijk toe te geven. Ik zie het duidelijk en helder, terwijl ik me herinner dat ik die emotie toen vooral wegduwde. Want als je jaloers bent, dan betekent die ander iets voor je. Bovendien ben ik van huis uit helemaal niet het jaloerse type. Bij Mark was ik dat ook niet. Misschien had ik dat wel moeten zijn. Dan had ik zijn bedrog misschien eerder ontdekt. Al die keren dat hij zogenaamd ging sporten met vrienden. De talrijke avonden dat hij moest overwerken. Hahaha, ja werkelijk, ik verzin dit niet. En juist omdat het zo ontzettend voor de hand liggend was zag ik het niet. Jaloers zijn, misschien moet ik het een kans geven.

Pikdonker was het. In een traag tempo reed ik over de weg die geen weg mocht heten naar huis. Bibberend van de kou opende ik de deur, waarbij ik bewust vermeed om naar mijn weerspiegeling in de ruitjes te kijken. Binnen was het nauwelijks warmer. Snel deed ik zo veel mogelijk lampen aan. Misschien moest ik een kat nemen zodat er tenminste iemand op me wachtte bij thuiskomst.

Ik zette de elektrische verwarming aan en pakte hout om de haard aan te steken. Hoe nu verder? Ik kende de kluis. Ik had alle kastjes en laden al eens doorzocht. Waar kon ik nog meer zoeken? Er moest iets te vinden zijn. Iets wat me meer duidelijkheid gaf over... over alles.

Ik schrok op van een geluid en spitste mijn oren. Echt, ik

moest leren om minder schrikachtig te zijn. Er waren voortdurend geluiden. De wind, de struiken, het zeewater dat tegen de rotsen beukte. Het was weer stil. 'Zie je wel, angsthaas,' mompelde ik. Ik lachte zonder geluid. Door de ramen zag ik de donkere baai van Baltimore. Geen lichtjes van bootjes.

Terwijl het hout in de haard begon te branden checkte ik mijn mail. Een van de reisbureaus had gereageerd. Enthousiast. Graag foto's. Mooi. Instagram liet vele likes en reacties op mijn eerder geplaatste foto's zien. Ook fijn. Drie nieuwe volgers.

Toen het hout eenmaal flink brandde en ik de kou uit mijn botten voelde trekken, ging ik op missie. Eerst de keuken. Ik was gaan houden van die ruimte waarin je alles had wat nodig was om te leven. De grote zwarte stenen op de vloer. De tafel waaraan houten caféstoelen stonden. De keukenkastjes en het aanrechtblad in half vierkante vorm. De geur van scones die er voortdurend leek te hangen, alsof Josie elk moment binnen kon komen om ze glimlachend uit te delen. De krakende houten bank met kussentjes die niet dik genoeg waren om te voorkomen dat na ongeveer een halfuur je kont aanvoelde als de bank: houterig. Ik had alle laden en kastjes al minstens tien keer nagekeken. Er was niets, behalve keukenspullen en spullen waarvan je niet weet waar je ze moet laten en die daarom in een keukenlade belanden. Ik ging de woonkamer in. Hier hetzelfde, niets wat ik niet nagekeken had, inclusief de dekenkist achter de bank. Waarin, niet zo verrassend, dekens lagen. Dikke wollen dekens die in zo ongeveer elk jaargetijde van pas kwamen. Mijn oog viel op de boekenkast. De titels had ik meerdere keren bekeken. Enkele thrillers, onder andere van P.D. James en Elisabeth George. Een paar kookboeken. Romans. Een woordenboek Engels-Iers. Misschien... Ik bekeek de ruggen nauwkeuriger. Vroeger had ik zo'n nepboek waar je iets in kon verbergen. Zou Josie... Als je zoiets onorigineels deed als een kluis achter een schilderij verstoppen, was het niet vreemd gedacht. En verder had ik toch niet zo veel te doen.

Met een dampende pot thee, scones van de supermarkt en een wollen deken om mijn benen positioneerde ik me in de houten schommelstoel voor de boekenkast. Een voor een trok ik een boek eruit en sloeg het open. Na een stuk of tien boeken zakte me de moed wel een beetje in de schoenen en begon het hele idee toch een tikkeltje stom te lijken. Nog een paar boeken dan. Ik stopte de rest van een scone in mijn mond en trok een volgend boek uit de kast. Het ging over piraten. Ik bestudeerde het kleurige omslag. *Life Among the Pirates: the Romance and the Reality*. Leuk, Josie hield van Kapitein Haak. Ik bladerde erdoorheen. Geen nepboek. Ineens viel er een droogbloem uit. Ik sloot het boek, legde het op tafel en pakte de bloem. Grappig, dat had ik vroeger op de lagere school ook gedaan. Ongetwijfeld voor een of andere biologieopdracht. De bloem zag er prachtig uit. Droog, uiteraard, maar tegelijkertijd leek het alsof hij gisteren geplukt was. Ik herkende hem niet. Het was geen boterbloem of margriet of iets dergelijks. Gefascineerd draaide ik de bloem rond. Het leek een verzonnen bloem, zo een die je zou tekenen als je geen idee had hoe een bloem eruitzag. Kleine roze blaadjes cirkelden om elkaar heen, naar binnen toe steeds kleiner wordend. Onder de rand zaten met minimale ruimte groene blaadjes om het roze. Het takje was groen, maar oogde anders dan andere bloemenstengels. Gladder. Gepolijster. Alsof het van porselein was. En de kleuren waren scherp en fel, niet vaal zoals je zou verwachten bij een gedroogde bloem. Wonderlijk. Ik pakte mijn mobiel en maakte er een foto van. Ook op beeld schitterde de bloem, bijna nog meer dan in het echt. Alsof het bewerkt was met een Snapchat-filter. De schoonheid van het bloemetje overviel me. Ineens werd ik overspoeld door een intens gevoel van triestheid. Ik vond mezelf zielig. Alleen op een eiland met iedereen die ik ooit kende ver weg, aan de andere kant van de zee. Volkomen in het ongewisse over de toekomst én over het verleden. Zachtjes begon ik te snikken.

Ik stond op en legde de bloem op tafel bij het boek. 'Jij hebt het maar makkelijk,' pruilde ik tegen de roze blaadjes. 'Een beetje leven, geplukt worden, en eindigen als droogbloem.' Tussen mijn tranen door lachte ik. Praten tegen een bloem. Veel gekker kon het niet worden.

Spoorloos verdwenen

Het gebonk nam toe. Ik drukte tegen mijn oren. Grauw licht viel door de spleet tussen de gordijnen. Hoe laat was het? Wat bonkte daar zo? Ik strompelde mijn bed uit, schoot een ochtendjas aan en liep de trap af. Er stond iemand aan de voordeur.

'Hallo?' Ik keek naar de man die voor de deur stond. Iets langer dan ik, ravenzwart haar met een lichte slag erin dat in een lok over zijn voorhoofd viel. Donkere ogen en een zweem van een glimlach om zijn lippen. Het decor achter hem was dreigend grijs, wolken joegen langs de hemel en de zilte zeelucht drong mijn neusgaten binnen. Ik trok de ochtendjas dichter om me heen en baalde dat ik niet even in de spiegel gekeken had voordat ik opendeed.

'Hiya,' zei de raadselachtige man.

'Dat zei ik al,' antwoordde ik. Jezus, Maud, doe nu eens vriendelijk. Ik keek langs de man heen, maar er was verder niemand te zien. Ook geen auto. Hoe was hij hier gekomen? Stel dat hij kwaad wil? Niemand die me hier hoort. De ochtendjas bood ook niet echt wat je noemt bescherming.

'Mag ik binnenkomen?'

'Eh, waarom?'

De man trok een wenkbrauw op. Kennelijk had ik weer eens een ongeschreven eilandregel overtreden of zo.

'Om te praten.'

'Dat snap ik. Waarover? Het is vroeg.' Sterk argument hoor. Ik vervloekte mezelf inwendig.

'Het is halfeen in de middag.' Nu werd de glimlach breder.

Halfeen! Had ik zo lang geslapen? 'O, ik had niet op de klok gekeken. Ik ben al uren wakker.' Hij moest aan mijn slaperige hoofd zien dat ik loog, maar ging er niet op in.

'Misschien moet ik me even voorstellen...'

'Misschien helpt dat wel.' Ik begon het wel gezellig te vinden hier aan de voordeur. Iets in zijn uitstraling was aangenaam.

'Ik ben Liam O'Connor. Kleinzoon van Young Breanna O'Connor.'

Ik viel stil. Aha. Kleinzoon van dat gekke oude mens. Die 'jonge Breanna' genoemd werd, wat een ironie. Zou het erfelijk zijn? Stond hier een idioot voor mijn deur? En waarom eigenlijk? Hoe wist hij dat ik met zijn oma gesproken had? Domme vraag, Maud, iedereen weet hier onmiddellijk alles van iedereen, zelfs eerder dan je het zelf wist.

De man schraapte zijn keel. 'Sorry, maar mag ik binnenkomen of niet?' Hij sloeg zijn armen over elkaar.

Razendsnel buitelden mijn gedachten over elkaar, en ik trok de conclusie dat als hij kwaad wilde hij dat allang had kunnen doen, dus kon ik hem net zo goed binnenlaten. En ik had behoefte aan koffie. 'Oké.' Ik liep voor hem uit de keuken in om de waterkoker aan te zetten. 'Ook koffie?'

'Eh, ja.' Hij bleef in het halletje staan en staarde de keuken in.

'Je mag wel doorlopen, hoor,' zei ik en ik gebaarde naar de eettafel. 'Plek zat.'

Aarzelend liep hij naar de tafel, schoof een stoel naar achteren en ging zitten. 'Dit is gek.'

O werkelijk, waarom was iedereen zo vaag hier? Kon niemand gewoon meteen in een volzin zeggen wat hij bedoelde? 'Wat bedoel je?' vroeg ik, met mogelijk een gefrustreerde ondertoon in mijn stem, die hij niet op leek te pikken.

'Het is net alsof Josie elk moment binnen kan komen. Ik ruik bijna haar scones.'

Met een ruk draaide ik me om. 'Jij kwam hier over de vloer toen Josie nog leefde?'

Hij knikte. 'Af en toe.'

Waarom had James dat niet verteld? Waarom stuurde hij me naar die rare oma met wie niet te praten was, en niet naar deze man, die kennelijk zoiets als een kind aan huis was?

'Ze was vriendelijk en warm. En ze leek op jou. Of jij op haar, eigenlijk.'

'Geloof me, je bent niet de eerste die dat zegt.' Ik zette twee mokken met oploskoffie neer en ging zitten. Het zou vast een gezellig tafereel lijken voor iemand die nu binnen zou stappen.

'Dat zal best.' Hij legde zijn handen om de mok. Lange slanke vingers. 'Als je hier woont, is het handig om mensen te kennen. Zeker als je alleen bent. Je bent afhankelijk van elkaar. Het is niet zoals in de stad.'

'Inmiddels begin ik dat te begrijpen. Als ik dood neerval, lig ik hier wekenlang voordat het iemand opvalt, vermoed ik.'

Hij keek me verbaasd aan en begon te lachen. 'Precies. Daarom moet er af en toe iemand zich afvragen hoe het met je gaat.'

'En daarom ben jij hier?' Ik stond op om de waterkoker te pakken. 'Kijken of ik al dood ben?'

'Nee, daarom niet. Al is het een handige bijkomstigheid. Ik ben hier om excuses aan te bieden namens mijn oma. Al weet ze daar zelf niets van. Ik sprak haar gisteravond en uit haar nogal warrige verhaal kon ik opmaken dat jij langs was geweest. En dat ze je niet al te vriendelijk bejegend heeft.'

Bejegend. Wat een mooi woord. Ik schonk het hete water al roerend bij de koffiekorrels en ging weer zitten. 'Ze noemde mijn...' Ik wilde vader zeggen, maar kreeg het woord niet uit mijn mond. '... de man van Josie, die noemde ze "duivelsgebroed". Waarom?'

'Ah. Je vader.'

Oké. Het beestje werd bij de naam genoemd dus. 'Mijn vader, ja,' herhaalde ik, en ik probeerde het woord te voelen, te proeven. Het was... raar. Ik dacht aan de man van wie ik vierendertig jaar lang had gedacht dat hij mijn vader was. Het voelde als verraad om hem nu van die positie te duwen. Anderzijds voelde het als groot verraad dat hij me nooit de waarheid verteld had.

'Ik denk vanwege Josie. Mijn oma woonde toen nog op Ringarogy en kende Josies vader, jouw opa dus. En ze had een zwak voor Josie; zij speelde vaak met haar dochter, mijn moeder. Na mijn moeders dood, ik was toen vijf jaar oud, bleef het contact met Josie.' Hij zweeg even. 'Breanna lijkt raar, maar ze heeft me opgevoed toen mijn vader na mijn moeders dood de fles leuker begon te vinden dan mij.' Hij haalde diep adem, nam een slok van zijn koffie en ging verder. 'Volgens mijn oma is jouw vader een... klootzak.'

Hij nam me op met een ongepaste twinkeling in zijn ogen. Wilde hij een reactie zien? Ik zweeg en nam een slok van mijn koffie.

Hij tikte tegen zijn mok, keek rond in de keuken en vervolgde: 'Omdat hij naar het schijnt degene was die Josie jong zwanger maakte. Omdat hij vaak op reis was en haar alleen liet. En omdat hij op een dag met de noorderzon vertrok, haar met een gebroken hart achterlatend.'

Geweldig. Mijn echte vader bleek een lamzak te zijn. Ik keek Liam aan. De twinkeling was er nog steeds. Sprak hij de waarheid? Misschien moest ik niet meteen overal intrappen. Maar waarom zou hij liegen?

'Heb jij hem ooit gezien? Mijn vader?'

'Ja. Lang geleden, maar ik heb hem weleens gezien.'

Ik verstijfde. Hier zat iemand die mijn vader gekend had. Gezien had. Geroken en aangeraakt misschien. Mijn handen begonnen te trillen, en snel verstopte ik ze onder het tafelblad. 'Hoe... was hij?'

'Gewoon. Aardig. Een beetje zonderling. Altijd met zijn neus in de boeken. Ik herinner me niet heel veel, hoor. Maar altijd als ik hem zag had hij een boek in zijn handen. En ik weet nog dat hij dat schilderij' – hij maakte een hoofdbeweging in de richting van het halletje – 'voor Josie meenam. Stom hè, hoe soms dat soort onbelangrijke details blijven hangen.' Hij glimlachte en nam me op. 'Je lijkt niet op hem. Maar dat is niet vreemd als je al een kopie van je moeder bent. Je kunt niet sprekend op beiden tegelijk lijken.'

Ik probeerde in mijn herinneringen te graven. Toen ik een jaar of zeven was bezochten we Josie, van wie ik toen dacht dat ze mijn tante was. Was er toen ook een man geweest? Was ze alleen? Ik wist het niet meer. De enige – vage – herinnering die ik had, waren de wollige witte schapen rond het huis en de feeen die ik dacht te zien achter stenen muurtjes. Nog maanden daarna liep ik thuis in een roze feeënpakje van de carnavalsshop rond, zwaaide met een toverstafje met een lampje erin, overtuigd dat ik ook een fee was. En niemand die durfde te zeggen dat het roze enorm vloekte met mijn rode haren.

'Heb je een foto van hem?' vroeg ik. Tot nu toe had ik geen foto's gevonden in het huis, behalve de foto uit de map in de kluis, met opa Blauwoog erop.

'Geen idee. Ik kan eens kijken in oude fotoalbums. Misschien staat hij ergens per ongeluk bij op, bij een verjaardag of zo. Mag ik je telefoonnummer? Dan app ik je.'

Ik pakte zijn mobiel aan, toetste mijn nummer in zijn contactenlijst en gaf hem terug. Hij keek ernaar. 'Ik moet gaan. Nogmaals excuses voor mijn oma.' Hij liep naar de voordeur, en draaide zich net voor hij de deur opende om. 'Je hoort van me.'

Ik knikte. Ineens bedacht ik me dat ik helemaal geen naam wist. Hoe heette de man die zeer waarschijnlijk mijn vader was? 'Liam,' riep ik hem na.

Halverwege de toegangspoort keerde hij zich om. 'Ja?'

'Hoe heet hij?' Ik verhief mijn stem om boven de wind uit te komen. 'Mijn vader, hoe heet hij?'

'Finn. Finn Sheehan.'

De ferry vertrok tien minuten later dan gepland. Het was rustig aan boord. Geen toeristen, en slechts een handvol eilandbewoners. Met mijn camerarugtas en James als gids stapte ik over de smalle rand tussen de kade en het dek. De bestemming was Cape Clear Island.

Cape Clear Island lag op ongeveer drie kwartier varen van de haven van Baltimore. James dacht dat ik daar mooie plaatjes kon schieten voor een nieuwe opdrachtgever die me via de mail benaderd had. Hij had met spoed foto's nodig van een Iers eiland voor een website over Ierse eilanden. Nou, dat kon geregeld worden.

Volgens James bood het meest zuidelijke nog bewoonde eiland van Ierland fenomenale uitzichten. Zij aan zij zaten we op het bovendek op akelig krakkemikkige plastic stoeltjes die verweerd waren door zon, wind en regen. Het ooit felle oranje was vaal geworden en op geen enkele manier meer sprankelend. Vooral veel regen, vermoedde ik. Het regende nu ook. Een vaag, miezerig motregentje. Van die regen waarvan je denkt dat je geen regenjas nodig hebt, maar toch binnen no-time zeiknat wordt.

'Liam.' Ik zei alleen de naam en observeerde zijn reactie. Die was verrassend kalm.

'Wat is er met hem?'

'Waarom heb je niet over hem verteld?'

'Waarom wel?'

'Omdat hij Josie ook kende. Omdat hij haar af en toe zag, net als jij. Omdat hij een zinvollere gesprekspartner is dan die oma van hem. Omdat hij Josies man, mijn vader dus, gekend heeft. Genoeg redenen, denk je?'

'Hij is onbetrouwbaar. Daarom. Een losbol.'

'En dat baseer je op...?'

'Dat weet iedereen hier in de wijde omtrek. Hij heeft bij mijn weten geen opleiding afgerond, heeft allerlei vage baantjes gehad, en denkt dat het leven een groot speelveld is.'

'En dat is het niet volgens jou?'

'Wat denk je zelf? Tuurlijk niet. Als iedereen zo leeft, stort alles in.' Een hoge golf kantelde de boot, en James viel tegen me aan.

'Alles?' Ik klemde mijn hand om de rand van het lege stoeltje voor me om er niet uit te vallen. James deed krampachtig pogingen om nieuw fysiek contact te vermijden en hing de andere kant op.

'Het systeem. Onze samenleving. We moeten rekening houden met elkaar. Zeker hier, in dit soort krimpgebieden waar steeds meer mensen wegtrekken en waar we afhankelijk zijn van elkaar.'

Ik begon te lachen. 'Goh, nu zeg je exact dat wat Liam ook zei. Misschien lijken jullie meer op elkaar dan je denkt.' Ik keek hem aan en ineens viel de gelijkenis me op en schaterde ik het uit. 'Jullie zijn Darcy en Cleaver!'

'Wie?'

'Kom op, die ken je toch wel? Die twee mannen uit *Bridget Jones's Diary*.'

'Niet gelezen of gezien.'

'Waarom verbaast me dat niet?' hikte ik na.

'Zeg, je hoeft niet beledigend te worden.' Hij stond op. 'Ik heb je gewaarschuwd.'

'*Aye aye, sir*. Staat genoteerd.'

Ik trok mijn afgewaaide capuchon weer over mijn hoofd en veegde het laagje mistige regen uit mijn gezicht. Het enige wat ik hoorde was het ronken van de dieselmotor van de ferry en het water dat bij elke golf over het benedendek klotste. Elke nieuwe golf wierp de boot omhoog, waarna hij met een klap weer neerkwam op het water. Ik zou willen zeggen dat mijn haren romantisch in de wind wapperden, maar de eerlijkheid gebiedt me te melden dat ze hoofdzakelijk onder de capuchon uit piepten en irritant voor mijn gezicht woeien. De hele vaart vervloekte ik mezelf omdat ik geen haarelastiek bij me had, en omdat ik later op de dag de miljoenen knopen uit mijn toch al niet gladde haarbos zou moeten trekken met een borstel.

In de verte doemde Cape Clear als een spookeiland op uit de mist. Langzaam werden verschillende tinten groen zichtbaar, net boven de kliffen waar zich onderaan zeehonden verstopten en waar de golven tegenaan sloegen. Witte schuimkoppen cirkelden rond de rotsen, sommige met diepe inhammen waar van alles verborgen leek dat het daglicht niet kon verdragen. Het water in de haven – die eigenlijk nauwelijks een haven genoemd mocht worden – was kalm. Aan de smalle kade stonden enkele auto's geparkeerd, die er allemaal uitzagen alsof ze rijp waren voor de sloop. Eilandauto's, alleen voor de ritjes ter plekke. Voldoen aan comfort of veiligheidseisen leek niet meer relevant voor hun functie.

Bij het kleine winkeltje in de haven waar het kassameisje stoïcijns Gaelic tegen me bleef praten, kocht ik een flesje water. Zwijgend begonnen we aan de wandeltocht naar de andere kant van het eiland. Dat klinkt ver, maar het eiland was klein, en binnen een halfuur waren we op het hoogste klif aan de andere zijde aangekomen. De mist die net nog over het water had geheerst, loste aan land in een rap tempo op, en de hemel gaf af en toe zelfs een waterig zonnetje prijs. Regelmatig trok ik mijn camera uit de tas. En elke keer als ik dacht dat het vergezicht niet mooier kon worden, werd het dat wel. Met als kers op de taart – ik probeerde bij het woord kers niet te denken aan het witte huis – het uitzicht vanaf het klif. Achter ons lag de route die we gelopen hadden langs de zuidelijke baai, voor ons de Atlantische Oceaan. In de verte zag ik vaag de vuurtoren voor de kust van Mitzen Head, het zuidelijkste puntje van Ierland. Nergens waren mensen te bekennen. We liepen in stilte. De omgeving en de rust waren te overweldigend om te verstoren met woorden. En ik voelde een onverwacht aangename vertrouwdheid, zo in James' nabijheid. Ik drukte me dichter tegen hem aan. Hij sloeg een arm om me heen. Secondelang keken we elkaar aan, er verscheen een glans in zijn ogen die ik niet kon duiden, en heel even dacht ik dat hij me ging zoenen, maar hij richtte zijn blik weer vooruit. En volkomen onverwacht schoten mijn gedachten naar de donkere flonkerende ogen van de kleinzoon van gekke oude oma Young Breanna. Ik schrok van mezelf. Waarom gebeurde dat?

In de auto vroeg ik me af of het een goede zet was geweest om James te vragen naar mijn vader te zoeken. Maar hij was advocaat en kende het systeem, dus dat ging sneller dan wanneer ik het zelf zou doen. Nadeel was dat ik hem een rol toebedeelde die hij mogelijk serieuzer oppakte dan ik voor ogen had. Eigenlijk was Liam interessanter voor me. Hij had immers Josie en mijn vader gekend, lang geleden. James was pas in haar leven gekomen toen ze juridisch advies over eventuele verkoop van het witte huis nodig had. Wat wist hij, behalve de lokale roddels? Aan de andere kant, hij was slim, kende de omgeving en de mensen. En hij was aantrekkelijk. Niet dat dat relevant was, maar wel een leuke bijkomstigheid. Liam was trouwens ook aantrekkelijk. Anders, meer duister, jongensachtiger, maar absoluut aantrekkelijk.

Mijmerend parkeerde ik de auto naast het witte huis. Ik pakte mijn camera van de passagiersstoel. Eerst eten en dan de foto's naar de opdrachtgever mailen. Als dat niet snel was, dan wist ik het ook niet meer. Ik opende het portier met grote moeite; er stond een stevige wind. De miezerige regen had de bodem modderig gemaakt en bijna gleed ik uit bij het uitstappen. Gehaast liep ik naar de voordeur, en in mijn zak grabbelde ik tussen verfrommelde zakdoekjes en oude boodschappenbriefjes naar de sleutel. Nog voordat mijn vingers iets van een sleutel beroerden, bleef ik staan. De voordeur stond open. Wagenwijd.

Had ik de deur niet dichtgedaan toen ik wegging? Was hij opengewaaid? Ik keek om me heen. Geen andere auto. Een inbreker kwam niet te voet, toch? Dat was allesbehalve handig, met een televisie op je schouder het hele eiland aflopen.

Over niet al te lange tijd zou de zon ondergaan en werd het grijze schemerlicht een inktzwart donker. Ik had dus twee opties. Nu als een malle omdraaien en wegrijden, en dan de politie bellen. Onmiddellijk schoot Burke door mijn gedachten, met zijn eeuwige snaaitrek. Daar had ik geen zin in. En iemand laten komen kostte minstens twintig minuten. Een beetje inbreker was tegen die tijd allang gevlogen. En dan zat ik opgescheept met die knoestige agent die om eten ging zeuren. Optie twee dan maar: naar binnen, op hoop van zegen. Had ik een wapen? Ik keek naar de camera in mijn hand. Die hield ik liever heel, maar hij was wel hard. Beter dan niets. Met in de ene hand de camera voor me, in de andere mijn mobiel met het zaklampje aan, deed ik een paar stappen het halletje binnen.

'Hallo?' Goed zo, Maud, een inbreker gaat vast antwoorden. Met mijn hart kloppend op plekken waar ik nog nooit een hartslag gevoeld had, ging ik de keuken in. Snel deed ik de grote lamp aan. Niemand te zien. Ik spitste mijn oren. Wind. Regen die aarzelend begon en binnen een paar seconden hard tegen ramen en op het dak kletterde. Hoorde ik daar iets schuifelen? Boven me? Of in de woonkamer? Ik hield mijn adem in. Dat maakte geen verschil. De wind en regen gingen onverminderd door. Weer geschuifel. Er was iemand binnen. Dat moest wel. Ik liep snel naar het aanrecht, trok een lade open en pakte een mes. Met het mes in de aanslag ging ik voetje voor voetje naar de woonkamer. Het licht van mijn zaklamp schoof over de wanden en de ramen. Schaduwen van buiten joegen me de stuipen op het lijf. Ik deed ook hier de grote lamp aan. Niets. Nu moest ik naar boven. Ik hoorde geen geschuifel meer. Langzaam sloop ik de trap op, na een korte blik in het toilet. Op de smalle overloop opende ik de dichtstbijzijnde deur. Niets. Slaapkamer twee. Leeg. En nummer drie. Leeg. De adem die ergens ter hoogte van mijn keel vastzat ontsnapte in een lange zucht aan mijn mond.

Geschuifel. Een zachte maar duidelijk hoorbare knal. Beneden. Shit. Ik was de slaapkamer beneden helemaal vergeten. Zonder nadenken stoof ik naar beneden en gooide de deur open. Het raam stond open. Dat had ik niet gedaan. Ik rende ernaartoe en scheen met mijn zaklamp naar buiten. Daar rende iemand door het veld. Binnen enkele seconden werd de persoon door donkere schaduwen verzwolgen.

Misschien vraag je je af waarom ik soms, of eigenlijk best vaak, zo impulsief ben. Definitief vertrekken naar Ierland en alles wat ik kende en vertrouwd voor me was achter me laten, potentieel levensgevaarlijke insluipers in de mist achtervolgen...

Vroeger was ik niet zo. Als klein meisje was ik meestal bedeesd en verlegen.

Op mijn dertiende kreeg ik een wegwerpcamera cadeau om mee te nemen op vakantie. Ik was meteen verkocht. De wereld die voor me lag vastleggen vond ik magisch. Ik ging voortdurend op pad. De camera trok me mee, achter mijn moeders rok en mijn boeken vandaan, de wereld in. Eerst dichtbij, later verder het land in, en uiteindelijk de hele wereld over. Die camera was mijn manier om minder angstig te worden. Achter de lens is alles minder bedreigend.

Op mijn twintigste overleed mijn vader. Hij werd ziek, na al een tijdje wat gesukkeld te hebben met allerlei vage klachten. Leukemie bleek de boosdoener. Alles werd uit de kast getrokken, maar niets mocht baten. Binnen een jaar na de diagnose stonden we aan zijn graf.

Mijn moeder raakte door zijn dood steeds meer in zichzelf gekeerd. En ik vluchtte met mijn camera naar alle windstreken.

Vijf jaar na zijn dood werd mijn moeder ziek. Borstkanker. Ze kreeg net iets langer de tijd: het duurde anderhalf jaar voor ze stierf. Daar stond ik, vijfentwintig jaar jong en wees. En ik kon alleen maar denken: waarom heb ik foto's van honderden prachtige plekken, waarom niet van hen? Ik had nauwelijks foto's van ze. Ik realiseerde me te laat dat ik nooit de wereld achter mij kon vast-

leggen. Het enige wat ik kan doen is de wereld vóór mij bevriezen in foto's, zodat ze op een dag de wereld achter mij zichtbaar maken. En ik besefte meer dan ooit tevoren dat ik kon leven, doen wat zij niet meer konden. Ik moest gaan leven voor drie. Zonder voorbehoud. Zonder vrees.

Ik moet vaak denken aan wat Steve Jobs ooit zei: 'Remembering that you are going to die is the best way I know to avoid the trap of thinking you have something to lose. You are already naked. There is no reason not to follow your heart.' *Daar kan ik maar één ding op zeggen: amen.*

'Je bent gek. Als er ooit weer zoiets gebeurt, bel je mij. Hoor je? Je gaat niet alleen naar binnen. Stel dat die gek je iets had aangedaan?' James ijsbeerde door in de keuken. Ik nam de zoveelste slok van mijn whiskey. 'Ik heb je gebeld toch?'

'Ja, nadat je het hele huis in je eentje door was gegaan. Een beetje laat, miss!'

Hij had natuurlijk gelijk. Maar dat ging ik niet toegeven. Zijn irritante 'ik ben een man en ik kom je redden'-houding blokkeerde alle welwillendheid in mij. Ik schoof een glas whiskey in zijn richting. 'Drinken, en ga zitten.' Tot mijn verbazing gehoorzaamde hij.

'Hoe is hij binnengekomen?'

'Via het raam aan de achterzijde vermoed ik, dat stond op een kier. De deur is niet geforceerd.'

'Is er iets gestolen?'

'De televisie staat er nog. En mijn laptop zoals je ziet ook.' Ik gebaarde naar de laptop op de tafel. 'Dus het was of geen intelligente inbreker, of hij was er te kort om te kunnen stelen, of het ging hem of haar niet om dat soort spullen.'

James keek me aan, mijn halfslachtige grap negeerde hij. 'Ik vind het raar. Heb je alles gecheckt?'

'Nou, nee, alleen zo op het oog. Ik ga ervan uit dat een inbreker laptops en dergelijke wil. Dus als dat er nog staat, wat moet je dan stelen? Het zondagse bestek?' Ik grimaste ongelukkig.

James stond op. 'Kom, we gaan samen door het huis, voor de zekerheid, oké?'

'Als jij dat wilt.' Met tegenzin liep ik achter hem aan. We begonnen boven. Alles leek exact zoals ik het uren geleden achtergelaten had. In de keuken en de bijkeuken ook. Het schilderij leek iets scheef te hangen. Ik tilde het van het haakje; de kluis erachter was gesloten als altijd. Ik opende hem, de sleutel lag als altijd in de keukenlade, de map met papieren lag er nog steeds in. Niets aan de hand. Ik hing het schilderij terug. 'Je vader gaf het aan Josie.' Liams woorden borrelden op in mijn hoofd. Met mijn vingers gleed ik over de nauwelijks leesbare woorden in de verf: *Tir Na nOg.* Ik moest dat opzoeken, of straks aan James vragen. Niet vergeten. Als laatste controleerden we de woonkamer. Ik zag niets afwijkends. De televisie stond er nog. Boeken keurig op een rij in de kast. Het piratenboek lag onaangeraakt op tafel. Niets was ook maar een millimeter verschoven. De inbreker had vast geen tijd meer gehad, ik moest hem voortijdig betrapt hebben. Ik draaide me om en wilde naar de keuken gaan. In mijn hoofd begonnen radertjes te draaien. Er was wél iets anders. Ik draaide me weer om. James volgde mijn blik.

'Wat is er? Is er iets weg?'

'Ik weet het niet. Het lijkt... Alles lijkt hetzelfde.' Ik keek om me heen. Er stond niet veel. Banken en stoelen, her en der een schilderij, die ik allemaal al had nagekeken op verborgen achtergelegen kluisjes, een boekenkast. Wat was het? Ik sloot mijn ogen. Hoe had ik de kamer achtergelaten toen ik wegging? Had ik misschien iets neergelegd wat nu ontbrak? Ik sperde mijn ogen open en keek naar de salontafel. Ineens wist ik het. Ik wist wat er weg was. Maar het sloeg helemaal nergens op.

Stel dat?

Het geluid van mijn mobiel maakte me wakker. Een appje van Liam. Ik was meteen klaarwakker. In de bijlage zat een foto. Vaag. Van een paar mensen die aan een lange tafel zaten, armen met glazen omhooggehouden in wat ongetwijfeld een toost was. Ik probeerde het beeld met mijn vingers te vergroten, maar het bleef vaag. Een tweede app volgde. *Volgens mij staat je vader hierop. Zal ik de foto brengen?*

Kom wel naar jou, moet toch nog wat dingen doen. Waar spreken we af? tikte ik terug. De opkomende kriebel in mijn buik negeerde ik.

Ik gooide mijn mobiel op bed, kleedde me aan en maakte een kop koffie. *Wat dingen doen.* Bij James langsgaan, die dacht vandaag meer te weten te komen over mijn vader via het plaatselijke *registry office*. Elke geboorte, elk huwelijk en elk overlijden stond daar geregistreerd. Geduld was een schone zaak. Laat ik dat nu niet echt hebben. Ik opende mijn mail. Geen reactie van de opdrachtgever die zo snel die foto's wilde hebben. Vreemd. Ik had ze na het hele gedoe de vorige avond nog via WeTransfer verstuurd. Zou ik... Ja, voor mijn gemoedsrust wel. Ik tikte een tweede mailtje:

Beste heer Dolcet,
Gisteravond heb ik u een link via WeTransfer gestuurd, met foto's van Cape Clear Island. Ik hoop

dat u deze in goede orde ontvangen hebt. Zo niet, laat het mij weten en ik stuur de link opnieuw. Met vriendelijke groet, Maud McCarthy

Ik klikte op VERZENDEN. De wind was gaan liggen, het water in de baai oogde kalm. De lucht grijs als altijd. Er kwam een nieuwe mail binnen. Mooi, dat was een snel antwoord, hoopte ik. Ik keek ernaar. *Maildelivery unavailable.* Had ik het mailadres verkeerd ingetypt? Nee, dat was niet het probleem, zag ik. Misschien zat zijn mailbox vol, dat kon ook. Ik zou het later wel weer proberen. Met een licht ongemakkelijk gevoel sloot ik de laptop en pakte mijn tas. Op weg naar Baltimore.

Het was de eerste keer dat ik bij James thuis kwam. Hij woonde net voor de afslag naar Baltimore. Via de R595 sloeg je links af een zijweg in, net voor het Rathmore House, een B&B met een fenomenaal uitzicht over de baai.

Vandaag zou ik iets over mijn biologische vader horen. Terwijl ik mijn biologische moeder ook nauwelijks kende. De voorgenomen zoektocht verliep van de hak op de tak. Ik wist niet hoe ik het anders moest doen. Waar te beginnen? Waar eindigde het? Zou ik überhaupt ooit het hele verhaal te weten komen? Misschien bleek mijn vader wel dood te zijn. Dan waren ze allemaal dood. Mijn echte en mijn nepouders. Vierendertig jaar jong en vier keer wees. Chapeau, Maud. En single. Ook dat nog. Mijn ooglid begon te trillen. Ik kon omdraaien. Weglopen. Het vliegtuig nemen en nooit meer terugkeren naar Ierland. Ierland een mythisch onderdeel van een onmogelijk verleden maken. Een ander leven opbouwen. Misschien een nieuwe partner vinden. Een die beter was dan Mark. Maar dat moest niet zo moeilijk zijn. Zie, elk donker kent zijn lichtpuntjes. Ik draaide in het rond. Groen en water. Overal. Mijn ooglid trilde alsof hij meedeed aan de Olympische Spelen voor trillende lichaamsdelen. Dat werd een gouden plak.

Ineens ging de voordeur open. James stond in de deuropening, in een dandyachtige blouse met ruches. Ik glimlachte. Hoe kreeg hij het toch voor elkaar? Ik wist niet eens dat dat soort kleding nog te koop was. En ik had nooit kunnen bedenken dat dit een reden voor me kon zijn om iemand extra charmant te vinden.

'Waarom bel je niet aan? Je wordt hartstikke nat.'

'Eh... Ik stond van het uitzicht te genieten,' loog ik half. Ik voelde schaamrood opstijgen.

Hij trok een mondhoek op. Onweerstaanbaar. Tuurlijk wist hij dat ik loog. Een advocaat had daar een antenne voor, nam ik aan. Snel schoot ik langs hem heen naar binnen. En terug in de tijd.

'Wauw,' was alles wat ik wist uit te brengen.

James dook naast me op. 'Ik vergeet het soms, dat het niet zo... modern is. Ik krijg niet vaak bezoek.' Hij nam mijn natte jas aan en hing hem aan de kapstok.

De inrichting paste naadloos bij zijn ouderwetse dandylook. Barokke krullerige meubels, schilderijen met goudkleurige weelderige lijsten en een levensgroot Mariabeeld. Het geheel paste totaal niet bij de cottagelook van het huis aan de buitenzijde. Ik verwachtte grove en robuuste eikenhouten meubelen, met noeste arbeid door werkmanshanden vervaardigd. Of IKEA-spullen, al had ik geen idee waar die dan vandaan moesten komen. Ik had nergens in de wijde omtrek een IKEA gespot.

'Mijn moeder,' verklaarde James met een gebaar naar de meubels. 'Dit was haar huis, haar haven. Sinds de dood van mijn vader woonde ze hier in haar eentje. De laatste maanden van haar leven heb ik bij haar gewoond om voor haar te zorgen. Twee jaar geleden overleed ze. Ik kan het niet over mijn hart verkrijgen iets te veranderen.'

Verbaasd keek ik naar hem. En vond ik hem nog onweerstaanbaarder. Wat lief, wat... bijzonder. En een tikkeltje raar, dat ook wel. 'Ze was nogal gelovig ook?' Ik raakte het enorme Mariabeeld aan.

'Dat was ze. Maar dat is hier niet vreemd. Het katholicisme

leeft volop, en Mariaverering is zo ongeveer een eerste levensbehoefte.'

'Voor jou ook?'

'Na de dood van mijn moeder, haar aftakeling van prachtige, warme en krachtige vrouw naar een hoopje ellende van nauwelijks 45 kilo... Nee. Niet meer.' Zijn mond vertrok. 'Thee?'

'Eh, ja, is goed. Ik nam voorzichtig plaats op de barokke bank met rood fluweel die onverwacht onaangenaam zat. Vanuit de keuken riep James: 'Heb je al een idee over die gestolen bloem?' Ik durfde te zweren dat hij denkbeeldige aanhalingstekens om het woord 'gestolen' zette. Hij geloofde me niet. Niet echt. Waarom zou een inbreker een droogbloem stelen? Dat wist ik ook niet. Maar het was wel het enige wat ontbrak na de onverwachte en ongewenste bezoeker van de vorige avond. Ik had overal gezocht; misschien was de bloem gewoon ergens onder gevallen, maar nee. Niet te vinden. De inbreker had hem meegenomen. Ik wist het zeker, hoe achterlijk het ook klonk.

'Misschien was de inbreker een botanist.' James kwam grijnzend de woonkamer in, een zilveren dienblad met lieflijke gebloemde kopjes op schoteltjes erop in zijn handen. Wauw. Echt alles klopte.

'Grappig, advocaatje.' Ik pakte het kopje bij het oortje, dat fragiel aanvoelde. Niet laten vallen. 'Maar nu je het zegt... Ik heb er een foto van, ik wil wel weten wat het voor een bloem is.'

'Waarom dat dan? Wat heeft dat te maken met je zoektocht naar je verleden?'

'Geen idee. Maar hij lag er, en hij is gestolen, dat is raar toch? En eerlijk is eerlijk, het was echt een bijzonder bloemetje.' Ik pakte mijn mobiel en liet hem de foto zien. Aandachtig bestudeerde hij hem. 'Heb je die bewerkt met een filter?'

'Nee. Dat bedoel ik dus. Bijzonder. Ik heb gegoogeld, maar het is onbegonnen werk om te vinden wat het voor bloemetje is. Ik zie van alles wat erop lijkt, maar niets was volgens mij exact hetzelfde.'

'Ga je nog aangifte doen van de inbraak?' Hij legde mijn mobiel op tafel.

'Nee. Die kabouteragent ziet me al aankomen. Die denkt dat ik gek ben geworden. Er is niets weg behalve een bloem. Ik zet een extra grendel op de deur, klaar.'

'Je bent niet snel bang, hè?'

'Niet echt.' Ik nam voorzichtig een slokje van de hete thee. Tuurlijk was ik bang. Maar dat ging ik niet hardop zeggen. Ik wist precies wat er dan gebeurde, zeker bij een man als James. Allerlei beschermerinstincten komen op en voor je het weet slapen ze op je bank, voor de veiligheid. En veilig was het allerminst. Niet vanwege inbrekers, wel vanwege een kwetsbaar hart.

'Ik heb wat zoekwerk voor je gedaan,' zei James om van onderwerp te veranderen.

Oké. Nu kwam het. Met bevende hand zette ik het kopje terug op het schoteltje.

Hij pakte er een stuk papier bij. 'Je vader is in deze streek opgegroeid, met zijn vader. Zijn moeder, jouw oma dus, overleed toen hij pas twee jaar oud was. Ze woonden ergens boven Skibbereen, waar zijn vader schapen hield. Die man, jouw opa, is uit beeld verdwenen. Ik weet niet of hij dood is of niet. Waarschijnlijk wel. Volgens de gegevens die ik boven water kon halen, is je vader kort na jouw geboorte vertrokken uit West-Cork. Er is geen registratie van hem in deze regio, officieel woonde hij hier niet. Dat is overigens niet ongewoon. Dat wil niet zeggen dat hij hier niet was. Af en aan schijnt hij wel korte perioden bij Josie te zijn geweest. Ze waren, zegt men...' Hij zweeg even en staarde naar een vaag punt in de verte voordat hij verderging. 'Ze waren dolverliefd. Dat zag iedereen. Hij adoreerde Josie. Liefde met een grote L, noemde iemand het. Tot hij op een dag definitief...' Hij zweeg opnieuw.

'Ja, en toen?' Ik dacht aan de woorden van Liam. *Omdat hij op een dag met de noorderzon vertrok.* Hij had Josie in de steek gelaten. En mij. Liefde met een grote L. Ja, ja.

‘Hij verdween op een dag spoorloos. Ook zijn papieren spoor houdt op. Ik heb daarom ook nog een beetje rondvraag bij mensen in de omgeving gedaan, maar daar werd ik evenmin veel wijzer van. Het enige wat ik boven water krijg is geruchten over dat jouw vader betrokken zou zijn bij louche zaakjes en daarom steeds weg was, en uiteindelijk volledig uit beeld verdween.’ James keek me lief aan, alsof dat de woorden kon verzachten.

‘Louche zaakjes? Zoals?’

‘Dat kreeg ik niet specifiek te horen. Vermoedelijk weet niemand waar het over gaat. Het is typisch zo’n dorpsgerucht dat een eigen leven is gaan leiden, en waarvan niemand weet wat de bron is en of het wel waar is,’ zei James in een poging om me gerust te stellen. Zijn bezorgde blik werkte daarbij niet mee.

‘Wat ik eerder al eens zei, in kleine gemeenschappen als hier is het belangrijk om iedereen te kennen: je hebt elkaar op de meest onverwachte momenten nodig. Iemand zoals jouw vader, die zich terugtrok en vaag bleef, roept argwaan op. En dus roddels,’ voegde hij eraan toe.

‘Ik begrijp het niet helemaal dan, geloof ik. Als het zo belangrijk is om iedereen goed te kennen, waarom kom ik er dan zo moeilijk tussen?’

‘Dat is het paradoxale van afgelegen gebieden. Juist omdat het om gesloten kleine gemeenschappen gaat, is de beschermwaardigheid ervan groot. Niet zomaar alles en iedereen toelaten, want je weet niet wat dat oproept of verstoort.’ James haalde zijn schouders op als in een collectief mea culpa uit naam van de hele omgeving.

‘Misschien een schrale troost, hoewel het ook niet alles zegt: ik heb geen bevestiging van zijn overlijden in het register gevonden.’ Hij wachtte en mompelde toen: ‘Sorry.’

Ik was teleurgesteld, hoewel ik eigenlijk geen verwachtingen dacht te hebben. Had ik ergens diep verstopt een naïeve hoop gehad dat er een adres zou opduiken waar ik vanmiddag nog op bezoek kon gaan? Vermoedelijk. Ik pakte mijn mobiel van tafel, drukte mijn vingernagels in de palm van mijn vrije hand en stond op. 'Ik... Sorry, ik moet gaan.' Het schattige kopje thee bleef slechts half opgedronken achter op de protserige salontafel. In de hal trok ik gehaast mijn jas van de kapstok, die begon te wankelen en bijna omviel, en ik stoof het huis uit. Weg hier, naar buiten, de motregen in.

Later ging het nog vaak door mijn hoofd, kan ik je vertellen. Stel dat ik bij de voordeur was omgedraaid, voordat James open kon doen? Stel dat ik weg was gelopen, de telefoon niet meer had opgenomen, de sleutel in de voordeur van het witte huis had achtergelaten en naar het vliegveld in Cork was gereden? Elke keuze die je maakt leidt je een eenrichtingsweg in waarin je niet kunt omkeren. Alle andere opties die er ooit waren verpulveren en verworden tot een 'stel dat'. Dat is het grappige en vervelende tegelijk van leven. Je weet het gewoon niet. 'Stel dat' is net zo zinloos als een zwembad zonder water.

Mijn auto parkeerde ik bij de haven van Baltimore. Ik stapte uit en trok de capuchon over mijn hoofd. Verderop zag ik Burke staan praten met iemand die me niet bekend voorkwam. Uit beleefdheid zwaaide ik, maar hij zag me niet.

Het water was onstuimig. Donkere wolken kwamen over zee aanwaaien. Het zag ernaar uit dat het zwaarder weer ging worden. Ik keek op mijn mobiel. Liam zou straks ook naar Jacob's Bar komen, om me de foto te overhandigen. Ik snelde naar binnen, eerst het toilet in. Hopeloos. Ik zag er verzopen uit, roodomrande ogen, en een blik die meer onweer voorspelde dan de wolken buiten. Jammer dan. Ik nam plaats aan een tafeltje bij het raam. De jongen achter de bar staarde naar me, en fluisterde iets in het oor van het meisje dat tegen de bar aan hing. Soms kreeg ik de neiging om spookgeluiden te gaan maken, al wist ik niet exact hoe dat moest klinken. Als ze dan toch dachten dat ik de geest van Josie was, dan konden ze het krijgen.

'Hiya,' klonk een warme stem. Liam schoof een stoel naar achteren en ging zitten. Hij hield zijn hoofd een heel klein beetje opzij, waardoor hij er vooral schattig uitzag. Zijn donkere lokken waren doorweekt. 'Natte regen, een van de ongeveer vierhonderd soorten regen die we in dit wonderschone maar zeiknatte land kennen.' Ontwapenend. Dat was het woord dat me te binnen schoot.

'Hoi.' Ik deed een poging tot ontspannen glimlachen. Dat mislukte faliekant, aan Liams gezichtsuitdrukking te zien.

'Je ziet er... niet zo blij uit. Wat is er?'

Ik was zó van plan geweest niets te zeggen, behalve wat oppervlakkig geleuter. Na ontvangst van de foto zou ik vertrekken, en dat was het. Maar de lieve ondertoon in Liams stem brak door mijn verdedigingsmuren heen als een stormram. Ik haalde diep adem. En toen begon ik te huilen.

In een moordend tempo gooide ik alles eruit. De inbraak. De bloem. De onduidelijkheid over mijn vader. Liam hoorde het gelaten aan en toen ik uitgepraat was, kwam hij van zijn stoel en sloeg een arm om me heen. God, wat had ik dat gemist, realiseerde ik me. Een arm om me heen. Een simpel gebaar, maar zo heerlijk.

'Het is niet niks,' zei hij na een tijdje zwijgen. 'Hier is een flinke *pint* op z'n plaats.' Hij liep naar de bar, bestelde, en ging weer tegenover me zitten. Zijn ogen waren bijna zwart, viel me op. Ondoorgrondelijk.

'Hij was vriendelijk, je vader,' begon Liam te vertellen zonder dat ik ergens om vroeg. 'Warm. Zachtaardig. Lief voor Josie. Dat herinner ik me van de keren dat ik er over de vloer kwam. En ik heb rondgevraagd voor je, niet bij mijn oma overigens, ik kijk wel uit. Hij was historicus, zegt men. Nou ja, het woord "historicus" is niet letterlijk genoemd. Iets met geschiedenis, dat wel. Hij heeft volgens zeggen in Dublin gestudeerd, zoals de meesten die gaan studeren doen, en hij was vaak op pad. De redenen daarvoor waren nogal... vaag. Ik zou me er niet druk om maken, het zijn vast roddels. Zo gaat dat in kleine dorpen: mensen vullen van alles zelf in en nemen dat aan voor feiten. Het is vast niets.' Hij zei de laatste woorden snel. Te snel, en hij glimlachte vergoelijkend, maar zijn ogen spraken een andere taal. Ik voelde een druk op mijn borst. Weer hetzelfde: mijn vader deed vage dingen.

'Hij had weinig contact met mensen in het dorp,' ging Liam verder. 'Een einzelgänger. En hij kon prachtige verhalen vertellen. Dat heb ik aan den lijve ondervonden. We maakten weleens de grap dat hij wel heel uitvoerig geknuffeld had met de Blarney-steen.'

'De Blarney-steen?' mompelde ik met een stem waarin de tranen doorklonken. Hij had rondgevraagd voor me. Wat lief. Ik rommelde in mijn tas om een zakdoekje te vinden.

'Dat is een legende. Die steen ligt bij Blarney Castle, in Blarney. Iedereen die de steen kust krijgt wat ze noemen *the gift of the gab*. De gave van het verhalen vertellen.'

'Nou, de meeste mensen die ik in deze omgeving tegenkom zijn vooral zwijgzaam. Die hebben die steen zeker nog nooit gekust.' Ik snoot mijn neus en propte het zakdoekje in mijn broekzak.

Hij grinnikte. 'Geloof me, een Ier die niet kan kletsen bestaat niet. Als ze dat niet doen, is het om andere redenen.'

'Zoals?'

'Ik denk dat mensen hier je een beetje eng vinden, vanwege je gelijkenis met Josie. Het zou me niet verbazen als sommigen denken dat je haar geest bent.'

'Dat heb ik vaker gehoord.' Van James bijvoorbeeld. Maar dat zei ik niet hardop.

'Geef het tijd. Het wordt wel beter.' Hij pakte zijn glas dat de barman voor hem had neergezet, hief het en sprak op een kunstmatig formele toon: 'Op de dag dat Maud wenst dat de mensen hier eens ophielden met haar de oren van de kop te kletsen.'

Ik lachte en tikte met mijn glas het zijne aan. Op die dag. Als die ooit kwam. 'Dublin, zei je net?' Ik kreeg een spontaan en mogelijk onzalig maar tegelijkertijd aangenaam idee. Het zou me goed doen. Andere energie, andere mensen. Leven in de brouwerij. Afleiding. En ik kon de universiteit bezoeken. Wie weet kende iemand mijn vader. Iemand die niet hier uit de buurt kwam, iemand die niet naar me keek alsof ik een geest was.

'Trinity College heet de universiteit daar. Prachtig oud gebouw, met een enorme historie. Ooit in Dublin geweest?'

'Nee, helaas niet.' Reden nummer twee om te gaan. Ik kon er foto's maken, dat vormde een prachtig contrast met de kale woeste kliffenlandschappen. Het begon te borrelen. En als er bij mij iets begon te borrelen...

'Je wilt ernaartoe?' Liam keek me nauwgezet aan met een subtiele glimlach om zijn lippen. De donkere lok hing half voor een oog, als een ooglapje dat niet goed aansloot. Hij was lang niet gek. En lang niet lelijk. Verre van. En hij was lekker losjes. Niet zoals James. Precies wat ik nu nodig had, concludeerde ik. Een aangename tinteling kroop langs mijn ruggengraat.

'Misschien...' Ik dronk de laatste slokken bier uit mijn glas en schoof het naar het midden van de tafel.

Hij boorde zijn donkere ogen in de mijne, alsof hij ergens naar zocht, en sloeg toen zijn glas achterover.

Dublin. In de voetsporen van mijn onbekende vader. De man die verhalen vertelde. Die lief was. Warm. Een einzelgänger die ervandoor was gegaan. Een man met mogelijk louche zaakjes. En duivelsgebroed, volgens Liams oma. Een bijzondere combinatie.

De alcohol steeg langzaam maar gestaag naar mijn hoofd. Ik schoof een beetje op in de richting van Liam. 'Heb jij die blabla-steen weleens gekust?' vroeg ik. Wat een vraag, Maud. Liam keek me bevreemd aan. Die ogen. Ze begonnen weer te glanzen. Ik staarde ernaar alsof ik een alien zag, maar dan wel een lieve schattige alien. Volgens mij glimlachte ik. En toen zag ik zijn gezicht dichterbij komen. En ik bewoog niet. Ik liet het toe.

Met een soepele beweging streek hij een lok uit mijn gezicht. De haartjes op mijn armen kwamen overeind. Ik rook een zoethouterige zweem van zijn parfum. Al mijn goede voornemens gingen overboord. Weg ermee. Ik liet zijn lippen toe op de mijne en sloot mijn ogen.

In de auto keek ik uitgebreider naar de foto die Liam me bij ons afscheid overhandigd had. Een zeer ongemakkelijk afscheid. Ik wist me totaal geen houding te geven na die zoen. Liam wel, tenminste, die bleef simpelweg zijn guitige zelf, terwijl ik excuses stamelend en strompelend de pub had verlaten. Ik moest er niet meer aan denken. Waar was ik mee bezig? Geen relatiegedoe, had ik mezelf toegezegd. Niet zoenen met zo goed als onbekende mannen, ook al zijn ze nog zo mooi en lief. Ik snoof. De zoethouterige geur had zich subtiel verankerd in mijn neusgaten. De foto, ik moest focussen op de foto. Ik wreef er met mijn vingers overheen. Een vale foto, aan de randen beschadigd, met een paar mensen bevroren in een verleden waar ik geen deel van had uitgemaakt. Ze zaten aan een lange tafel die vol stond met eten. Ik streek er met mijn wijsvinger overheen. De vrouw met de rode haren was onmiskenbaar de jonge Josie. Het was alsof ik naar mezelf keek. De man naast haar moest mijn vader zijn. Hij zat half verstopt achter haar, ik zag deels een bos donker haar en handen die op het tafelblad lagen. Hij keek weg van de camera, naar een vrouw die aan de andere kant naast hem zat. Shit. Hier had ik niets aan, hij was nauwelijks te zien. Ik zou hem nog niet herkennen als ik letterlijk tegen hem aan liep. Wie ben je? Waar ben je? Leef je nog? Ik liet mijn hoofd tegen de hoofdsteun rusten. Dat bier was er sneller in gegaan dan goed voor me was; ik voelde me duizelig en een tikkeltje aangeschoten. Autorijden was geen goed idee. Ik stapte uit. Een stukje wandelen zou me goed doen. Misschien wat mooie plaatjes schieten. Het weer was exact zoals ik me voelde: grimmig en mistig.

Ik stak over en volgde de weg in de richting van de R595. Met mijn hoofd gebogen tegen de wind in stapte ik stevig door, langs het gerestaureerde kasteel van Baltimore, langs The Algerian Pub. Na een minuut of tien zag ik het bordje: CEMETARY. Daar lag Josie. Sinds de uitvaart was ik er niet meer geweest.

Het toegangshek piepte toen ik het opende. Het bordje waarover ik me eerder al had verbaasd, viel me opnieuw op. WAARSCHUWING: GRAFGRAVEN IS EEN GEVAARLIJKE ACTIVITEIT DIE NIET DOOR ONBEVOEGDEN UITGEVOERD MAG WORDEN. Dat stond erop. Het wekte bij mij de suggestie dat in het verleden dus mensen zomaar zelf aan het begraven waren geslagen. Wonderlijk.

De begraafplaats was over twee delen verspreid, een nieuwer en een ouder deel. In het oude deel stonden de resten van wat ooit een kerkje was, vermoedde ik. Oude graven met Keltische kruisen stonden op het oog ongestructureerd verdeeld over het hobbelige, schuin aflopende grasveld. Her en der stonden echt heel oude stenen, de teksten die er ooit op stonden waren verweerd, de namen onzichtbaar. Het uitzicht op de baai was minimaal vanwege de mist. Ik nam mijn camera in de hand en begon foto's te maken. De setting was perfect, en de flarden nevel gaven het geheel exact de juiste spookachtige atmosfeer. Ik schoot detailfoto's en overzichtsfoto's. Ik probeerde verschillende belichtingen en sluitertijden uit. Ik was in mijn element. Dit ging volgers op Instagram opleveren, absoluut. Na een tijdje was het mooi geweest. Ik wilde langs het graf van Josie, en dan naar huis. Het bier was ver genoeg weggezakt, vond ik.

Achter me hoorde ik gepiep. Het hek ging open. Een schim bewoog snel naar de andere kant van de begraafplaats. Klotemist. Ik kon niet zien wie het was. Niet dat het veel uitmaakte, ik kende hier nauwelijks iemand. Ik liep behoedzaam door de nevel en langs de grafstenen naar Josies graf. Er was nergens een duidelijk pad. Ik vreesde af en toe over graven te lopen en verontschuldigde me in gedachten tegen de doden. Plotseling schoot er iemand in een verrassend hoog tempo langs me heen.

Van schrik wankelde ik en ik struikelde bijna over een kleine steen. Ik draaide bij, richtte als in een reflex mijn camera en schoot een serie foto's.

Ik vervolgde mijn weg, de adrenaline pompte door mijn lijf. Het was niets, hield ik mezelf voor. Gewoon een bezoeker, net als ik. Adem rustig in. En vergeet niet weer uit te ademen. Dat lukte wonderwel, maar op het moment dat ik bij het graf van Josie stond – het duurde even voordat ik het vond – vergat ik het uitademen volledig. Midden op het graf, vlak voor de steen, lag een bosje bloemen. Roze kleine bloempjes.

Deel 2

'A legend may not be a record of facts, but the existence of a legend is itself a fact, and requires an explanation.'
– G. Ashe

Een verschijning in de mist

Thuisgekomen gooide ik mijn jas uit, zette theewater op en stak de haard aan. Ik pakte mijn camera, bekeek vluchtig de foto's die ik had gemaakt en zette ze over op mijn laptop. Enkele duistere begraafplaatsfoto's deelde ik via Instagram. #spooky. #cemetary. Ze waren prachtig, al zeg ik het zelf. Donker, mistig, duister. Op elke foto leek een dode uit de mulle grond te kunnen oprijzen, en het zou je niet eens verbazen. Sterker nog: je verwachtte het.

Daarna nam ik de reeks foto's door die ik van de onbekende passant had genomen. Ik zoomde zo ver in als mogelijk was. Het bleef een vage schim. Een man, of een mannelijke vrouw. Nee, een man, besloot ik. Wie was hij? Had hij de bloemen op Josies graf gelegd? Dat kon, en was op zich niet vreemd. Mensen bezoeken graven en laten bloemen achter. Was het toeval dat ze behoorlijk veel leken op de gestolen droogbloem? Ik zette de camera uit. Speculaties, allemaal speculaties. Als rechercheur zou ik het niet goed doen.

Ineens zag ik een gezicht voor de ramen. Voor het tot me doordrong wie het was liet ik bijna mijn camera uit mijn handen vallen. James. Wat kwam hij doen? Ik wenkte. Hij kon zelf naar binnen, de deur was niet op slot. Het schuldgevoel dat onmiddellijk opkwam onderdrukte ik. Ik had toch geen relatie met hem? Ik mocht Liam zoenen. En bovendien was dat eenmalig. Ik was geen Mark, geen onbetrouwbare bedrieger. Ik...

Stop, Maud. Ik moest mezelf dwingen mijn onzinnige gedachten te stoppen. Niet aan Liam denken, niet aan Mark. En ook niet aan James. Zo moeilijk kon dat niet zijn.

'Je mag best even bellen voordat je langskomt,' zei ik onvriendelijker dan ik wilde toen hij de kamer in liep.

'Sorry. Ik ben gewend gewoon bij mensen langs te gaan. Ik telefoneer eigenlijk alleen zakelijk, als het niet anders kan.' James liet zich met een voor zijn doen onelegante plof in de stoel vallen. 'Dus in die kast stond jouw boek met bloem?' Hij maakte een hoofdbeweging naar de boekenkast.

'Correct. Slim.' Ik knipoogde. 'En voordat je het vraagt, uiteraard ben ik de rest van de boeken doorgegaan, kijken of ik een boeket bij elkaar kon krijgen. Maar helaas, geen andere bloemen gevonden.'

'Ik heb in de registraties voor provinciale verkiezingen gezocht naar je vader. Daar is iedereen te vinden die zich als stemmer geregistreerd heeft. Ook daarvoor geldt: helaas. Hij was niet politiek geëngageerd.'

'Of hij was vergeetachtig.' Ik dacht aan de minstens twee keren dat ik was vergeten te stemmen. Ik haalde de theepot uit de keuken en schonk twee mokken vol. Of, dacht ik, hij wil niet gevonden worden. Ineens drong die optie zich aan me op. Waarom zou je jezelf waar dan ook registreren als je niet wilt dat iemand je vindt? Wat mij betreft waren er een paar opties: hij was dood, hij woonde in een ander land, of hij verstopte zich voor anderen. Voor mij. Als dat het geval was, waarom zou je dat doen? Waarom zou je niet willen dat je dochter je vindt?

'Of dat.' James knipte met zijn middelvinger en duim voor mijn neus. 'Ben je er nog?'

Ik parkeerde mijn gedachten en knikte.

'Heb je ook melk?' vroeg James.

'Uiteraard.' Ik stond op en liep naar de keuken. 'Ook wat ranja erbij?' riep ik.

'Huh? Eh, nee, dank je,' klonk het uit de woonkamer. De grap landde niet. Ik kwam de woonkamer weer in. James stond voor de boekenkast met zijn hoofd schuin de titels langs te gaan, zijn wijsvinger gleed langs de ruggen.

'Zoek je iets?'

Hij keek op als een puber die betrapt wordt op roken en ging snel weer zitten. 'Nee, ik keek gewoon. Altijd interessant om te zien wat mensen in hun boekenkast hebben staan.' Hij ontweek mijn blik.

'Het zijn niet mijn boeken.'

'Dat weet ik.' Hij goot een absurde hoeveelheid melk in zijn thee. 'En ik heb een botanist voor je gevonden. Ze zit in Dublin. Ik heb haar gebeld, je kunt je bloemfoto naar haar mailen, zij zal zien of ze er een naam op kan plakken. Het zou me verbazen als haar dat niet lukt, want ze werkt voor de National Botanic Gardens. De beste wetenschappers op het gebied van plantkunde werken daar. Ze vertelde dat ze zevenhonderdvijftigduizend gedroogde planten hebben, en mogelijkheden voor DNA-onderzoek.'

'Wauw. Een CSI voor planten. Ik wist niet dat dat bestond.'

'Ik wist niet dat er zevenhonderdvijftigduizend plantensoorten waren. Waanzinnig.'

'Dan zit mijn bloemetje er vast bij.' En mijn verse exemplaar. Ik had van de begraafplaats een bloem meegenomen, erop gokkend dat het dezelfde bloem was. Na een kort vergelijk met de foto op mijn mobiel zag ik dat ze niet volledig identiek waren, maar er waren absoluut overeenkomsten. Misschien waren ze van dezelfde familie. Als dat zo heet in de plantenwereld. Ik nam een slok van mijn thee en ging met mijn rug naar James staan, voor het raam met uitzicht op de baai.

'Ik heb nagedacht. Over alles. En ik heb besloten dat ik mijn geluk in Dublin ga beproeven.' Zo. Het was eruit. Ik hield mijn blik op het onstuimige water in de baai gericht.

'Wát ga je doen?'

'Ik ga naar Dublin.'

'Waarom?' Hij roerde de bodem zo ongeveer uit zijn theekopje.

'Mijn vader heeft daar gestudeerd. En mogelijk verbleef hij daar af en toe voor zijn werk.' Of voor zaken die het daglicht niet kunnen verdragen, dacht ik bij mezelf. 'Ik hoop mensen te vinden die hem goed kennen. Of kenden. Ik kan er foto's maken voor mijn Instagram. En als ik toch die kant op ga, kan ik jouw botanist de bloemfoto zelf laten zien.'

'Maud...' Zijn stem verzachtte. 'Ben je niet met een heilloze missie bezig? Gaat dit niet te ver?'

'Heb jij antwoorden voor me dan? Kom maar op. Als jij me meer kunt vertellen over wie mijn vader is: ik hoor het graag! Als hij blijkt te leven, is er niemand op deze aarde die me meer over Josie kan vertellen dan hij. Van de dorpelingen hoor ik niets anders dan dat het zo'n aardige vrouw was, elke keer als ik iemand naar haar vraag. Ik wil meer dan dat! Hier kom ik niet veel verder, wie weet wat ik daar op het spoor kom.'

'Hoe kom je erop, wie heeft je op dit idee gebracht?' Hij ijsbeerde door de kamer, en ineens stokte hij zijn bewegingen. 'Liam, zeker? Met zijn gladde praatjes heeft hij je dit aangesmeerd.'

'Wat een onzin.' Dat was niet geheel onzin, maar dat hoefde ik niet toe te geven. 'En wat dan nog? Wat kan jou dat schelen?'

James leek van zijn à propos. Hij draalde wat rond en vloekte binnensmonds. 'Waarom neem je iets van hem aan? Hoe weet je of hij te vertrouwen is? Misschien heeft híj wel bij je ingebroken!'

'James! Wat is dat voor een onzin, waarom zou hij dat doen?'

'Om die bloem te stelen, waarom anders?'

'Dat was toch onzin volgens jou? Misschien heb jij wel ingebroken!'

'Eh, we zijn die dag samen naar Cape Clear Island geweest, weet je nog...'

Shit. Dat was waar ook. Hij kon het niet geweest zijn. Of... Ineens voelde ik me misselijk worden. 'Dus daarom nam je me mee naar dat eiland.'

Hij keek me bevreemd aan. 'Ik geloof dat ik niet begrijp wat je bedoelt. Ik wíl niet begrijpen wat je mogelijk bedoelt.'

'Jij moest me afleiden, zodat iemand die je kent kon inbreken.' Ik sloeg demonstratief mijn armen over elkaar.

Zijn mond viel open. Ik dacht altijd dat het maar een uitdrukking was, maar iemands mond kan dus letterlijk openvallen.

'Je bent gek.' Hij aarzelde een paar seconden, keek me aan met een blik die ik totaal niet kon duiden en ging ervandoor. De deur knalde achter hem dicht. Niet door de wind. Ik moest maar niet vertellen dat Liam had aangeboden mee te gaan naar Dublin.

Ik lieg nooit. Alleen... ik vertel soms niet alles. En om een of andere reden had ik James, behalve het feit dat Liam me wilde vergezellen, en behalve het feit dat we gezoend hadden, ook niet verteld wat ik op de begraafplaats gezien en gevonden had. Niet eens echt bewust, eerlijk gezegd. Misschien was ik nog te veel op mijn hoede. Ik twijfelde over alles, over James, over Liam, over die bloem die in theorie misschien niet eens gestolen was, maar gewoon zoekgeraakt. Al geloofde ik dat niet.

Misschien was met Liam naar Dublin rijden een vlucht. Grappig, want naar Ierland vertrekken was een vlucht voor mijn voorbije leven met Mark. Dit werd een vlucht in een vlucht. Dat zie ik nu pas, uiteraard. Zo gaan die dingen. Achteraf is alles helder.

Met een zwaar gemoed opende ik een nieuwe fles whiskey. De ruzie met James zat me niet lekker. De gedachte aan zijn betrokkenheid was niet raar, vond ik. De eerste slokken brandden in mijn slokdarm en verspreidden een prettige warmte. Ik ging de woonkamer in en gooide hout in de haard. Binnen een paar minuten brandde dat harder dan mijn slokdarm. Buiten viel het donker over het eiland. De lichtjes van Baltimore waren als kerstlampjes over het land achter de baai verspreid. Het water droeg een lichte mist, de rollende golven tilden de witte waas steeds meer richting de kust. Over een uur of wat zou mijn huis omsloten worden. Ik sloot mijn ogen en liet de warmte van de haard langs mijn lichaam glijden, de koude kamer in. Op tafel lag het boek waar de bloem in had gezeten, onaangeroerd. Soms leek mijn leven van vroeger iets uit een andere werkelijkheid. Een wereld zonder eeuwige wolken en wind, zonder geesten en rare dorpsbewoners, zonder achterdochtige barmannen en charmante dandy's.

Ik dacht terug aan de dag dat ik hier was aangekomen, vermoeid na de rit van het vliegveld van Cork in die aftandse huurauto. De vele mensen die rondom het witte huis stonden. De lijkschouwer die Josie, toen nog mijn tante bij mijn weten, in een zwarte zak uit haar huis haalde, terwijl de kleine agent naast me stond. Ik dacht aan de sleutel die Josie me vooraf toegestuurd had, samen met de uitnodiging om langs te komen. *Just in case*, had ze geschreven. Als ze dat niet gedaan had, had ik rechtsomkeert moeten maken en had ik nooit de kluis achter het schilderij ontdekt en was ik nooit te weten gekomen dat ze mijn moeder was. Had Josie voorzien dat ze zou sterven? Had ze daarom die sleutel meegestuurd? Nee Maud, onzin. Ik trok dat bijgelovige gedoe te veel naar me toe. Het was toeval. Een gelukkig toeval. Of ongelukkig, het lag eraan hoe je het bekeek.

En dan was er dandy James die diezelfde avond voor de deur stond. Met zijn charmante lach, zijn prachtige donkerrode haren, zijn sproetjes die je alleen zag als je heel dichtbij stond. Adviserend advocaat van Josie omdat ze heel misschien overwoog in te gaan op het aanbod van makelaar Murphy om haar huis te verkopen. James kwam langs omdat hij had gehoord dat ze dood was, had hij gezegd. Had Josie hem verteld dat haar nichtje op bezoek kwam? Of hield hij het huis in de gaten? Ik zuchtte diep en kuchte. Ik moest boeken gaan schrijven als mijn hoofd dit soort fantasieën kon produceren.

En dat rare bijgeloof dat Josie in het huis zou spoken. Was dat bangmakerij? Wilden mensen me weg hebben?

Ik nam een slok whiskey en schudde met mijn hoofd. Nee,

nee, nee. Ophouden. Ik werd paranoïde. Ik had te veel gedronken en nu draafde ik door. Ik spitste mijn oren. Alleen de wind die om het huis gierde was hoorbaar. Zo hard, dat een spook ergens in huis sowieso niet te horen zou zijn.

Maar paranoïde of niet, er waren te veel vragen waar geen antwoord op was. Was Josie, toen ze me uitnodigde, van plan geweest me te vertellen dat zij mijn moeder was? En zo ja, waarom nu pas, na al die jaren? Of had ze me iets anders willen vertellen? Iets wat te maken had met die bloem? Met hetgeen waarvoor iemand de moeite nam in te breken? James en een medeplichtige?

Ineens schoot me de teruggekomen mail aan de nieuwe opdrachtgever te binnen. Ik opende mijn laptop. Er was geen mail of anderszins bericht van meneer A. Dolcet, die volgens eigen zeggen zo veel haast had en had aangedrongen op het snel maken en toesturen van foto's. Ik liet mijn hoofd achterover in mijn nek zakken tot het zeer deed. Sukkel. Wat ben je een sukkel, Maud. Die opdrachtgever bestond helemaal niet. Dat was een truc geweest om me uit huis te krijgen. En bij die gedachte voelde ik maagzuur opkomen, vermengd met verse whiskey. Niet fijn, kan ik je vertellen, het brandt dubbel. Dolcet. Ergens deed die naam een belletje rinkelen. Waar had ik hem eerder gezien? Als ik toch eens minder whiskey gedronken had, zou denken vast eenvoudiger gaan. Nu draalden gedachten rond die verborgen bleven in een mist die dikker was dan de mist buiten. Google. Google had altijd antwoorden. Ik tikte 'Dolcet' in de zoekbalk. Mmm. Een Spaans hotel. Dat zal het vast niet zijn. Wat dan wel? Ik wist het niet.

Wat ik wel wist was dat ik me alleen voelde. Eenzaam. Maud. Vierendertig. Als een oude vrijster in haar eentje op een uitgestorven eiland in een uithoek van Ierland, nippend aan whiskey en verlangend naar een paar warme armen en een mond die lieve kooswoordjes fluisterde. Iemand die zacht maar overtuigend zou zeggen: 'Alles komt goed, meisje.' De woorden die James uitsprak over Josie en mijn vader drongen zich op: dolverliefd. Liefde met een grote L. Mijn hart scheurde een beetje van verlangen. Ik wilde dat ook. De grote L.

Rond negenen stommelde ik naar mijn slaapkamer. Het was niet nodig om de gordijnen te sluiten. Mist omsloot alles wat boven het gras uitstak. Als zware witte gordijnen hing het voor de ramen. Het leverde prachtige foto's op, maar het ontnam alle hoop ooit nog zonlicht te zien. Als ik een vampier was geweest, zou ik staan juichen bij dit weer. Ik drukte mijn neus tegen het raam en legde beide handen tegen de zijkanten van mijn hoofd, in een poging naar buiten te kijken. Tegen beter weten in. Mist en nog eens mist. Als ik goed keek en lang genoeg staarde, zag ik contouren van de bijbouw die als schuur en opslag diende. Ik wilde me net omdraaien en mijn bed in duiken, toen ik buiten een beweging meende te zien. Ik drukte mijn neus weer tegen de ruit. Ellendige mist. Had ik wat gezien, of verbeeldde ik het me?

Je moet mij bellen als er weer zoiets gebeurt. Ik hoorde het James weer zeggen. Ik had niets beloofd. Bovendien hoorde ik buiten iets. Er was geen inbreker. Nog niet, tenminste. En als het aan mij lag kwam er ook niemand het huis in. Ik schoot in een regenjas, deed mijn schoenen aan en opende de voordeur. In een traag tempo sloop ik om het huis heen naar de achterkant. Zonder zaklamp. Met keukenmes. Ik wilde de insluiper verrassen. Voor eens en voor altijd een duidelijke boodschap afgeven: dit is míjn territorium. Misschien was dit dezelfde persoon als bij het kerkhof vandaag? Dezelfde als van de inbraak? Waarom kwam hij terug? Ik moest niet gaan raden. Focus. Ik voelde een onaangename kilte langs mijn gezicht gaan. De wind. Dat was de wind. Ik huiverde. Focus.

Bij elke stap zakten mijn schoenen een beetje weg in de zompige bodem en klonk er een zuigend geluid als ik mijn voet losmaakte. De mist legde een vochtige waas over me heen en ik ging ervan uit dat een rondsluipende binnendringer mij net zomin zag als ik hem.

Aan de achterzijde van het huis bleef ik staan. Hoorde ik een geluid, afgezien van de gierende wind? Een zuchten? Licht hijgen? Plotseling maakte zich een gestalte los uit de nevel. Zag ik daar lange rode haren? Ik kneep mijn ogen samen. Mistdruppels drupten van mijn wimpers. Ik wreef snel met mijn handen langs mijn ogen. Josie? Zag ik Josie? 'Josie,' fluisterde ik. Geen reactie. De gedaante bleef in een vloeiende beweging voortbewegen, alsof ze zweefde in plaats van liep. Spoken, Maud. *Het witte huis is geen kers. Josie spookt er rond.* De woorden van de notaris galmden in mijn hoofd. Ik tikte mezelf tegen de wang. Kom op, laat je niet meevoeren, blijf gefocust. Er was ongetwijfeld een volledig logische verklaring voor dit alles. Ik bewoog in de richting van de gedaante. Eerst langzaam, toen voerde ik het tempo op, mijn mes in de aanslag. Snel. Sneller. Ik glibberde over de grond. Niet vallen. Níét vallen. Te laat. Volkomen onverwacht gleed mijn voet in een modderpoel weg. Ik liet het mes vallen. Eén hand stak ik uit om mezelf op te vangen. Ook die hand gleed weg zodra hij de grond raakte. Mijn achterhoofd kwam op iets hards terecht. Ik sloot mijn ogen, opende ze weer, om ze vervolgens noodgedwongen weer dicht te laten vallen. Ik zakte weg in een mist in mijn hoofd. En het laatste wat ik had gezien was de vage schaduw die zich dreigend over me heen boog.

De knoop doorgehakt

Ik hield mijn ogen krampachtig gesloten. Er was niets te horen behalve mijn eigen ademhaling. En de ademhaling van iemand anders. Waar was ik? Mijn hoofd bonkte alsof ik gisteren veel te veel gedronken had. Alleen kon ik me niet herinneren of ik gedronken had, of überhaupt waar ik gisteren was. Ik tastte met mijn hand voorzichtig naast me. Stof. Niet de natte kille grond. Ik was ergens binnen. Dat was goed. Of juist niet? Ik opende één oog zo minimaal als mogelijk was. Een flakkerend licht wierp een schaduw op de muur van iemand die vlakbij zat, met de rug naar me toe, half gebogen. Ik rook de geur van kaarsvet. Mijn hersenen deden hun uiterste best om alles bij elkaar te brengen tot een logisch geheel. Het laatste wat ik me herinnerde was dat ik ergens buiten was. Waarom? Dat was wazig. En ik wist nog dat ik... Wacht even. Ik had iemand gezien. Buiten. Ik voelde een steek achter in mijn hoofd. Pijn. Schaduwen. Mist. Allerlei beelden drongen zich op, maar met dat logische geheel wilde het niet vlotten. De schaduw hier in de kamer veranderde van houding. Een zachte zucht klonk. Dat geluid kende ik. Ik opende beide ogen zo ver ik kon. Nu zag ik het goed.

'James?' Ik was schor. Mijn keel voelde droog en mijn tong plakte aan mijn gehemelte. Ik denk dat ik dacht dat ik zijn naam normaal uitsprak, maar vermoedelijk was het niet meer dan wat gemurmel.

‘Maud!’ James schoof zijn stoel dichter bij het bed. Ik was in mijn eigen slaapkamer, drong tot me door.

‘Was jij het?’ mompelde ik. En daarna: ‘Water, mag ik wat water?’

James pakte een glas water en zette het aan mijn mond. De eerste slokken waren beter dan de duurste wijn die ik ooit had gedronken. Mijn tong was dankbaar.

‘Wat was ik?’ vroeg James.

‘Buiten, die gedaante.’ Ik deed een poging rechterop te gaan zitten en negeerde mijn protesterende hoofd.

‘Ik weet niet waar je het over hebt.’

‘Er was iemand. Ik...’ Ineens kwam het terug. Ik was buiten, er was een gedaante. Ik gleed weg. Iemand boog zich over me heen. Het licht ging uit. Ik keek naar de schaduwen die het kaarslicht op de muur wierp. De gordijnen wapperden af en toe als dansende nimfen.

James zag me kijken. ‘Ik heb het raam op een kier gezet. Ik dacht dat frisse lucht goed zou zijn. Zal ik het dichtdoen?’

Ik schudde mijn hoofd. Au. *Note to self*: doe dat nog maar even niet. ‘Was jij het die zich over me heen boog toen ik gevallen was?’

‘Ik vond je buiten, als je dat bedoelt?’

‘Nee, nee, er was iemand. Niet jij.’ Was dat wel zo? Hoe wist ik zeker dat het niet James was? Misschien was hij het wél geweest.

‘Ik heb niemand gezien, echt niet. Ik kwam langs omdat ik...’ Hij stopte en wreef met zijn handen over elkaar.

Ik zag dat zijn wangen kleurden. Het stond best lief. ‘Je deur stond open, en jij was nergens te bekennen. Toen ik om het huis heen liep vond ik je buiten westen op de grond. Ik heb je naar binnen getild en hier neergelegd. En nu ben je weer wakker, gelukkig.’

‘Je maakte je zin niet af. Je kwam langs omdat?’

‘Ik baalde van mezelf. Ik had het recht niet om zo uit te vallen tegen je, eerder vandaag.’

Eerder vandaag. Vóór de mist en de schaduwen. O ja. Ik had verteld dat ik naar Dublin wilde. En James had daarop verongelijkt gereageerd. Dat was het. En hij was teruggekomen om excuses te maken voor zijn gedrag. Fijn. Excuses. Aardig, maar nu voelde ik me zo mogelijk nog schuldiger dat ik niet verteld had dat Liam mee zou gaan naar Dublin.

'Ach, iedereen heeft zo z'n momenten,' zei ik om het weg te wuiven.

'Je bent nog steeds van plan om te gaan dus? Ook na wat er is gebeurd?'

'Natuurlijk, waarom niet? Ik neem extra paracetamol mee, niets aan de hand.' Ik glimlachte. 'Bovendien, ik wil er even uit. Júíst nu. Ik heb het wel even gehad met de omgeving hier, en met de mensen. *No hard feelings.*'

'Dat snap ik wel. Het is een achtbaan voor je geweest, de afgelopen maanden. Ik ben alleen bang... Ga je jezelf niet verliezen, daar in Dublin? Stel dat het tegenvalt? Stel dat je iets vindt dat niet gevonden wil worden?'

'Dan kom ik gewoon terug en pak ik mijn nieuwe leven hier vol enthousiasme weer op.' Ja, ja. Alsof het allemaal zo simpel was. Ik voegde een glimlach toe voor de geloofwaardigheid, maar volgens mij trapte James er niet in. 'Vind jij het nooit saai in deze omgeving dan? Je bent advocaat. Ik krijg daar flitsende beelden bij, zoals in *Suits*.'

'*Suits*?'

'Die advocatenserie op Netflix.' Als hij nu maar niet ging vragen wat Netflix was.

'Aha. Ken ik niet.' Hij haalde zijn schouders op. 'Maar nee, ik vind het nooit saai hier, waarom zou ik?'

'Het is allemaal zo hetzelfde hier. Groen, heuvels, kliffen, nog meer groen. Het is prachtig hoor, maar zo... hetzelfde. En alleen maar kleine dorpen, waar nauwelijks iets gebeurt. Ik kan me voorstellen dat je weinig heftige of uitdagende zaken hier hebt. Niet zoals in een grote stad.'

'Dat is uiterlijke schijn.'

'Wat? Het groen? Er ligt eigenlijk een bruisende metropool onder dat gras verborgen?'

'Nee, de rust. Er gebeurt meer dan je zou denken, veel meer. Juist op de plekken waar het ogenschijnlijk alleen maar kabbelt. Vergis je niet.'

De blik in zijn ogen was opeens totaal veranderd. Alsof in zijn gedachten allerlei vreselijke zaken de revue passeerden die zijn gemoed omlaagtrokken.

'Vergis je niet.' Ik geloof niet dat ik me vergiste als ik net als hij dacht dat er hier van alles gebeurde dat het daglicht niet kon verdragen. Of op zijn minst van twijfelachtig allooi was.

Mijn ogen begonnen dicht te vallen. Langzaam zakte ik dieper weg in de kussens, en ik liet mijn hoofd opzij zakken.

'Ga maar slapen, ik ga beneden liggen, ik zie je als het licht wordt,' fluisterde James.

Ik voelde zijn hand over mijn haren strijken, en daarna ging het licht voor de tweede keer deze avond uit.

Het heldere ochtendlicht viel door de gordijnen naar binnen. Ik zette mijn voeten naast het bed en gaapte. Op mijn kussen zag ik een beetje bloed. Ik voelde aan mijn achterhoofd. Een bult en een wondje. Langzaam kwam ik overeind. Dat ging prima, slechts een beetje duizeligheid waar koffie een prima antwoord op zou zijn. Ik schoof de gordijnen opzij. Het was prachtig weer buiten. De lucht was op sommige plekken blauw, witte schapenwolkjes dreven traag voorbij. Het leek nauwelijks te waaien. Heerlijk.

In de keuken stond James bij het aanrecht, hij glimlachte. Het rook heerlijk en mijn maag knorde.

'Goedemorgen, hoe voel je je?' vroeg hij.

'Lui. En beter, denk ik.' Mijn hoofd hield zich redelijk rustig. De schade leek mee te vallen. 'Wat ruik ik?'

'Black pudding. Worstjes. Ei. Witte bonen in tomatensaus. En bacon. Ik dacht dat een stevig ontbijt er wel in zou gaan. Leverancier van energie en cholesterol, voor een energiek leven met verhoogd risico op een hartaanval.' Hij knipoogde. 'Maar als je niet al te vaak zo eet, zul je het wel overleven.'

Ik schoof aan bij de keukentafel en glimlachte. Dit ging ik me laten welgevallen. Ik observeerde James terwijl hij borden pakte en van alles wat opschepte. Hij zette de rijkelijk gevulde borden op tafel, pakte de toast uit de broodrooster en ging tegenover me zitten. Ik kon hier best aan wennen. Ook aan het uitzicht daar tegenover me. James' rode lokken wipten bij elke hap op en neer. Af en toe keek hij me aan. Wat ging er om in zijn hoofd?

Vanuit mijn ooghoeken zag ik mijn mobiel oplichten. Een appje van Liam. Ik opende het en liet mijn blik snel over de woorden gaan. *Morgenochtend vertrekken? Ik ben er klaar voor. Laat maar weten.*

Morgenochtend. Prima. Waarom wachten? Ik tikte snel een antwoord en negeerde James' vragende blik. 'Het is heerlijk, dank je wel,' zei ik om de aandacht af te leiden.

'Weet ik.' Hij lachte, maar iets minder enthousiast.

'Ik moet even wat werkdingen nakijken, sorry.'

'Ga je gang. Ik maak ondertussen koffie.'

Ik opende Instagram en scrolde door de lijst nieuwe volgers. Zelden gebruikten mensen hun echte naam. Allerlei rare varianten kwamen voorbij, meestal een verzonnen naam gevolgd door een nummer, omdat er al dertig anderen die naam gebruikten. Ineens viel mijn oog op een naam die mij recent was gaan volgen. AngelinoDolcet8. Dát kwam me bekend voor. En ik wist ook waarvan... Ik opende mijn mail en zocht in de verzonden items naar mijn laatste verstuurde mail. Voilà, A. Dolcet. De nepopdrachtgever. De hotelnaam. Dat kon geen toeval zijn. Ik ging terug naar Instagram en opende zijn account. In een privébericht stuurde ik: *Kan je niet via mail bereiken, het gaat over foto's die ik in opdracht voor je maakte. Hoor graag.*

Iets zei me dat dit heilloos was. Maar wie niet waagt...

‘Zegt de naam Angelino Dolcet jou iets?’ vroeg ik James, die een mok dampende koffie voor me neerzette.

‘Geloof het niet. Maar het klinkt bijzonder. Is het Spaans?’ Hij liet zich achterover zakken. Zijn shirt schoof omhoog en liet een stukje huid zien. Mijn blik bleef hangen ter hoogte van zijn heupen, gefixeerd op dat stukje net boven de lies, waar de spieren van de buik overgaan in... Niet doen, Maud, sprak ik mezelf in gedachten vermanend toe. Niet aan denken. Ik bloosde en wendde snel mijn blik af.

‘Dolcet is een Spaans hotel, ik neem aan dat het een gebruikelijke Spaanse achternaam is. O, ik zie dat het ook een drug is.’ Ik tikte ‘Angelino’ en ‘Dolcet’ in. Ene Angelino Dulcert kwam op. Een veertiende-eeuwse Italiaan. Zo oud zal die opdrachtgever niet zijn. En Dulcert is niet hetzelfde als Dolcet, meneer Google.

James was naast me komen staan en zag wat ik had gevonden. Ik vertelde hem over de mail die niet aankwam en legde mijn gedachten voor. Ik negeerde de zachte haartjes van zijn lokken die langs mijn wang streken toen hij meekeek op mijn scherm.

‘Dat is toeval Maud. Echt. Dat heeft niets te betekenen. Ik heb vergelijkbare zaken gehad: mensen die contact zoeken en vragen stellen, en vervolgens niet meer bereikbaar zijn. Sommige mensen zetten je aan het werk en trekken zich vervolgens terug, zonder het fatsoen te hebben dat aan je te melden. Echt. Dit zegt helemaal niets.’

Ik keek naar hem op. Wie probeerde hij hier te overtuigen? Mij of zichzelf? Op dat moment lichtte er een antwoord van Liam op in mijn scherm. *Prima! Ik haal je morgenochtend op. Zet je wekker maar, want ik ben er vroeg. Acht uur. Dublin, here we come!*

Ik dacht niet dat het echt kon, maar ik voelde James naast me verstijven, terwijl we elkaar niet eens aanraakten. Langzaam ging hij rechtop staan. Hij zei niets, helemaal niets, ik hoorde alleen zijn ademhaling verzwaren. Alle net genuttigde etenswaren drukten plotseling als een steen op mijn maag. O shit. Dat krijg je ervan als je niet alles vertelt. Ik draaide me naar hem toe, maar het was te laat. Hij oogde woest. En zweeg nog steeds.

'Sorry, ik had niet gezegd dat...' stamelde ik.

'Nee, dat had je inderdaad niet.' Hij liep om de tafel heen, trok zijn jas van de stoelleuning en stevende op de voordeur af. Daar keek hij kort om en zei op een ijskoude toon: 'Veel plezier in Dublin. Met Liam.' En weg was hij.

Ik zuchtte en legde mijn hoofd in mijn handen. Goed gedaan, dame.

'*Hiya*! Het ruikt hier goed, toevallig iets over?'

Ik schrok me rot. Burke stond plotseling in de keuken. Die was zeker naar binnen geglipt toen James naar buiten stormde. 'Eh, hier.' Ik schoof mijn bord met de restanten van mijn ontbijt naar hem toe. Hij greep James' vork en schrokte het eten in een moordend tempo naar binnen. Wauw. Ik merkte pas na een minuut of wat dat ik met open mond naar hem zat te staren.

Hij trok een grimas waarvan ik vermoedde dat het een lach moest voorstellen en veegde met de rug van zijn hand langs zijn mond. 'Mooi weer, hè. Geniet er maar van, dat gebeurt hier niet zo vaak, zeker in de winter niet.' Hij liet zich achterover zakken en liet een boer. 'Dus ik dacht, eens even kijken hoe het met de import gaat.' Hij keek naar het aanrecht. 'Ik lust wel een kopje thee.'

Ik rolde met mijn ogen en stond met tegenzin op om thee voor hem te maken.

'Geen scones?'

'Nee, sorry.' Hoe had Josie deze lomperik geduld? Was ze zo geduldig? Of had ze een vreemde smaak wat betreft mensen? 'Hoe was ze?'

'Wie?'

'Josie.'

Hij kneep zijn ogen samen. 'Aardig.'

'Aardig. Meer kun je niet zeggen?'

'Ze maakte lekkere scones.'

O god. Hield hij zich van de domme of snapte hij echt niet dat ik snakte naar wat meer persoonlijke informatie? 'Waar hield ze van, ging ze graag naar de pub?' Deze vraag moest duidelijk genoeg zijn.

Burke schoof heen en weer op de stoel. 'Ze was Iers, dus dat zal wel, hè.' Abrupt stond hij op en wilde weglopen. 'Ik moet maar weer eens gaan.'

'Wacht!' Ik schoot overeind. 'Waarom kwam je eigenlijk langs?'

'Kijken hoe het met je gaat. Ik hoorde dat je nieuwe vrienden aan het maken bent. Dat is een goed teken. Maar kijk uit met wie je allemaal bevriend raakt. Het lijkt een brave gemeenschap hier, maar zoals je gemerkt hebt met Josie: niet iedereen heeft de beste bedoelingen.'

'En jij hebt dat wel?'

'Ik ben de Garda hier, de agent. Natuurlijk heb ik goede bedoelingen.' Hij opende de voordeur. 'Pas goed op, miss.' En met die woorden liet hij me in verbazing achter. Hij had niet eens op zijn thee gewacht.

De rest van de dag wilde ik doorbrengen met het inpakken van mijn tas, boodschappen doen in Skibbereen en een mijmermoment bij de Beacon, inclusief camera. Het weer was te zeldzaam mooi om er geen gebruik van te maken. Ik pakte mijn spullen en wilde vertrekken toen mijn oog weer op het schilderij met de kluis erachter viel. Dat was waar ook. Door de verdwenen bloem en mijn gedraaikont met James en Liam was ik vergeten te vragen of een van hen wist wat Tir Na nOg betekende. Maar ach, ik kon dat ook zelf uitvinden. Ik opende Google op mijn mobiel en tikte de woorden in. Wie weet.

En voilà, er was zowaar een Wikipedia-pagina aan gewijd. Dan betekende het meer dan 'vaag schilderij.' Vluchtig gleed mijn blik over de inhoud. Het was een Ierse mythe over het beloofde land van de eeuwige jeugd. Een eiland dat verdwijnt in de mist als je dichterbij komt. Romantisch, hoor. Daar had je wat aan. Ik haalde mijn schouders op, stopte mijn mobiel in mijn zak en vertrok.

Ik parkeerde mijn auto onder aan de kliffen en klom via het provisorisch aangelegde pad naar de top, met de Beacon als stralend middelpunt. Ik passeerde het ontspannen herkauwende groepje runderen dat op het klif de vrije ruimte had om te grazen. Op gepaste afstand van de rand ging ik op de grond zitten. De koude trok onmiddellijk via mijn kont mijn lijf in.

Aan de overzijde lag Sherkin Island. Ik pakte mijn camera en nam wat foto's. Het licht was fenomenaal, zo had ik het nog niet gezien hier. Met mijn mobiel nam ik een foto, die ik meteen op Instagram plaatste, #mobileshot. Binnen seconden zag ik de hartjes opkomen. Ik zag dat er geen privéberichten waren. AngelinoDolcet8 negeerde me dus ook op Instagram. Ik nam nog een paar foto's van de horizon, waar een mistige laag over het wateroppervlak hing, en kwam overeind. Ik tuurde met mijn hand boven mijn ogen in de verte. Als ik mijn ogen samenkneep, was het niet moeilijk om vage contouren te zien die makkelijk als land waren te interpreteren. Terwijl het niets was. Een fata morgana. Meer niet. Tir Na nOg in de Ierse overlevering. Ach, wie weet was het wel romantisch bedoeld van mijn vader toen hij het schilderij aan Josie schonk, hoeveel begreep ik nu eenmaal van de Ierse inborst? De koe die ongemerkt naast me was komen staan bezorgde me bijna een hartstilstand, en op mijn schrikreactie reageerde zij met eenzelfde schok. Snel verdween ze achter de Beacon. Goed hoor, Maud, lekker *jumpy*. Het was echt tijd om eropuit te gaan. Op naar de grote stad.

Een rit met z'n tweetjes

De vorige dag was de uitzondering op de regel geweest, zag ik meteen na het wakker worden. Grijze luchten, miezerige regen, rusteloos water in de baai. Over een halfuur stond Liam voor de deur. Ik kleedde me snel aan, pakte mijn tas in en smeerde een boterham voor onderweg. Zou ik James nog appen? Nee. Mijn lichte schuldgevoel dat ik hem niet had verteld over Liam was veranderd in irritatie. Hij was mijn partner niet, hij had niets te maken met wat ik deed en met wie ik omging. Die rare persoonlijke afkeer van hem voor Liam was niet mijn probleem. Laat hem maar in zijn sop gaarkoken. Na een paar dagen in Dublin waren de gemoederen vast weer gekalmeerd.

In de woonkamer zag ik het piratenboek op tafel liggen. Misschien moest ik het meenemen. Op de bladzijden waar de bloem gezeten had, zaten kleine deeltjes die ervanaf gevallen waren tijdens het drogen. Wie weet had die botanist daar wat aan. Voorzichtig pakte ik het boek in. Ik bekeek de boekenkast. Waarom had James zich betrapt gevoeld toen hij ernaar stond te kijken en ik binnenkwam? Ik liet mijn blik over de titels glijden. Wist James iets wat ik niet wist?

De klop op de deur haalde me uit mijn gedachten. Liam.

'Binnen!' riep ik.

Een stralende Liam stond in de deuropening. 'Goedemorgen! Klaar voor een lange maar gezellige autorit?' Hij drukte een zoen op mijn wang. Niet voorzichtig, niet twijfelend. En niet op mijn mond.

Ik lachte en bloosde. Ja, ik was er klaar voor. Ik pakte mijn tas, wierp een laatste blik om me heen, en liep achter Liam aan naar buiten. Ik sloot de deur af en keek in de weerspiegeling van de ruitjes. In een flits zag ik helblauwe ogen oplichten. Ik deinsde achteruit en drukte daarna mijn neus tegen een ruitje. Was daar iemand? Dat kon toch niet? Ik zag niets. Het was net zo leeg als daarnet.

'Is er iets?' Liam stond naast zijn auto, in elkaar gedoken in een nutteloze poging minder nat te worden.

'Eh nee, niets.' Het was écht hoog tijd om te vertrekken. Dag wit huis. Tot snel.

Tot snel. Dat dacht ik echt. Maar het leven valt niet te plannen. Dat weet iedereen, ik ook. Achteraf bezien vertrok ik misschien te overhaast. Ik had ter plekke meer moeten uitzoeken; er waren zo veel onbeantwoorde vragen waar ik niet per se voor naar Dublin hoefde. Ik had het je al uitgelegd: ik ben iemand die eerst doet en dan denkt. Dat is leuk hoor, maar in verhalen als dit niet altijd de slimste tactiek. Zou jij het gedaan hebben, met iemand die je zo goed als niet kent (en met wie je wel een keertje gezoend hebt, al zegt dat uiteraard niets over de mate waarin je iemand kent...) een trip naar een onbekende stad maken? Ik geloof dat ik me vooraf geen moment heb afgevraagd of het allemaal wel zo verstandig was. Achteraf wel. Maar dat zei ik eerder al eens: achteraf is alles makkelijk.

De rit zou volgens Google Maps ruim vier uur duren. Dat betekende in de praktijk van het Ierse wegennet dat het een uur of vijf zou zijn. Minstens.

'Heb je voor jezelf op een rijtje wat je allemaal wilt gaan doen daar in Dublin? Behalve mijn aangename reisgenoot zijn?' vroeg Liam.

'"Op een rijtje" is een optimistische formulering voor iemand als ik. Maar ik heb wel wat gedachten over wat ik wil bereiken.'

'Vertel,' Liam haalde een tractor in via de rechterzijde. Dat bleef onwennig, dat alles in het verkeer gespiegeld was aan wat ik gewend was.

'Weet je, ik wil gewoon weten wie mijn ouders zijn. Ik wil weten hoe Josie was, ik wil weten of mijn vader leeft en hoe hij is. Ik lijk op Josie, dat is me duidelijk, maar wat heb ik van mijn vader?' Ik wreef met de rug van mijn hand over de autoruit die aan de binnenkant voortdurend besloeg.

'En je wilt weten hoe het zit met die bloem.'

'Ja, maar vooral omdat ik denk en hoop dat het me informatie geeft over Josie. Of over mijn vader. Die bloem lag tenslotte in hun boekenkast, in een van hun boeken. Als die bloem ergens anders vandaan was gekomen, had het me niet geïnteresseerd.'

'Ik vind het feit dat iemand hem wilde stelen ook wel interessant. Dat zegt mij dat er aan de bloem zelf iets is wat van belang is.'

'Wat kan er nou van belang zijn aan een oude droogbloem?'

'Dat weet ik ook niet. En daarom is het dus interessant. Wie breekt er in voor een bloem?'

'Josie wist het misschien. Of mijn vader.'

'Iemand wist het.'

'De bloem lag open en bloot op tafel. Niet meer verstopt. Dat kon de insluiper vooraf niet weten.'

'Als diegene dat niet wist, waar kwam hij dan voor? Op de gok zoeken naar een bloem? Of werd er iets anders gezocht en kwam hij de bloem toevallig tegen?'

'In elk geval weet diegene wat er bijzonder is aan de bloem. Misschien zocht hij naar...' Liam viel stil. 'Ik weet het ook niet.'

'Maak je zin eens af?' Waarom stopte hij zo abrupt?

'Niets, ik weet het niet.'

Ik zag dat hij het stuur steviger omklemde tot zijn knokkels wit werden. Raar. Heel raar. Of ik zag weer eens spoken. De spoken die ik wilde achterlaten in West-Cork. Ik sloot mijn ogen en zag helblauwe ogen voor me. Opa Blauwoog die van een klif was gesprongen. Ook fascinerend. Was er überhaupt iets in mijn verleden en in mijn familie wat niet raadselachtig was?

Ik schrok wakker, ik moest in slaap gedommeld zijn.

'Je snurkt,' zei Liam.

'Nietes,' antwoordde ik.

'Jij kunt dat niet weten, ik wel,' kaatste hij terug.

Dat was waar. 'Het komt door het schommelen van de auto.'

Liam begon te lachen. 'Ja hoor, als jij dat wilt geloven.' Ineens gooide hij het stuur naar links, de afrit op. Ik zag het bordje naar een dorp waarvan ik niet wist waar het lag, maar waarvan ik wist dat we daar niet naartoe hoefden.

'Wat doe je nou?'

'Wacht,' mompelde hij. Na een paar minuten op de regionale weg sloeg hij een lokale weg in, een L-weg: de smalste en meest onmogelijke weggetjes van het Ierse wegennet. We hobbelden langs metershoge hagen en enkele bomen, en dat ging zo een kilometer of twee door totdat er een smalle inham verscheen waar hij de auto parkeerde. Om me heen zag ik groene velden en heuvels, grijze luchten en in de verte her en der een cottage. Het regende niet. Dat was in elk geval positief.

'Waarom stop je? Wat doen we hier?'

Liam haalde diep adem, keek me met zijn donkere ogen aan en toen in zijn achteruitkijkspiegel. Ik kon niets opmaken uit zijn blik. Langzaam begon ik me ongemakkelijk te voelen. Was dit dan zo'n moment waarvan mijn adoptiemoeder altijd zei: 'Maud, op een dag brengen je onbezonnen acties je in de problemen.'

'Liam?' probeerde ik opnieuw.

'Volgens mij zitten we goed,' zei hij.

'Ik begrijp het niet.' Ik keek over mijn schouder. De weg was verlaten.

'We werden gevolgd. Dacht ik. Dus sloeg ik hier af en pakte een lokale weg. Maar zo te zien is hij afgehaakt.'

'Gevolgd? Dat meen je niet.'

'Ik weet het niet honderd procent zeker. Er rijden nogal wat auto's dezelfde kant op. Maar een bepaalde auto deed een tijdlang precies wat ik deed, ook als ik andere auto's inhaalde.' Hij legde zijn armen over het stuur en liet zijn hoofd erop zakken. 'Ach, misschien laat ik me te veel aansteken door jouw achterdocht. Het was vast niets.'

'Mijn achterdocht?' Kwam ik zo paranoïde over? Kennelijk.

'Met je inbraak en je bloem en zo. Ik denk dat mijn fantasie een beetje op hol sloeg.' Hij lachte ongemakkelijk en startte de auto. 'Ik zal het niet meer doen.'

'Oké. Het geeft niet. Heb je een kenteken gezien?'

'Ik kon het niet lezen, hij bleef te veel op afstand. Het was een grijze auto. Maar dat helpt niet echt, hè?'

Ik lachte. 'Nee, dat helpt niet.'

We volgden de weg terug en namen de eerste oprit de autoweg weer op. In slaap sukkelen zat er niet meer in. Om de paar minuten zochten mijn ogen in de zijspiegel naar een grijze auto die opvallend rijgedrag vertoonde. Die kwam er niet. Maar de gedachte dat we gevolgd werden, had zich hardnekkig in mijn hoofd verankerd.

Bright lights, big city

Dublin was alles wat ik ervan verwacht had en meer. En dat was alleen nog maar mijn eerste indruk. Ik voelde onmiddellijk nieuwe energie stromen. Het liefst zou ik een dansje doen, maar misschien was dat net een tikje te vreemd.

Nadat we de auto geparkeerd hadden en onze benen gestrekt, bekeek ik uitgebreid mijn nieuwe omgeving voor de komende dagen. We hadden een charmant ogend hotel in het centrum, op loopafstand van het Trinity College. De Botanic Gardens lagen een paar kilometer noordelijker. Perfect.

Liam checkte ons in, heel keurig en negentiende-eeuws twee aparte kamers naast elkaar, en we brachten onze koffers naar boven. De kamer was klein, alleen het hoogstnoodzakelijke was aanwezig. En dat was meer dan genoeg.

'Kom, we gaan de omgeving verkennen, en wat te eten zoeken. Ik rammel,' zei Liam.

'Heel graag,' antwoordde ik. Mijn maag voelde leeg als een kerk op een doordeweekse dag. Het was droog en een mager zonnetje brak door de sluierbewolking. Dit ging leuk worden. Enthousiast stak ik mijn arm door die van Liam. Hij draaide zijn hoofd, fronste bijna onmerkbaar, lachte, en samen stapten we over de kasseien in de smalle straten. Voor even voelde ik me niet een geest, een verloren dochter of een met achterdocht bekeken vreemdeling. Ik was Maud, jonge vrouw, vol in het leven, etalages bekijkend en ter plekke verliefd geworden op een paar prachtige schoenen daarin. Vrouw, fotografe, wereldburger. Vrij, vol leven, en misschien mede daardoor meer aangetrokken tot de prachtige man aan mijn arm dan goed voor me was.

Het was druk; behalve locals liepen er veel toeristen, te zien aan de mobieltjes in de lucht die van alles foto's maakten. Ik verbaasde me over de bussen, die net als in London dubbeldekkers waren. Af en toe zag ik middelbarescholieren in schooluniformen, waarbij alleen de schoenen een eigen identiteit verrieden: ik zag van alles voorbijkomen van Dr. Martens tot nette ballerina's. Dublin was zoals alle grote steden: vol mensen, vol uitlaatgassen en vol herrie. Maar ook vol leven. Ik genoot.

In een pub genaamd The Norseman vonden we nog een plaatsje voor twee, vlak bij de toiletten. De pub was groter dan hij van de buitenkant oogde, gevuld met donkere tafels in verschillende afmetingen en donkerhouten caféstoelen. Naast ons zaten twee Aziatische jongens druk te praten met ieder een pint voor hun neus. Aan hun gebaren te zien waren ze het typisch Ierse eten aan het evalueren. De geur van vlees en aardappelen vermengd met die van bier deed mijn maag rammelen.

'Dit was een uitstekend idee,' zei Liam. Hij wiebelde op de achterpoten van zijn stoel en keek om zich heen. 'Heerlijk. Ik ben hier veel te lang niet geweest.'

'In deze pub?'

'Nee, in Dublin.'

'Wanneer was je hier dan voor het laatst?'

'Een jaar of vijf geleden, schat ik. En daarvoor in mijn studietijd. Man, dat waren nog eens tijden.'

'Studie? James zei...' Ik maakte mijn zin niet af.

'James zei wat?'

Shit. Ik ook altijd met mijn tong die sneller werkte dan mijn brein. 'Hij zei dat je niet gestudeerd hebt.'

'Nou, dan heeft hij dat verkeerd. Ik heb wel degelijk gestudeerd. Ik heb het alleen niet afgerond.' Hij boog naar me toe. 'Kijk om je heen. Ontdek de wereld. Zoals jij dat ook doet met je camera. Wat zegt een papiertje nu helemaal?'

'Het helpt weleens om een baan te krijgen, geloof ik...'

'Ja ja, dat zal best. Maar de groten der aarde hebben het ook zonder een diploma gered.'

'Vast, maar dat is niet iedereen gegeven. De meeste mensen komen nergens zonder papiertje.'

'Ik wel. In Dublin bijvoorbeeld. Ik ben hier met jou. Meer is niet nodig, toch?'

Misschien niet. Maar je moet toch ergens van leven. Hoe deed hij dat dan? Ik wilde de sfeer niet verpesten met betweterige praatjes over het belang van een opleiding. En het was mijn zaak helemaal niet hoe hij de eindjes aan elkaar knoopte. Een hoogblonde serveerster met stevige armen, een veel te laag decolleté en ogen die erg dicht bij elkaar stonden waardoor ik het gevoel kreeg scheel te moeten kijken om haar in de ogen te zien, zette twee perfect getapte glazen Guinness neer. 'Eten komt eraan, hoor,' zei ze met een glimlach. Dat leek me een uitstekend idee. Ik hield mijn glas omhoog, Liam deed hetzelfde, en we proostten. 'Op het vinden van verdwenen vaders en geheimzinnige bloemetjes,' zei Liam. 'Amen,' antwoordde ik.

Tijdens het eten, dat ik ongegeneerd snel verorberde, vertelde Liam over Dublin, hoe het de jaren van The Troubles te boven was gekomen, hoe de economische groei die door de Ieren de Celtic Tiger genoemd werd, zijn klauwen had uitgeslagen en het volk positiever dan ooit had gestemd. Om vervolgens door de economische crisis van 2008 weer in zijn hol te kruipen als een bang katje. En hoe de veerkracht sterker bleek, zoals altijd in de Ierse geschiedenis, en Dublin de laatste jaren was uitgegroeid tot een minimetropool waarin stads- en dorpsgevoel op wonderbaarlijke wijze gecombineerd worden. Als je je ogen samenknijpt en probeert de auto's te negeren, lijkt het op sommige straathoeken van Dublin alsof je teruggaat naar vroegere tijden. En ik dacht bij mezelf: als een stad als Dublin zichzelf kan terugvinden en oprijzen uit de as als een feniks, hoe cliché dat ook klinkt, dan kan ik het ook.

En hij had gelijk over de sferen van vroegere tijden die onveranderd in de lucht hingen ondanks de voortschrijdende eenentwintigste eeuw. Toen we terugwandelden naar het hotel – ik lichtelijk slingerend vanwege een teveel aan Guinness – dacht ik dat ik in de tijd van Oscar Wilde beland was. De lichtjes van de pubs flonkerden, de aan de gebouwen bevestigde straatlantaarns schitterden, en de dicht op elkaar geplaatste oude panden blokkeerden de kille wind van de zee. Op verschillende plekken galmden de *trad sessions* door de openstaande deuren naar buiten, als een lokroep voor zowel locals als toeristen. En als je eenmaal binnen in de pub was en je overgaf aan het ritme van de *folk music* en het rijkelijk stromende bier, liep je zomaar het risico dat de tijd verstreek zonder dat je het doorhad.

Voor de deuren van onze hotelkamers stonden we beiden een beetje aangeschoten tegenover elkaar. Grijnzend als pubers en babbelend over ditjes en datjes en dat het eten zo heerlijk was. Dat die sessie in de pub waarvan ik de naam ben vergeten perfect was, juist omdat het zo spontaan gebeurde. Dat de energie tussen de muzikanten van het minuscule podium gespat was, zo tegen de muren en de plafonds aan en weer terug. Dat was allemaal hartstikke waar en echt gebeurd, maar dat was niet de reden om die dingen te benoemen. Het werd uitgesproken omdat het zo'n moment was waarop er mogelijk meer gaat gebeuren dan vooraf bedacht, en dan sla je onzin uit die totaal niet relevant is.

'Dank je wel voor een fijne avond,' fluisterde Liam. Hij zag er onweerstaanbaar uit. En op het moment dat hij lichtjes vooroverboog drukte ik vluchtig een kus op zijn wang, mompelde 'jij ook bedankt' op een toon alsof hij mijn boodschappen voor me ingepakt had, en schoot mijn kamer in. Daar liet ik mijn adem die ik had ingehouden ontsnappen in een langgerekte zucht.

Liam had geen idee hoeveel moeite dit had gekost, wegduiken in plaats van in zijn armen springen om de rest van de nacht bij hem te blijven. Maar ik mocht dit niet doen, niet nu. Mijn waakvlammetje moest een vlammetje blijven, geen vuurzee worden. Als ik het wel deed, was ik verloren. En er zat een gedachte vast in mijn hoofd, al sinds ons vertrek. Ik was in Dublin met een reden. En die reden was niet om een romance te beginnen.

Ik opende mijn koffer en pakte mijn joggingbroek eruit. Eindelijk die strakke jeans van mijn lijf trekken. In de minibar vond ik een klein flesje whiskey. Mooi. Daarmee installeerde ik me op het grote tweepersoonsbed en ik pakte een plastic zak uit mijn koffer met daarin een handvol boeken. Ik spreidde ze voor me uit. Een voor een bekeek ik de titels. Waarom had Josie deze boeken? Interesse? Een hobby? Of ooit van iemand cadeau gekregen? Een pijnlijke steek trok door mijn ingewanden. De alcohol, zei ik tegen mezelf. Maar ik wist wel beter. Het was de pijn van niet weten wie Josie was en hoe ze had geleefd. Ik wist helemaal niets over de vrouw die me gebaard had.

Volgens mij ben ik iets vergeten te vermelden, klopt dat? Weet je nog dat ik James voor de boekenkast zag staan snuffelen en dat hij zich betrapt leek te voelen toen ik de kamer in liep met thee? Voor mijn vertrek naar Dublin stond ik te kijken naar de plank met boeken waar hij interesse in toonde. En dat was interessant. Want de hele boekenkast was een ongereguleerd zooitje, zoals mijn boekenkasten dat ook zijn: niet gesorteerd op schrijver, thema, kleur of wat voor een indelingssysteem je ook maar kunt bedenken. Ik zag in Josies kast, op de plek waar James had staan te kijken, een wel erg goed bij elkaar passend rijtje boeken. Het was de plank waarop ook het boek met de bloem erin had gestaan. En pas nu viel het me op: een stuk of vijf boeken bij elkaar gingen over hetzelfde. Piraten, met in een van de boeken een dun reisgidsje over de westkust van Ierland geschoven. Het leek alsof iemand een stapeltje boeken in één beweging op die plek ertussen had geschoven, tussen de verder ongeordende rijen met romans, thrillers, kookboeken, reisboeken en enkele historische naslagwerken. Noem me gek, maar met zo weinig aanknopingspunten als ik had, besloot ik dit gegeven maar als een aanwijzing te beschouwen, en de boeken mee te nemen. Piraten. Ik weet het. Niet te geloven, hè?

De nacht begon beroerd. Kennelijk was ik zo gewend geraakt aan de ruisende wind, het klotsende water in de baai en de spookgeluiden in en rondom het witte huis, dat een stadse hotelkamer onheilspellender leek dan een verlaten huis in the middle of nowhere. Van elk geluidje schrok ik op, en op alle momenten dat het juist stil was spitste ik mijn oren in volle verwachting van... iets. Uiteindelijk viel ik in een diepe slaap, en werd ik pas wakker van de wekker.

Ik liet mijn blik over de boeken op het bed glijden. Misschien werd ik gewoon een beetje gek. Jagen op een onzichtbare vader, die al lang voordat ik van zijn bestaan wist zijn uiterste best had gedaan om mensen uit zijn leven te weren. Een stomme droogbloem die waarschijnlijk gewoon zou blijken te zijn wat ze altijd zijn: een aandenken aan een schoolopdracht uit vervlogen tijden. En de stapel boeken die zeer waarschijnlijk niets anders betekende dan dat Josie zich zo verveelde dat zelfs piraterij een interessant onderwerp werd. Ik pakte mijn camera, maakte foto's van de boeken en van de hotelkamer (noem het een tic), en ik kleedde me aan. Op weg naar beneden kreeg ik een appje van Liam dat hij op me zat te wachten met croissantjes en een onvervalst Iers ontbijt.

Gapend zat ik even later aan de ontbijttafel tegenover Liam, die fris en fruitig oogde.

'Lekker geslapen?' vroeg hij en hij zette een glas jus d'orange aan zijn mond. Hij zei gelukkig niets over de vorige avond, toen ik voor hem was weggedoken. Dat had hij vast niet verwacht.

'Mwah. Jij?'

'Als een roos.'

Waarom verbaasde me dat niet? Ik vroeg me af of hij ooit ergens wakker van had gelegen. 'Ga je met me mee naar de Botanic Gardens?' Ik had met mevrouw de botanist afgesproken er rond een uur of elf te zijn, over ruim anderhalf uur.

'Als je me mee wilt hebben, graag.'

Ik besmeerde een broodje met verse jam en nam een hap. 'Wat weet jij over piraten?'

Liam keek op. 'Piraten? Je bedoelt die met ooglapjes en een haak in plaats van een hand?'

Ik schoot in de lach. 'Dat is grofweg wel het beeld dat ik erbij heb ja.'

'Ik heb *Pirates of the Caribbean* gezien. Ik vrees dat mijn kennis daarbij ophoudt, en ik gok dat die film niet geheel representatief is voor de wereld van de piraterij.' Liam lachte en stond op. 'Ik haal nog wat bacon en ei, ben zo terug.'

Nu Liam opgestaan was kreeg ik zicht op een stelletje dat innig naar elkaar toe gebogen zat te eten. De man fluisterde woordjes die ik niet kon horen, maar die een lach op het gezicht van de vrouw toverden. Hij streek over haar wang, zij leunde tegen zijn hand. Dolverliefd.

'Je mag niet staren, dat weet je toch,' Liam tikte me aan en ging zitten. De geur van bacon deed mijn maag opnieuw rammelen.

'Wat denk jij,' vroeg ik, terwijl ik met een akelig maar duidelijk aanwezig gevoel van jaloezie langs hem heen naar het stelletje gluurde. 'Is er enige manier waarop een bloem, piraten en een vader die als duivelsgebroed bezien wordt verband met elkaar houden?'

'Misschien is je vader een piraat die bloemen steelt van rijke mensen om ze te verdelen onder de armen?' De twinkeling in zijn ogen maakte zijn blik minder donker. Onweerstaanbaar, dacht ik voor de zoveelste keer.

'Ha ha, ja, dat zal het zijn. Ik word er moedeloos van.'

'Kom op. Het is een prachtige dag, we gaan naar die botanische tuinen, en als we daar klaar zijn gaan we naar de universiteit. Niet opgeven, miss.' Hij stopte zijn mond vol met bonen, ei en bacon.

Miss. Zo noemde James me vaak. Zou hij nog boos op me zijn? Een vaag gevoel dat ik niet anders kon omschrijven dan schuldgevoel nestelde zich in mijn buik. Vlinders, maar dan anders. Ik pakte mijn mobiel en typte een berichtje:

Hoe gaat ie? Ga vandaag naar de botanist, ik hou je op de hoogte. Ik herlas de woorden, aarzelde kort en drukte op 'verzenden'.

Ik had geen idee of hij wel op de hoogte gehouden wilde worden, maar dat merkte ik vanzelf wel.

Een tuinkabouter?

NATIONAL BOTANIC GARDENS. De goudkleurige woorden bij de ingang van de tuinen, die zich net buiten het centrum bevonden, schitterden boven in een prachtig zwart met goudkleurig smeedijzeren hekwerk. Sierlijk en elegant. Begeleid door het zachte gepiep dat bij te lang niet geoliede scharnieren hoort, duwde ik de poort open. Een grijze lucht die regen beloofde, verpestte een betoverend uitzicht dat er anders ongetwijfeld was geweest. Ik maakte een paar foto's, en een eerste blik daarop liet zien dat juist het grijze een speciale sfeer opriep. Foto's zijn net als kleding: soms moet je het eerst zien als iemand het aan heeft, en dan pas besef je hoe mooi het is.

Ik kon niet anders dan onder de indruk zijn van de omgeving. Een prachtig gebouw, de grootste kas van het terrein, stak parmantig omhoog tussen de aangelegde tuinen. Verrassend veel bezoekers, onder wie groepjes scholieren, struinden rond. Werkkarretjes in allerlei varianten waar tuingereedschap op lag, met mannen in groene overalls, reden over de paden tussen de bezoekers door op weg naar hun volgende klusje. Samen met Liam, die met de handen in zijn zakken om zich heen keek, liep ik naar het bezoekerscentrum waar Miss Roisin Walsh, de botanist, op ons zou wachten. 'Bezoekerscentrum' klonk indrukwekkender dan het was. Een gebouw met een koffiehoek en een receptie met een beperkt aanbod aan lectuur over planten.

Miss Walsh haalde ons op, nadat de receptioniste haar gebeld had, en met een zwaar Iers accent begroette ze ons hartelijk.

'Wat fijn dat jullie dat hele eind naar Dublin wilden komen! Natuurlijk kan ik ook met een foto een en ander bekijken, maar er gaat niets boven echte bloemen!' Elke zin die ze uitsprak was inclusief een uitroepteken. Ter illustratie snoof ze lucht in alsof ze aan een bloem rook.

'O jee, misschien ben ik niet helemaal duidelijk geweest,' begon ik, 'maar ik heb de echte bloem niet meer. Die is gestolen.'

Nu trok ze haar opvallend zware wenkbrauwen op en ging haar mond open zonder dat er een woord uit kwam. 'Gestolen!' Echt, zelfs een vraag klonk alsof ze er een uitroepteken achter plakte. 'Waarom steelt iemand een bloem! O zeg, wat vreselijk!' Ze sloeg een kruisje en duwde tegen mijn rug. 'Kom, we gaan naar mijn werkkamer, dan maak ik thee voor jullie.'

Liam haalde zijn schouders op en grijnsde. Hij vond dit kennelijk uiterst hilarisch.

Miss Walsh leidde ons naar een kleine werkkamer in een gebouw waarin de onderzoeksbibliotheek ondergebracht was. Het raam bood uitzicht op de grote kas verderop, en dichterbij stond een enorme boom. Meer dan honderdzeventig jaar oud, merkte Miss Roisin op. Groen was niet alleen de dominante kleur van de tuinen, maar ook in deze kamer. Het barstte van de planten, de stoelen waren groen, evenals de lampen en de deur. Kennelijk viel het op dat ik zo stond te staren, want ze glimlachte en zei: 'Ze noemen dit de Leprechaun Room. Groen en klein.' Een vette knipoog vergezelde de woorden.

Een kabouterkamer. Nogal. Ik nam plaats op een van de groene stoelen, Liam liet zich tegenover mij in een stoel zakken. Miss Walsh zette een waterkoker aan die onmiddellijk veel herrie begon te produceren en pakte een pak koekjes van haar bureau, opende het en hield het voor. Ik nam er beleefd een koekje uit, Liam weigerde en dat leverde hem een bruuske zwaai van haar omvangrijke billen in zijn richting op. 'Vertel, een inbraak in je huis? Dat moet een vreselijke ervaring zijn geweest!' Ze schonk het kokende water uit de waterkoker in de meest afzichtelijke theepot die ik ooit heb gezien: in de vorm van een Leprechaun. Humor kende geen grenzen. Vervolgens gooide ze er drie theezakjes in. Dat werd met recht zwarte thee. Miss Walsh perste haar achterwerk tussen de leuningen van een stoel, boog voorover en herhaalde: 'Vertel!'

Dus ik vertelde. Tenminste, ik vertelde een verkorte versie waarin ik alles rondom Josie en mijn vader verzweeg. Miss Walsh, die ondertussen de thee had verdeeld over onze kopjes, sloeg haar handen voor haar mond. 'Waarom, waarom die bloem stelen! Zou het een zeldzame bloem zijn? Mag ik hem zien?'

Ik pakte mijn mobiel, zocht de foto op en liet hem zien. Minutenlang – en ik overdrijf niet, ik werd er ongemakkelijk van – bestudeerde ze de foto, met een hoornen leesbril op het puntje van haar neus. De spanning liep op, alsof we op de uitslag van de loterij zaten te wachten.

'Heb je die foto bewerkt?' vroeg ze. Ze liet de bril, die aan een koordje om haar nek zat, op haar borsten zakken.

'Nee, dit is zoals de bloem was.'

'En hij was echt gedroogd? Hij lijkt zo...'

'Levend.'

'Inderdaad!'

'Maar komt hij u bekend voor?' Ik nam voorzichtig een slok van de hete en inmiddels inderdaad pikzwarte thee.

'Nou... Hij lijkt wel ergens op.' Ze legde mijn mobiel neer, liep naar een kast die vol boeken stond en nam er een uit. Ze bladerde wat, mompelde wat in het Gaelic en liet toen een foto zien. Een lief roze bloemetje in close-up vulde het beeld. 'Sea Pink. Ofwel *Armeria Maritima*.' Ik herkende de bloem onmiddellijk: deze waren op het graf van Josie gelegd. Maar ze waren niet hetzelfde als de droogbloem.

'U hebt een accent, mag ik vragen waar u vandaan komt?'

'Ik kom uit Nederland, maar ben van oorsprong Iers, en ik woon nu in West-Cork.'

'Nederland! Daar staat Engels gras op de rode lijst, volgens mij,' ze boog over een toetsenbord dat tussen de stapels papieren en mapjes eromheen nauwelijks opviel. Met haar neus bijna boven op de toetsen tikte ze iets in. 'Inderdaad, rode lijst.'

'Wat is de rode lijst?'

'Als bloemen daarop staan, dan is het een kwetsbare bloem. Een bedreigde soort.'

'Zou dat een reden zijn geweest om hem te stelen?'

'Nee, o nee, zo'n dode bloem heeft geen enkele waarde. Ik kan me niet voorstellen dat iemand dat zou doen. Dan kun je beter hier inbreken, want wij hebben levende exemplaren. Bovendien groeien ze gewoon her en der aan onze kusten.' Ze zette opnieuw haar dikke hoornen bril op en bestudeerde de foto. 'Toch...' Ze verdween in gemijmer.

Liam trok een wenkbrauw op en glimlachte naar me.

'Je weet zeker dat je niet een echt exemplaar hebt?' vroeg ze na een tijdje.

'Heel zeker. Maar ik heb wel dit.' Ik haalde een plastic zakje uit mijn tas waarin ik de stukjes gedroogde bloem die nog in het boek zaten had geveegd. 'Dit zijn restanten van de bloem uit het boek waarin het zat. Misschien hebt u daar iets aan.'

Ze veerde op. 'Nou en of. Daar kan ik wel wat mee.' Ze nam het zakje aan en hield het dicht voor haar ogen. 'Bijzonder. Zelfs deze stukjes lijken... anders.' Ze opende het zakje bekeek de stukjes in opperste concentratie. 'Vreemd,' mompelde ze, en ze keek ons weer aan.

'Een niet-bestaande bloem. Misschien komt hij wel van een niet-bestaande plek.' Ze begon hardop te lachen en schudde haar hoofd een paar keer.

Ik keek Liam bevreemd aan. Hij haalde zijn schouders op. Daar was hij goed in, vond ik. Hij deed het in elk geval vaak.

'Je ruikt het zelfs! Ongelofelijk!' Miss Walsh drukte het zakje onder mijn neus. Een zweem van een heerlijk zoete geur steeg op. Inderdaad. Wonderlijk. 'Kun je me de foto misschien mailen?' vroeg ze en ze noemde haar e-mailadres. Ter plekke verzond ik de foto. Twee seconden laten deed haar laptop *pling*. Binnen.

Op het moment dat we het stadscentrum weer in liepen, scheurde de hemel open en stortte regen neer in een hoeveelheid die zelfs voor Ierland absurd was. Snel schoten we de eerste de beste pub in, waar mensen net als wij druipend en mopperend een plek zochten. De pubeigenaar had een brede grijns op zijn gezicht. Regen was zijn vriend.

We namen plaats aan de bar en bestelden thee. 'Wat is het plan? Universiteit?' Liam trommelde met zijn vingers op de donkerhouten bar. Elke keer als de deur openging en er nieuwe natte mensen binnenkwamen keek hij om.

'Universiteit, ja.' Ik volgde zijn blik. 'Verwacht je iemand of zo?'

'Nee nee, ik...' Hij zuchtte hoorbaar. 'Ik word een beetje paranoïde, geloof ik.'

'Hoezo?'

'Weet je nog dat ik op de weg hiernaartoe dacht dat we gevolgd werden?'

'Dat vergeet ik niet zo snel, nee.'

'Het was me aardig gelukt dat af te doen als onzin. Maar sinds we hier zijn...' Snel draaide hij zich naar de deur, waar net weer enkele toeristen door naar binnen kwamen, die onmiddellijk rechtsomkeert maakten aangezien de pub inmiddels propvol zat. 'Ik weet het niet zo goed.'

'Je denkt dus dat we worden gevolgd?'

Hij knikte en nam een slok van de thee die de overbehaarde barman voor ons neergezet had. Zonder al dat haar dat aan alle kanten overdadig onder zijn kleding uit sprong, zou hij best aantrekkelijk zijn.

Buiten klonken sirenes. Een koude rilling trok langs mijn ruggengraat. Dat klinkt flauw, maar ik weet niet hoe ik het anders moest noemen. Gevolgd. Rare bloemetjes. Ik zag Miss Walsh' gezicht weer voor me en dacht aan haar opmerking over een niet-bestaande bloem van een niet-bestaande plek. Het was vast een geintje, maar toch. Het triggerde iets in me... Ik pijnigde mijn hersenen. Neuronen deden een dansje en legden een verbinding. Daar was het: Tir Na nOg. Het mythische eiland dat in de mist verdween als je het naderde. Niet-bestaand. Wat had James ook alweer gezegd, kortgeleden? Dat hij een rationeel mens was, maar... *Ik ben ook hier opgegroeid. Ik ken de verhalen. Ik heb dingen gezien die ik niet kan verklaren.* Dat had hij gezegd. Ik dronk van mijn thee, die zonder melk achterlijk sterk smaakte. Snel gooide ik er wat melk bij.

'Joehoe, ben je er nog?' hoorde ik Liam zeggen. Hij raakte mijn arm aan.

'Sorry, waar hadden we het ook alweer over?'

'Dat ik denk dat we gevolgd worden.'

O ja. Opnieuw slokten mijn gedachten me op. Gevolgd. Het maffe was dat ik eerder die ochtend, op weg naar de tuinen, heel even hetzelfde had gedacht. Het was maar een fractie van een seconde. Ik had het weggewuifd. Maar in die fractie had mijn nekhaar overeind gestaan. Ik kon het niet duiden, zelfs in de pub nu, maar het was... een schaduw. Een schim. Een vlaag van een aanwezigheid. Ik huiverde en probeerde de gedachte van me af te schudden. Dat lukte niet.

Het was een slimme jongen

Na een korte lunch en een stop in het hotel om ons om te kleden – we waren beiden doorweekt – kwamen we halverwege de middag aan bij het Trinity College: de universiteit van Dublin, gesticht in 1592. De universiteit had dan ook een rijk verleden, inclusief grote namen die er gestudeerd hadden, zoals Oscar Wilde en Samuel Beckett. Volgens de website waren er meer dan honderdvijftienduizend alumni. Eén van hen was mijn vader. Misschien.

Ik keek mijn ogen uit. Via de indrukwekkende ingang waren we op het plein van de campus beland. Oude kasseien werden afgewisseld met nieuwere steensoorten. Studenten bevolkten de paden en de tussengelegen gazons. De bedrijvigheid zinderde, hier werd geleerd, hier werden jonge mensen klaargestoomd voor een veelbelovende toekomst. Ooit liep mijn vader hier misschien ook rond. Ik wierp onopvallend een blik op Liam. Hij had hier ooit ook gestudeerd. Deed dat hem wat? Hij had zijn handen in zijn zakken en floot zachtjes, hij leek niet onder de indruk of te zwelgen in melancholie.

Vanuit de ingang keken we direct op de Campanile, een dertig meter hoge klokkentoren uit 1853. Erachter het gebouw dat Rubrics heette, het oudste deel van de universiteit, dat gebouwd was rond 1700. Rechts ervan bevond zich de fameuze Long Room: een hal van vierenzestig meter lang met tweehonderdduizend antiquarische teksten. 'Daar bevindt zich *The Book of Kells*,' merkte Liam op. 'Een middeleeuws manuscript dat de vier evangeliën in het Latijn bevat. Het is prachtig, misschien wil je het straks nog zien?' Ik knikte. En verbaasde me. Deze kant van Liam was nieuw voor me. Anderzijds, ik kende hem nauwelijks, dus zo'n beetje elke kant van hem was nieuw voor me.

Ik bewoog langzaam voort, mijn blik vloog alle kanten op. Deze omgeving was een feestje voor liefhebbers van oud en mooi. Ik pakte mijn camera en schoot een paar plaatjes. Dit viel niet onder mijn gebruikelijke *spooky* en sfeervolle foto's van landschappen, maar het was te mooi om niet vast te leggen. Even vergat ik waarvoor we gekomen waren, tot Liam me aantikte en zei: 'Ik heb een student aan zijn mouw getrokken, de centrale administratie bevindt zich tegenwoordig daar.' Hij wees in de verte naar een hoeveelheid gebouwen. Samen – ik met de camera in de aanslag, Liam geduldig voor me uit lopend – liepen we via de rechterzijde van de Long Room die kant op. We passeerden een giftshop en ertegenover een terras dat in mooiere maanden ongetwijfeld vol studenten zat. Toeristen vonden ook op dit terrein hun weg: overal om me heen werden foto's gemaakt.

Binnen enkele minuten stonden we voor het juiste gebouw: het Watts Building.

Een vriendelijk ogende mevrouw met vuurrood haar bij de receptie stond ons te woord. Ze had diepe kuiltjes in haar wangen, en een gezicht zo vol sproeten dat het van een afstandje leek of ze een egaal roodbruin gezicht had.

'Goedemiddag, ik ben op zoek naar een oud-student, hij heeft hier in de jaren tachtig geschiedenis gestudeerd. Ik vroeg me af of dat in het systeem terug te vinden is.'

De vrouw keek me vriendelijk aan. 'Maar als je weet dat diegene hier gestudeerd heeft, waarom zou je dat dan van mij bevestigd willen zien?'

Dat was een heel goede vraag. Ik aarzelde even en zei toen: 'Ik weet het niet helemaal zeker. Het gaat om mijn vader: Finn Sheehan. Ik heb hem nooit ontmoet. Ik hoop wat meer informatie over hem te vinden, en ik wil graag weten of de dingen die ik over hem gehoord heb kloppen. Een van die dingen is dat hij hier zou hebben gestudeerd. Het zou me erg helpen als ik daar zekerheid over had.'

De vrouw staarde me aan. Deze openheid had ze vast niet zien aankomen. Haar gezicht betrok. 'Het spijt me vreselijk. Vanwege privacyregels mag ik daar geen informatie over geven.'

Liam boog naar haar toe, glimlachte allercharmantst en vroeg: 'Ook voor deze ene keer niet? Het is belangrijk.'

De kuiltjes van de vrouw verdiepten toen ze lachte. 'Het spijt me echt...' Ze boog een beetje naar Liam toe. 'Ik heb laatst al een berisping gehad, ik wil geen risico lopen. Als mijn baas dit ontdekt, ben ik mijn baan kwijt vrees ik.'

Dit was het dus. Zo gaan die dingen soms. De moed zakte me in de schoenen. Het was ook wel naïef geweest misschien, om te verwachten dat ik hier snel zinnige informatie over mijn vader zou vinden. En wat had ik gehoopt? Stel dat ik wel zeker wist dat hij hier vroeger ingeschreven stond als student, dan wist ik nog steeds niet waar hij nu was. Ik bedankte de vrouw en liep het gebouw uit, met Liam – die haar nog een vriendelijke lach toewierp – in mijn kielzog. Ik baalde vreselijk dat het te koud en te nat was om op het gazon te gaan zitten en met mijn hoofd tussen mijn knieën te zwelgen in zelfmedelijden.

'*Excuse me,*' klonk een zware doorrookte stem achter me. Ik draaide me om en keek in de ogen van een man van een jaar of zestig, met niet alleen een stem die overmatig tabaksgebruik verried, maar ook het soort bijna perkamentachtige, gerimpelde huid die rokers op leeftijd soms hebben. 'Ik hoorde per ongeluk dat jullie op zoek zijn naar iemand...'

'Dat klopt.' Mijn hartslag schoot omhoog.

Hij stak een hand uit, rondom wijs- en middelvinger was diep geelbruine aanslag zichtbaar, en stelde zich voor. 'Ik ben professor Collin Gallagher, ik doceer Ierse geschiedenis hier.'

'Aangenaam, ik ben Maud McCarthy.' Zijn hand voelde klam aan.

‘Ik kon er niets aan doen dat ik hoorde dat jullie op zoek zijn naar Finn Sheehan.’

‘We deden ook niet ons best dat te verbergen,’ zei Liam. Hij keek de professor onderzoekend aan.

‘Misschien kan ik helpen... Ik heb hem in mijn colleges gehad.’

Hier werd ik even stil van. Van opperste teleurstelling daarnet naar bijna euforie nu. Deze man had lesgegeven aan mijn vader. Hij wist hoe hij eruitzag, nou ja, lang geleden dan in elk geval, en hij wist hoe hij sprak en rondliep en...

‘Sorry, heb ik iets verkeerds gezegd?’ De professor nam me nauwlettend op, hij moest de emotie in mijn gezicht zien.

‘Nee, nee, ik...’ Waarom konden woorden soms zo lastig te vinden zijn? ‘Ik ben blij dat te horen. Finn Sheehan is mijn vader, en ik...’

De professor glimlachte. ‘Dat verrast me wel enigszins.’

‘Hoezo?’

‘Tja, dat is meer een gevoel. Hij was nog jong toen, en mensen veranderen natuurlijk. Maar in de tijd dat ik hem kende was hij erg op zichzelf gericht. Hij leek op geen enkele manier het type man dat zich op een gezinsleven wilde richten.’

Dat had hij dan goed ingeschat, dacht ik grimmig. En kennelijk had hij nooit vermeld dat hij in de periode dat hij hier studeerde al een dochter had, die hij bovendien gedumpt had. ‘Wat weet u over hem?’

‘Vast meer dan ik nu kan oplepelen. Maar misschien kunnen we even ergens gaan zitten. Mijn gewrichten protesteren.’

‘Prima,’ zei ik. Liam en ik volgden de man, die ons passend bij stramme gewrichten traag voorging.

Voor het gebouw stonden houten bankjes, en op een ervan nam hij plaats. ‘Zo, dat is beter.’ Hij knikte een passerende student gedag. Mijn oog viel op de tekst op de rugleuning: LOVE THE LIFE YOU LIVE, LIVE THE LIFE YOU LOVE. Met eronder de naam van een student en de jaartallen: 1992-2013.

Ik slikte en ging naast de professor zitten. ‘Hoe was hij, mijn vader?’

‘Een zeer intelligente jongeman, weet ik nog. Nu zijn er op een universiteit uiteraard heel veel slimme mensen, maar ook op dit soort plekken heb je baas boven baas. En hij was zo iemand, zeg maar.’ Hij draaide gedachteloos met zijn vingers rond, alsof hij een denkbeeldig sjekkie rolde. ‘Als docent word je blij van dat soort studenten, al zijn ze soms juist vanwege hun intelligentie razend eigenwijs.’

‘Had hij vrienden?’ Geef me een naam, geef me een naam, prevelde ik in stilte.

‘Niet dat ik weet. Er schiet me geen naam of gezicht te binnen.’ Hij liet zijn kin op een hand steunen en keek langs me heen naar een boekenkast. ‘Volgens mij was hij een echte einzelgänger.’

Einzelgänger. Ik kon het woord niet meer horen. ‘En andere dingen, opvallendheden?’ Er moest toch íéts zijn?

‘Sorry, ik weet het echt niet.’ Nu bekeek hij me geconcentreerd. ‘Je lijkt niet echt op hem.’

‘Ik lijk heel erg op mijn moeder.’

‘Aha, vandaar.’ Hij bleef me intens bekijken, en ik voelde me ongemakkelijk worden. ‘Je hebt wel zijn ogen. Als ik er langer naar kijk, en mijn ogen een beetje toeknijp’ – hij kneep zijn ogen een beetje toe – ‘dan zie ik zijn ogen. De vorm, bedoel ik, niet de kleur.’ Hij wendde zijn blik af. ‘Geef me anders je nummer. Als me iets te binnen schiet laat ik het weten. Hersenen, zeker de wat oudere, hebben soms tijd nodig om deurtjes naar het verleden te openen.’

We wisselden mobiele nummers uit, ik schudde zijn hand die niet meer klam was en we stonden alle drie op. Net toen ik wilde groeten en weglopen, trok hij aan mijn jas en zei: ‘O, daar gaat al een deurtje. Ik herinner me weer waar zijn dissertatie over ging. Ik vond dat een mooi onderwerp, en niemand had het eerder gekozen.’ Hij schudde opnieuw mijn hand, alsof hij vergeten was dat we dat al gedaan hadden. Met een brede glimlach, terwijl hij een of andere pose aannam waarvan ik later bedacht dat het vermoedelijk een vechthouding moest voorstellen, zei hij: ‘Piraterij in Ierland!’

Piraten. In gedachten verzonken stond ik buiten naar de grijze lucht te kijken. Een stevige wind cirkelde om de gebouwen en de kille vlagen deden me rillen. Ik trok mijn jas dichter om me heen. Ik voelde een grote behoefte aan een warme kop thee. En dan een flinke whiskey. Ik dacht aan de piratenboeken uit Josies kast die in mijn hotelkamer lagen. Aan het piratenboek waarin de droogbloem verstopt zat. Het was gewoon allemaal toeval. Natuurlijk heeft iemand dat soort boeken in huis als je er een afstudeerproject van gemaakt hebt, dat is logisch. Een vlaag wind droeg het geluid van een sirene mee. Grotestadgeluiden. Ik was bijna vergeten hoe die klonken: het voortdurende geroezemoes, het eeuwige gebrom en getoeter van auto's. En altijd wel ergens sirenes.

'Wat hield jij je stil daarnet?' vroeg ik aan Liam, die met zijn handen in zijn zakken naar een groepje studenten stond te staren.

'Wat had ik moeten zeggen dan? Ik dacht: het is jouw vader, jouw zoektocht, laat ik me er niet mee bemoeien.'

'Dat klinkt niet als jij.'

'O, en jij kent mij zo goed?' Dat klonk onverwacht wrevelig, en hij versnelde zijn pas in de richting van de uitgang. Verbaasd ging ik achter hem aan. Waar kwam dit nu ineens vandaan?

Ik vulde van alles in. Ik durf niet met zekerheid te zeggen dat alles wat ik in iemands woorden meende te horen ook daadwerkelijk zo bedoeld was. Maar meestal rest er niets anders dan afgaan op je eigen aannamen. Zo gaat dat in het leven. En zo gaat dat dan soms mis, omdat die aannamen volkomen verkeerd blijken te zijn. Ik kende Liam veel te kort om hem juist in te kunnen schatten. Ach, ik kende mezelf niet eens door en door, dus wat dat betreft... En zeg nou zelf, alle gebeurtenissen waren zo ontzettend vaag en lukraak, hoe moet je überhaupt verder als je geen aannamen hebt? Op zekerheden ging het in dit stadium vooralsnog niet lukken.

Een onverwachte overval

In het hotel teruggekomen pakte ik de boeken uit Josies boekenkast erbij. Doelloos bekeek ik ze. Zouden ze van mijn vader zijn geweest? Ik bladerde erdoorheen. Her en der stonden zinnen onderstreept. Aantekeningen in de kantlijn. Soms jaartallen. Ik streek met mijn vingers over de opgedroogde inkt. Dit waren misschien woorden van mijn vader, gedachten in inkt gevat. Ik liet me achterover zakken in de kussens. Over twee uur hadden we afgesproken ergens te dineren. Mooi. Een klein dutje kon geen kwaad. Ik zette de televisie aan; niets zo heerlijk als wegdommelen met televisiegeluiden op de achtergrond. Ik zapte een beetje langs verschillende kanalen om iets te vinden wat niet te irritant klonk.

'*...was found badly injured in the Botanic Gardens in Dublin...*'

Shit. Wat was dat? Ik schoot overeind en ging een kanaal terug. Een uiterst vormelijk uitziende nieuwslezer met een papier in handen ging verder: 'De politie heeft de tuinen afgezet en niemand mag het terrein verlaten. Verdere informatie wordt in het belang van het onderzoek niet vrijgegeven. Collega's zijn geschokt. Miss Walsh is een geliefde en gerespecteerde collega. Het waarom van de brute overval is onduidelijk.'

Het beeld versprong naar een vrouw met een microfoon in haar hand waarop RTE NEWS NOW stond, met naast haar een huilende vrouw. 'Ik begrijp er niets van, wie wil zo'n lieve vrouw nu kwaad doen?' Ze veegde haar ogen droog en wendde vervolgens haar gezicht af. De journaliste nam het woord en sprak: 'U ziet, deze brute overval zal diepe sporen slaan in de geschiedenis van deze anders zo vreedzame en serene plek.'

Ik schakelde de televisie uit, lamgeslagen en klaarwakker. Miss Walsh, zwaargewond? Een overval? Ik moest ernaartoe. Snel trok ik mijn schoenen en jas aan, pakte mijn tas en camera, en klopte op Liams deur. Geen reactie. Ik klopte harder; misschien lag hij te slapen. Niets. 'Liam,' fluisterde ik, bang de andere hotelgasten te storen. 'Liam!' probeerde ik een beetje harder, gecombineerd met nog een ferme klop op de deur. Stilte. Was hij weg? Waarom had hij dat niet gezegd? Ik belde hem, maar hij nam niet op. Dan maar alleen.

Buiten voelde ik me ineens verloren. Welke bus moest ik hebben? Net had ik volledig op Liam vertrouwd en niet echt opgelet op busnummers of zoiets. Ik googelde op mijn mobiel: 'bus in Dublin'. Lang leve het internet. Met behulp van Google Maps liep ik naar de juiste halte, mensen ontwijkend die als schaduwen links en rechts langs me heen gleden.

Miss Walsh was aangevallen. Dat was waanzin. Het moest toeval zijn. Heen en weer wippend van het ene been op het andere stond ik bij de bushalte. En toen gebeurde het. Vlak voordat de bus bij de halte stopte zag ik hem. Een paar felblauwe ogen tussen de passerende mensen. Blauwoog. Mijn opa. Ik wreef in mijn ogen, dit kon niet waar zijn. Ik had mezelf er nauwelijks van overtuigd dat ik het me allemaal ingebeeld had. Ik zag hem glimlachen en wenken. Werd ik gek? De deuren van de bus gingen open, mensen drongen geïrriteerd langs me heen om in te stappen. De chauffeur keek me aan. Ik keek naar hem, en weer naar Blauwoog. Shit. Sorry opa, ik moet nu eerst iets anders doen. Snel sprong ik de bus in. 'Botanic Gardens,' mompelde ik tegen de hoofdschuddende chauffeur, en met het buskaartje in mijn hand zocht ik een plekje achterin. Ik keek naar buiten. Hij was weg. 'Zie je wel, toch inbeelding,' mompelde ik tegen mezelf. Maar ik was er niet gerust op.

Opletten wanneer ik moest uitstappen was niet nodig. Het geroezemoes in de bus nam toe, hij reed langzamer, en de massa mensen voor de ingang van de tuinen was niet omdat half Dublin opeens had bedacht dat een dagje bloemen kijken het summum was. En dan heb ik het nog niet eens over de hoeveelheid politieagenten die poogden om iedereen op afstand te houden.

Ik stapte uit en viel midden in de chaos. Geagiteerde stemmen, heen en weer lopende mensen, geroezemoes. Ja knikkende en nee schuddende hoofden dicht bij elkaar, mompelend en fluisterend alsof hardop praten nog meer onheil zou oproepen. *Ongelofelijk. Meer dood dan levend. Afschuwelijk. Nooit eerder. Zo erg. Lieve vrouw. Afschuwelijk. Afschuwelijk.* Het woord haakte zich vast in mijn hoofd.

Verderop stond een agent mensen te woord. Hem moest ik hebben. Al had ik geen idee wat ik precies moest zeggen. Ik wrong me tussen de mensen door en positioneerde me naast een groepje jongeren die met zo'n zwaar accent spraken dat ik het nauwelijks kon verstaan. De gezette, erg jong ogende agent had ondanks de kilte een vuurrood bezweet hoofd. Wild gebarend maande hij onafgebroken iedereen om hem heen tot kalmte. Zonder succes. Ik probeerde me langs een paar oudere vrouwen te wurmen om hem te bereiken.

'NIET DOEN!' Ik hoorde een schreeuw in mijn oor en drukte mijn handen in een reflex tegen mijn oorschelpen. Het hielp niet. Niemand anders leek het te horen. En ineens zag ik hem weer. Links van de agent. Hij wenkte me. Geen glimlach meer. Boos, was hij boos? Nee, dat was het niet. Ik aarzelde. Mijn ademhaling versnelde. Een stevige vrouw duwde me opzij en begon tegen de agent uit te vallen, die nu wild om zich heen keek, kennelijk op zoek naar zijn collega's. Blauwoog kwam dichterbij, en ik hoorde zijn stem: 'Maud, kom hier!' Het was raar, zijn stem klonk boven alle herrie uit, alsof alle omgevingsgeluiden zachter werd gedraaid met een onzichtbare volumeknop en zijn stemvolume juist versterkt werd. 'Maud!' Ik zuchtte en stapte op hem af. Achter de nerveuze jonge agent zag ik extra agenten opdoemen, hij kreeg versterking. Ik draaide mijn hoofd weer naar Blauwoog, die iets verder leek te staan dan daarnet. Ik voelde mijn mobiel trillen en pakte hem uit mijn zak. Liam. Ik nam op. 'Maud!' riep Liam. 'Ja, ik ben niet doof hoor,' antwoordde ik geïrriteerder dan nodig was en ik zwaaide ondertussen naar Blauwoog. Liep hij achteruit of zo? Ik kwam maar niet dichterbij, wonderbaarlijk genoeg.

'Waar ben je? Die botanist is overvallen!'

'Dat weet ik, ben nu bij de tuinen. Ik kon je niet vinden, dus ik ben maar alleen gegaan.'

Blijf staan, Blauwoog, blijf staan.

'Niemand aanspreken daar!' Liam schreeuwde bijna.

'Hoe bedoel je?' En toen pas viel het kwartje. Exact op het moment dat ik de menigte achter me liet, Liam in mijn oor schreeuwde, en Blauwoog verdween. Verbijsterd stond ik om me heen te kijken, mijn hand met de mobiel liet ik zakken. Weg. Hij was weg. Alsof hij er nooit had gestaan.

Liam stond me op te wachten voor de ingang van het hotel. Ik voelde me oerstom. Waarom had ik zelf niet bedacht dat naar de tuinen gaan om iemand te spreken over Miss Walsh verre van slim was? Liam had volkomen gelijk: als ik daar ging vertellen dat wij kort voor de overval nog met haar gesproken hadden, dan zouden we vast en zeker verhoord worden. In het ergste geval misschien wel verdacht. Om een of andere reden kon ik de gedachte niet van me afschudden dat Blauwoog me met zijn vage verschijning en geschreeuw voor die misstap had willen behoeden. Mijn hoofd vond dat klinkklare onzin, mijn onderbuik niet. In de bus op de terugweg naar het hotel hadden voortdurend de woorden van Liams maffe oma door mijn hoofd gezongen: *je opa waakt over je.* De vanzelfsprekendheid waarmee ze dat gezegd had, leek ineens volkomen terecht.

'Hoi,' begroette Liam me.
'Hoi.'
'Gelukkig had ik je bijtijds te pakken.'
'Gelukkig, ja. Waar was je?' Ik ging niets zeggen over Blauwoog. Ik geloofde het zelf nauwelijks.
Liams wangen verkleurden. Hij beet op zijn onderlip. 'Gewoon. Een stukje wandelen.'
Hij loog.
'O, wandelen,' zei ik.
Hij wist volgens mij heel goed dat ik wist dat hij loog. Hij streek nonchalant door zijn haren. 'Laten we nu maar wat gaan eten.'
Ik knikte. Mijn rammelende maag had geen zin in een discussie. Maar ik noteerde het in gedachten: hij loog. Waarom?
We hadden geen van beiden zin om op zoek te gaan naar een nieuwe eetplek. Dus zaten we een halfuurtje later voor de tweede keer bij The Norseman. De blonde serveerster met het lage decolleté was nergens te bekennen.
'Ik wil weten waarom die vrouw overvallen is. Het is wel erg toevallig dat dat kort nadat wij er waren gebeurde,' fluisterde ik, terwijl ik een slok Guinness nam.
'Het moet wel toeval zijn,' antwoordde Liam, zonder dat hij erg overtuigend klonk.
'Ik weet het niet.' Schichtig keek ik om me heen. Nergens was Blauwoog te zien. Nergens zag ik iemand opvallend naar ons kijken. Toch kon ik me niet aan de indruk onttrekken dat we in de gaten gehouden werden. 'Kun jij niet eens navraag doen?'
'Waar dan?'
'Bij de tuinen.' Ik glimlachte naar de jongen die onze borden neerzette en wachtte met praten tot hij weer weg was. 'Mensen roddelen, kijk wat je er kunt opvangen. Jij praat zonder buitenlands accent, dat is vast beter dan wanneer ik dat doe.'
Liam nam een hap van zijn Beef & Guinness Pie en haalde zijn schouders op. 'Ik wil dat best doen,' zei hij kauwend, 'maar ik

denk echt dat het toeval is.' Hij slikte zijn hap door. 'Wil je een andere botanist benaderen vanwege je bloem?'

'Nee, ben je gek? Straks wordt die ook in elkaar gemept. Dan heb ik straks het faillissement van de Botanische Tuinen op mijn geweten omdat elke botanist in Dublin en wijde omstreken halfdood is.'

'Maud, kom op. Denk na. Waarom zou iemand een botanist overvallen vanwege een bloemetje? Ik ga morgen voor je op pad om meer te ontdekken, maar ik durf te zweren dat dit een ordinaire overval of zoiets was. We hebben geluk gehad dat we al weg waren. Voor hetzelfde geld was een van ons nu op leven na dood.' Hij stopte zijn mond vol en knipoogde.

Ik nam een grote hap van mijn House Burger en zei niets meer. Ik dacht dat hij ongelijk had. Dit was foute boel.

De stad onveilig maken

Na het eten sloot ik me op in mijn hotelkamer. Ik had geen behoefte aan een gezellige avond. Ik was moe en mijn hoofd tolde. Helaas tolde het zo hard dat slapen onmogelijk bleek. Na een paar uur woelen gaf ik het op. Misschien moest ik mijn hoofd rust geven door mee te gaan in de wervelwind aan gedachten. Ze ordenen. Ja, dat moest ik doen. Zie het als een puzzel, Maud. Ga puzzelen, zoals je als kind deed. Stukje voor stukje. Eerst lijkt het niets te zijn, maar bij elk stukje dat past ontstaat er een concreter beeld.

Ik pakte pen en papier, en schreef alles wat me te binnen schoot op, puntsgewijs. Niet noodzakelijk in chronologische volgorde.

- Josie die vraagt of ik naar Ierland komt, na jaren geen contact te hebben gehad.
- Een map in een kluis met daarin informatie over mijn echte identiteit.
- Een droogbloem die gestolen werd bij een inbraak in het witte huis.
- De vrouw die mogelijk antwoord kon geven op de vraag waarom die bloem zo bijzonder was, werd aangevallen en raakte daarbij zwaargewond.
- James die zo behulpzaam is, maar ook raar en vaag. Wat stond hij te bekijken bij die boeken in de kast? Piratenboeken.

- Wat hebben piraten en droogbloemen met elkaar te maken? Hebben ze überhaupt wat met elkaar te maken?
- Liam die aanbiedt mee te gaan naar Dublin, en onderweg denkt dat we gevolgd worden. En wat was eigenlijk zijn motivatie om met iemand mee te gaan die hij amper kent?
- Liam die een paar uur lang verdwijnt en geheimzinnig doet over waarnaartoe.
- Een vader die zijn uiterste best doet onvindbaar te zijn. En die zijn dissertatie over piraten schreef.
- Een vaag type met de naam van een Spaans hotel die me mailt met een opdracht, vermoedelijk om me uit het huis te krijgen en te kunnen inbreken.
- Een schim op de begraafplaats die bloemen op het graf van Josie legt. Bloemen die lijken op de droogbloem. Een droogbloem die niet lijkt te bestaan. Net als een eiland op een schilderij in het witte huis. Tir na nOg. Absurde link...

Ik liet mijn blik over de opsomming glijden. Denk na, Maud, laat die hersens eens flink kraken. Ze kraakten als de houten vloeren in een vooroorlogse woning, maar het hielp niets. Ik zag geen verband, tenminste niet een verband dat ook maar enigszins ergens op sloeg. Wel begreep ik dat het niet vreemd was dat ik me op allerlei momenten bekeken voelde, in de gaten werd gehouden door weet ik veel wie of wat. De opsomming van de gebeurtenissen gaf een volkomen logische verklaring voor die paranoïde gedachten. Maar geen verklaring voor wat er gaande was. Ik had werkelijk geen idee. Een ferme klop op de deur onderbrak godzijdank mijn gedachtestroom.

Gek is dat hè, hoe een brein voortdurend probeert alles te rationaliseren. Mijn brein tenminste wel. Ergens in de loop van de ge-

schiedenis zijn we verleerd op onze intuïtie te vertrouwen. Ergens zijn we gaan denken dat onze hersens het beter weten dan ons hart. Toen ik die opsomming maakte, rook mijn brein de kans om in actie te komen en zijn saaie werk te doen: gegevens ordenen en droge conclusies trekken. En ik liet dat gebeuren. Als ik op een andere manier naar al die informatie gekeken had, dan had ik eerder verbanden gelegd die een rationeel brein volkomen bizar vindt. Dan had ik... Eigenlijk weet ik niet wat ik dan had gedaan. Misschien niet eens zoveel anders. Nu is het allemaal zó helder, zo voor de hand liggend. Zie jij het al? Lijkt me sterk hoor, maar wie weet laat jij je minder inperken door je nuchtere verstand dan ik toen deed.

Ik opende de deur, en daar stond Liam, in een strakke zwarte coltrui, zwarte broek, en zijn haar onberispelijk rommelig. Hoe hij dat voor elkaar kreeg, ik had geen idee. Een vage kriebel steeg op vanuit mijn buik en zette zich ergens tussen mijn hart en mijn hoofd vast. Negeren, dacht ik bij mezelf. Gewoon negeren. 'Liam, ik wil graag slapen, als je het niet erg vindt.' Ik kon helemaal niet slapen, maar zeggen dat ik liever alleen was vond ik te onaardig klinken.

'Ik heb plannen voor ons, ik ga je mee op stap nemen. Slapen kan later wel. Als je dood bent.' Hij leunde tegen de deurpost. Hij had geen idee dat naast alle ellende van vandaag hijzelf minstens zo'n grote reden was om niet op pad te gaan. Je moet de kat niet op het spek binden. Niet te vaak in elk geval. Ik voelde tot in mijn tenen dat mijn stabiliteit niet bepaald toenam. Ergo: bind me niet op het spek.

'Je gaat met me mee,' herhaalde hij.

'Nee.' Ik sloeg mijn armen over elkaar.

'Jawel. Maak je klaar om úít uit te gaan. Geen discussie mogelijk.'

'Uít uit? Sinds wanneer stotter jij?'

'Stotteren? Ik stotter niet.' Hij fronste.

'Je zei twee keer "uit".'

Zijn ogen werden groter en er ontsnapte een glinstering aan. Samen met een lach. 'Uít uit. Natuurlijk. Dat zeg jij niet, vermoed ik.'

Ik begreep er niets van. Iemand van ons was gek geworden en ik was het niet.

'Het is typisch Iers om dat te zeggen. We maken een onderscheid tussen "eruit gaan" en "uitgaan". Als je zegt dat je eruit gaat, ga je naar de winkel of zo. Of met je hond wandelen. Als je úít uitgaat, ga je stappen. Naar de pub, met vrienden weg, zoiets. Leuke dingen doen. Wij gaan úít uit.'

Ik liet mijn armen weer zakken. Uít uit. Misschien was het geen slecht idee. Hier in mijn eentje ging ik door met malen, daar kon ik vergif op innemen. En als ik gewoon een beetje uit de buurt van dat spreekwoordelijke spek bleef, ach, wat kon er dan gebeuren? Minder stabiel, ja. Maar compleet wilsonbekwaam, nee. Hij voelde mijn twijfel aan en zei: 'Mooi, ik geef je tien minuten, dan haal ik je op. Tot zo.' Hij schoot zijn eigen kamer weer in. Ik glimlachte en sloot mijn deur.

De energie die door de straten stroomde loste alle vermoeidheid in mijn lijf op. Er klonk muziek, gelach, de stad bruiste en knalde uit zijn voegen.

'Dit is Dublin op zijn best. Ik zal het je laten zien.' Liam pakte mijn hand en trok me mee. Zijn hand voelde warm en stevig, en na een korte aarzeling verstevigde ik mijn greep. Het was oké, voor vanavond. Alle ongewenste emoties en gedachten mochten van me af glijden. Zolang ik er maar niet over uitgleed.

'Dit is Temple Bar. Hét uitgaansgebied van Dublin. Inmiddels overspoeld door toeristen, maar hé, *who cares*? Het heeft alles wat je verwacht én niet verwacht.'

We liepen door de smalle straatjes met kasseien die lang geleden onder trappelende paardenhoeven geweldig moesten hebben geklonken. Kleurrijke pandjes verlicht door negentiende-eeuws ogende lantaarns staken fier af tegen de avondlucht. Het was druk, mensen krioelden door de straatjes, gingen de pubs in en kwamen er aangeschoten weer uit. Overal klonk muziek.

'Dit is dan misschien supercliché, maar het hoort erbij. Als je naar Parijs gaat laat je de Eiffeltoren toch ook niet links liggen omdat het afgezaagd is?' Hij stopte voor een vuurrood hoekpand. THE TEMPLE BAR stond met grote letters op de pui. 'Kom,' zei hij en hij trok me mee naar binnen. Het puilde uit van de mensen, een livebandje speelde Ierse folk en vanuit alle hoeken zongen en klapten mensen mee. We wrongen ons tot aan een stamtafel en dicht tegen elkaar aangedrukt lukte het Liam om te bestellen. Vier glazen Guinness.

'Vier?'

'Dan kunnen we even vooruit.' Hij lachte en trommelde met zijn hand op de tafel ritmisch mee op de muziek.

Boven het gelach en het geroezemoes hoorde ik ineens bekende tonen. De band zette een nieuw nummer in. *Country Roads*. Binnen een paar seconden joelde zo ongeveer iedereen luidkeels mee. Ik ook. Mijn heupen bewogen als vanzelf op het ritme, niets anders dan ultiem geluk stroomde door mijn lijf, en ik keek Liam lachend aan. Het leven was geweldig als je even je ellende terzijde schoof. Ik haakte in bij hem, aan mijn andere zijde haakte een jonge jongen in, en we gingen los.

Het was daar, die avond, dat ik bij toeval ontdekte waarmee Liam met wisselend succes zijn brood verdiende. (Een vraag die ik tot dan toe zorgvuldig had gemeden, om te voorkomen dat ik iets zou horen wat James met zijn 'Liam is een losbol'-oordeel zou bevestigen.) Hij speelde viool. En hoe! Met ogen als schoteltjes staarde ik naar hem toen hij ineens meedeed met een nummer. Hij kende een van de muzikanten, kennelijk. Met hem had hij stiekem afgesproken toen ik hem niet kon vinden, om dit te regelen. Voor mij. En ik maar denken dat hij loog om duistere redenen. Goed bezig, Maud. Niemand had ooit zoiets voor mij gedaan. Het maximale dat Mark ooit gedaan had, was een bos rozen op Valentijnsdag. Ook lief. Maar dit... De kriebel van eerder kroop rechtstreeks mijn hart in.

De muzikant, een man met een baard en diepe kuiltjes in zijn wangen elke keer als hij op zijn trompet blies, drukte Liam een viool in de handen, en daar gingen ze. Liam speelde de sterren van de hemel, zijn strijkstok bewoog in een razend tempo over de snaren, zijn voet tapte ritmisch mee op de maat, en regelmatig gleed zijn blik over de rand van de viool die stevig tegen zijn hals gedrukt was naar mij toe. Ogen konden écht lachen, zag ik die avond.

Ruim twee uur later kwamen we naar buiten, arm in arm. Het was niet bij die vier glazen Guinness gebleven. Ik zou niet willen zeggen dat ik dronken was, maar eigenlijk was ik dat wel. Liams gezicht danste voor me, maar volgens mij danste hij niet. Hij grijnsde van oor tot oor, en zong zelfs buiten nog verder. Als God een hemel heeft gemaakt, dan ziet het eruit als Dublin, dacht ik. Of op zijn minst klinkt het er zo. Het beeld van Liam met de viool stond op mijn netvlies gebrand. De herinnering aan zijn soepele vingers die over de snaren gleden versterkte op magische wijze het dronken gevoel.

We slingerden door de straten terug naar het hotel. De zachte motregen werd tijdens de wandeling langzaam steviger en ging over in een flinke bui. Af en toe schoten we onder een pui of een portiek in om te schuilen, maar al snel waren we zeiknat en was schuilen zinloos. Ik giechelde bijna onafgebroken.

En daar, in een portiek, ergens tussen pub en hotel, gebeurde het. We stonden dicht tegen elkaar aan. Liam ritste zijn jas open om me tegen zijn niet natte en warme trui te laten leunen. Dat mijn kleren wel nat waren deerde hem niet. Hij drukte me stevig tegen zich aan. Ik snoof zijn geur op en voelde opeens tranen opkomen. God, wat had ik dit nodig. Een warm lichaam, troostende armen, strelende handen. Ik keek naar hem op. En echt, net toen we bijna weer kusten, al mijn goede voornemens ten spijt, sprong er een of andere kerel met roodblond haar de portiek binnen. Hij pakte mijn schoudertas en trok eraan. In een reflex klemde ik mijn arm tegen mijn lijf, maar hij had mijn tas al te pakken. Liam leek als vertraagd te reageren. Zijn ogen werden groot, zijn mond viel open. En toen versnelde de tijd weer en haalde hij uit. Een enorme dreun klonk (of was dat alleen in mijn hoofd?) toen zijn vuist de kaak van de man raakte. Die liet mijn tas los, strompelde achteruit, vloekte en zette het op een lopen.

Ik hijgde van schrik, Liam deed een paar passen in de richting waar de man tussen de mensen in de zware regen was verdwenen.

'Gaat het wel, heeft hij je pijn gedaan?' Liam pakte mijn armen en zijn blik was verschrikter dan zijn heldhaftige handelen deed vermoeden.

'Volgens mij niet. Shit, ik schrok me rot!'

'Anders ik wel.'

Mijn handen trilden. Mijn lijf rilde van de kou en ineens werd ik me bewust van de doorweekte kleding die om mijn lichaam plakte. De alcohol verloor in een rap tempo zijn effect, en maagzuur vermengd met bier borrelde op in mijn keel. Liam nam mijn arm en in stilzwijgen hervatten we onze weg naar het hotel. In mijn gedachten maakte ik een aantekening voor mijn lijst met gebeurtenissen: Maud bijna beroofd in Dublin. Toeval?

De golven sloegen met immense kracht tegen de boeg. Het schip werd opgetild alsof het niets woog en landde met een klap weer op het water. Schuimend zeewater sloeg over de reling en maakte het houten dek zeiknat. Ik wist me nauwelijks staande te houden en klemde me vast aan een mast. De lucht was zwart en waar ik ook keek, er was niets te zien behalve dreigend donker. De horizon leek een enorme muil van zwart water die naadloos overging in pikzwarte lucht. Ik wist zeker dat dit de hel was. Om me heen hoorde ik stemmen die dingen brulden waar ik niets van verstond.

Er renden mannen langs me heen, soms uitglijdend over het natte dek, weer opkrabbelend en verder rennend. Waarheen? Er werd aan touwen getrokken, iedereen was druk met van alles waarvan ik geen idee had. Voor me zag ik het roer, er stond iemand wijdbeens tegenaan, de armen links en rechts om de handgrepen geklemd. Hij gleed weg bij elke golf, maar bleef bewonderenswaardig vasthouden aan het roer. Plotseling draaide hij zijn hoofd naar mij. Ik verkrampte. Een doorleefd gezicht staarde me aan, het leek ineens vlak voor me te zijn. Gebruinde huid, rimpels, een verbeten trek om de mond. Felle ogen die zich rechtstreeks in mijn ziel boorden. En ik realiseerde me dat dit geen man was. Ik proefde het zoute water op mijn lippen. Ik rilde van de kou en van angst. We zouden zinken. Dit schip zou de strijd tegen de woeste zee niet winnen en ten onder gaan, met al deze mensen en mij erbij. Ik zou meegezogen worden onder water, de diepten in, samen met het schip dat krakend en zuchtend in stukken zou breken door de oerkracht van het water. Ik moest iets doen. Ik moest de man aan het roer helpen. Met een hand liet ik de mast los. De andere hand ontspande ook, ik zette me af en glibberde over het dek naar voren. Een golf, een krachtige stoot tegen de romp, ik viel. Water spoelde over mijn gezicht. Mijn mond liep vol, per ongeluk slikte ik het door en bijna moest ik kotsen. Doorgaan, Maud. Ik krabbelde overeind en op handen en knieën bewoog ik zo goed en kwaad als het ging voorwaarts. Weer een golf. Ik viel en gleed tegen een mast. Het schip kantelde. Het was te laat. Ik was bijna bij het roer, maar het was te laat. Ik gilde. De storm overschreeuwde mijn gegil, niemand hoorde het.

'Maud.' Iemand zei mijn naam. Ik stopte met gillen.

'Maud.' Opnieuw. Het zout van het water prikte in mijn ogen. Wie sprak daar? Er stond niemand dicht bij me.

'Maud!' Harder nu.

En ineens schrok ik wakker. Gedesoriënteerd keek ik om me heen. Naast me zat iemand. Ik knipperde met mijn ogen, ik kon het zilte nat nog voelen, vreemd genoeg. Mijn ogen weigerden dienst, ik zag wazig. Wie was dat naast mij? Liam? 'Liam?' fluisterde ik met schorre stem.

De persoon keek me aan. Blauwe ogen. Felblauwe ogen. Niet Liam. Blauwoog? Maar hoe... Ik wreef in mijn ogen en ging rechtop zitten. Er was niemand. Daglicht piepte door de spleet tussen de gordijnen. Ik was alleen in mijn hotelkamer en hondsberoerd door de smaak van zout water in mijn mond.

Een vreemde ontmoeting

Veel te vroeg werd ik wakker. Mijn hoofd deed niet eens pijn, tegen alle verwachtingen in. Wakker durfde ik mezelf echter ook niet te noemen. Pas over ruim een uur zou de ontbijtzaal open zijn. Voorlopig geen koffie dus. Ineens miste ik de keuken in het witte huis. En het huis zelf. En James. Ik miste James. Wie had dat gedacht? Na de vorige avond toen ik met mijn zatte kop bijna Liam weer had gezoend, drong het beeld van James zich sterker op dan ooit. Zijn rode haren, zijn sproetjes, zijn stijfkoppigheid, zijn starheid: ineens leek het allemaal vooral superlief. Ik voelde mezelf week worden. Hoe was dit mogelijk? Liam had een optreden voor me geregeld! Hij was er voor me. Hij ondersteunde me, hier in Dublin. Hij maakte gevoelens in me wakker die ik sinds Mark verdrukt had. En wat deed ik? Aan James denken. Hij had mijn appje nog steeds niet beantwoord, en dat stak me meer dan ik acceptabel vond. In mijn dromen had ik geen last gehad van de overval, eenmaal in bed was zelfs de gedachte verdwenen dat het deel uitmaakte van het hele verhaal van gebeurtenissen waar ik nog geen touw aan vast kon knopen. Dublin was een stad. In steden worden mensen overvallen. Gewoonweg toeval. Nuchter was dat een acceptabele gedachte. Voorlopig.

Ongegeneerd gapend opende ik mijn MacBook en plaatste wat foto's op Instagram. #Dublin #city #urbex #urbex_fun #moodygram. Je moet wat als de slaap niet meer wil komen. Nog meer nieuwe volgers, zag ik. De Ierland-foto's vielen goed in de smaak. Foto's van de botanische tuin plaatste ik niet. Nog niet. Het voelde een beetje raar om dat nu te doen, zo kort nadat daar iemand bruut aangevallen was. Op de foto's waren verscheidene mensen te zien die in de tuinen rondliepen. Een akelige, kille rilling trok door mijn lijf. Zou de dader op een van de foto's staan? Was hij of zij er al toen wij er waren? Ik staarde naar de mensen, alsof ik zou kunnen zien wie van hen kwaad in de zin had. Blijven dromen, Maud, zo simpel is het nooit.

Verdorie. Die aanval op de botanist zat me dwars. En dat ik daardoor geen antwoord kreeg op mijn vraag over de bloem zat me al helemaal niet lekker.

Wat had die vrouw ook alweer gezegd? Rode lijst. De bloem stond in Nederland op de rode lijst. Ik pijnigde mijn hersenen, wat was de naam ook alweer... Sea Pink, schoot me te binnen. Google gaf onmiddellijk hits. Ik hield de foto van de droogbloem op mijn mobiel ernaast. Het leek behoorlijk, maar was het net niet. Ik zocht op de woorden 'rode lijst bloemen'. Bloemen die met uitsterven worden bedreigd. Zou de droogbloem een superzeldzame bloem zijn? Een bloem die geld waard was? Kon dat? Ik had totaal geen verstand van zeldzame bloemen en hun waarden. Ik kon me niet eens voorstellen dat een bloem geld waard kón zijn. Ik klapte de laptop dicht. Stom gedoe. De woorden 'niet-bestaand' drongen zich op, alweer. Ik moest dat loslaten, verdorie. Mijn fantasie was veel te groot. De invloed van dit land werd te groot. Ik raakte mijn nuchtere zelf kwijt. En ineens, als een donderslag bij heldere hemel (heel cliché) kwam er een herinnering naar boven waarvan ik niet eens meer wist dat ik hem had...

Mijn moeder in Nederland, die boos op me is. Ik ben een jaar of zes en ik heb haar net verteld dat er een man in mijn kamer stond met wie ik had gekletst. Een lieve, aardige man. Maar er was niemand toen mijn moeder geschrokken ging kijken. Ik huilde, want ik had hem echt gezien. En toen zei ze, en ik zweer het je, ik hoorde de woorden letterlijk in de lucht hangen: *jij met je grote fantasie, je lijkt veel te veel op Josie*. Waarna ze met de hand voor haar mond de slaapkamer uit was gerend.

Ik verstarde. De tranen die stroomden waren geen verrassing. Mijn ingewanden trokken samen, en ik weet niet waarover ik meer pijn voelde: de onverwachte herinnering aan de vrouw die me had grootgebracht, of het stekende en misschien nog wel meer onverwachte gemis van Josie die me had moeten grootbrengen.

Herinneringen zijn een wonderlijk iets. Met tienduizenden huizen ze in je hoofd, grotendeels verstopt achter deurtjes. Je weet van sommige niet meer dat je ze hebt, wat zeg ik: je weet de deurtjes niet eens te vinden. Tot je een bepaald geluid hoort, of een specifieke geur ruikt, of op een zekere plek komt. Je zintuigen weten het al voordat jij het weet en gooien een deurtje wagenwijd open. De herinnering rolt eruit, blij om bevrijd te zijn, en overspoelt je. Genadeloos. En dat gebeurde, daar, toen, op dat moment.

Kort voor het ontbijt – ik verlangde meer naar koffie dan ooit – ging mijn mobiel. Wie belde me zo vroeg? De naam Collin Gallagher stond in het scherm. De professor van de universiteit. Dit was effectiever voor mijn alertheid dan cafeïne.

'Maud McCarthy,' meldde ik mezelf.

'Goedemorgen, met Collin Gallagher. We spraken elkaar gisteren. Sorry dat ik zo vroeg stoor, maar ik moet straks college geven.'

'Ik was al wakker, geen probleem.'

'Ik denk dat ik iets voor je heb.'

O ja, absoluut beter dan koffie, dacht ik verheugd.

'Het hield me bezig, vandaar.' Zijn rokerige stem klonk door de telefoon zo mogelijk nog zwaarder dan in het echt. 'Als hij echt je vader is, moet je hem vinden, toch?'

'Eh, ja, eigenlijk wel.'

'Dus ik heb wat mensen gesproken en gebeld, jaargenoten van hem, en ik heb iemand gevonden die hier in Dublin woont en naar het schijnt min of meer bevriend met hem was. Ze hebben elkaar in de loop der jaren af en toe gezien. Ik geloof zelfs redelijk recent nog.'

Ik dacht dat mijn hart ontplofte. Recent gezien. 'Hier in Dublin?' vroeg ik gretig.

'Dat weet ik eigenlijk niet. Maar ik zou zeggen, bel hem. Ik heb zijn nummer gekregen, hij staat je graag te woord.' Hij noemde een nummer op dat ik snel op een krant noteerde.

'Dank u wel!'

'Graag gedaan, veel succes.'

'Wacht!' Er schoot me iets te binnen. 'U vertelde dat hij zijn dissertatie over piraten had gedaan. Is die dissertatie terug te vinden? Bewaart de universiteit zulke dingen?'

'Helaas, van *undergraduates* worden de theses niet opgeslagen. Maar we hebben een online archief waar studenten ook zelf hun theses kunnen toevoegen. Wie weet maak je daar een kans. Je kunt het vinden via...' Hij stokte en kuchte onaangenaam hard in de speaker van de telefoon. 'Ik stuur je de link wel, dat is makkelijker. Als je mij je mailadres geeft...'

Nadat ik mijn mailadres had uitgespeld en hij had opgehangen, staarde ik minstens een paar minuten naar het telefoonnummer op de krant. Ik kwam dichterbij. Vervolgens opende ik de mail die hij meteen had gestuurd. Hij was efficiënt, de man. Ik klikte op de link die hij had toegevoegd. Ik zocht op mijn vaders naam. Niets. Op verschillende vormen van het woord piraat: piraten, piraterij, Ierse piraterij, zeerovers. Niets. Het was ook te simpel. Iemand die niet gevonden wil worden uploadt niet zijn dissertatie in een online archief. Hoewel ik geen idee had welk verschil dat zou maken in zijn fysieke vindbaarheid.

Na het ontbijt gingen Liam en ik apart op pad. Liam ging een poging doen om meer te weten te komen over de toedracht van de aanval op de botanist. Ik was van plan om de persoon die mijn vader kende te bellen en op te zoeken.

Soms zit het mee, soms zit het tegen. Vandaag zat het uitermate mee. De eerste poging om de kennis van mijn vader te pakken te krijgen slaagde en hij had tijd om me diezelfde middag te ontmoeten. Aidan Kelly was zijn naam. We spraken af bij The Norseman, omdat ik die pub eenvoudig wist te vinden. Vooraf had ik een paar uur vrij te besteden, en die bracht ik door in de Central Library, waar ik neusde in boeken over piraten, met een beperkte hoop er ook iets over rare zeldzame bloemen in te vinden.

Ik moet zeggen, ik viel van de ene verbazing in de andere. Wat een historie. Ik had geen idee dat piraterij zo groot was geweest in Ierland. Ik las over The Sack of Baltimore, een gruwelijke overval door piraten in Baltimore in 1631, waarbij honderdzeven bewoners werden ontvoerd en als slaaf verkocht werden in Noord-Afrika. Het had ertoe geleid dat de overgebleven bevolking gevlucht was naar Skibbereen, en Baltimore jarenlang een spookstad was. De hoofdpiraat was een Nederlander genaamd Jan Janszoon uit Haarlem, die zijn naam gewijzigd had in Murad Reis. En dat was niet alles. Er was ene William Marsh die bruut aan zijn einde kwam: opgehangen, verdronken én gevierendeeld. Ik wist niet dat dat kon. Ik las over een nooit gevonden schat, die vele harten sneller had doen kloppen en tot zoektochten inclusief moord had geleid. Nota bene een piraat uit Cork, Peter Roach, had die schat ergens verstopt. Dan waren er de O'Driscolls, een beruchte naam van een familie die tot de dag van vandaag in West-Cork woonde, hoewel ze inmiddels niet meer de zeeën onveilig maakten.

En dan waren er de vrouwelijke piraten, Mary Read, Anne Boyne, en een naam die meerdere keren bovenkwam: Grace O'Malley, een zestiende-eeuwse piratenvrouw die een deel van Ierland en de zee bestierde. Bij de boeken die ik uit Josies kast had meegenomen zat ook een boek dat, meende ik, alleen over deze vrouw ging. Een Iers icoon uit vervlogen tijden. Ik had serieus nooit geweten dat er vrouwelijke piraten hadden bestaan. Ik vond dat eigenlijk wel heel stoer. Ierland had een enorme historie wat piraterij betrof. Bijzonder. Ik snapte dat mijn vader dat een interessant onderwerp vond. Maar nergens in die boeken kwam ik iets tegen over bloemen. Het had gewoonweg niets met elkaar te maken.

Ik was de tijd bijna uit het oog verloren en begaf me haastig naar The Norseman. De regen was opgehouden, enkel de plassen op de weg verrieden dat er zware buien waren geweest. De lucht was grijs met donkere wolken. Als ik omhoogkeek en de stadsgeluiden wegdacht, waande ik me thuis, aan de kust. Opnieuw miste ik het. Ik keek vluchtig op mijn mobiel. Geen bericht van James. Zou ik zelf nog een keer proberen? Misschien was hij het vergeten. Ik tikte een korte app: *Hoi James, had je mijn vorige berichtje gezien?*

De pub was bijna uitgestorven, tot mijn aangename verrassing. Aan de bar zat een oude man, en midden in de ruimte twee giechelende studentes die hun mobieltjes onder elkaars neus duwden om elkaar iets ongetwijfeld waanzinnig interessants te laten zien. De barman was glazen aan het omspoelen. Bij het raam zat een man van een jaar of vijftig, hij keek op toen ik binnenkwam. Ik nam aan dat dat Aidan Kelly was en ik knikte naar hem. Hij deed hetzelfde, stond op en stak zijn hand uit.

'Hallo, jij moet Maud zijn.' Een warme, beetje hese stem.

'Klopt.' Ik schudde een stevige hand die net iets langer dan gebruikelijk de mijne bleef vasthouden en nam plaats tegenover hem. Mijn muts hield ik op. Donkere haren met grijze strepen erdoor piepten onder een tweed pet uit, eronder een mager gezicht met een vriendelijke uitstraling. Donkere ogen, zo zwart als die van Liam. Ik voelde me om een of andere reden meteen op mijn gemak. De man keek langs me heen naar de deur. Ik volgde zijn blik. Niemand.

‘Ik begreep dat je op zoek bent naar Finn Sheehan?’ Hij sprak zacht. Niet fluisterend, maar met een natuurlijke gedemptheid.

‘Dat klopt, u kent hem?’ Ik probeerde mijn hoop en verlangen te onderdrukken, maar dat mislukte faliekant.

De man schraapte zijn keel. Hij leek zich ongemakkelijk te voelen, of verbeeldde ik me dat? Projecteerde ik mijn eigen ongemak en paranoïde houding? Zijn blik gleed om de paar seconden naar de buitendeur, alsof hij iemand verwachtte. ‘Ik ken hem. Van vroeger. Studie.’

‘Hij studeerde geschiedenis, u ook?’

‘Ja.’

Hij was wel héél kort van stof, deze man. Het was... raar. ‘Kunt u me iets over hem vertellen? Maakt niet uit wat.’

Hij hield zijn hoofd een beetje schuin en nam me met een intense blik op. ‘Moet je mij niet eerst iets meer vertellen over wie jij bent en waarom je informatie over hem wilt?’

‘O ja, natuurlijk, sorry! Ik ben zijn dochter.’

Hij zakte achterover, wierp weer een blik op de deur en glimlachte. ‘Hij heeft geen dochter.’ Hij sprak de woorden op een bijzondere manier uit. Alsof hij ze ingestudeerd had.

‘En toch zit ik hier.’ Ik rechtte mijn rug en vertelde hem in het kort het verhaal tot nu toe, met weglaten van de rare details over droogbloemen, botanisten en achtervolgingen. Als hij al dacht dat ik gek was: daaraan zou het niet liggen.

Hij vroeg niets tussendoor, en toen ik klaar was met mijn verhaal leek hij bijna ontroerd. Die ogen. Zo donker. Of zou het door de lichtinval komen?

‘Dat is een bijzonder verhaal. Ik snap dat het je aangespoord heeft om op zoek te gaan...’

Er hing overduidelijk een ‘maar’ in de lucht. ‘Maar?’

‘Maar... denk je niet dat je vader niet gevonden wil worden?’

‘Misschien. Maar misschien is het voor hem juist fijn om te weten wie zijn dochter is?’

‘Dat vraag ik me af.’

Ik schoof mijn stoel dichter aan de tafel. 'Wat weet u over hem?'

'We hebben samen gestudeerd. En in de jaren daarna liepen we elkaar weleens tegen het lijf.'

Ik geloofde er niets van. 'En dan?'

'Dan dronken we een stout samen, en we kletsten wat over de politiek en het weer.' Hij hield zijn blik op de buitendeur gericht.

'Wanneer hebt u hem voor het laatst gezien?'

'O, jaren geleden.'

'Professor Gallagher zei dat u hem vrij recent nog gezien had.'

'Wie?'

'Collin Gallagher, de docent van het Trinity College, u weet wel... Hij heeft mijn vader bij zijn dissertatie begeleid.'

'O ja. Hij. Hij was ook mijn docent.'

Wat deed hij vreemd. Ik snapte er niets van. 'Maar u hebt hem recent niet meer gezien dus?'

'Nee.'

'Hoe is hij?'

'Poeh, wat moet ik zeggen? Eh, hij is heel slim. Erg op zichzelf. Reist veel. En wat ik al zei: volgens mij zit hij niet te wachten op een dochter.'

Au. Dat deed pijn. Ik slikte een paar keer en keek naar buiten, waar mensen voorbijsnelden.

'Ik zou het opgeven als ik jou was.'

'Wat?'

'Ik zou...'

'Ik hoorde het. Waar haalt u het lef vandaan om dat te zeggen?' Ik balde mijn vuisten en mijn stem werd luider.

'Sst,' siste hij.

'Niets "sst"! U hebt mijn vader jaren niet gezien, beweert u, en nu zegt u dit. Ten eerste: waar bemoeit u zich mee? Ten tweede, als u hem zo lang niet hebt gezien, waar haalt u dan het idee vandaan dat hij niet op contact met mij zit te wachten?'

De man staarde me aan. Toen stond hij op, trok de tweed pet

verder over zijn voorhoofd en zei: 'Ik moet gaan. Het spijt me.' Hij liep weg. Hij liep gewoon weg! Ik was te verbouwereerd om meteen te reageren. Pas toen hij de buitendeur opende kreeg ik mijn lippen in beweging. 'Wacht!'

Hij draaide zijn hoofd naar me om, tikte tegen zijn pet en herhaalde: 'Het spijt me, echt.' En weg was hij.

Ik vloekte en legde mijn hoofd in mijn handen. Goed gedaan, Maud. Ik had de enige tot dusver bekende persoon die mijn vader af en toe zag weggejaagd. Ik stond op en schoof mijn stoel aan. Een glinstering op de vloer trok mijn aandacht. Wat was dat? Er lag iets bij de stoelpoot waar de man gezeten had. Dit moest uit zijn zak gevallen zijn.

Feicfidh tú é a fheiceáil nuair a chreideann tú é.

'Dat is Gaelic,' zei Liam. Hij dronk gulzig van zijn Kilkenny aan de bar van het hotel. Het eten in het hotel was minder goed bevallen dan bij The Norseman, maar ik had geen zin gehad om weer de stad in te lopen. Dat ik vooral geen zin had om bepaalde roodblonde types tegen het lijf te lopen zei ik niet, maar ik vermoedde dat Liam dat wel kon raden.

'Joh. Maar wat betekent het?'

'"Je ziet het als je het gelooft."'

Ik streek over de gegraveerde letters van de sleutelhanger, waar slechts een enkele sleutel aan bungelde. *Je ziet het als je het gelooft.* Aha. Wát zie je dan?

'Heb je hem al gebeld?'

'Ja. En dat is het vreemde.'

'Hoe bedoel je? Hij neemt niet op?'

'Het nummer bestaat niet meer.'

'Weet je dat zeker?'

Ik pakte mijn mobiel en zocht het nummer op. 'Luister maar.'

Liam nam de telefoon aan. 'Inderdaad. Dat is vreemd. Misschien kan die docent hem op een andere manier bereiken en zeggen dat je zijn sleutel hebt gevonden?'

‘Nou, ik denk dat hij zelf even moeite mag doen, eigenlijk. Hij heeft mijn nummer ook.’

‘Maar hij weet niet dat jij zijn sleutel gevonden hebt, dus waarom zou hij jou bellen?’

Dat was waar. ‘Ik stuur die docent wel een appje. Ik heb geen zin in bellen.’ Ik had nergens zin in.

‘Snap ik.’ Hij raakte mijn arm kort aan. Ik wilde me tegen hem aan vlijen. Maar ik deed het niet. Snel typte ik een berichtje aan Collin Gallagher.

‘Ik weet trouwens in welk ziekenhuis Walsh ligt,’ zei Liam plotseling. Er klonk triomf door in zijn stem.

Een onaangename verrassing

Liam vroeg bij de receptie waar Miss Roisin Walsh lag. Hij was haar neef en helemaal in shock door de heftige gebeurtenis, wie deed toch zo'n lieve vrouw kwaad... Hij bracht het zo overtuigend, inclusief opwellende tranen in zijn ogen, dat zelfs ik er bijna intrapte. Niemand twijfelde aan zijn verhaal, hij kreeg haar kamernummer zonder problemen door. Hij had lef; ik vond dat een prettige eigenschap.

Op de betreffende verdieping was het een af- en aanlopen van artsen en verpleegkundigen, vermengd met bezoekers en patiënten. Mooi, dan vielen we niet op. Liam vond de juist kamer snel, opende de deur, en ik zag een gezette verpleegkundige die bezig was met Miss Walsh.

Binnen een paar minuten verliet de verpleegkundige de kamer en liep ze in hoog tempo naar de volgende patiënt, zonder op ons te letten. We keken elkaar aan, keken de gang links en rechts in, en glipten snel de kamer in.

Miss Leprechaun Botanist lag met haar ogen dicht bijna volledig verborgen onder de lakens. Ik schrok van haar gezicht, het was blauw en gezwollen, en dat werd nog eens benadrukt door het contrast met de smetteloos witte lakens. Behoedzaam ging ik naast het bed staan. Liam bleef op een afstandje staan, zijn armen over elkaar geslagen.

Ze moest ons gehoord hebben, want traag ging haar ene niet-bont-en-blauwe oog open. Ze leek even in verwarring en toen fluisterde ze met schorre stem: 'Ah, jij.' Haar mond vertrok in wat volgens mij een poging tot glimlachen was. Haar hand reikte naar het nachtkastje.

'Wilt u water?' vroeg ik.

Ze knikte. Ik pakte het glas en zette het aan haar lippen. Ze nipte ervan en liet haar hoofd weer in de kussens zakken.

'Ht s d oem,' mompelde ze.

Ik verstond er niets van. 'Sorry, wat zegt u?' Ik hield mijn hoofd dichter bij het hare. De geur van jodium vermengd met opgedroogd bloed drong mijn neusgaten binnen. Een vlaag misselijkheid trok van mijn maag door mijn slokdarm.

'De bloem,' herhaalde ze, nu beter verstaanbaar.

Ik verstarde. 'De bloem? Wat is daarmee?'

'Gestolen. De foto.'

De foto van de bloem was gestolen?

'De laptop. Hij vroeg...' Ze kuchte en liep rood aan, wat er zorgwekkend uitzag in combinatie met het paarsblauw van haar kneuzingen.

'Hij vroeg naar de bloem.'

'U had de bloem niet, waarom dacht hij dat u de bloem had?' Mijn hersens kraakten. Hier klopte iets helemaal niet.

'Weet ik niet. Hij nam de laptop mee, voor de foto.'

Dit was raar. Ik keek om naar Liam, maar die haalde zijn schouders op. Zijn lippen vormden een woord, maar liplezen is niet mijn sterkste kant en ik had geen idee wat hij probeerde duidelijk te maken. 'Het spijt me vreselijk, miss... dat dit u is overkomen. Hebt u dit aan de politie verteld?'

Ze knikte en vertrok haar gezicht van de pijn. 'Ja, maar volgens mij geloofden ze me niet.'

Dat begreep ik wel, het moest bizar overkomen: een overval voor een bloem.

Miss Walsh glimlachte en door de gewonde kant van haar gezicht trok haar lach scheef. 'Nooit gedacht dat ik zo'n gevaarlijk beroep had.'

Ze sprak niet meer met uitroeptekens realiseerde ik me, en dat raakte me.

'Het ging allemaal zo snel, en hij had een capuchon over zijn hoofd.' Ze zweeg. Haar ene open oog werd waterig. 'Ik was zo bang...' fluisterde ze. 'Blonde haren, dat zag ik onder de capuchon vandaan komen. Van dat roodblonde.' Haar oog ging weer dicht, haar ademhaling vertraagde. Ze viel in slaap.

'Fuck, fuck, fuck!' tierde ik. Een passant in de ziekenhuisgang keek verbaasd op.

'Niet zo snel,' riep Liam achter me.

Ik bleef staan. 'Roodblond, Liam! Roodblond! Die gast die ons in die portiek overviel had roodblond haar!'

'Zoals zoveel mensen, dus het is misschien toeval,' suste hij. Zinloos. Hij klonk niet overtuigd.

'Ja ja, jij met je toeval. Ik geloof er niet meer in. Niets is toeval, met alles wat hier gebeurt, niets!' Ik zou zweren dat er stoom uit mijn oren kwam, zoals in een tekenfilm. Plotseling draaide ik naar hem om, bracht mijn gezicht dicht bij het zijne, en zei zacht maar scherp: 'Hij wilde die bloem stelen. Dat betekent dat hij dacht dat er dus nog een bloem is. En...' Ik laste een stilte in voor het dramatische effect: '... dat betekent dat wie het ook was, hij niet degene was die de bloem uit mijn huis heeft gestolen.'

Liams gezicht betrok. Dit had hij zich kennelijk nog niet gerealiseerd.

'Bovendien,' ging ik verder, 'hij werkt ook niet samen met die persoon, want anders had hij wel geweten dat de bloem al in hun bezit was.'

'Shit!' zei Liam luid. Iemand wierp ons een boze blik toe en reageerde in het voorbijgaan: 'Je bent in een ziekenhuis, gedraag je.'

'Zeg dat wel. Verdomme, Liam, in plaats van antwoorden komen er alleen maar meer vragen.'

'Hoe wist deze overvaller van de bloem? Hoe wist hij dat wij daarom bij de botanist geweest waren?' vroeg ik me hardop af.

'Nou ja, volgens mij is het niet zo ingewikkeld. We gingen naar een botanist, dan vraag je geen advies over autobanden,' zei Liam. Hij grijnsde, maar zag waarschijnlijk wel aan mijn gezicht dat ik dit nu niet grappig vond.

'Ons gesprek, in The Norseman, onze eerste avond hier in Dublin. Iemand moet ons afgeluisterd hebben.'

'Of iemand wist al eerder van die bloem.'

'Maar hoe?' Ik baalde stevig. 'Wat is er in godsnaam zo belangrijk aan een bloem?'

'Misschien maak je het te groot, misschien jaag je op spoken.'

Verbaasd keek ik hem aan. 'Dus jij wilt zeggen dat ik overdrijf?'

'Ik wil het geen overdrijven noemen. Maar zeg nu zelf: hoe concreet is het allemaal? Misschien denkt die overvaller dat het belangrijk is omdat jij het zo belangrijk maakt, en is er eigenlijk helemaal niets aan de hand. Zitten we ons met z'n allen druk te maken over een madeliefje of zoiets.'

'Onzin. Die botanist zei toch dat ze niet precies wist wat het was? Ze beweerde zelfs dat het een niet-bestaande bloem was.'

'Je snapt best wat ik bedoel,' sputterde Liam. 'En bovendien beweerde ze dat niet, ze maakte gewoon een geintje.'

Mijn telefoon trilde. Ik haalde mijn telefoon tevoorschijn. Er was antwoord van professor Gallagher. *Heb het doorgegeven, hij zoekt contact. Dank, groet Collin Gallagher.* Mooi. Of niet, het maakte mij niet uit. Ik had die sleutel niet nodig.

'We kunnen...' Ik brak mijn zin af. Liam was aan het bellen en ik zag zijn gezicht wit wegtrekken. Er was iets aan de hand.

'Het spijt me zo. Ga met me mee terug. We kunnen over een tijdje terugkomen en verder zoeken als je wilt. Er valt toch niet veel te doen hier, nu.' Liam sprak met scheurtjes in zijn stem; hij was geëmotioneerd.

'Ik kan nog niet weg, Liam, ik ben nog niet klaar hier, al weet ik ook niet zo goed wat ik moet doen. Maar jij moet gaan, ze heeft je nodig nu.'

'Ik kan je niet achterlaten, dat is niet zoals het hoort.'

'Doe niet zo gek, we leven niet in de negentiende eeuw, hoor. Ik ben een zelfstandige vrouw die haar eigen boontjes dopt.' Dat was ik normaal gesproken ook. Al leek het idee van alleen met mijn superheldentocht verdergaan opeens helemaal niet zo aantrekkelijk.

'Als ik niet terugga, en ze gaat...' Hij stokte.

'Je oma gaat niet dood. Niet nu. Bergen mensen overleven een hartaanval. En jij gaat vandaag nog naar haar toe.' Ik wist niet of bergen mensen hartaanvallen overleefden, maar zeggen dat bergen mensen eraan doodgingen was niet erg behulpzaam, vond ik.

'Maar hoe kom jij dan terug?'

'Ik kan met de trein. Die gaat in elk geval naar Cork, neem ik aan?'

'Dat klopt, ja,' zei Liam. 'Dan pik ik je daar op zodra je terug bent.'

'Zie je wel, zo eenvoudig kan het zijn. Hup, pak je spullen en ga naar je oma. Ze heeft jou nu meer nodig dan ik.'

'Als jij me belooft dat je geen risico's neemt, dat je onder de mensen blijft, en dat als er weer zo'n idioot achter je aan komt, je naar de politie gaat.'

'Ik beloof het,' antwoordde ik. Mijn vingers hield ik gekruist achter mijn rug.

Liam omhelsde me. Ik snoof zijn geur op en drukte hem stevig tegen me aan. 'Het komt goed,' fluisterde ik. Ik wist niet of ik dat voor hem of voor mezelf zei.

Nadat Liam vertrokken was, niet zonder me nog minstens tien keer op het hart gedrukt te hebben dat ik moest oppassen, sloot ik mezelf op in mijn hotelkamer. Ik moest een plan maken. Maar eerst moest ik rusten. Alle stress van de ochtend had me gesloopt, ik was doodop.

In de badkamer bekeek ik mezelf in de spiegel. Rode haardos met een flinke slag erin. Zorgelijk gezicht. Veel te zorgelijk. Van een vrolijke open vrouw die zonder angsten door het leven stapte, was ik veranderd in een bange, grijze muis die zo onopvallend mogelijk probeerde te zijn. Dit kon niet de bedoeling zijn. Ik werd hier gek van. Ik zat midden in een soort wespennest, zonder ook maar enig idee wat er aan de hand was. Ik wilde mijn ouders die niet mijn ouders waren, ach, ik wilde bijna zelfs Mark. Iemand die me wiegde en fluisterde dat alles weer goed kwam.

Na een dutje waarin de beelden zich opdrongen van de eerdere droom, waarin ik op een schip in een waanzinnige storm over het dek heen en weer zwalkte, tot het echt niet meer lukte om verder te slapen, maakte ik een beker oploskoffie en zette mijn laptop aan.

Ik opende Instagram. Een heleboel likes voor de foto's van de afgelopen dagen. Zelden liet me dat zo koud als nu. En er was een DM. Ik opende de berichten. Het was van Angelino Dolcet. Ineens was ik klaarwakker nog voordat ik een slok van mijn koffie had genomen. *Het spijt me.* Goh, die woorden had ik vaker gehoord de laatste tijd. Dat stond er. Meer niet. Wat spijt je? Dat je hebt ingebroken? Dat je deed alsof je me een opdracht gaf? Dat je niet op mijn mails antwoordt? Ik opende mijn Gmail, maar daar was niets binnengekomen van ene Dolcet. Een DM om je te verontschuldigen. Heel erg 2019...

Met een luide zucht liet ik me achterovervallen op het bed. Kom op. Ik was sterker dan dit. Ik moest mezelf bij elkaar rapen. Opgeven was niet wat ik normaal gesproken deed. Ik sloeg met mijn vuisten een paar keer in de kussens, sprong overeind en bekeek mezelf opnieuw in de spiegel. Kom op. Ik haalde woest mijn handen door mijn haar. *Vuurtoren!* Ik hoorde het de etterbakjes op de lagere school nog zeggen. En ik wist me nog feilloos te herinneren hoe ik op een dag, in paniek, uithaalde. Hoe mijn moeder op school moest komen. Hoe ze braaf knikte naar de mentor, en buiten tegen me zei: 'Ik ben trots op je. Laat je de kaas niet van het brood eten. De volgende keer doe je precies hetzelfde. Etters.' Hoe ik glunderend naar huis ging.

Mijn mobiel zoemde. Liam? Was hij al thuis? Ik keek op het scherm. Een onbekend nummer. 'Hoi, met Maud,' zei ik toen ik opnam.

'Hallo Maud, je spreekt met Aidan Kelly. Ik begreep van Collin Gallagher dat je een sleutel hebt die volgens hem van mij is.'

Ik aarzelde. Deze stem klonk anders dan de stem van de man met wie ik in de pub gesproken had. Misschien kwam het door de telefoon?

'Eh, dat klopt. Hij lag onder de tafel in de pub, dus ik nam aan dat het uw sleutel moest zijn.'

'Ik denk het niet.'

'O?' Maud, sukkel! Die sleutel lag er misschien al. Is van weet ik veel wie. 'Oké, bedankt voor het terugbellen dan.' Ik wilde ophangen.

'Wacht. Je mag mij de sleutel wel geven, dan zorg ik wel dat die bij hem terechtkomt.'

Bij hem? Huh?

'Hoe bedoel je?' vroeg ik.

De stem zweeg.

'Ik krijg de indruk dat er iets misgaat hier. Kan ik u nog een keer zien?' ging ik verder. Alert blijven nu. Dit klopte allemaal niet. 'Laten we afspreken waar we elkaar vorige keer zagen.'

Weer een zwijgen. Toen: 'Ja, dat weet ik dus niet. Dat was ik namelijk niet.'

Het was nu mijn beurt om stil te vallen. Hij was het niet? Wie had ik dan gesproken in The Norseman?

De man zat op dezelfde plek als de kerel die zich dus kennelijk als hem had voorgedaan, de vorige keer. Toeval? Ik observeerde de mensen die binnen waren. Het was drukker nu. Hij zag er vriendelijk uit. Een jaar of vijftig, net zoals die andere kerel eerder, die zogenaamd mijn vaders studiegenoot was. Kalend boven op zijn hoofd, donkere haren kortgeschoren aan de zijkanten, bij de slapen grijzend. Geen pet, wel een lichtbruin jasje van het soort dat alleen docenten of wetenschappers dragen. Als een volleerd detective sloop ik eerst om hem heen om hem goed te bekijken, al bedacht ik vervolgens dat het absurd en kinderachtig was. Ik passeerde hem, en ging tegenover hem zitten.

'Wie bent u?' knalde ik er meteen uit.

Hij trok zijn wenkbrauwen op en liet zich naar achteren tegen de stoelleuning zakken. 'Aidan Kelly, waarom vraag je dat? Dat weet je toch?'

'Gisteren was ik hier, exact op deze plaats.' Ik tikte op de tafel. 'En de man tegenover mij stelde zich toen voor als Aidan Kelly. Dus óf er zijn er twee, óf iemand neemt me in de maling.'

De man die wel of niet Aidan Kelly was begon te lachen. 'Och, nu snap ik het.' De lach verdween plotseling. 'Of eigenlijk ook niet,' zei hij met een bedenkelijke blik. 'Waarom zou hij zich voordoen als mij? Dat slaat nergens op. Ik...'

'Sorry hoor, dat ik uw monoloog onderbreek, maar waar gaat dit over?'

De man glimlachte, maar niet van harte. 'Ik begrijp het zelf ook niet hoor, maar de man die je gezien hebt, was niet ik.'

'O echt, ik zag het verschil niet.' Ik sloeg mijn armen over elkaar.

Nu kleurde de man en ik schaamde me onmiddellijk. Voor mezelf opkomen was iets anders dan anderen belachelijk maken, Maud. 'Het spijt me,' zei ik. 'Wie heb ik gisteren gesproken, als het niet Aidan Kelly was?'

Je moet begrijpen dat ik niet meer geheel mezelf was, anders val ik niet zo uit tegen vriendelijke oudere mannen. En je moet begrijpen dat ik langzaam een en ander niet meer helder zag. Wat was echt, wat was niet echt? Was Blauwoog echt? Was deze Aidan Kelly of zijn alter ego van de dag ervoor echt? Was alles wat er ge-

beurde echt, of had Liam gelijk en jaagde ik op spoken? Iets wat ik na alle gebeurtenissen van de afgelopen maanden een reële optie was gaan vinden…

En dan heb ik je niet eens verteld dat ik een paar dagen daarvoor een appje van Mark had gekregen, waarin hij liet doorschemeren dat hij me terug wilde. Waanzin, toch? Toch? Was het daarom die keer met Liam alleen bij zoenen gebleven? Had ik het afgehouden? Als jij het weet… Ik weet het niet meer. Maar dat wil je ook allemaal niet weten waarschijnlijk. Wat je wel wilt weten, net als ik: wie was die man die niet Aidan Kelly was?

'Dat was Finn. Finn Sheehan. Daarom heeft Collin Gallagher mij benaderd, omdat ik hem ken en heel af en toe zie. Daarom heeft hij jou mijn nummer gegeven. Je wilde informatie over hem.'

Ik staarde hem aan en wist niet wat ik zeggen moest. Hoorde ik dit goed? Zei deze man, die dan wel Aidan Kelly moest zijn, nu echt dat de man die ik de vorige dag had ontmoet had mijn vader was geweest? Vanuit mijn ooghoeken zag ik mensen lachen en praten. Buiten was het donker en grijs, maar droog. Geen paraplu's deze keer. De werkelijkheid werd een vacuüm waar ik in een fractie van een seconde buiten geplaatst werd.

Deel 3

‘Imagination will often carry us to worlds that never were. But without it, we go nowhere.’
– Carl Sagan

Een nieuw doel

Doodstil werd het, alsof ik plotseling doof was. Mijn vader. Ik had hem gezien. Gesproken. Zonder dat ik het wist. Zonder dat hij het gezegd had. Opeens knalde het vacuüm open en drongen de geluiden weer door. Hij had gezegd dat hij geen dochter had. Hij had het keihard in mijn gezicht durven beweren. *Duivelsgebroed!* Liams oma had dat gezegd. Ze had gelijk. Hoe vreselijk moest je zijn om het bestaan van je dochter te ontkennen terwijl ze pal tegenover je zat, voor het eerst?

'Je wist niet dat hij het was? Maar hoe...' De man viel stil.

'Hij zei dat hij Aidan Kelly heette, en ik had geen enkele reden om dat niet te geloven.'

'Shit.' De man sloot zijn ogen kort en zuchtte. 'Ik heb hem gebeld toen Collin Gallagher contact met me had gezocht, met de mededeling dat iemand informatie over hem wilde. En toen zei hij letterlijk: "Dan ga ik zelf wel, dat wordt een leuke verrassing voor die persoon."' Hij knikte naar mij. 'En dat was jij dus. Waarom zou hij dan doen alsof hij mij was? Ik ben nu net zo verbaasd als jij.'

'Welk nummer heb je van hem? Hij heeft mij gebeld voor die afspraak, maar dat nummer kan ik niet meer bereiken. Bestaat niet meer.'

'Dat is raar, dat nummer heb ik al een tijdje.' Hij pakte zijn mobiel en zocht in zijn contactenlijst. 'Hier, dit is het.' Hij liet me hetzelfde nummer zien.

'Probeer het eens?' vroeg ik.

Aidan tikte op het nummer. Ik hoorde het meteen: de stem die monotoon meldde dat dit nummer niet bestond. 'Jezus. Wat is dit?' Hij sperde zijn ogen open en legde zijn mobiel op tafel. 'Ik begrijp er niets van.'

'Geloof me, ik evenmin.'

De hoogblonde serveerster van een paar dagen geleden was er weer. Ze kwam aan ons tafeltje staan en lachte zo breed dat ik vreesde dat haar mondhoeken elkaar achterop haar hoofd zouden raken. 'Kan ik uw bestelling opnemen?'

'Een dubbele whiskey,' zei Aidan.

'Voor mij hetzelfde,' zei ik, en ik glimlachte vriendelijk terug naar miss decolleté.

Pas toen de glazen whiskey voor ons neergezet werden, en we beiden een paar slokken hadden genomen, pakten we het gesprek weer op. En deze man, Aidan Kelly, de echte, vertelde me wat hij wist over mijn vader. Misschien was het minder dan ik had gehoopt, maar hij gaf me een nieuw doel, zonder dat hij zich daarvan bewust was. Een nieuwe plek om te bezoeken: Clare Island, aan de westkust. Ineens was me duidelijk waarom er tussen Josies piratenboeken een reisgidsje had gezeten over dat deel van Ierland. Wat ook weer nieuwe, onverwachte vragen opwierp: was ze daar geweest? En waarom? Wat wist zij?

Terug in het hotel liet ik de tranen stromen. Opgekropte spanning rolde er met horten en stoten uit. Soms is dat nodig, zo'n flinke huilbui. Maar terwijl het normaal gesproken oplucht, deed het dat deze keer niet. Het transformeerde in woede. Ik was woedend op de man die mijn vader moest zijn. Ik had onderweg van de pub naar het hotel een fractie van een seconde overwogen alles misschien maar op te geven. Als hij mij zo duidelijk niet moest, hoefde ik hem ook niet. Maar die gedachte was zo snel als die zin uitgesproken kan worden weer voorbij. Ik dacht het niet, mister. Zo eenvoudig kom je niet van mij af. Er is meer voor nodig om mij tegen te houden. Veel meer. Ik was niet naar Ierland verhuisd om te verpieteren op een eiland en me de rest van mijn leven af te vragen hoe het zat met mijn afkomst.

In mijn kamer draaide ik de deur op slot en begon met voorbereidingen treffen. Ik negeerde het gekletter van de regen tegen het raam. Ik negeerde de televisiegeluiden uit de kamer naast me. Ik negeerde de gedachten aan een mogelijke mislukking van de missie die ik me voornam. Focus. Dat had ik mezelf een tijdje geleden beloofd, en focus zou het zijn.

Een ferme klop op de deur. De schrik sloeg me om het hart. Stel dat het de roodblonde overvaller was? Stel dat hij me gevolgd was en nu voor de deur stond, klaar om... om ik weet niet wat te doen?

Ik sloop naar de deur en was de architect van het hotel of wie er dan ook verantwoordelijk voor was dankbaar voor het kijkgaatje in de deur. Met mijn adem ingehouden en mijn linkeroog dicht, hield ik mijn rechteroog voor het gaatje. Mijn adem ontsnapte met een luide zucht toen ik zag wie er stond. Dít had ik niet zien aankomen.

Op naar nieuwe streken

'Wat? Hoe...' Ik was met stomheid geslagen, op een paar vragende voornaamwoorden na.

James glimlachte, zijn handen in zijn zakken, en hij leunde uiterst charmant tegen de deurpost. 'Ik dacht: laat ik je eens opzoeken.' De glimlach verbreedde. De kuiltjes in zijn wangen werden dieper.

'Opzoeken... Want mijn appjes beantwoorden kost zo veel tijd?'

'Aha. Je bent in elk geval niets veranderd, nog altijd even bits.'

'Hoe wist je waar ik was? Dublin is groot. Of heb je me soms door een of andere roodblonde mafkees laten volgen?'

James fronste. 'Ik weet niet waar je het over hebt. Volgen? Hoezo word je gevolgd?'

'Nee nee, laat maar. Ik wil weten hoe je me gevonden hebt?'

Hij schraapte zijn keel. 'Liam.'

'Liam? Wat Liam?'

'Hij belde me.'

'Hij heeft jouw nummer? Maar jullie vinden elkaar vreselijk!'

'Ik ben advocaat, mijn kantoor staat op internet. Dat is niet zo moeilijk hoor, mijn telefoonnummer vinden.'

'Maar... Wat... Waarom?' Daar had je ze weer, de vragende voornaamwoorden.

'Hij moest onverwacht terug naar huis en maakte zich zorgen over jou.'

Nou brak mijn klomp. Stelletje paternalistische haantjes. Ik smeet de deur dicht en ijsbeerde door mijn kamer. Wat dachten ze wel niet! Dat ik een hulpeloos prinsesje was dat moest worden gered van de grote boze monsters in de grote boze stad?

Ik stormde terug naar de deur en rukte die weer open. James stond, met een twinkeling in zijn ogen, in dezelfde houding te wachten, alsof hij wist dat ik terug zou komen, en daar werd ik nog pissiger van. 'Ik heb jouw hulp niet nodig.' Ik sloeg mijn armen over elkaar. 'Je kunt wel weer gaan.'

'Mmm. Dus je gaat in je eentje je vader vinden?'

'Ja.'

'En je hebt op geen enkele manier hulp nodig?'

'Nee.'

'Mmm. Misschien kun je mij dan helpen?'

Deze vraag kwam volledig onverwacht. Ik zat te wachten op een reeks aan redenen waarom het toch zo belangrijk zou zijn om hem toe te laten in mijn missie, en dan kreeg ik dit. Hoe irritant.

'Eh, jou helpen? Waarmee?'

'Ik heb niet stilgezeten terwijl jij hier aan het grasduinen was. Als jij echt dacht dat je me zo makkelijk kunt afschudden, dan schort er nog een en ander aan jouw mensenkennis. Ik mag er dan ouderwets uitzien, en ik ben misschien meer dan Liam van de regeltjes en het geduldig plannen, maar dat betekent niet dat ik zomaar opgeef of een lafaard ben.'

Verbaasd keek ik hem aan. Had ik zo over hem gedacht? Vermoedelijk wel. Goed bezig, Maud. Je hebt jezelf weer eens voorbijgelopen in het te fanatiek oordelen over andere mensen. O jee... Had ik dan ook te snel geoordeeld over Mark? Was ik te hard geweest? Wat was er mis met vergeving? Niet aan denken, niet nu. Ik haatte dit, net als je dacht dat je het leven wel zo ongeveer in de smiezen had, gebeurde er iets wat alles weer onderuit schoffelde.

'Joehoe, ben je er nog?' James' hand zwaaide heen en weer voor mijn gezicht.

'Ja ja. Ik... Kom binnen.'

James ging op de rand van het bed zitten, zijn rolkoffer naast zich. Hij zag er fantastisch uit. De niet-aflatende twinkeling in zijn ogen – al had ik geen idee waarom – de licht opgetrokken mondhoeken, de donkerrode haren... Ik was bijna vergeten hoe aantrekkelijk ik hem vond. Mijn gedachten gingen naar Liam. Wat had hij nog meer aan James verteld, behalve mijn verblijfplaats?

'Ik heb de oma van Liam gesproken, nadat jij weg was. En voordat je gaat stuiteren omdat jij had gezegd dat ik dat niet hoefde te doen: ik heb het wel gedaan. Te laat voor bezwaar.'

Na een paar dagen met Liam was ik vergeten hoe scherp James was. Heerlijk. Er wakkerde iets in me op wat ik beslist niet als een vlammetje zou willen beschrijven, maar behalve vlammen weet ik niets anders dat wakkert.

'Ze is een eigenaardige vrouw, die oma, zonder twijfel. Maar ze is bij lange na niet gek. Ze heeft Josies vader gekend, vrij goed zelfs, begreep ik.' De glinstering in zijn ogen werd een beetje feller. 'Ze kende Josie redelijk goed omdat haar dochter, de moeder van Liam, haar vriendin was. Jouw vader heeft haar niet zo best behandeld, volgens oma. Ik zal de stortvloed aan scheldpartijen weglaten, maar volgens oma was het een criminele nietsnut die te pas en te onpas kwam opdagen en weer vertrok, en Josie met een gebroken hart achterliet.'

'Hoe weet je of dat allemaal waar is?'

'Dat weet ik uiteraard niet honderd procent zeker. Maar geloof me, ik heb als advocaat heel wat mensen gesproken en een aardig ontwikkeld zintuig voor leugens. Ik moet me sterk vergissen als blijkt dat ze niet de waarheid sprak.' Hij kuchte. 'Heb je een glas water of zo? Heb de laatste twee uur niets meer gehad.'

Ik vulde een plastic bekertje uit de badkamer en overhandigde het aan hem. Hij dronk het in één teug leeg en vervolgde: 'Kijk, al dat soort verhalen bevatten meestal op zijn minst een kern van waarheid.'

Ik dacht aan de woorden van mijn vader toen ik hem de vorige dag had gesproken in de pub, toen ik nog dacht dat hij de studiegenoot van mijn vader was: *Ik zou het opgeven als ik jou was*. En ik dacht aan hoe hij me voorloog. Me in mijn gezicht aankeek, terwijl hij wist wie ik was, en niets zei. Dan was je een klootzak. Een morele crimineel. Zo ver stond dat niet af van crimineel zijn op andere vlakken. Ik beet mijn kiezen stevig op elkaar tot het pijn deed. Maar hoe zat dat met die grote liefde voor Josie die hij kennelijk had? De liefde met een grote L? Zelfs al ben je crimineel, dan laat je iemand van wie je zo veel houdt toch niet op die manier vallen? Ik zou dat niet doen. Als ik...

'... dronken was.' James' woorden drongen mijn gedachten binnen.

'Hè? Sorry, ik was afgedwaald, wat zei je?'

'Ze vertelde over een voorval,' begon James opnieuw, 'lang geleden, toen Josies vriendin, Liams moeder dus, nog leefde. Midden in een nacht had Josie in paniek aangeklopt bij haar vriendin. Omdat je vader dronken was. Hij had volgens haar erg raar gedaan en allerlei wartaal uitgeslagen. Iets met piraten. En iets over het beloofde land.'

De haartjes op mijn onderarm kwamen overeind. Het beloofde land? Tir Na nOg? Beloofd land. Een eiland. Allerlei informatie haakte in mijn hoofd aan elkaar. James merkte kennelijk niets aan me en vertelde zonder nog te stoppen verder. 'En hij had een bepaalde zin tientallen keren herhaald, maar Josie had niet uit hem gekregen wat hij precies bedoelde. Die zin wist oma nog steeds, die stond in haar geheugen gegrift, net als die avond. Niet in de laatste plaats omdat hij daarna jarenlang verdween zonder dat Josie wist waar hij naartoe was gegaan. Toen ze na haar nachtelijke bezoek aan die vriendin thuiskwam was hij verdwenen. Het heeft haar uiteindelijk gebroken, het heeft haar tot een eenzame, teruggetrokken vrouw gemaakt die weinig ophad met de buitenwereld. En zo was ze als jonge vrouw niet, als ik oma O'Connor mag geloven. Ze was...' – hij nam me op met een lieve blik in zijn ogen –

'... zoals jij. Open, spontaan, vol vertrouwen in de wereld.'

'Zoals ik...' herhaalde ik zachtjes. Zoals ik. Mijn moeder was zoals ik. Ik slikte een paar keer hoorbaar.

'En die zin, wat was die?' Ik moest moeite doen om te focussen. Ik was zoals mijn moeder en mijn vader had over het beloofde land gesproken. Ik wreef traag met mijn wijs- en middelvingers over mijn slapen.

'Tja, volgens mij een nietszeggende zin, maar goed, oma onthield het omdat hij het bleef herhalen volgens Josie. Hij zei steeds: "Je gelooft het pas als je het ziet." Iets in die trant.' James haalde zijn schouders op. 'Het klinkt allemaal als dronkenmansgebral.'

Mijn mond viel open. Niets dronkenmansgebral. Ik sprong op en pakte mijn tas. Waar was die sleutel? Ik graaide en na een pakje kauwgom, mijn eigen sleutelbos en een aantekeningenboekje had ik hem te pakken: de sleutel met de hanger eraan met daarop de tekst: *Feicfidh tú é a fheiceáil nuair a chreideann tú é.* Je gelooft het als je het ziet. Dit moest dan toch echt zijn sleutel zijn, anders was het wel héél toevallig.

'Wat heb je daar?' vroeg James.

Ik liet hem de sleutelhanger zien.

Hij las het en mompelde: 'Wauw.'

In een paar zinnen vertelde ik hem hoe ik eraan kwam. James herhaalde wat hij net zei: 'Wauw'.

'En dat is nog niet alles.' Ik glunderde, vermoed ik. 'Je zegt dat hij het over "het beloofde land" had?' Ik pakte mijn mobiel en liet hem de Wikipedia-pagina over Tir Na nOg zien. 'Dit eiland staat op het schilderij in het witte huis. Dit betekent iets.'

James bleef stil en staarde naar me. 'Ik weet niet wat ik hiervan moet denken, eerlijk gezegd.'

'Jij zei dat er meer is dan we weten. Rare Ierse dingen.'

'Dat weet ik. En dat is ook zo. Maar Tir Na nOg? Dat is een sprookje, een legende. Het bestaat niet.'

'Precies!' Ik veerde op. 'Het niet-bestaande land, en de niet-bestaande bloem!'

Nu viel zijn mond open en hij lachte zacht. 'Jezus, Maud. Misschien draaf je nu een beetje door...'

Geërgerd sloeg ik mijn armen over elkaar. Natuurlijk. Ging ik een keer mee in die Ierse bijgelooftoestand, dan was het weer niet goed. Ik zocht het zelf wel verder uit. En dan sloeg ik hem ermee om de oren. Ik zag James naar me kijken met een blik die ik niet kon peilen. Hij schraapte zijn keel en ging verder met zijn verhaal.

'Hoe dan ook, Josie heeft het volgens mij nooit helemaal losgelaten. In haar kast zag ik piratenboeken staan. Die kunnen natuurlijk van je vader zijn geweest, maar voor zover ik weet van onze gesprekken afgelopen jaar voordat ze overleed, is er zo goed als niets van jouw vader achtergebleven in het witte huis. Pas toen ik dit verhaal van oma O'Connor hoorde legde ik de link met die boeken die ik had zien staan.'

Ik keek hem aan. Vandaar dat hij in de kast had staan neuzen vlak voor mijn vertrek naar Dublin. Hij deed gewoon wat ik ook aan het doen was: Sherlock spelen. Ooo, wat was dit irritant. Hij haalde het ene moment het bloed onder mijn nagels vandaan, om het volgende moment weer een schatje te blijken. Of lag dat aan mij?

Hij zoog de bedompte hotelkamerlucht naar binnen en zei: 'En de link met iets anders wat ze me vertelde toen we contact hadden over een eventuele verkoop van het witte huis. Iets waar ik niet echt aandacht aan besteedde omdat ik dacht' – hij kleurde – 'dat ze gewoon een beetje gek was. Zonderling. Een vrouw alleen, afgelegen, dan wil de fantasie weleens op de loop gaan.'

Ik ging naast hem zitten en voelde meteen zijn lichaamswarmte via zijn bovenarm bij me binnendringen. Snel stond ik weer op. 'Wat zei ze?'

'Ze vertelde dat ze vermoedde dat de makelaar, die Murphy, niet zozeer haar huis wilde kopen vanwege de wens er een B&B van te maken, maar vanwege een geheim. Ze wist niet precies wat, maar haar intuïtie was feilloos volgens haar. Er klopte iets niet aan het verhaal van de makelaar.'

Het is je vast opgevallen dat ik James niets vertelde over Liam. Waarom zou ik ook? James was mijn vriendje niet, dus ik hoefde me niet te verantwoorden. Toch voelde ik me naar. Schuldig. Alsof ik iets verkeerds had gedaan door Liam te kussen. Door die dagen met hem door te brengen. Door troost in zijn armen te zoeken. Ik hoop niet dat je denkt dat ik zo'n vrouw ben die mannen voor haar karretje spant als het zo uitkomt. Zo ben ik niet, echt niet. En dat het berichtje van Mark me in de war bracht, daar kon ik ook niets aan doen. Ik had van hem gehouden, en zijn verraad maakte niet dat ik ineens gevoelloos was voor dat wat ik al die jaren voor hem had gevoeld. Hoofd en hart en zo. Eerlijk gezegd, totdat James in Dublin opdook, dacht ik dat ik het langzaam wel helder had: Mark verleden tijd, Liam mogelijk een kandidaat voor nu, en James uit beeld. Heel overzichtelijk. Maar het leven is nooit overzichtelijk, dat was ik vergeten door alle hectiek. Ironisch, hè? En dat James niet eeuwig uit beeld zou blijven, die gedachte had ik voor het gemak ook maar onderdrukt. Natuurlijk kan ik het allemaal verklaren. Vrouw in crisis + op zoek naar identiteit + in stressvolle situatie door achtervolgingen + zich opstapelende geheimen = problemen met mannen gegarandeerd. Wat zei ik net ook alweer? O ja. Hoofd en hart. Zo dicht bij elkaar gelegen. Zo verschillend.

'Angelino Dolcet,' sprak James helder gearticuleerd uit.

'De geheimzinnige opdrachtgever die inbrak in mijn huis.'

'Vermoedelijk inbrak.'

'Er is ingebroken.'

'Vermoedelijk door hém, bedoel ik. Of door haar.'

'Oké. Jij je zin. Maar wat is daarmee, weet je soms wie het is?'

'Nee, dat zou mooi zijn. Ik dacht alleen: laat ik nog eens opnieuw googelen.'

'Ik had toch al iets gevonden, het was een of andere dode veertiende-eeuwse Italiaan. Die heeft niet ingebroken, hoor.'

'Precies. Denk na. Als jij een valse naam zou moeten kiezen, hoe doe je dat?'

'Weet ik veel. Iets verzinnen, googelen naar rare namen.'

'Ik zou een naam kiezen die iets voor me betekent. Iemand die ik bewonder, of in wie ik erg geïnteresseerd ben.'

'Zoals?'

Hij keek me aan en glimlachte. 'Weet je, dat mag jij gaan raden. Zodra je meent me goed genoeg te kennen, hoor ik graag van jou aan welke persoon jij dan denkt.'

'Mmm. Ik kom erop terug.'

'Hoe dan ook... Ik tikte die naam in, en de eerste optie die Google liet zien was de naam Angelino Dulcert.'

'Weet ik. Maar dit is Dolcet. Dulcert is toch echt een andere naam.'

'Niet dus. Heb je de link geopend en gelezen?'

'Nee, want ik dacht vrij simpel: de naam klopt niet.' Ik voelde op mijn klompen aan dat ik dat dus wel had moeten doen.

'Dolcet en Dulcert zijn dezelfde. Dulcert was een veertiende-eeuwse cartograaf. Maar mogelijk was zijn eigenlijke naam Dolcet.' James keek me veelbetekenend aan. Ik had geen idee welke kant hij op wilde.

'De persoon die een naam als deze kiest, heeft dus iets met cartografie.'

Ik staarde hem aan. 'Ja, en?'

'Niets "ja en".'

'O. Dat is het geweldige inzicht.' Ik moest enorm teleurgesteld geklonken hebben, want James trok een gezicht.

'Nou, ik dacht dat het in elk geval iets zinnigs was. Een hint, een aanwijzing,' zei hij.

Ik opende mijn laptop, tikte de naam Angelino Dolcet in, opende de eerste pagina (Wikipedia, natuurlijk...) en scrolde door de tekst. Dolcet was een Italiaan-Mallorcaan. Zijn eerste kaart dateerde uit het jaar 1325. Kennelijk was de kaart een keerpunt in het land der cartografie. Ik kon me met de beste wil niet voorstellen hoe dit relevant was. Ineens viel mijn oog op het woord 'Ireland'.

The Dalorto chart is also the first to depict the legendary island of Brasil, as circular disk-shaped island southwest of Ireland. It is denoted by the caption 'Insula de monotonis siue de brazile' ('isle of sheep (?) or of brasil').

Brazil. Mijn hart maakte een sprongetje. Dat woord had ik eerder gezien. Ik tikte 'Brazil' in. Links naar Brazilië. Dat was het niet. 'Brasil' dan. Hetzelfde resultaat. Shit. Ik had het gezien, ik wist het zeker. En het ging niet over het land. Maar wat wel? En waar ook alweer? Mijn hoofd was simpelweg te vol, ik kon niet meer helder denken.

Zuchtend klapte ik de laptop dicht en liet me moedeloos achterover zakken op het bed.

'Sorry. Het spijt me dat ik niet meer zinnigs weet,' zei James. Hij schraapte zijn keel en ging verder: 'Misschien is het tijd om naar huis te komen.'

Ik schoot overeind. 'Naar huis? En dan? Er zijn veel te veel vragen, nu zelfs nog meer dan voordat ik naar Dublin ging!' Ik stond op en ijsbeerde door de kamer, voor James heen en weer.

'Maud...' begon hij.

'Luister, ik waardeer het dat je hiernaartoe bent gekomen, ik waardeer het dat je Liams oma hebt opgezocht, maar alsjeblieft, stop met je adviezen.'

'Ik...'

Opnieuw onderbrak ik hem, en in zeldzaam goedlopende volzinnen vertelde ik hem alles wat er gebeurd was sinds mijn aankomst in Dublin. Over de botanist die aangevallen was, de bloem die al dan niet bestond, de ontmoeting met de studiegenoot van mijn vader en de ontmoeting met mijn vader zonder dat ik wist dat dat mijn vader was. Ik vertelde alles, in hoog tempo en zonder iets weg te laten. Nou ja, dat van Liam liet ik onvermeld, dat had niets te maken met de rest. En verdere details over de roodblonde overvaller verzweeg ik ook, want het was al meer dan genoeg zo. James hoorde het gelaten aan, met zichtbaar stijgende verbazing.

'Shit,' bracht hij uit nadat ik zweeg en me weer op het bed liet zakken. Volgens mij was het voor het eerst dat ik een lelijk woord uit zijn mond hoorde komen.

'Dat bedoel ik. Een hele lading shit.'

Hij wreef met zijn handen over zijn gezicht. 'Het wordt steeds lastiger om dit af te doen als onbetekenend. Hoewel er geen harde bewijzen zijn, denk ik...'

'Jezus, James, we zitten hier niet in de rechtbank! Harde bewijzen? Ik zie ze wel, en het interesseert me geen reet dat ze in een rechtszaak geen stand zouden houden, of hoe dat ook mag heten. Dit is het echte leven, en dit is wat er gebeurt!'

Zijn blik werd zachter. 'Je hebt gelijk. Maar ik moet aanknopingspunten hebben. Iets om me in vast te bijten, en ik ben nu eenmaal advocaat. Wat je vertelt is zo... groot. Ik zou niet weten waar te beginnen.'

'Ik wel,' antwoordde ik hem. 'Ik weet waar we naartoe moeten.' Ik opende de laptop opnieuw, tikte in Google Maps een plaatsnaam in en zoomde in. 'Daar.' Ik drukte mijn vinger tegen het scherm. 'Daar moeten we naartoe, als je tenminste met me mee wilt.' Ik popelde. Langzaam werd me steeds meer duidelijk. De plek waar ik naartoe wilde, de plek die Aidan Kelly me aangereikt had in ons laatste gesprek: misschien was dat wel dat beloofde land. Soms waren dingen niet zo ingewikkeld als dat ze leken.

'Ik heb nog iets voor je,' was het eerste wat hij zei toen ik de telefoon opnam.

'Ik sta op het punt te vertrekken, je bent net op tijd. Vertel op?' vroeg ik. James keek me vragend aan. Hij was onze spullen in zijn auto aan het pakken en ik had ons net uitgecheckt bij de receptie van het hotel.

'Waar ben je?'

'Op de parkeerplaats van het hotel, in het centrum, vlak bij Trinity College,' antwoordde ik.

'Hoe heet dat hotel? Dan kom ik er nu aan, ik sta op het punt om bij het Trinity naar binnen te gaan.'

'Fleet Street Hotel. Aan de Fleet Street, verrassend genoeg.'

'Ik kom er aan, tot zo.' Aidan verbrak de verbinding.

'Wie was dat?' vroeg James, terwijl hij de kofferbak sloot.

'Die studiegenoot van mijn vader, hij heeft iets voor me.'

'Je vertrouwt hem?'

'Ik denk het wel.' De opmerking van James veroorzaakte onmiddellijk argwaan. Ik keek om me heen. Werden we in de gaten gehouden? Liep die idiote roodblonde man hier ergens rond? Ik speurde de omgeving af, maar zag niets opvallends. Niet dat dat iets zei, maar toch. Ik zag enkel mensen gehaast voorbijlopen, in dikke jassen en met paraplu's in de hand. Niemand keurde ons een blik waardig.

'Aidan heeft me verteld dat mijn vader regelmatig aan de westkust in de omgeving van Westport en op Clare Island vertoefde. Lang geleden al, nog voordat hij zijn thesis schreef, maar in recentere jaren ook. Aidan weet niet het naadje van de kous, maar wel dat het een belangrijk toevluchtsoord voor hem was. Daarom wil ik erheen. Ik wil weten wat hem zo trok aan dat gebied.' En omdat Josie er misschien ook was geweest. Maar dat zei ik er niet bij. Op basis van enkel een reisgidsje in haar kast was het een mager vermoeden. Zelfs ík vond dat.

James knikte. Hij leek het een acceptabele reden te vinden om die kant op te gaan.

Binnen een minuut of vijf zag ik Aidan Kelly aan komen lopen. Hij glimlachte en stak zijn hand op. '*Hiya*, fijn dat ik je nog te pakken kreeg.' Hij rommelde in zijn linnen tasje en haalde er een gevuld plastic tasje uit. 'Ik heb dit ooit van hem geleend, lang geleden. Ik denk niet dat hij dat nog weet, eigenlijk. Maar ik dacht dat je misschien wel iets wilde hebben wat van je vader is geweest. Bij dezen dus. Het is niet veel, maar toch.' Aidan overhandigde me het tasje met daarin, zo te voelen, een boek. Fijn, een boek. Vast over piraten. Ik kon straks een eigen archief beginnen.

'Dank je wel,' zei ik, en ik schudde hem de hand. 'Ik ben blij je ontmoet te hebben.'

'Wederzijds, en als er ooit iets is, je hebt mijn nummer.'

Wat lief, dacht ik. 'Wederzijds,' antwoordde ik en ik glimlachte naar hem. Het gevoel dat ik hem nog eens hard nodig zou hebben, drong zich aan me op. Ik had geen idee waarom, maar het haalde mijn stemming naar beneden. Een voorgevoel. De wolken boven mijn hoofd trokken in een razendsnel tempo samen, en luttele seconden voordat de regen genadeloos hard naar beneden kletterde zat ik in de auto. Ik zag nog net de rug van Aidan Kelly ineenduiken en hem zijn capuchon over zijn hoofd trekken.

Slecht nieuws

Van alle aankomsten op nieuwe plekken in de wereld was dit een van de mooiste. Na ruim vier uur rijden, inclusief enkele korte pauzes in soms schilderachtige dorpjes, reden we het grind van de parkeerplaats op voor onze verblijfplaats voor de komende dagen.

Het was mooi omdat het... Ik kan er nog steeds niet echt de juiste woorden voor vinden. Grappig is dat. Je zou misschien denken dat, als je een stuk kust van Ierland gezien hebt, je het allemaal wel gezien hebt. Kliffen, rotsen, beukende golven: het plaatje is overal grotendeels hetzelfde. Toch is het op een of andere raadselachtige wijze overal weer anders. De sfeer, de energie... Er zitten nuances in die je alleen aan den lijve kunt ervaren. Als je er staat, als je de wind om je lijf en leden voelt ruisen, als je de geuren van het zoute water je neusgaten in voelt dringen. En het bijzonderste van alles is dat al die plekken op wonderlijke wijze betoverend mooi zijn, anders en toch hetzelfde. West-Cork was denk ik... feeërieker. Het landschap hier was wat ruiger. Terwijl ik in West-Cork elk moment elfjes verwachtte te zien, kwamen hier meer associaties op met oude Keltische mythen en verhalen over woeste krijgers die met hand en tand hun grond verdedigden. Het was alsof hun zielen nog over de weiden zweefden.

Het huisje, dat we via Airbnb hadden gehuurd, lag direct aan het water van Rosmoney Bay, net voorbij het – voor Ierse begrippen – toeristische plaatsje Westport. Onderweg had ik vele blikken in de achteruitkijkspiegel geworpen, op zoek naar een grijze auto die ons achtervolgde. Ik zag diverse grijze auto's, maar voor zover ik als amateurdetective kon beoordelen, achtervolgde geen daarvan onze auto. De mogelijkheid dat we werden gevolgd door een auto met een andere kleur verdrong ik.

Op het moment dat we uit de auto stapten, losten de wolken op die bij ons vertrek in Dublin zo snel waren samengetrokken. Een dik ondoordringbaar wolkendek was veranderd in luchtige schapenwolkjes die door de zeewind landinwaarts werden gedreven. De zon schitterde en weerkaatste op het water, waardoor de koppen van de lichte golven glinsterden. Ik stond zwijgend te kijken naar het onverwacht prachtige schouwspel.

Vanuit mijn ooghoeken zag ik dat James stond te wachten tot ik klaar was met staren.

'Ik moet zeggen, dit is erg mooi om te zien,' verwoordde hij mijn gedachten.

'Die zon. Wat een aangename verrassing, na de hele weg regen en grijze luchten.'

'Ja, de magie van Ierland, onverklaarbaar, maar altijd welkom.'

De vriendelijk ogende vrouw van de verhuurder – ik schatte haar een jaar of vijfenvijftig en zou er geld op durven inzetten dat ze kunstenares was – overhandigde ons de sleutel en vertelde kort over de omgeving. Ongeduldig maar beleefd glimlachend hoorde ik het aan. Zij hoefde niet te weten dat dit geen toeristisch uitstapje was. De woning was niet al te groot, maar de ligging was perfect. Ik was inmiddels wel wat gewend, sinds ik in het witte huis woonde, maar deze locatie deed er niet voor onder. Op slechts enkele meters afstand raakte het water de kustlijn en vanuit de slaapkamer zag je de zee. Goed gedaan Maud, dacht ik bij mezelf. In alle haast een verblijfplaats zoeken en dan hier uitkomen, dat had ik slechter kunnen doen. Pas in de slaapkamer realiseerde ik me dat ik misschien iets te snel had gekozen: er was alleen een tweepersoonsbed. Een enorm bed, net zo breed als dat het lang was, maar toch: tweepersoons. En er was geen bank waarop eventueel een van ons kon slapen. Oeps.

'We kunnen kussens tussen ons in leggen.' James stond achter me, zijn armen over elkaar, een subtiele lach om zijn lippen.

'Ik... Sorry, ik heb niet nagedacht toen ik dit boekte.'

Een brede grijns nu. 'Ik geloof je.'

'Nee, echt,' begon ik opnieuw. Ik had écht niet nagedacht. Dit was absoluut niet met opzet! Shit.

'Ja, echt. Ik geloof je, dat zei ik toch?' Hij knipoogde, overduidelijk geamuseerd door mijn ongemak, en weg was hij, de woonkamer weer in.

Ik gooide mijn koffer op dat enorme bed, dat opeens veel kleiner oogde, en begon uit te pakken. Mijn kleding gooide ik met een ferme zwaai links op een hoop, toiletspullen belandden in het midden, boeken stapelde ik rechts. Als laatste pakte ik het boek dat van mijn vader was geweest en dat Aidan Kelly aan me had gegeven. Ik haalde het uit de plastic tas en bekeek het eens wat beter. *Phantom Islands of the Atlantic, The Legend of Seven Lands that never were.* Spookeilanden. Mijn adem stokte. Dit was geen toeval meer. Ik sloeg het boek open. Op de titelpagina stond rechts bovenin een naam. Finn Sheehan. Mijn vinger streek over de inkt. Het voelde een beetje bobbelig aan. Ooit had mijn vader zijn naam hierin geschreven. Dit was zijn boek geweest. Het boek was uitgegeven in 1994. Dat was na zijn studiejaren. Misschien had het iets te maken met zijn thesis over piraten? Ik bekeek de inhoudsopgave. *Isle of Demons. Frisland. Buss Island.* Geen enkele naam deed een belletje rinkelen. Behalve één. Brazil. Mijn hart sloeg over en bonkte daarna in een tempo dat zo hoog was dat het me de adem benam. Dat was het. Brazil. Niet-bestaand eiland. Net als Tir Na nOg. Ineens schoot het me weer te binnen waar ik de naam Brazil eerder had gezien. Ik opende Wikipedia op mijn mobiel. En daar stond het, onder aan de pagina: *'Ook het spookeiland Hy Brasil zou met de mythe in verband hebben kunnen staan.'* Dit boek bevestigde al mijn vermoedens. Het draaide allemaal om een eiland.

Ineens ging mijn mobiel over, ik schrok ervan. Ik zag Liams naam in het schermpje staan.

'Hoi, Liam,' zei ik toen ik opnam. James keek net om de hoek van de slaapkamer en fronste bij het horen van Liams naam. Ik draaide me van hem af.

'Hoi, Maud. Sorry dat ik stoor, maar...'

'Geeft niets.'

'Ik weet niet hoe ik het moet zeggen, dus ik zeg het maar zoals het is: oma is dood.'

'Och nee toch, wat erg!' Ik liep de woonkamer in en ging op een stoel zitten. James trok zijn wenkbrauwen op.

'Ze kreeg een tweede infarct, dat werd haar fataal.'

'Het spijt me zo, wat vreselijk voor je.' Het speet me echt. Ik had niets met die rare oma, maar wel met Liam.

'Maar daarom bel ik niet,' was het verrassende vervolg.

Niet? Wat kon er belangrijker zijn dan deze mededeling? 'O?' zei ik, omdat ik niet wist wat ik anders moest zeggen.

'Voordat ze stierf vertelde oma iets wat je moet weten. Je moet echt oppassen, Maud. Dat gedoe met die overval in Dublin, dat is misschien ernstiger dan je denkt.'

Eigenlijk vond ik al dat het vrij ernstig was, maar de manier waarop Liam de woorden uitsprak bezorgde me kippenvel.

'Ze is bedreigd door iemand voordat ze die hartaanval kreeg. Waarschijnlijk heeft de angst en stress het infarct veroorzaakt.'

'Bedreigd?' Ik kreeg het ijskoud. Buiten zag ik het wolkendek weer dichter en donkerder worden. Een dikke mist trok op vanuit het niets, over het water.

'Iemand wilde weten waarom jij bij haar op bezoek was geweest, en wat ze jou verteld had. En: wat jij haar had verteld.'

'Iemand?'

'Ze was erg verward, en wat eruit kwam was niet veel zinnigs. Het was een engerd, is de meest accurate beschrijving die ze gaf.

Duivelsgebroed, noemde ze hem.' Liam viel stil, in afwachting van mijn antwoord.

'Shit.' Tot veel meer antwoord was ik niet in staat. Shit. *Duivelsgebroed*. Dat woord had ik eerder gehoord...

'Ja. En ik zou graag naar je toe komen, maar ik kan nog niet weg, ik moet een uitvaart regelen.' Liams stem werd zachter. Ik draaide me opnieuw weg van James, die onafgebroken naar me keek.

'Het is niet erg. Doe wat je moet doen. Ik red me wel.'

'James is bij je, toch?'

'Ja.'

Nu viel het echt stil. Pas na zeker tien seconden ging Liam verder. 'Fijn. Ik ben blij dat je niet alleen bent.'

Ik had geen idee hoeveel moeite het Liam moest kosten om dit te zeggen, maar ik geloofde honderd procent dat hij het meende, en dat verwarmde me vanbinnen meer dan... nou ja, meer dan ik had kunnen denken. Ik geloof dat ik bloosde, en ik zag James met zijn handen in zijn zakken de keuken in lopen.

'Ik...' begon Liam een nieuwe zin. Hij bleef haken bij dat eerste woord.

'Ja?'

'Shit. Het spijt me, Maud.'

'Nee joh, hier kun je niets aan doen, toch? Het is vreselijk voor jou, je hoeft je niet te verontschuldigen!'

'Dat is niet wat ik bedoel. Het is...' Opnieuw stokte hij.

'Ik geloof niet dat ik je begrijp nu...'

'Niets. Laat maar. Ik had niets moeten zeggen.'

'Je hébt niets gezegd, dat is nu net het probleem. Vertel me dan wat er is...'

'Nee, dat kan niet. Sorry. Echt, vergeet het. Ik moet nu ophangen, spreek je later.'

Voordat ik nog iets kon vragen, verbrak Liam de verbinding. Het speet hem? Wat dan? Pas na een minuut of wat zag ik James verwonderd naar me kijken.

Het was wat, die situatie met James en Liam. Als ik er nu aan terugdenk schaam ik me bijna. Ik was een wandelend filmcliché geworden: ingeklemd tussen twee prachtige mannen, die op veel vlakken verschilden als dag en nacht. Als het niet zo cliché was, was het grappig geweest. Maar het voelde allesbehalve grappig. Ik zag mezelf voortdurend als een soort bedrieger, alsof ik constant aan het vreemdgaan was. En daar draait mijn maag van om. Na mijn ervaring met Mark, is vreemdgaan iets wat van 'het is gewoon fout' naar 'het is absoluut verschrikkelijk' geëvolueerd is. Geen rode weerbarstige haar op mijn hoofd die eraan denkt dat een ander aan te doen. Maar dat denken is wat anders dan je gevoel, heb ik geleerd. Het betekent niet dat je daardoor controle hebt over wie je wel of niet leuk vindt. En met 'leuk' bedoel ik meer dan gewoon leuk. Mijn adoptiemoeder zei vroeger altijd tegen me dat je nooit tekort kunt hebben aan liefde. Ofwel, dat je dus van heel veel mensen tegelijkertijd kunt houden, en er kan altijd iemand bij, zonder dat je daarvoor een stukje liefde dat voor een ander bestemd was hoeft in te leveren. Dat vond ik fijn om te horen, want het leek me nogal akelig dat ik maar één bepaalde hoeveelheid liefde zou hebben, die ik in de loop van mijn leven over steeds meer mensen zou moeten verdelen. Ik had toen niet kunnen bedenken dat het principe van 'altijd genoeg liefde' ook weleens voor problemen zou kunnen zorgen...

Ik schoot mijn lelijke maar heel functionele regenjas aan, trok mijn muts met bolletje over mijn hoofd, deed mijn met wol gevoerde laarzen aan en was klaar om de omgeving te verkennen.

Westport was alles wat je verwacht van een klein maar drukbezocht Iers dorp. Kleurige panden in vele verschillende tinten, smalle straatjes die in onmogelijke kronkelingen, waar toch nog best veel auto's doorheen reden, heuvel op en heuvel af gingen. Ierse dorpen hebben per definitie iets magisch, ik vergeet bij de aanblik van die charmante straatjes al mijn sores. Voor even dan. Terwijl de woeste golven die de kliffen aan de kust teisteren mijn gemoed soms zwaar maken, zorgen de lieve kleuren en vriendelijke mensen in de dorpen voor een lichtere stemming. Ik glimlachte bij de aanblik. Baltimore, Dublin, Westport. Allemaal Ierland, allemaal anders, allemaal míjn land. Voor het eerst, en tot mijn verbazing, voelde ik onverholen trots. Trots om Iers bloed in mijn aderen te hebben. Trots om deel te zijn van een oude geschiedenis vol strijdlust, vol verhalen (al dan niet mythisch), vol passie. Wat er ook mocht voortkomen uit deze doldwaze queeste, ik wist nu al dat ik iets van mezelf had teruggevonden, waarvan ik niet eens wist dat ik het kwijt was geweest. Mijn ogen prikten. Dat kwam vast door de wind.

Bij een pub met felrode gevel in het centrum, Cosy Joe's, sloegen we onze bierglazen tegen elkaar. De pub was typisch Iers; vanbuiten zag het er stil en klein uit, maar binnen heerste een en al levendigheid en bleek de ruimte veel groter dan verwacht. In elke hoek hing een televisie waarop een rugbywedstrijd werd vertoond. Bezoekers voorzagen de beelden van luidruchtig commentaar.

'Proost. Op het vervolg, wat dat ook mag zijn.' James lachte, nam een paar slokken van zijn Guinness en veegde het schuim van zijn bovenlip. 'Wat ik niet zo goed begrijp: je hebt je vader in Dublin gesproken, zonder dat je het wist.'

'Ja, en?'

'Waarom dan toch hiernaartoe gaan? Je zoekt iemand van wie je weet dat hij in Dublin is.'

'Vermoedelijk. Dat ik hem daar zag betekent niet dat hij er is gebleven. En uit de verhalen van Aidan Kelly blijkt dat dit hier de omgeving is waar mijn vader zich vaak ophield. Waar hij voor zijn onderzoek naartoe ging toen hij met zijn dissertatie bezig was. Waar hij zich naar eigen zeggen thuis voelde. En waar hij kennelijk van de ene op de andere dag nooit meer naartoe wilde. Ik wil weten waarom. Wat is er hier dat zo belangrijk is voor hem? Wat gebeurde er dat hij een geliefde plek voor altijd achter zich liet? Ik kan hem in Dublin blijven zoeken, maar hij wil me niet zien, dat was wel duidelijk. Dan maar verder spitten in zijn leven zonder zijn hulp.' Ik woog mijn gedachten af. De laatste keer dat ik over een spookeiland begon, nam James me niet serieus. Maar inmiddels hadden de aanwijzingen zich opgestapeld. Dus sprong ik in het diepe en gooide alles eruit. Al mijn gedachten over het schilderij, en het boek over niet-bestaande plekken waarin Brazil werd genoemd, dat ook wel in verband werd gebracht met Tir Na nOg. En dan hier, waar voor de kust Clare Island lag: kennelijk een belangrijke plaats voor mijn vader. Wel bestaand, maar misschien was dat niet het belangrijkste punt. Misschien waren de niet-bestaande eilanden symbolisch voor Clare Island, een plek die wel bestond, maar om een of andere reden door mijn vader niet meer bezocht werd. James hoorde zwijgend mijn verhaal aan. En deze keer kwam er geen wijsneuzerige opmerking.

'Je bent een tijgermoeder, zonder dat je kinderen hebt.' James glimlachte en streek een lok haar uit mijn gezicht. Ik bloosde en kuchte.

'Misschien. Maar inmiddels gaat het allemaal over veel meer dan mijn afkomst. Anders zou ik het misschien wel opgegeven hebben.' Dat was eigenlijk niet waar. Ik zou nooit hebben opgegeven, dat zat niet in mijn aard.

'Wat heeft die Aidan jou precies verteld? Hij wist dat je vader vaak in deze regio kwam?'

'Ja. In de jaren tijdens en na zijn studie reisde hij regelmatig af naar dit gebied. Volgens Aidan had het te maken met zijn fascinatie voor piraten en Clare Island.'

'Zaten die alleen in dit deel van Ierland dan? Ik weet dat de O'Driscolls in Baltimore ook niet vies waren van een beetje piraterij, in de middeleeuwen. Voor zover ik weet werd zo ongeveer de hele zuid- en westkust door piraten geteisterd, in vroeger tijden.'

'Aidan dacht dat het te maken had met zo'n vrouwelijke piraat.

Ik heb iets over haar gelezen in de bibliotheek in Dublin.'

'Ah! The Pirate Queen!' James glunderde.

Ik glimlachte bij het zien van zijn enthousiasme. 'Pirate Queen?'

'Dat is haar bijnaam. Ze heet eigenlijk... Och, hoe heet ze ook alweer?'

'Iets met O'Malley.'

'Granuaille. Dat was het. Grace,' zei James, die de hulp van Google op zijn mobiel had ingeschakeld.

'Zij, precies ja. Hoe dan ook, meer weet ik niet, want Aidan wist ook niet meer dan dat. Ook niet waarom mijn vader opeens nooit meer terugkeerde naar de westkust. Het enige wat hij geantwoord had op de waaromvraag van Aidan was iets vaags in de trant van: 'Het kan gewoon echt niet meer, hoe erg ik dat ook vind.'

'Vreemd...'

'Nogal. Het feit dat hij aangaf het erg te vinden, zegt me dat zijn wegblijven niet vrijwillig was.'

'Louche zaakjes.'

'Wat zeg je?'

'De roddelverhalen in Baltimore, over dat hij betrokken zou zijn bij louche zaakjes. Dat past wel in dit plaatje.'

'Misschien.' Ik vond het te makkelijk. Het knagende gevoel dat er een logisch verband was tussen alle ogenschijnlijk losstaande gebeurtenissen van de afgelopen tijd, en de gebeurtenissen rondom mijn vader in het verleden, liet me niet los. Ik dacht aan de sleutel in mijn tas, die onder de stoel in de pub had gelegen nadat mijn vader was weggegaan. Je gelooft het als je het ziet. Als ik nu eens wist wát ik moest zien, dan kwam dat geloven vanzelf wel. Hoopte ik.

Na thuiskomst dronken we wat en besloten we om, heel gewoon, als vrienden het grote bed te delen, bij gebrek aan een bank, en ach, we waren toch volwassen, dus dat moest toch kunnen?

James leek het geen probleem te vinden. Stiekem stak het wel; ik had gehoopt dat hij zou zeggen dat hij onmogelijk zo dicht naast me kon liggen zonder me te willen aanraken. Resulteerde mijn afstandelijkheid nu in onverschilligheid van zijn kant? Of, maar dat hoopte ik echt niet, wist of vermoedde hij dat Liam en ik meer dan alleen vriendschappelijk met elkaar waren omgegaan? De wind loeide om het huisje, dat verrassend genoeg niet zuchtte onder het natuurgeweld.

Ik waagde me een poosje buiten, want ik wilde de gedachten aan James naast me in bed laten verwaaien, maar slechts een paar meter van het huisje verwijderd waaide ik bijna omver. Dat hoefde nu ook weer niet. Om niet in de baai te belanden, maakte ik snel rechtsomkeert. Maar niet zonder nog een blik in de verte te werpen. *Als je het gelooft, zie je het.* Ik tuurde over het water. Ver weg, tegen de horizon, leek land te zijn. Het waren vast laaghangende wolken of zoiets. Ik moest me niets gaan inbeelden nu. Het waren heus geen spookeilanden. De wind sloeg in mijn gezicht en benam me de adem. Snel weer naar de warmte van de kachel.

Binnen schoof ik een tweede stoel naast de stoel bij het raam en ging zitten, mijn voeten legde ik op de lage vensterbank.

De golven in de baai waren hoog en talrijk. Schuimende koppen rolden met een flinke vaart over het opgehoopte slib van de kustlijn. De lucht was grijsblauw, net iets lichter dan het grijs van het water. Ierse luchten zijn onvergelijkbaar met luchten elders, vooral de snelheid waarmee ze veranderen van blauw, naar grijs, naar grijsblauw, naar helderblauw, en weer terug. Wolken die samendrommen en weer vervliegen, van vorm veranderen en weer naar elkaar toe trekken om de illusie te wekken dat er nog nooit zoiets als een blauwe lucht had bestaan. Magisch bijna. Ik kon mijn ogen er niet van afhouden.

''s Nachts waait de wind altijd om het huis, sommige gasten moeten daar aan wennen,' had de gastvrouw bij aankomst gezegd. Ik antwoordde toen dat ik op een eiland in West-Cork woonde en wel gewend was aan dat soort geluiden. Maar toch was de wind hier anders. Genadelozer. Hardvochtiger. Het enige wat onberoerd bleef waren de kiezels om het huisje.

James gooide aanmaakblokjes in de kachel, legde houtjes uit het kistje dat ernaast stond erin, en hield er een lucifer bij. Onmiddellijk vlamden de houtjes, alsof ze zich erop verheugd hadden. Hij sloot het deurtje en ging zwijgend naast me zitten. Zijn wenkbrauwen fronsten bij de aanblik van de verschoven stoel, maar hij zei er niets over. Ik glimlachte. Waarom verbaasde het me niet dat hij, zoals een kat, verward raakte als er iets in huis werd verplaatst?

Die avond viel ik, wonder boven wonder, als een blok in slaap. Met een gevulde maag, een paar glazen bier, en dankzij die zalige warmte van brandend hout, doezelde ik in de stoel al een beetje weg. In mijn halfslaap hoorde ik James nog praten, maar het drong niet meer door wat hij zei. Hij pakte op een gegeven moment mijn hand, begeleidde me naar de slaapkamer, en legde me op bed met een tederheid waar ik bijna van moest huilen. De gedachte dat hij straks naast me in bed zou schuiven, was van zwaar ongemakkelijk en best raar in vooral veilig en aangenaam vertrouwd veranderd. We waren twee volwassenen, tuurlijk konden wij zonder bijbedoelingen een aantal nachten in één bed doorbrengen. Tuurlijk. Wij waren verstandige grote mensen. Tuurlijk. Ik sloot mijn ogen, liet me door hem toedekken, en zag niet eerder de dag dan halverwege de volgende ochtend.

Op zoek naar de piratenkoningin

De mist had het huisje en de omgeving verzwolgen toen ik de volgende ochtend opstond. Ik sjokte slaapdronken naar de woonkamer, waar James al klaarwakker aan tafel zat met een beker heerlijk geurende koffie in zijn hand.

'Shit, waarom heb je me niet geroepen? Het is al bijna middag!' riep ik na een vluchtige blik op mijn mobiel.

'Je zult het wel nodig hebben gehad, miss.' Hij stond op en pakte een mok uit het keukenkastje, maakte koffie en overhandigde het aan me. De mok absorbeerde de warmte, en warmde mijn handen. 'Nodig, nodig,' mopperde ik. Ik keek naar buiten en zag niets. De mist was zeldzaam dicht.

'*Foggy*, mooi hè,' zei James.

'Mooi, en eng. Ik vraag me altijd af wat zich erin verborgen houdt.' Ik ging tegenover James zitten.

'Waar wil je beginnen?' James zette zijn speciale blik op die betekende: ik ben een bloedserieuze advocaat en nu wil ik je plan horen. 'Of heb je geen plan?'

Kijk, daar had je het al. Een plan. Ik zette mijn mok op tafel. 'Natuurlijk heb ik een plan.' Liegbeest.

'Je liegt,' zei hij.

Verbeeldde ik het me of vond hij dit wel amusant? 'Ik lieg niet. Mijn plan is... op pad gaan.'

'Dat is een vaag plan, mag het concreter?'

'Eh...' Mijn gedachten tuimelden over elkaar heen. Wat wilde ik eigenlijk? Het liefst iemand in deze contreien vinden die mijn vader had gekend. Maar hoe? Ik kon moeilijk iedere inwoner in de omstreken persoonlijk opzoeken en uithoren. 'Hoe heette ze ook alweer? 'Die piratenqueen. O'Malley. Zij woonde in dit gebied. We kunnen wat locaties die met haar te maken hebben bezoeken. Dan maak ik tegelijkertijd foto's voor mijn werk, nu we er toch zijn, en ondertussen bedenk ik wel weer iets.' Tevreden pakte ik mijn mok weer op. Ik vond dit aardig concreet.

'Niet echt concreet, maar wel interessant,' zei James.

Ook goed. Ik pakte mijn mobiel en opende Instagram. De laatste dagen had ik er te weinig aandacht aan besteed door alle gebeurtenissen. Veel nieuwe likes. Nieuwe volgers. En een paar DM's. Ik opende de inbox en verslikte me onmiddellijk in mijn koffie bij het zien van een specifiek bericht.

'Ik begrijp dat Instagram-gedoe eerlijk gezegd niet zo,' zei James, terwijl hij zijn best deed om me bij te houden. Ik weet niet waarom ik zo snel liep, ik hoefde nergens naartoe, maar de adrenaline gaf me vleugels. En als je vleugels krijgt, moet je vliegen.

'Ik verdien er mijn geld mee. Ik plaats foto's van landschappen, overwegend tenminste. Soms verkoop ik ze daardoor, of het levert me opdrachten op van vooral reisorganisaties.'

'Wauw. Ik wist niet dat dat mogelijk was.'

'Dat verbaast me niets.'

James bleef staan. Ik draaide me om. 'Sorry, dat was onaardig.'

'Dat was het inderdaad.' Hij haalde zijn schouders op. Een stel op leeftijd passeerde ons, door de mist zag ik hen pas toen ze dicht genaderd waren. De vrouw knikte naar ons, de man was geagiteerd tegen haar aan het praten. Zijn haren glinsterden van de mist die erin getrokken was, de kale plek op zijn hoofd vertoonde een netwerk van kleine adertjes, zag ik toen ik er bovenop keek terwijl hij vlak langs me heen liep. Ik kreeg de kriebels. Wat zat er allemaal verborgen in die mist? Oude stelletjes, maar wat nog meer? Het zicht was veel te beperkt. Ineens was ik me sterk bewust van mijn kwetsbaarheid, die ik altijd vrolijk tracht te negeren. Ik onderdrukte de neiging om me tegen James aan te drukken. Straks dacht hij nog dat hij de held van mijn verhaal was. De stoere knappe man die me tegen alle kwaad beschermde. Mooi niet. Ik stapte weer verder, James liep nu naast me.

'Ga je me nog vertellen wat je daarstraks op je mobiel zag, voordat je als een razende in je kleren schoot en weg wilde?'

'Als jij me gaat vertellen waarom je met me mee bent gegaan hiernaartoe.' Ik draaide bruusk om en keek hem aan.

'Eh, omdat jij dat vroeg...'

'En sinds wanneer doe jij alles wat ik vraag?'

'Maud, ik weet niet wat er nu in je gevaren is, maar ik volg je niet.'

'Dat doe je dus wel, maar dan letterlijk, en dat baart me zorgen!' Ik trok de rits van mijn jack verder omhoog tot aan mijn kin en sloeg mijn armen over elkaar.

'Je bent echt onmogelijk, weet je dat?' James' blik verscherpte, zelfs de mist kon dat niet verbergen. 'Ik probeer je te helpen, en alles wat ik steeds krijg is achterdocht en verdenking.' Zijn stem klonk bozig.

'Helpen? Hoe dan? Door als een hondje achter me aan te lopen?' Oef, Maud. Dat was gemeen. Extreem gemeen, maar soms kon ik me niet meer inhouden. En dan gooide ik er kwetsende woorden uit waarvan ik zodra ik ze uitsprak al wist: hier ga ik spijt van krijgen. Nu dus ook. James opende zijn mond om te antwoorden, sloot zijn mond weer, mompelde iets wat klonk als 'ik ga wel lopend naar het huisje terug, trut', en liep toen in hoog tempo weg. Binnen enkele seconden had de mist hem opgeslokt en voelde ik me meer Remi dan Remi zich ooit gevoeld had. Goed bezig, Maud.

Trut. Het woord zong door mijn hoofd. Als zelfs James zulke termen ging bezigen, dan was ik mijlenver over de grens gegaan. Dat was me niet vreemd, maar dat besef maakte het niet minder pijnlijk. Waarom deed ik zo? Was de hele situatie me dan zo aan het beïnvloeden dat ik een soort van ontoerekeningsvatbaar aan het worden was?

Ik dacht ook terug aan mijn vreemde telefoongesprek met Liam. Het verwarde me, hij had zo vaag gedaan. Het leek alsof hij op het punt stond iets aan me op te biechten, maar hij deed het niet. Wat had hij willen zeggen, en waarom haakte hij af? En dan dat bericht via Instagram. Dat was wel de shock van de dag. Van de hele week, misschien wel. Het was een puzzelstukje dat op zijn plaats viel en tegelijkertijd nieuwe vraagtekens plaatste. Ik wist niet dat het mogelijk was. Last but not least knaagde er nog iets. Ik was vergeten wat, ik was alleen niet vergeten dát er iets sudderde. Alle nieuwe gebeurtenissen hadden het naar de achtergrond geduwd, mijn onderbewuste in. Ik moest er maar op vertrouwen dat het zich op een gegeven moment wel weer aandiende.

De mist trok langzaam op toen ik eenmaal in de auto zat. Over de velden lagen nog flarden, en onderweg wisselden heldere stukken zich af met stukken waar ik noodgedwongen niet harder dan een kilometer of dertig per uur kon rijden omdat ik opeens geen hand voor ogen zag.

Ik parkeerde mijn auto op loopafstand van mijn bestemming: Rockfleet Castle in Newport. Op de passagiersstoel lag een boek uit de stapel die ik uit Josies kast had meegenomen: *Granuaille*, geschreven door Anne Chambers. De beroemde vrouwelijke piraat uit de zestiende eeuw had onder andere in dit kasteel gewoond. Wat verwachtte ik van een bezoekje aan deze plek? Ik had geen idee. Ik was er om twee redenen: ik had behoefte aan ontsnappen en alleen zijn – en deze plek was behoorlijk verlaten – en ik wilde meer weten over die wonderlijke vrouwelijke piraat die ooit de zeeën bevoer en de schrik van velen was. Het zou me niet verbazen, in zijn geheel niet, dat zij op een of andere manier verbonden was met het eilandengedoe. En met mijn vader.

Ik wilde zó graag dichterbij komen. Mijn verlangen om mijn vader te leren kennen nam gaandeweg steeds grotere proporties aan. En hoe harder hij kennelijk zijn best deed om mij te ontkennen, hoe sterker mijn behoefte werd om hem dichter bij me te halen, al was het maar via een omweg. Hij hield van piraten? Dan wilde ik meer weten over piraten.

Het deed me denken aan iets uit mijn jeugd. Mijn adoptievader was fan van Metallica. En ik dus ook, want het gaf ons iets van ons samen: samen konden we praten over de strakke nummers, de soepele riffs, de sublieme optredens. Pas veel later durfde ik voor mezelf toe te geven (niet tegenover hem, dat heb ik nooit gedaan; hij stierf in de veronderstelling dat ik megafan was) dat ik helemaal niet zo gecharmeerd was van die band. Ik vond het wel oké, maar meer niet. Maar ik wilde gewoon iets van ons samen hebben, een gedeelde liefde die, ook al heeft Metallica wereldwijd miljoenen fans, voor mij aanvoelde als iets unieks van twee mensen. Een geheimpje waar alleen wij weet van hadden.

Als je iemand zelf niet kunt benaderen, dan benader je hetgeen diegene liefheeft.

Onder andere hier had ze gewoond, de beroemde Ierse koningin der piraten. Rockfleet Castle, ofwel *Carraig an Chabhlaigh*. Achttien meter hoog, vier verdiepingen. Door het huwelijk met haar tweede man, Richard Bourke, was het in haar bezit gekomen. Haar laatste levensjaren sleet ze hier. Volgens een plaatselijke legende lag er een schat begraven in de omliggende graslanden. Wie hem vindt zal de ruiter zonder hoofd treffen, met vreselijke consequenties. Een andere legende vertelde dat Grace O'Malley het ankertouw van haar schip door het raam aan haar bed gebonden had. Ik keek omhoog naar de muur van het kasteel dat in de late middeleeuwen gebouwd was. Een vierkante toren, veel meer was het eigenlijk niet. Eromheen stond afhankelijk van het getijde het water tot aan de muren. Een metalen loopbrug, vrij recent aangelegd, voorkwam natte voeten. Ik nam mijn camera en schoot een paar foto's van de toren en van het land eromheen. De mistflarden aan de horizon gaven het geheel een prachtige betoverende atmosfeer. Ik zocht naar composities die de schoonheid en de ruwte van het landschap lieten zien, met de juiste spookachtige atmosfeer erin. Tevreden stopte ik de camera in mijn tas en maakte nog een paar shots met mijn iPhone, die ik meteen op Instagram kon zetten.

Vanwege veiligheidsredenen was het gebouw zelf niet toegankelijk. Helaas, want ik brandde van nieuwsgierigheid. Volgens Wikipedia zat er op de bovenste verdieping een haard; dat moest de leefruimte zijn geweest. Ik had graag daar gestaan, en een onverklaarbaar, intens verlangen kwam op. Een paar kraaien vlogen krassend voorbij, ik schrok en dook ineen, al sloeg dat nergens op. Het zicht hier was redelijk helder, de mist was grotendeels verdwenen, maar niet voldoende om het laatste restje ongemak weg te poetsen. Met mijn hand beroerde ik de kille, klamme stenen. Het had iets treurigs, zo'n verlaten toren in de verlaten zompige graslanden. Ooit leefden hier mensen, knisperde het haardvuur, meerden schepen aan en liepen mensen rond die in voor mij onverstaanbaar Iers met elkaar spraken. Ik sloot mijn ogen. De wind gierde, ik hoorde een vogel, ik kon niet plaatsen wat het voor een soort was. Zeewater rolde in een ontspannen ritme tegen de kustlijn. Verder niets. Stilte. Ik haalde diep adem en blies met open mond alles weer uit. En ik dacht aan dat bericht via Instagram. Het was van de mysterieuze A. Dolcet. Met slechts één zin. Hij wilde zijn sleutel terug.

Ik ging in mijn auto zitten, legde mijn iPhone naast me neer en bladerde door het boek over Grace O'Malley. Er was nog een plek die ik wilde bezoeken, een kleine drie kwartier rijden van hier. Vrijwel tegelijkertijd zag ik mijn mobiel oplichten. Bericht van James.

Waar ben je?

Ik zuchtte. Moest ik antwoorden? Misschien maakte hij zich zorgen.

Ik ben onderweg, typte ik.

Waarheen?

Die zag ik aankomen. *Naar Clare Island*, antwoordde ik.

Laat me meegaan.

Meegaan. Wilde ik dat?

Ik zal erover denken.

Oké.

Eigenlijk wilde ik alleen gaan. Ik wilde niet opnieuw ruzie omdat ik mijn grote mond niet kon houden, of omdat mister Jamie Ryan iets verkeerd opvatte. Wat was dat toch met ons? Liam en ik hadden veel minder last van dat soort strubbelingen gehad. Liam, die iets in mij wakker maakte wat ik het best kan omschrijven als 'mijn jonge zelf', dat niets hoeft, behalve plezier hebben. Maar Liam was ook vaag. Hij wilde me iets vertellen aan de telefoon, iets belangrijks, ik voelde het aan mijn water. Sinds ik hem kende deed hij af en aan vaag. James ook, maar niet zo erg als Liam. Alsof het plezier dat we deelden slechts een sluier was voor een onderliggende, diep verborgen waarheid.

Het voelde alsof ik alle vaste grond onder mijn voeten verloren was. En het ging niet alleen over mijn verhouding tot die twee. Op een of andere manier zaten ze verstrengeld in het grote mysterie dat ik kort kon samenvatten als 'de zoektocht naar mijn vader'. Verstrengeld omdat ze erbij betrokken waren. De vraag was alleen: hóé waren ze erbij betrokken? En cruciaal: was ik er volledig van op de hoogte? Ik wist zeker van niet. Daar deed wat er op amoureus vlak gebeurd was niets aan af.

Hoe zou iemand als Grace O'Malley hiermee zijn omgegaan? Ik schatte zo in dat ze gewoon beide mannen zou hebben gehouden. De ene als wettige man, de andere als minnaar. *Best of both worlds.* Mmm. Niet mijn ding, maar ik kon een glimlach niet onderdrukken. Het harde geluid van mijn mobiel haalde me uit mijn gedachten. Het was Collin Gallagher, de docent.

Ik stormde het huisje in. James was al terug, hij schrok op uit het boek dat hij aan het lezen was.

'Luister, ik werd net gebeld!'

'Jij ook goedemiddag...' Hij legde zijn boek opengeslagen op tafel. Hij was vast nog pissig over ons akkefietje eerder. Ik kon het hem niet kwalijk nemen.

'Ja, ja, hoi... Collin belde, die docent van mijn vader.'

James schoof naar voren naar de rand van de stoel en zei niets.

'Hij werd gebeld door die vriend van mijn vader.'

'Aidan nogwat.'

'Die, ja.' Ik haalde diep adem en vervolgde: 'Hij durfde me niet zelf te bellen.'

Nu was James' interesse gewekt en hij kwam overeind. 'Durfde niet?'

'Hij had bezoek gekregen. Van een man met roodblond haar. Die naar mij vroeg.' Ik knipte de zin in korte stukken om het effect van de woorden te verhogen. Ik 'vergat' alleen een piepklein detail. Ik had dat al eens achterwege gelaten in mijn informatievoorziening aan hem. Bij de verbaasde blik van James wist ik dat ik er deze keer niet aan ontkwam om hem erover te vertellen.

'Eh, misschien had ik vergeten te melden dat in Dublin een of andere kerel heeft geprobeerd me te beroven. En dat hij roodblond haar had.' Ik grijnsde ongelukkig.

'Dat weet ik.' James grijnsde minder ongelukkig. 'Liam heeft me van alles op de hoogte gesteld toen hij me belde.'

Nu was het mijn beurt om verbaasd te zijn.

'Hij wilde dat ik precies wist wat er gebeurd was, zodat de noodzaak van mijn aanwezigheid duidelijk werd.'

'De nóódzaak van...' Ik begon te lachen. 'Ik weet niet of ik nu opgetogen moet zijn vanwege jullie roerende bezorgdheid achter mijn rug om, of dat ik boos moet weglopen!'

'Dat laatste doe je wel vaker, ik zie de andere variant graag een keer.' James' ogen kregen extra glans, hij stond onbewogen voor me. Ik viel stil en staarde naar zijn gezicht. De sproetjes, de glans in zijn ogen. Magisch. In een fractie van een seconde verloor ik alle grip op de werkelijkheid, alsof een geest van verlangen bezit van me nam en al mijn natuurlijke impulsen van afweer onderdrukten. Ik stapte dichterbij en hief mijn gezicht op naar het zijne. Hij bewoog niet en boorde zijn blik in de mijne. Bevroren in de tijd, zoals dat zo mooi heet. Twee gezichten en verder niets. Ik sloot mijn ogen tot op een kiertje en legde mijn handen op James' schouders.

En toen deed ik het. Ik drukte mijn lippen op de zijne. Zacht. Gesloten. Lang. Ik voelde zijn adem langs mijn mond gaan, warm en snel. Ik voelde de spieren in zijn schouders verzachten. Mijn handen gleden langs zijn armen naar beneden, tot ik zijn zachte, stevige handen vond en onze vingers zich verstrengelden. Secondelang, misschien wel een minuut, bleven we zo staan. Langzaam maakte ik me weer van hem los. Geschrokken van mijn eigen actie. Ik was verward. Ik was boos en blij tegelijk.

James bleef onbewogen staan en ik deed een paar stappen achteruit. 'Sorry,' mompelde ik. Waar hadden we het ook alweer over? Ik was boos en toen zag ik dat zonnestelsel aan sproetjes. Boos, ik was boos. Wat deed James met me dat de boosheid wegsmolt als ijsjes in de zon?

Ik klemde mijn kiezen op elkaar. Niets zeggen nu, Maud. Ik ging nu gegarandeerd van alles zeggen wat niet verstandig was, al had ik niet eens een idee wat wel of niet verstandig was. Met een scheef oog keek ik naar James. En hij deed wat hij moest doen: hij ging verder alsof de laatste minuten niet gebeurd waren.

'Misschien moet je het koesteren. Misschien moet je gewoon eens blij zijn dat er mensen zijn die om je geven. Genoeg om hun eigen werkzaamheden aan de kant te schuiven en het halve land te doorkruisen om je bij te staan in een, laten we wel wezen, nogal absurde zoektocht.' Hij deed er nog een schepje bovenop. Een heel flinke.

Elke vezel in mijn lijf trok aan me: ga, ga weg! Maar ik deed het niet. Ik koos, geheel tegen mijn gewoonte in, om te blijven staan. Mijn benen trilden licht. Maagzuur borrelde langzaam omhoog. Maar ik bleef.

'Het is niet absurd. Het is hoogstens... ongebruikelijk,' wierp ik tegen.

'*Whatever*. Punt is dat je af en toe misschien eens moet vertrouwen op anderen en hun goede bedoelingen. Niet iedereen staat op het punt om een mes in je rug te steken.'

Shit. Het V-woord. Vertrouwen. In een razend tempo vlogen de gedachten door mijn hoofd: mijn adoptieouders die mijn hele leven tegen me hadden gelogen, Mark die was vreemdgegaan, een biologische vader die zich koelbloedig aan me voordeed als iemand anders, simpelweg omdat hij mij niet in zijn leven wenste. Vertrouwen was een holle term voor me geworden, terwijl ik ook donders goed begreep dat het de basis was voor dit hele avontuur, dat – toegegeven – inderdaad wel een tikkeltje absurd was. Ik keek James aan. Ik wilde hem dolgraag vertrouwen. En opnieuw zoenen, maar die gedachte duwde ik weg. Zonder vertrouwen werd er niet meer gezoend, nam ik mezelf voor. Ik sloeg mijn ogen neer. Maar hoe? Hoe deed ik dat, hoe leerde ik het opnieuw? Clare Island moest maar even op me wachten. Al mijn energie was weg, verdwenen als water in een afvoerputje. Ik was opeens doodop.

Die nacht had ik een soortgelijke droom als eerder. Ik was aan boord van een middeleeuws galjoen, maar deze keer stormde het niet. De zon wierp krachtige stralen, zelfs de stevige zeewind voorkwam niet dat ik de warmte op mijn huid voelde. Het zeewater glinsterde zilverachtig, en waar ik ook keek, nergens zag ik land. Traag liep ik over het dek, dat glansde alsof het net geboend was. Ver voor me, bij de boeg, zag ik vaag iemand staan.

Bij het roer stond niemand. Waren we stuurloos? Ik draaide om mijn as, maar behalve de vage schim verderop zag ik helemaal niemand. Dat was raar; het zou moeten krioelen van de bemanningsleden, die bezig waren het schip naar een bestemming te krijgen. Ik voelde dat ik kippenvel kreeg. Het prachtige weer en de warmte stonden in schril contrast met de spookachtige verlatenheid van het schip.

De schim verderop bewoog. Kwam hij naar me toe? Ik keek vluchtig om me heen. Verstoppen benedendeks? En dan? Misschien was het niet iemand die kwaad wilde. Ik sloot even mijn ogen en voelde het zachte deinen van het schip op de golven. Heerlijk. 'Maud?' Een bekende stem, ik opende mijn ogen weer. Tot mijn grote verbazing stond Blauwoog voor mijn neus. En tot mijn nog grotere verbazing barstte ik in huilen uit en liet ik hem zijn beschermende armen om me heen slaan. Ik huilde tot ik leeg was, en toen ik wakker werd, deden mijn ogen pijn en zat mijn neus vol snot. Ik had echt gehuild. En ineens ging er, volkomen onverwacht, een deurtje open in mijn hoofd. Deze droom, en de vorige droom, die had ik niet voor het eerst. Als kind had ik ook die dromen gehad. Over een schip, over storm op zee. Vaag drong de herinnering aan nachten van lang geleden zich op. Ik zag mezelf weer wakker worden in mijn meisjesbed, roepend om mijn moeder. Mijn moeder die me streelde en geruststelde, waarna ik weer in slaap viel. Jarenlang waren die dromen weggebleven, en in de loop der tijd was de herinnering vervaagd. Kinderen dromen, en kinderen groeien op, de dromen blijven achter in een verre jeugd. Ik had er nooit waarde aan gehecht. Iedereen heeft zo z'n vreemde dromen. Ik geloofde niet in voorspellende dromen, die iets vertellen over de echte wereld. Dromen zijn hersenspinsels. Toch?

Liefde is een cliché

Met een bord vol heerlijk geurende bacon, eieren, worstjes en toast voor mijn neus opende ik mijn laptop. Ik las de koppen op de website van *The Irish Times* en *The Irish Examiner*, en opende ondertussen druk kauwend mijn mail.

Mijn oog viel onmiddellijk op een mailtje van Roisin Walsh, de botanist. Ze schreef dat het redelijk ging, maar dat de weg naar herstel nog wel even zou duren. Ze benadrukte dat ik me niet schuldig moest voelen (wat ik tot op de dag van vandaag uiteraard wel doe; schuldig zijn en je schuldig voelen zijn twee verschillende dingen...), en dat ze hoopte dat ik langskwam als ik nog eens in de buurt was van de Botanic Gardens. Bij de afsluitende woorden in haar mail stopte ik met ademhalen tot mijn longen schreeuwden om lucht.

'James!' riep ik. 'James!'

Hij kwam uit de douche, zijn haren nat, een ochtendjas aan. 'Wat is er, iets niet gaar?' Hij wreef met een grote witte handdoek zijn haren droog. Ik deed heel hard mijn best om de kriebels in mijn buik te negeren.

'O jawel, heerlijk trouwens, bedankt, maar ik bedoel dit.' Ik draaide mijn laptop naar hem toe en hij liet zijn blik over Roisins mail glijden.

'Wat fijn dat het goed met haar gaat, soort van.' Hij fronste toen hij bij de laatste regel was aangekomen die mij de adem had benomen, en hing de handdoek over de stoelleuning. 'Er moet een logische verklaring voor zijn. Het is een onontdekte soort. Zoiets.'

'Dat lijkt me duidelijk, anders had ze het wel gevonden. Punt is dat het raar is. Een bloem in een boek in de kast van Josie blijkt niet te traceren, het DNA ervan is volkomen onbekend.'

'Onontdekt, dus. Tot het tegendeel bewezen is.'

'Kom op, James, we zitten niet in een rechtszaal. Het gaat niet om bewijs. Het gaat om...' Ik wist eigenlijk helemaal niet waar het om ging. En ik wist evenmin wat dit betekende. Het bracht me geen steek verder. De bloem uit Josies boek was voor de mensen die er verstand van hadden een volkomen onbekende bloem, met DNA dat niet overeenkwam met bestaand en reeds geregistreerd DNA. Roisin Walsh was superenthousiast. Zij ging zich op het onderzoek storten, dat om voor mij onduidelijke redenen jaren ging duren, en hoopte er natuurlijk stiekem op dat ze de botanistengeschiedenisboekjes ging halen.

Een niet eerder ontdekte soort. Dat was inderdaad de meest voor de hand liggende verklaring. Wat betekende dat? Opnieuw schoot de zin op de sleutelhanger me in gedachten: *je ziet het als je het gelooft*. En de woorden van Roisin toen ik haar sprak in haar werkkamer: een niet-bestaande bloem. Een spookbloem. En een spookeiland. Maar als die bloem van Clare Island kwam, zou hij allang ontdekt zijn, nam ik aan. De gedachte die daar meteen op volgde weigerde ik serieus te nemen. Maar of ik wilde of niet, alles bij elkaar opgeteld groeide het onvermijdelijk uit tot de enige logische gedachte, hoe onwerkelijk ook. Een écht spookeiland. Niks symbolisch bedoelde aanwijzingen, maar *the real thing*. Ik schudde mijn hoofd. Nee, Maud, nu maak je het te bont. Dat kan gewoonweg niet. Ook bijgeloof kent zijn grenzen.

Ik pakte mijn mobiel, opende Instagram en bekeek het bericht van Dolcet nogmaals. *Ik wil mijn sleutel terug*. Als het een simpele huissleutel was, had hij dit bericht niet gestuurd, toch? Hij gaf zijn identiteit hiermee prijs. Dat deed je niet als het niet belangrijk genoeg was. Die sleutel was belangrijk. Maar ook hier gold: waarom? Ik legde mijn hoofd in mijn handen en zuchtte diep.

'Gaat het?' James' stem klonk dichtbij.

Ik keek op, hij zat op zijn hurken voor me. Zijn blik was zorgelijk. En lief. Heel erg lief. Als ogen konden strelen, dan beheerste hij die kunst uitermate goed. Ik zag de stoppels op zijn wangen. Een voorzichtig baardje groeide nu hij niet aan het werk was. Donkerrode haartjes, precies dezelfde kleur als op zijn hoofd, gaven hem een andere, ruigere uitstraling. Ik dacht aan de zachtheid van zijn mond die ik de vorige dag zo verwelkomd had. Ik vermoed dat ik op dat moment bloosde.

'Jawel. Maar...' Ik slikte. Ineens waren mijn zintuigen verscherpt met factor tien. Ik rook zijn heerlijke geur. Ik hoorde zijn ademhaling, en ik wist zeker dat als ik nu zijn lichaam zou aanraken, hoe subtiel ook, ik alle remmingen los zou laten. Het zou niet bij een keurige zoen blijven, zoals de vorige dag. Ik vloog overeind en James viel bijna op zijn achterste. 'Eh, ik ga koffie maken, wil jij ook?'

'Is goed,' antwoordde James met een zweem van verbazing in zijn stem. Of verbeeldde ik me dat?

'Het begint een traditie te worden,' zei James, terwijl hij zijn capuchon over zijn hoofd trok.

'Wat?' Ik hoorde hem slecht vanwege de stevige wind en mijn eigen strak aangetrokken capuchon waardoor mijn gezicht eruitzag als een propje. De pier bij Roonagh was zo goed als uitgestorven. De twee kaartjesloketten, kleine vierkante gebouwtjes die vermoedelijk onmogelijk te verwarmen waren, waren gesloten, tickets waren alleen aan boord verkrijgbaar. De parkeerplaats was grotendeels verlaten. Het woord 'pier' klinkt elegant, maar het was niet meer dan een lelijk langwerpig betonnen blok met aan één zijde een opgetrokken muur tegen de golven.

Er stonden een paar mensen te wachten, bij lange na niet genoeg om een boot te vullen. 'Wij en boottochtjes. Ik hoop dat er deze keer niet ondertussen ingebroken wordt in je tijdelijke huis.' Hij bracht zijn gezicht dicht bij het mijne. De snijdende wind veroorzaakte een rode gloed op zijn wangen.

'Haha, grapjas.' Ik lachte als een boer met kiespijn en zei niet dat die gedachte wel even door mijn hoofd gegaan was. Zoals ook de gedachte aan mogelijk achtervolgd worden onophoudelijk aanwezig was. Een lichtpunt was dat die roodblonde gek niet hier aan de kust was, als hij Aidan had lastiggevallen in Dublin. Hij had mijn vertrek dus niet bemerkt, of in elk geval te laat.

Een man met donkerblauw fleecevest dat zijn beste tijd had gehad verkocht ons kaartjes voor de overtocht. Ruwe handen, getekend door jarenlang zonlicht, wind en zout water, namen het muntgeld van me aan. Korte brede vingers die pasten bij zijn lichaamslengte. Hij mompelde iets waarvan ik dacht dat het 'welkom aan boord' betekende. Dat hoopte ik tenminste.

De boot heette heel toepasselijk *The Pirate Queen*. Clare Island was de plek waar Grace O'Malley lange tijd gewoond had, en waar naar verluidt haar resten lagen begraven in de oude abdij. Ondanks de wind en de kou namen we boven op het open dek plaats. Ik kan er niets aan doen, maar ik hou van de zee en wil niet dat er glas zit tussen mij en die open vlakte. Even kreeg ik de rillingen toen mijn droom me te binnen schoot. Ik keek vluchtig om me heen. Een paar meter verderop stond een ouder echtpaar tegen de reling geleund. Ze lachten en de man maakte foto's. Naast hen een man van een jaar of dertig, alleen, verdiept in zijn mobiel. Hij leek geen aandacht te hebben voor wat er om hem heen gebeurde. Een bruine regenjas viel ruim over zijn schouders. Stevige wandelschoenen. Donkerblauwe spijkerbroek. Geen bagage, geen tas. Geen camera. Een local?

Aan de voorzijde van de boot stond een groepje jongeren. Rugzakken, kleding die in eerste instantie mooi moest zijn en daarna pas functioneel. En nog een man van middelbare leeftijd, voor zover ik kon zien, weggedoken in een grote shawl en met een capuchon op. Ik ving kort zijn blik, maar hij draaide zich snel om. Shit. Zou ik James op hem wijzen? Voor het geval dat? Of was ik aan het doorslaan in mijn paranoia? Ik besloot het af te wachten. Als ik James op elke vage en in kleding teruggetrokken Ier opmerkzaam moest maken, hadden we er beiden een dagtaak aan.

Op precies de juiste tijd begon de diesel van de boot te ronken en vertrok *The Pirate Queen*, op weg naar Clare Island. Mijn misschien wel symbolische spookeiland. Ik hield me stevig vast aan de reling, de oceaan deinde flink. Water spatte op langs de zijkanten en belandde zelfs af en toe op het bovendek.

Het pruttelen van de diesel werd overstemd door de wind en het klotsende water. De zeelucht drong mijn neus in; er is niets wat vergelijkbaar is met die heerlijke geur. Ik sloot mijn ogen, liet mijn hoofd iets achterover hangen en haalde diep adem. Ik voelde me vrij, alle stress gleed van me af, in elk geval voor even. Langzaam opende ik mijn ogen en tuurde naar de horizon. Het wolkendek brak hier en daar open, en zonlicht viel op het water. In de verte zag ik vogels boven het water cirkelen, op jacht naar vis. Onopvallend keek ik naar James; hij leek net als ik te genieten van de overtocht.

'Cuain, starboard!' De zeebonk met de verweerde handen schoot het bovendek op.

'Wat schreeuwt hij?' Starboard was vast stuurboord, maar dat andere woord?

James trok me aan mijn arm mee naar de andere kant van de boot. 'Stuurboord. Walvis. Kijk!'

Een paar honderd meter verderop, tenminste dat gokte ik, zag ik iets uit het water omhoogkomen. Een rug. Een vin. Het was inderdaad een walvis! Een paar seconden later nogmaals. Iets trager nu. En al was hij niet heel dichtbij, en kwam er maar een klein stukje boven water, ineens overviel me een waanzinnig geluksgevoel. Een walvis... Een enorm, majestueus dier toonde zich heel even aan ons. De schipper zette de motor uit, de boot dobberde op de golven. Niemand zei iets, overweldigd door dit schouwspel. In een reflex greep ik James' hand en kneep er zacht in. Zijn warme hand omklemde de mijne, en daar stonden we, zwijgend, samen.

Als het gaat over liefde klinkt alles als een cliché. Het maakt niet uit hoe ik het je vertel. Ik weet ook niet of dat erg is; het is denk ik onlosmakelijk verbonden met de beperktheid van onze taal. Er zijn nu eenmaal niet genoeg woorden om dat intense, diepe gevoel dat vanbinnen sluimert en soms losbreekt te benoemen. Ik weet niet hoe je op dit moment denkt dat ik me voel ten opzichte van James, Liam, en mogelijk nog Mark (die ik wijselijk negeerde, ik wil hem gewoon echt nooit terug. Kijk, nu weet je meteen hoe ik daarover denk), maar ik herinner me erg goed dat het voor mij helemaal niet helder was, laat staan een uitgemaakte zaak. En ik weet, in tegenstelling tot jou, wat er nog gaat komen. Ik was in verwarring, over alles. Over Liam en James, over mijn biologische ouders. Van wie hield ik, en wie hield er van mij? Misschien is dat achteraf gezien wel de vraag der vragen. Misschien was ik daar vooral mee bezig, terwijl ik dacht op jacht te zijn naar grote geheimen. Punt is: laat nooit iemand je wijsmaken dat de liefde simpel en overzichtelijk is, dat moge duidelijk zijn. En dat geldt niet alleen voor liefde tussen partners, maar ook voor de liefde tussen ouder en kind. Als je begrijpt wat ik bedoel...

Een nieuwe ontmoeting

De aanlegpier bij Clare Island zag er door het baaitje met zandstrand ernaast aantrekkelijker uit dan die bij Roonagh. James stapte als eerste van boord en reikte mij zijn hand ter assistentie. Ik glimlachte, onderdrukte mijn 'ik kan het allemaal zelf welhouding' en nam hem aan. En dat voelde niet eens zo beroerd. Op de kade haalde ik mijn camera uit mijn tas en zette mijn 10-18mm-lens erop. Spontaan richtte ik op James en maakte een foto van hem. Hij lachte en liep door in de richting van de ruine die verderop zichtbaar was: de resten van Grace O'Malleys kasteel.

Ik keek om me heen; de andere passagiers waren inmiddels ook van boord. Het oudere echtpaar liep al voor me uit, luid pratend. De jongeren stonden aan de rand van de pier, een van hen stak een sigaret op en zei iets tegen een ander, die druk gebarend iets aan het vertellen was. De man met de bruine regenjas vroeg iets aan de schipper. Waar was de man met de shawl? Ik zag hem niet. Was hij langs me heen gelopen? Ik richtte mijn camera zodat ik zowel de schipper, de man in de bruine jas en de jongeren in beeld had. Met op de achtergrond de veerboot en de oceaan. Gewoon een foto zoals iedereen foto's maakt.

'Kom je nog?' James' gezicht was ineens naast het mijne. Van schrik liet ik bijna de lensdop uit mijn handen vallen. Lekker *jumpy* was ik weer.

'Ja, ik kom eraan,' mompelde ik, en ondertussen propte ik de dop in mijn jaszak. Ik wierp een laatste blik op de schipper en Bruinjas, die mij op datzelfde moment aankeek, en liep toen achter James aan.

Het woord 'kasteel' riep bij mij associaties op die niet overeenkwamen met de werkelijkheid hier voor mijn neus. Een robuuste stenen toren met hier en daar smalle openingen die ramen moesten voorstellen stond direct bij de pier waar de ferry aanmeerde. Een kille wind sneed dwars door mijn jas en ik rilde. Net als op Cape Clear Island stonden er oude auto's in het haventje geparkeerd. Zes of zeven bootjes dobberden op het water. Het strand, zowaar een Blue Flag-strand, lag er verlaten bij. Ik kon me niet voorstellen hoe het hier in de zomer moest zijn.

'Het valt altijd tegen, hè,' zei James. Zijn hoofd zat half verstopt in zijn shawl.

'Tegenvallen is niet het juiste woord. Het is... anders dan verwacht.' Ik maakte een foto van de toren. De ingangen waren met metalen stangen afgesloten. Niet dat het iets uitmaakte; ik had sowieso geen idee wat ik van deze plek verwachtte.

Ik liep het toeristenbureau in, dat simpelweg een klein hok was, waarin aan de muur informatie over het eiland hing en op een tafel plattegrondjes lagen. Geen personeel. Ook goed. Ik pakte een plattegrondje en bekeek het. Een stuk of drie wandelroutes. Ik koos de route in de richting van de abdij, waar Grace O'Malley begraven was.

Met James in mijn kielzog – hij was in een zwijgzame bui – begon ik te lopen. Stiekem wierp ik af en toe een blik op de berm, alsof ik toch verwachtte (of hoopte?) daar mijn niet-bestaande bloem te zien bloeien. Ik maakte een heleboel foto's; de uitzichten in de richting van Inisturk Island waren prachtig. Het doorbrekende zonlicht weerkaatste in het water, het eiland en links het vasteland van Ierland lagen in een waas.

'Je vindt dit leuk,' zei James. Ik hoorde geen vraagteken.

'Wat? Dit eiland?'

'Foto's maken.'

Ik liet mijn camera zakken en keek hem aan. Zijn ogen waren iets samengeknepen. 'Het werkt kalmerend,' zei ik. 'Alsof ik even controle heb over de wereld om me heen. En als ik dan later de foto's bekijk, voelt het alsof ik een stukje leven heb vastgelegd wat ik nooit meer kwijt kan raken.' Ik wendde mijn blik af. Waarom was ik ineens zo openhartig?

'Daarom rij ik paard,' zei James.

'Om het leven vast te leggen?'

Hij lachte. 'Nee, om kalmte te vinden. Om uit mijn eigen harnas te stappen, de advocaat in mij uit te zetten. Mezelf te zijn, zonder compromis. Als ik rij, ben ik één met het paard, meer is er dan niet.'

Verrast keek ik hem in zijn ogen. Die stonden uiterst serieus. 'Wat goed dat je dat doet dan.' Die ógen. Ik dacht terug aan die zoen van laatst en warmte steeg op naar mijn wangen. Snel keek ik weer voor me en mijn vingers frummelden aan de lens van mijn camera.

Zwijgend vervolgden we onze weg. Na ongeveer een halfuur – dit eiland was aanzienlijk groter dan ik me had voorgesteld – en vele schapen (die liepen echt overal, ik had er nog nooit zo veel bij elkaar gezien) verder, naderden we de lokale foodstop. Een klein gebouwtje waaraan niet te zien was dat het een winkel was, links van de weg. De deur stond open.

De jongen achter de toonbank was een jaar of vijfentwintig, donker haar, stoppelbaardje en een pafferig gezicht. Hij bladerde in een tijdschrift en groette zonder op te kijken.

Ik pakte een flesje frisdrank uit een koeling en vroeg James of hij ook wilde. Hij schudde zijn hoofd.

Nadat ik had afgerekend (nu keek de winkeljongen me wel aan) zocht ik op de plattegrond naar de locatie van de abdij. Stiekem biddend dat het nu niet ver meer was. En inderdaad. Een meter of honderd verderop stond de abdij, net als de kasteeltoren toch een slagje minder indrukwekkend dan gedacht.

'Wat wil je hier eigenlijk, los van foto's maken?'

Ik haalde mijn schouders op. Moest ik zeggen dat ik verwachtte – of beter gezegd hoopte – dat er een soort teken zou zijn? Iets wat me op een soort spoor zou zetten? Hij zou in lachen uitbarsten. Dat zou ik doen, tenminste.

Ik liep om de abdij heen, die aan een zijde aan een klein kerkhof grensde. Voor de abdij stond een kerkje dat aan het dienstenoverzicht op de deur te zien nog in gebruik was, maar wel gesloten. Net als de abdij: ik kon er niet in, ik kon niet het vermeende graf van Grace O'Malley bezichtigen. Een felle steek van teleurstelling ging door me heen. Ik bekeek de graven. Heel veel O'Malleys. Allemaal afstammelingen?

'Waarom staat die jongen naar ons te kijken?'

Ik schrok op uit mijn gedachten van James' stem en draaide me naar hem toe. Hij hield zijn hand boven zijn ogen tegen de zon en tuurde naar het minuscule winkeltje verderop. De winkeljongen stond buiten en leek inderdaad onze kant op te kijken.

'Misschien wacht hij op iemand. Het loopt hier niet over van de klanten,' zei ik in een poging luchtig te klinken. Maar ik voelde geen luchtigheid. Ik voelde een rilling, ondanks mijn door het wandelen bezweet geraakte rug. Op dat moment zag ik de man met de shawl en de capuchon aankomen, die ik eerder op de veerboot had gezien. En ik zweer het je: zijn hoofd draaide kort naar de jongen, die op een loopje weer naar zijn winkel verdween. Alsof hij een uitbrander had gekregen. Ik schraapte mijn keel en wilde iets zeggen, maar James pakte mijn elleboog en trok me mee. 'Doorlopen,' murmelde hij. Verbaasd en gedwee ging ik mee. In snelle pas doken we achter de kerk, uit het zicht van de man.

'James?'

'Sorry, maar ik... Ik weet het niet. Iets is er niet pluis.'

'Het befaamde Ierse zesde zintuig speelt je parten?' Wederom een poging tot grappig doen, maar ik begreep heel erg goed waar hij op doelde, al kon ik het evenmin helder duiden.

In stilzwijgen bleven we achter de kerk zitten. Vijf minuten.

Tien minuten. Een kwartier. Af en toe keek James naar de weg langs de abdij. Niemand passeerde. De man moest zijn blijven staan, of zijn omgekeerd. Na dat kwartier begaven we ons behoedzaam weer op de weg. De man was verdwenen.

'Het was vast niets,' zei ik, tegen beter weten in, terwijl ik het pad volgde dat landinwaarts liep, in de richting van de vuurtoren in het noorden.

'Vast,' antwoordde James op een toon die verried dat hij ook wel beter wist.

'Ik wil die abdij in.' Ik draaide me om op het pad en keek neer op de lagergelegen abdij.

'Iemand moet toch een sleutel hebben,' zei James. 'Iemand van dat kerkje ernaast wellicht?'

'Dat lijkt ook uitgestorven.'

'We kunnen aanbellen bij een van de huisjes in de buurt. Misschien weet iemand daar wie we moeten hebben en waar we diegene kunnen vinden.'

Ik antwoordde niet en liep terug naar de abdij, terwijl ik behoedzaam om me heen keek. Het was muisstil, op het ruisen van de zee na. Wilde ik per se die abdij in omdat het niet kon, of was er een betere reden? De drang om binnen te komen nam merkbaar toe en ik begreep er zelf niets van. Ik hoorde James achter me iets zeggen, maar ik verstond het niet. Ineens dacht ik iets te zien. Of iemand. Was het Shawlman? Ik bleef staan. James kwam naast me. 'Je reageerde niet,' zei hij op verongelijkte toon.

'Sst,' zei ik, met mijn vinger op mijn lippen. Ik durfde het niet hardop te zeggen, maar ik wist zo goed als zeker dat ik Blauwoog zag lopen. Ik tikte tegen James' arm en wees in de richting van de gestalte.

'Wat bedoel je? Ik begrijp je niet...' James fluisterde.

'Daar, dat lijkt wel mijn opa.' Hardop klonk het absurd. Zie je wel, ik moest mijn mond houden.

'Waar dan?'

Ik wees opnieuw, ongeduldig. Hij was toch niet blind? Blauwoog stond naast de abdij, en het leek erop dat hij naar binnen ging. Ik kneep mijn ogen samen. Het wás Blauwoog, toch? Ik deed een paar stappen naar voren en zag nog net de gestalte achter de abdij verdwijnen. Verdomme. Ik zette het op een lopen en James snelde achter me aan. 'Wat doe je nou?' hoorde ik hem zeggen. Ik negeerde hem en liep door tot de muur van de abdij, waar de gestalte verdween. Waar was hij?

Ik wilde me omdraaien naar James, en op dat moment zag ik zijn verschrikte gezicht. Ik draaide mijn hoofd weer en daar stond hij. De man met de shawl. Shit. En hij zei een naam die ik niet zag aankomen. Niet hier.

'Josie?'

O wauw. Uren rijden verwijderd van West-Cork, en nog steeds denken mensen dat ik Josie ben. De man met de shawl nam me van onder tot boven op en fronste zijn zware wenkbrauwen. 'Dat kan niet. Josie is...'

'... ouder,' vulde ik aan.

'Je lijkt ontzettend op haar, ik dacht echt dat ze... dat jij...'

'Ik ben haar dochter.'

Nu viel de man bijna om van verbazing. 'Dochter? Ik wist niet...'

'Nee, dat wist niemand,' onderbrak ik hem weer.

'Wie bent u en waarom volgt u ons?' James viel in met uiteraard een advocaatwaardige vraag.

'Sorry, het was niet mijn bedoeling...' De man maakte zijn zin niet af, veegde zijn hand af aan zijn broek en stak hem naar me uit. 'Trevor Ward.'

Ik nam de hand aan, de greep was stevig, en ik stelde me voor.

'Het spijt me als ik een beetje raar overkwam. Ik zag je op de ferry en bijna wilde ik op je afstappen. Je lijkt zo veel op Josie, ongelofelijk. De enige twijfel was dat je er zo'n stuk jonger uitziet. Maar ik kon het niet loslaten, dus volgde ik je. Stom. Je zult wel gedacht hebben dat ik een of andere enge kerel ben.'

'Zoiets wel ja. Maar ik begrijp het niet helemaal. Je kent Josie dus? Hoe dan?'

Nu klaarde zijn gezicht op. 'Ach ja, Josie. Ze is hier een paar keer geweest en...'

'Hier? Op Clare Island?' Dus toch. Precies wat ik al vermoedde.

Hij knikte. 'Klopt. Een keer of drie, vier. Ik kan me de eerste keer nog goed herinneren.' Hij kleurde iets en grijnsde. Had deze man een oogje op Josie gehad?

'Wanneer was dat? Die eerste keer?'

'Poeh, een jaar of twee geleden, of zo. Ik zag haar voor het eerst op de ferry, net als jou.' Zijn gezicht betrok. 'Maar ik kan haar niet meer bereiken. De laatste keer...'

'Wanneer...'

Hij sloeg zijn armen over elkaar bij de onderbreking. 'Zeg, mag ik nog uitpraten? Zijn jullie van de Garda of zo?'

'Sorry, nee, maar... Ik weet pas sinds kort dat ze mijn moeder is. En nu ze dood is wil ik graag...'

Nu verstarde hij en keek James en mij beurtelings aan. 'Dood? Josie is dood?'

Binnen in het huis van Trevor Ward, een huis dat van buiten oogde alsof het al jaren niet meer bewoond werd, nam ik plaats op een oude donkerbruine bank met eiken onderstel. Ik zakte diep weg, de vering was versleten. James ging zitten op een houten stoel, die kraakte en zuchtte onder zijn gewicht. Trevor hing zijn shawl over een andere stoel, liep door naar een keukentje en zette water op voor thee.

'Sorry, ik ben er echt door van slag. Josie dood, ik had geen idee,' zei hij vanuit de keuken.

'Het spijt me,' antwoordde ik, al had ik geen idee waarom het mij zou moeten spijten. Ik keek om me heen. Alles in het huis ademde armoede. Een koekoeksklok tikte. Ik voelde tocht, vermoedelijk ergens uit een kier bij een kozijn waarvan de verf deels afgebladderd was. Het was een enorm contrast met het gemoedelijke huis van Josie.

Trevor liep de kamer weer in met een broodplank met daarop mokken vol thee. 'Sorry, ik heb geen dienblad,' verontschuldigde hij zich. 'En geen melk.' Voorzichtig zette hij alles neer op de grond. 'En ik heb geen salontafel.' Hij schonk thee in en gaf ons ieder een mok aan. De thee was in elk geval warm; íéts in dit huis functioneerde goed. Trevor ging op een groenbruin kussen op de grond zitten. 'Ik zit altijd daar.' Hij wees naar een smal eettafeltje met een stoel erbij. 'Nooit hier, eigenlijk. Het is niet ingericht op bezoek, zoals je ziet.'

'Dus Josie is hier geweest?' vroeg James, terwijl hij in zijn mok staarde.

'Ja, een paar keer,' antwoordde Trevor. Hij haalde diep adem, ik meende te zien dat zijn ogen waterig werden, en toen begon hij uitvoerig te vertellen. Tegen de tijd dat hij uitgesproken was, was mijn thee zo koud als mijn vingers en tenen. Ik voelde het nauwelijks.

Er valt een kwartje

We waren net op tijd terug bij de haven voor de laatste ferry. De weg van het huis van Trevor tot de haven hadden we beiden zwijgend afgelegd. Ik moest verwerken wat ik had gehoord, en James voelde dat goed aan. Af en toe raakte hij mijn hand aan en gaf er een kneepje in.

Aan boord trok ik mijn capuchon over mijn hoofd en sloot ik mijn ogen. Mijn hoofd tolde. Daar was ze. Mijn moeder. Als een duveltje uit een doosje sprong ze tevoorschijn op een moment en een plaats waar ik dat nooit had verwacht.

Josie was hier geweest, vorig jaar, kort voor de zomer voor het laatst. Kort voordat ze stierf dus. De eerste keer dat ze op Clare Island kwam was ongeveer twee jaren geleden. Trevor had haar ontmoet toen ze de abdij bezichtigde, en er was een klik geweest. Het was mij niet duidelijk of die klik verder ging dan vriendschap, en ik had dat niet durven vragen, daar in dat kille vervallen huisje. Josie had Trevor verteld dat ze geïnteresseerd was in oude Ierse geschiedenis. De abdij is een van de vier plekken in Ierland waar middeleeuwse muurtekeningen te bezichtigen zijn. Die in de abdij van Clare Island waren bovendien de meest omvangrijke en best bewaarde. Trevor wist als eilandbewoner en eveneens liefhebber van historie veel te vertellen. En daar bloeide een vriendschap op. Een vriendschap die bij Josie leidde tot meer openhartigheid, want ze had hem uiteindelijk veel verteld, hier op het eiland en in e-mails die ze elkaar stuurden. Ze had verteld over de liefde van haar leven, die ze nooit meer zag. Over de vraagtekens die ze had bij zijn verhalen over het waarom van zijn afhoudendheid en afwezigheid. Over de keer dat hij in een dronken bui een tipje van de sluier had opgelicht, waardoor ze aan het neuzen was geslagen. Woorden als 'het beloofde land' en 'piraten' waren gevallen. James had die informatie al via Liams oma boven water weten te krijgen. Maar Trevor wist meer dan Liams oma. Piraten, ja, maar het ging specifieker over de Pirate Queen: Grace O'Malley. En het beloofde land had te maken met Clare Island, dacht Josie. Trevor had tijdens de ontmoetingen met Josie de indruk gehad dat zij hoopte dat ze hier een antwoord kon vinden op al haar vragen over de liefde van haar leven. Trevors verhaal sloot naadloos aan bij wat ik tot nu toe zelf had ontdekt en uitgepuzzeld. Ik was trots op haar. Mijn echte moeder. Ze had dezelfde weg bewandeld als ik, en dezelfde conclusies getrokken. Het eiland. Grace. En de abdij.

Het gevoel dat ik in een soort Da Vinci Code voor beginners was beland nam snel toe. Ik zat op het juiste spoor. Net als Josie. De piratenboeken in de haar kast waren dus van haarzelf geweest. Ze was gaan zoeken, net als ik. Ze was net zo ver gekomen als ik nu, of misschien zelfs wel verder. Er moest meer te vinden zijn, in haar huis. In míjn huis, het witte huis. Dat hoopte ik echt heel erg.

Er moest een verlossende sleutel zijn.

Sleutel. Dat was waar ook. Ik hád een sleutel, een echte. Ik pakte mijn mobiel, tikte eerst een kort appje naar Liam (*Hoe gaat het daar?*) en bekeek daarna mijn Instagram, specifieker gezegd: ik las opnieuw het bericht van Dolcet. *Ik wil mijn sleutel terug*. Ineens kreeg ik een ingeving en typte een antwoord. Eens kijken wat dat opleverde. Tevreden en nerveus tegelijkertijd stak ik mijn mobiel weer in mijn jaszak en hoorde nog voordat ik mijn hand terug kon trekken een pling.

Het was een antwoord van Liam. *Vandaag de uitvaart. Hele*

dorp aanwezig. Bijeenkomst in de kerk, dan lopend naar de begraafplaats. Nerveus, want ik ga spreken. Komt vast goed. Love, Liam

Had ik er niet bij moeten zijn, bedacht ik nu, nogal aan de late kant. Niet vanwege de oma, die kende ik amper, maar om Liam te steunen? Was ik tijdens mijn speurtocht mijn medemenselijkheid een beetje aan het veronachtzamen? O Maud, zo was je eerder niet. Waar raakte je jezelf kwijt? Een schuldgevoel nestelde zich vanbinnen en ik kon niet eens een excuus bedenken dat goed genoeg was om mezelf schoon te praten. James zat naast me op zijn mobiel te kijken. James. Advocaat in Baltimore, en nu amateurdetective in de *county* Mayo. Ik trok levens overhoop en verzaakte in vriendschap. En ik speelde mogelijk met andermans gevoelens. De capuchon trok ik nog verder over mijn hoofd. De ferry meerde aan met een stoot tegen de kade, en op hetzelfde moment stortte de regen zich over ons heen en werd alles donkergrijs.

Ergens in de maalstroom van verdenkingen, gedachten en vermoedens nam ik een verkeerde afslag. Ik zat er dichtbij hoor, heel dichtbij, maar soms zie je het voor de hand liggende niet, juist omdat je er zo met je neus bovenop zit. Ik had de juiste puzzelstukjes in handen: Grace O'Malley, mijn vader en zijn obsessie voor piraten, en specifiek haar en het beloofde land dat een eiland was: Clare Island. Alleen, was dat wel echt zo? Of zat ik er helemaal naast? Had ik meer moeten vertrouwen op mijn intuïtie, al leek die vooral erg ongeloofwaardig toen? Als je met je neus in de wol zit, zie je niet dat het een schaap is. (Goh, dat zou zomaar een Iers spreekwoord kunnen zijn...) Mijn advies: neem een beetje afstand, zet wat je tot nu toe weet op een rij en denk goed na. Welke kant gaat het dan op volgens jou? Ik durf te wedden dat je ernaast zit.

James zat op zijn hurken voor de kachel, want die trok niet goed. 'Kom op,' mompelde hij en hij gooide er nog een aanmaakblokje in. Ik keek naar zijn rug en naar zijn warrige haardos, die nog nat was van de gigantische regenbui die ons tot aan ons huisje vergezeld had. De paar meter vanuit de auto naar binnen was genoeg geweest om doorweekt te raken. De schemer was gevallen; in de ruit zag ik slechts de weerspiegeling van het interieur, en mezelf. Nu de kalmte van het huisje me opslokte, en de adrenaline van de middag op Clare Island afzakte, kwam er ruimte voor verdriet. Josie. Mijn moeder. Net als ik op zoek naar mijn vader. Ik leek dus kennelijk niet alleen qua uiterlijk op haar. En het stomme was dat de hele zoektocht zo ontzettend in het teken stond van mijn vader, dat ik haar bijna vergeten was. Nu ze zo onverwacht een actievere rol in het verhaal had gekregen, raakte me dat veel meer dan ik ooit had kunnen denken. En niet alleen was er het raadsel van mijn vader, maar mijn moeders dood werd ook steeds meer omgeven door mysterie en vragen. Wat mijn vader ook deed, wie hij ook was, het moest iets groots zijn. Anders kon ik dit alles niet plaatsen, niet begrijpen.

'Denk jij wat ik denk?' begon James. Hij ging zitten op de stoel naast de kachel en hield het vuur nauwlettend in de gaten.

'Eh, geen idee...'

'Die Trevor.'

'Hij zat nu niet in mijn hoofd, nee.'

'Iets wat hij zei.'

Ik pakte een glas en schonk water in. 'Hij zei best veel.'

'Hij zei dat Josie en hij elkaar gemaild hadden.'

'O ja. Wat is daarmee?' En op het moment dat ik de woorden uitsprak, viel het kwartje. Het donderde neer als een pas geslepen bijl in een boomstam.

Het water was heet en verwarmde mijn verkleumde lijf tot op mijn botten. Ik wilde nooit meer weg uit deze douche. Mijn tenen wiebelden op de kiezels onder mijn voeten, die in cement waren verankerd. Zouden de eigenaren die kiezels op hun verre reizen verzameld hebben? Ik zou dat doen; een douchevloer opgebouwd uit herinneringen.

Herinneringen. De jaren in Nederland besloegen het grootste deel van mijn herinneringen. Jaren met een fantastische vader en moeder die perfect waren op dat ene na: liegen over wie ik was. Nu, met het water dat over mijn gezicht stroomde en het onderscheid met mijn tranen onzichtbaar was, begreep ik misschien voor het eerst iets van die leugen. Als zij ook maar een fractie van deze waanzinnige geschiedenis die zich hier afspeelde wisten, dan hadden ze mij willen beschermen. Dan wilden ze me vrijwaren van waarin ik nu beland was: drijfzand. Waanzin. Sprookjes. Mythen. Onzin. Of geen onzin? Gekmakend, dat was zo ongeveer het enige zekere. Toen James opmerkte dat als Josie had gemaild, ze dus een computer of laptop moest hebben, vond ik mezelf zo oerstom. Geen enkel moment sinds ik in het witte huis woonde, had ik bedacht dat het misschien op zijn minst opmerkelijk was dat Josie nergens een computer had staan. Misschien had ik na de vondst van haar mobiele telefoon, die hopeloos ouderwets was (zo'n oude Nokia, geen smartphone), geconcludeerd dat Josie niet modern was. Ook de rest van de apparatuur in het huis was al jaren over de datum. Een oeroude wasmachine, een ouderwetse droogtrommel, geen vaatwasser, een waterkoker die niet slechts een trendy kopie van een eerste generatie waterkokers was, maar gewoon helemaal origineel. Een hippe laptop zou me meer opgevallen zijn dan de afwezigheid ervan. Hoe dan ook, de vraag die daardoor met stip boven alle andere vragen gerezen was luidde: waar is dan die laptop of computer?

Met een handdoek om mijn natte haren gewikkeld schoof ik aan bij James aan de eettafel. Hij zette een heerlijk geurende pizza voor zichzelf en voor mij neer.

'Er is misschien maar één antwoord op de vraag waar de laptop of computer van Josie is,' zei James. Hij schonk rode wijn in voor ons beiden. 'En ik ga morgen naar Cork voor het antwoord.'

Ik nam een veel te grote slok van mijn wijn, niet elegant, en propte een stuk pizza in mijn mond. 'Dit moet je toelichten. Ik begrijp niet waar je het over hebt,' wist ik met volle mond uit te brengen. Ook al niet elegant.

'De makelaar. Die Murphy. Voor zover mijn logica het toestaat, is hij de laatste geweest die Josie in leven heeft gezien. Daarna is alleen de politie in huis geweest, en jij.'

'Die kabouteragent,' mompelde ik met mijn mond nog steeds vol pizza.

'Je bedoelt Joshua Burke?' James glimlachte.

'Wie anders? Of zijn er nog meer ondermaatse agenten in Baltimore die als ratten je keuken leegroven?'

James trok een wenkbrauw op. 'Mmm. Ik hoor het al, je kent hem beter dan ik. Hoe dan ook, als we uitgaan van de premisse dat de makelaar Josie voor het laatst levend zag, is het niet onaannemelijk dat hij haar computer ontvreemd heeft.' Hij nam een slok van zijn rode wijn. Premisse. Ontvreemd. Wat kon hij toch ontzettend advocatesk klinken, al was dat geen bestaand woord. Een warme tinteling trok door mijn lichaam. Alweer.

'En jij denkt dat hij dat gewoon toegeeft als je bij hem op bezoek gaat in de gevangenis? Áls hij het al gedaan heeft? Als er echt een computer in haar huis was? De 'alsen' stapelden zich snel op. De behoefte aan wijn groeide navenant.

'Vergeet niet dat ik advocaat ben. Ik heb ervaring met leugenaars en ander gespuis.'

Ik proestte bijna de wijn uit. 'Gespuis? Wat is dat nou weer voor woord? Och lieve Jamie toch, je praat zoals je eruitziet...'

James trok een beledigd gezicht en sloeg de rest van zijn wijn achterover. 'Ach, *who fecking cares*,' en er ontsnapte een boer aan zijn mond. Ik begon te lachen. Mister Jamie beschikte over zelfspot. Een dikke vette plus was dat.

'Laat het me in elk geval proberen, goed?' Hij boog naar me

toe en legde even een hand op mijn knie. 'Dan voel ik me nuttiger dan alleen maar achter jou aanhobbelen.' Ik wist vrij zeker dat hij deze opmerking niet alleen letterlijk bedoelde en ik sloeg mijn ogen neer. Waar zijn hand me had aangeraakt gloeide het.

'En hobbelen zonder je mooie paard, dat valt niet mee.' Ik schonk wijn bij en hief mijn glas, waarop James hetzelfde deed, en we proostten op een goede afloop. De flonkering in zijn ogen bij die woorden kwam vast door de wijn.

Ik kon die nacht de slaap niet vatten. En eerlijk gezegd, ik wachtte op James. Sinds we hier waren ging hij later naar bed dan ik. En in de ochtend was hij er vroeger uit. Was dat toeval? Of wilde hij een ingewikkelde situatie voorkomen? Ons gesprek, de wijn, de sterren die door het grote raam zichtbaar waren toen we de lampen uitdeden, de stilte die we deelden; het was een bijzondere avond geweest. Alsof we een treetje geklommen waren in onze vriendschap. Behalve dat we beiden zorgvuldig die zoen van laatst onbenoemd lieten. Alsof we geen van beiden onze vingers durfden te branden. Want als het hardop uitgesproken zou worden, dat magische moment, verdween dan de magie? Werd het dan weggeredeneerd en gereduceerd tot een vergissing, een incident, door omstandigheden veroorzaakt? Een kort moment van verstandsverbijstering? Zoals ik al eens eerder had gedaan, realiseerde ik me, pijnlijk genoeg. Hmm. In dat licht was zijn afhoudende gedrag niet zo vreemd.

Ik woelde en draaide van links naar rechts en weer terug. Het ene moment had ik het bloedheet en wierp ik de dekens van me af, om binnen een paar minuten te rillen en de dekens weer over me heen te trekken. Uiteindelijk moet ik in slaap gevallen zijn, en ik werd tegen een uur of zeven in de ochtend wakker. James was, zoals altijd, al op.

Het grind knarste onder onze voeten. Ik vond het verre van leuk dat hij vertrok, en dat had ik niet zien aankomen. Ik wilde niet alleen zijn. Niet zomaar 'niet alleen', ik wilde niet zonder hém zijn. Een vooral verwarrend besef.

'Tot snel dan maar, ik hou je op de hoogte.' James aarzelde, drukte een vluchtige zoen op mijn wang en opende de kofferbak van de auto.

Ik wiebelde heen en weer van de ene voet op de andere. Een kus. Kusje. Dat was het. Dat moest het ook zijn, waarom zou het anders moeten zijn? Of meer? Was ik nu echt teleurgesteld? Een irritante druk op mijn borstkas maakte mijn ademhaling snel en oppervlakkig. En tot mijn eigen grote verbazing riep ik, harder dan nodig: 'Waarom ben je verdomme zo'n gentleman?' Ik denk nog steeds dat ik dat eigenlijk alleen maar in mijn gedachten wilde zeggen, maar mijn stembanden werkten verrekte goed samen met mijn lippen en gooiden de woorden eruit.

Hij keek me niet-begrijpend aan. Goed, we waren in elk geval met zijn tweeën deze situatie niet aan het begrijpen.

'Je ligt naast me in hetzelfde bed, en je probeert niet eens wat! Terwijl we... terwijl we gezoend hebben!' Deze toelichting kwam er eveneens ongemeen fel uit. Waarom was ik daar nu boos over? Dat was toch juist wat ik wilde? Geen gedoe, geen verliefdheid, zeker niet zolang ik in deze ellendige zoektocht naar mijn afkomst zat. James deed precies wat ik wilde en ik werd er pissig over. Godsamme, Maud, ik raakte het spoor bijster. En niet zo'n beetje ook. Schaamte drong zich op, waarom zette ik mezelf nu weer zo voor paal? Werkelijk...

Hij gooide zijn tas in de auto en knalde de achterklep keihard dicht. 'Maud...' probeerde hij een zin te beginnen, die ik uiteraard meteen afkapte.

'Ga maar, ik wil het er niet over hebben. Vergeet wat ik net zei, ik ben gewoon van slag.' Ik deed een stap terug. Ik moest mezelf vermannen. Vervrouwen. *Whatever*, maar ik moest stoppen met dat hysterische gedrag. Ik was een ster in het mezelf toespreken geworden. Misschien kon ik er over een tijdje cursussen in gaan geven: 'Hoe ga je om met je hysterische zelf'.

'Ik dacht dat je niets wilde. Ik wilde...' Hij stokte even en fronste. 'Het spijt me als ik...'

'Ja ja, dat is ook zo. Ik wil niets. Nogmaals, vergeet wat ik zei. Ga naar Cork, spreek die idiote makelaar en kom snel en veilig weer terug, oké?' Ik sloeg mijn armen over elkaar en deed mijn uiterste best om een glimlach te produceren. James zweeg en staarde me aan. Hij leek in dubio. Toen zag ik hem zijn schouders iets ophalen en het autoportier openen.

Ik geef het toe. Dit was een flink staaltje vrouwenpaniek. Van dat gedrag waarmee je elke fatsoenlijke, intelligente en zichzelf respecterende man wegjaagt. Als ik er nu op terugkijk, herken ik mezelf bijna niet. Nou ja, dat is ook niet helemaal waar. Maar ik was er wel erger aan toe dan in minder stressvolle situaties. Dit zijn typisch van die voorvallen waarover je als buitenstaander vrij makkelijk een oordeel velt. 'Ze speelt met Liam en James, wat een egoïstisch mens.' Of: 'Ze is knetterlabiel, en anderen worden er de dupe van.' Maar zoals met alles in het leven is het niet zo simpel. Ik bedoel het allemaal goed, maar loop vast in gebeurtenissen en emoties die ik niet weet te plaatsen. En dan doe ik soms stomme dingen, zeg het verkeerde, kies de foute weg. Of wil je zeggen dat jij altijd alles perfect doet? Nee toch?

Een onverwachte ontmoeting

Ik maakte koffie en installeerde me in de stoel voor het raam. De baai oogde onrustig, de struiken linksvoor tussen het huisje en het slib langs de vloedlijn wiegden op de wind. Grijs was de overheersende kleur. Ik haalde een paar keer diep adem. Alleen. Ik was alleen. En ondanks het onprettige afscheid en mijn onzekerheid over mezelf, was alleen zijn niet zo heel verkeerd als dat ik vreesde. Misschien zou dit me helpen om de zaken helderder op een rijtje te krijgen. Misschien leidde de aanwezigheid van James me meer af dan ik me had gerealiseerd. Hoopvol nam ik een slok koffie. Ik deed mijn vest uit en nam mijn laptop op schoot. *First things first*: werk. Mails. Instagram. Hoe groot de raadselen ook zijn, werk gaat altijd door. Een van de fijne zekerheden van het leven. Een korte blik op mijn camera op de eettafel veroorzaakte een kriebel in mijn buikstreek. Mijn camera. Mijn houvast.

Ontspannen handelde ik wat mailtjes met opdrachtgevers af en checkte mijn Instagram. Bij de tweede beker koffie pakte ik mijn camera erbij en bekeek mijn laatste foto's. De foto van James klikte ik snel verder. Niet nu. De foto's die ik op de ferry had genomen, bestudeerde ik langer. Ik zag de man met de shawl, van wie ik nu wist dat het Trevor was.

Josie. Wat wist jij? Uit de slaapkamer haalde ik de boeken die ik had meegenomen uit haar kast en verspreidde ze over de eettafel. Het boek dat van mijn vader was geweest legde ik er ook bij. Zeven niet-bestaande eilanden. Clare Island bestond wel degelijk.

De beltoon van mijn mobiel liet me opschrikken. In beeld zag ik de naam van Liam.

‘Goedemorgen,’ zei ik toen ik opnam.

‘Alles goed daar?’ Liams stem klonk aangenaam vertrouwd.

‘Goed, en hoe gaat het nu met jou?’ Ik streek met mijn vingers over het boek.

‘Redelijk. De uitvaart is achter de rug.’ Liam zweeg.

‘O, jee. Was het heftig?’

‘Viel mee, het was... een uitvaart. Verdrietig. Maar er werden ook mooie herinneringen opgehaald. Het ging zoals die dingen altijd gaan, denk ik.’

Mijn gedachten maakten een sprong naar de uitvaart van mijn ouders. Verdriet. Herinneringen. Veel verdriet. Ze waren allebei zo jong nog. Te jong. Of zijn ouders altijd te jong als ze overlijden, ook al zijn ze tachtig? Liams oma vervulde de rol van zijn moeder. Mijn hart brak een beetje voor hem.

‘Waarom kom je niet hiernaartoe?’ flapte ik eruit.

‘Eh, wil je dat?’

Wilde ik dat? Volgens mij wel. Ja. Ik wilde dat hij hiernaartoe kwam. ‘Het hoeft niet per se, ik bedoel, ik mag dat helemaal niet vragen van je.’ Het mocht niet, maar ik wilde het wel. Hoe was het mogelijk?

‘Tuurlijk mag je dat vragen. Eerlijk gezegd, als jij het niet had gevraagd, had ik het zelf aangeboden.’

Mijn hart maakte een minisprongetje. ‘Echt? Oké, nou, dan... Welkom? Denk ik?’

Nadat ik het adres had doorgegeven en mijn mobiel weggelegd, bedacht ik me pas dat het eigenlijk onmogelijk was. Als James terugkwam, morgen of overmorgen, wie ging er dan waar slapen? En ging dat wel goed, die twee in de buurt van elkaar?

Ik sloot mijn ogen en liet mijn hoofd in mijn handen zakken. Er streek een kille vlaag lucht langs mijn wang. Hoe kon dat? Alles zat potdicht. Ik sperde mijn ogen open. En op dat moment voelde ik het. Een hand. Een ijskoude hand. Op mijn schouder. Ik sprong op en volgens mij gilde ik. Niemand. Er was niemand. Een niet-bestaande hand. O god, ik werd echt gek.

Net nadat het donker inviel en het huisje omhulde, hoorde ik grind knarsen en zag ik koplampen. Daar was Liam. Weer een hartsprongetje. Ik opende de deur en liep naar hem toe, de inmiddels vallende motregen negerend. 'Hoi,' riep ik om de wind te overschreeuwen. Het weer was... humeurig. Een ander woord kon ik er niet bij bedenken.

Liam opende zijn armen en omhelsde me stevig. 'Hoi,' fluisterde hij schor in mijn oor. Ik snoof zijn geur op, onveranderd aangenaam. Heerlijk, dit was als thuiskomen. En extreem verwarrend. Super extreem verwarrend.

Liam gooide een rugtas op de tafel en een opgerold matrasje. 'Ik wist niet hoe het zat met slaapplekken, dus ik dacht, ik neem een kampeermatje mee.'

Kijk, probleem opgelost voordat het zich aandiende, constateerde ik opgelucht. Dan bleef alleen het samenbrengen van twee ego's in een klein huisje over. En mezelf manen tot afstand, van beiden. 'Waar is James?' Liam zocht met zijn blik de ruimte af.

'In Cork.' In een paar zinnen legde ik uit waarom James daarnaartoe was vertrokken.

Liams ogen werden donkerder, of verbeeldde ik me dat? Even voelde ik weer de kille hand op mijn schouder en ik huiverde.

'Is hij bij mijn oma geweest?'

'Ja, hij heeft haar nog een paar vragen gesteld over Josie, omdat je oma toen ik er was niet verder kwam dan beschimpingen over mijn vader naar mijn hoofd gooien. Hoezo?'

'Weet je zeker dat hij dan niet degene is geweest die haar bedreigd heeft?' Liam beet op zijn onderlip. 'De veroorzaker van haar hartaanval. Van haar dood.' Zijn stem brak.

James iemand bedreigen? Ik kon me er werkelijk niets bij voorstellen. Maar ik had in het leven al veel vaker op het verkeerde paard gewed. Wie weet zat ik er nu ook volkomen naast en schatte ik James verkeerd in. 'Liam, jij kent James toch ook, soort van. Zie jij het voor je, dat hij iemand bedreigt?'

Liams blik werd nu echt donker; deze keer beeldde ik me niets in. 'Misschien ken jij die James van jou niet zo goed.'

Ik gooide een stuk hout in de kachel; wat was het hier toch onaangenaam koud, vreemd genoeg. 'Liam, ik ben toch niet helemaal gek,' antwoordde ik minder zeker dan ik wilde. 'James is een sulletje. De jongen die op het schoolplein gepest wordt. De brave goedzak.'

'Dat lijkt nu misschien zo. Maar dat is niet altijd het geval geweest. Wat ik al zeg: je kent hem niet.'

Ik zweeg. Wilde ik meer weten? Doelde Liam op iets concreets uit het verleden, of was dit simpelweg iets uit die rivaliteit die er kennelijk altijd al tussen hen was, omdat ze zo verschillend waren? Of vermoedde hij dat ik en James... En wie zei me dat híj, Liam, de waarheid sprak? Hij had al eens gelogen tegen me, in Dublin. Al was dat met een goede bedoeling, het was toch liegen. Hoe zinvol was het om meer te weten als ik niet zeker wist of het waar was? 'Ik ga naar de Supervalue, boodschappen voor het avondeten halen. En bier,' zei ik. En mijn gedachten op een rijtje zetten.

Het humeurige weer dreef me voorwaarts, de wind rukte en trok aan mijn auto alsof hij me mee wilde sleuren de zee in. Via de onverlichte kronkelweggetjes langs slibberige inhammen waar ik inmiddels in hoog tempo overheen durfde te rijden, alsof ik een local was, kwam ik aan bij de supermarkt in Westport. De parkeerplaats was halfvol, hier en daar liepen mensen met volle winkelkarretjes. De straatlantaarns waren uitgevallen. Ik snelde de winkel in, pakte een mandje en zocht wat ik nodig had. Na het afrekenen van de boodschappen liep ik naar de slijterij; een aparte afdeling met een eigen kassa. Ik stond met mijn neus voor het bierschap, op zoek naar een paar biertjes. Vanuit mijn ooghoeken zag ik iemand bewegen. Ik probeerde er geen aandacht aan te schenken. Ik pakte een blik Carlsberg. Opnieuw de beweging. Nu keek ik wel op. Een man van een jaar of dertig stond naar me te staren. Ik kneep mijn ogen iets samen, mompelde '*hi, how are ya*' en richtte mijn blik weer op de biervoorraad. Maar ik was niet meer bezig met bier uitzoeken. Ik pakte een tweede blik Carlsberg, draaide me om en liep naar de kassa. Ik rekende af, keek niet om, en liep de winkel uit aan de centrumzijde in plaats van aan de kant van de parkeerplaats. Ik wilde nu niet naar huis rijden, als ik gelijk had en de man volgde me, dan had ik er niet zo veel zin in dat hij ontdekte waar ik verbleef. Ik voelde tot in mijn haarvaten dat de man uit de winkel achter me liep. Ik versnelde mijn pas, stak de rotonde over en ging linksaf, in de richting van Cosy Joe's waar ik een paar dagen eerder met James had gezeten. Het was rustig op straat, afgezien van de supermarkt waren alle winkels gesloten. Mijn hersens maakten overuren. Ik wist dat ik die man ergens eerder had gezien. Ik veegde met mijn onderarm de regen uit mijn gezicht en deed een poging mijn capuchon meer over mijn gezicht te trekken. De tas met boodschappen sloeg bij elke stap tegen mijn dijbeen, ik voelde de blikken bier. De man. De bruine regenjas. Wandelschoenen. Geen camera. Mijn hersens haakten eerdere gedachten aan elkaar. De ferry naar Clare Island! De man was ook op de ferry geweest. Dat kon toeval zijn: ik was ook op die ferry geweest en ik liep nu ook hier. Misschien dacht die man wel dat ík de verdachte rare persoon was, om precies dezelfde reden als dat ik dat over hem dacht. Inwendig moest ik lachen. Dat zou bizar zijn.

Ik naderde Cosy Joe's. Vaag golfde muziek naar buiten, als sirenen die voorbijgangers naar binnen lokten. Mijn mobiel ging. Geen tijd om te kijken. Straks. Voor de pub bleef ik staan. Achter me hoorde ik voetstappen. Op het moment dat ze dichtbij waren, heel dichtbij, duwde ik de deur open. De muziek golfde over me heen, ik stapte naar binnen, deed de deur achter me dicht en ging er met mijn rug tegenaan staan. Mijn ademhaling zat hoog in mijn borst. En op dat moment hoorde ik een bekende stem.

Ik weet niet wie er verbaasder was: ik of Trevor Ward. Hij kleurde en veegde onophoudelijk met zijn hand door zijn baard. Ik schoof tegenover hem aan een hoge tafel, op een wiebelige barkruk. Mijn zeiknatte jas gooide ik naast me over een kruk, mijn blik hield ik op de deur gericht. Trevor bestelde een *half pint* voor me en grijnsde. 'Het lijkt wel alsof je een spook hebt gezien.'

'Zoiets,' zei ik, mijn glas omhooghoudend voor een toost.

'Heel goed mogelijk natuurlijk. Het barst ervan.'

'Van wat?'

'Spoken.'

'O, ja, natuurlijk.' Natuurlijk. Ik keek hem aan. De diepe rimpels in zijn wangen vormden een contrast met de hippe roodzwart geblokte houthakkersblouse die hij droeg. Zijn bruine baard, die doorregen was met grijze haren en af en toe een verdwaalde rode, zag er smoezelig uit. Het paste bij dat rare armoedige huisje waar ik hem gesproken had op Clare Island. Waarom was hij hier? De laatste ferry was allang vertrokken. De deur van de pub ging open en twee meisjes van een jaar of achttien liepen binnen. Verregend, maar dat leek hen niet te deren.

'Hoe kom je terug naar Clare Island?'

Trevor trok een wenkbrauw op. Heel even leek hij in verwarring. Toen antwoordde hij: 'Ik slaap bij een vriend hier in Westport. Dat doe ik soms. Op Clare Island valt niet veel te beleven, zoals je ongetwijfeld bemerkt hebt.'

Ik knikte.

'Weet jij waarom Josie zo geïnteresseerd was in de abdij?' vroeg hij terloops, terwijl hij opnieuw de serveerster wenkte. Zijn glas was nog halfgevuld zag ik. Hij ontweek zorgvuldig mijn blik.

'Eh, nee. Je vertelde ons dat ze tegen jou had gezegd dat ze een fascinatie voor Ierse oudheid had.'

'Ja, dat zei ze. Ik dacht, misschien was er meer dan dat.'

Pats. Hij had mijn volle aandacht nu. Waarom vroeg hij dit?

'Meer dan dat? Wat dan?' vroeg ik.

'Ik dacht dat jij dat wel wist.'

'Ik weet helemaal niets. Als ik iets wist was ik waarschijnlijk niet hier, maar zat ik in mijn eigen huis op Ringarogy.'

Trevor snoof, wat werd vergezeld door een onsmakelijk geluid, en ik wendde mijn hoofd af. Op een of andere manier was hij anders. Anders dan eerder op Clare Island. Of speelde mijn paranoia me weer eens parten? Ik wierp een zoveelste blik op de toegangsdeur. 'Heb jij mij alles verteld wat je weet over Josie en haar bezoekjes aan Clare Island?' vroeg ik.

Trevor kneep zijn ogen toe. 'Dat denk ik wel, hoezo?'

Dit schoot niet op. We waren om elkaar heen aan het draaien. 'Luister, ik snap dat je mogelijk informatie achterhoudt, want je kent me niet. Maar Josie was mijn moeder en ik wil gewoon graag alles weten wat er te weten valt.'

Schichtig keek Trevor om zich heen, hij boog voorover en fluisterde: 'Luister, ik weet niets, oké? Ik heb haar ontmoet, ik vond haar sympathiek, en ze was op zoek naar haar grote liefde, of naar sporen van hem.'

'Niets meer?'

'Niets meer,' beaamde hij nét iets te snel.

Het chagrijnige weer was omgedraaid naar een milder gestemd humeur. Ik reed in hoog tempo terug naar huis, mijn blik meer gericht op de achteruitkijkspiegel dan voor me. De man in de bruine jas had ik nergens meer gezien. Ik raakte mijn gezonde verstand kwijt, vreesde ik. De kans was groot dat ik al die tijd in Cosy Joe's had doorgebracht vanwege een irreële angst. De man met de bruine jas zat vast al lang en breed bij vrouwlief op de bank, of te genieten van zijn avondeten, en had geen idee van mijn bestaan en de rol van achtervolger die mijn paranoïde brein hem toebedeeld had.

Bij binnenkomst in het huisje viel Liam me letterlijk in de armen. 'Shit, Maud, shit.'

'Wat is er?' Hij klonk vreemd, alsof hij zichzelf niet was.

'Ik ben nog steeds mezelf aan het knijpen. Ik ben hier toch? Jij bent hier?' Hij drukte zijn vingers stevig in mijn bovenarmen.

'Jezus Liam, je doet me pijn!' Ik verloste mezelf uit zijn greep en zette de boodschappentas op de grond. 'Wat is er in godsnaam aan de hand?'

Langzaam kalmeerde hij en ging zitten, zijn ene been wipte vlug op en neer. 'Ik dacht dat ik gek werd. *Fecking weird*.'

'Ik heb geen idee waar je het over hebt.' Ik gooide mijn tas op tafel, pakte een van de blikken Carlsberg uit de boodschappentas en ging tegenover Liam zitten. Van de zenuwen begon ik nu ook met mijn been te wippen. Was hier iemand geweest? Die roodblonde gek? Iemand anders?

'Ik was in de slaapkamer, ik lag een beetje op het bed te dommelen. De rit hiernaartoe vergde meer energie dan ik dacht. De dagen ervoor ook.' Een glimp van verdriet trok over zijn gezicht. 'Ik dacht, dat is vast niet erg als je er niet bent, en een bed ligt wat aangenamer dan zo'n matje.' Hij maakte een hoofdbeweging naar het slaapmatje dat naast de eettafel op de grond uitgerold lag.

Ik zei niets en wachtte tot hij verderging. Hij legde een hand op zijn wippende been, dat er niets minder om wipte.

'Toen hoorde ik jou. Ik dacht...' Hij slikte en richtte zijn blik op de baai. 'Ik hoorde iemand rommelen in de woonkamer. Dus ik begon te praten, ik vroeg waarom je zo lang weg was gebleven. Maar ik kreeg geen antwoord.'

Ik hield mijn adem in.

'Dus stond ik op en ging naar de woonkamer. Licht geïrriteerd omdat je niet reageerde. En toen...' Hij stond op en ijsbeerde door de ruimte. 'Josie. Josie was hier.'

'Wát? Hoe bedoel je?' Zodra ik het vroeg wist ik al wat het antwoord was, ook al wilde ik er niet aan.

'Haar geest of zo, weet ik veel. Ik kan er nog steeds niet bij, maar ik zag haar, Maud, ik zag haar.' Zijn ogen werden groter en hij krabde aan zijn voorhoofd. 'In een flits dacht ik dat jij het was,' zei hij en hij grimaste, 'maar binnen een paar seconden wist ik dat dat niet klopte.'

'Zei ze iets? Wat deed ze?'

'Niets, ze zei niets, ze deed niets. Ze stond daar maar,' zei hij en hij wees naar het aanrechtblok, 'en ze keek me aan.' Liam bleef voor het raam stilstaan. Er was niets te zien behalve het donker, en de weerspiegeling van onze gestalten in het raam. Geen derde persoon, geen Josie. Ik dacht aan de keren dat ik opa Blauwoog meende te zien. Thuis in West-Cork, in Dublin bij de Botanic Gardens, bij de abdij op Clare Island. Ja, hij leek levensecht. Maar zág ik hem ook echt? Dat wist ik niet zeker. Misschien is een geest een wens. Een verlangen. De menselijke geest is ondoorgrondelijk wat dat betreft. Ik observeerde Liam, die in gedachten verzonken leek. 'Waar denk je aan?'

'Ik vraag me af... Wat wilde ze? Waarom stond ze daar?'

'Je weet zeker dat je het je niet hebt ingebeeld?'

'Nee!' Zijn uitroep was ongemeen fel. 'Nee, ze was er, en niet voor niets.' Zijn gezichtsuitdrukking veranderde. Er viel zo te zien een kwartje bij hem. Nee: er denderde een hele zak muntgeld over hem neer. Hij keek me verschrikt aan. 'Verwijt. Ze verwijt me iets. Dat zag ik.' Nu werd hij lijkbleek en hij ging op een van de stoelen bij de eettafel zitten.

'Verwijt? Wat moet Josie jou in godsnaam verwijten?' Ik ging naast hem zitten en legde mijn hand op de zijne. Die voelde warm en klam.

Liam sloot zijn ogen en drukte met zijn wijs- en middelvingers tegen zijn slapen. Zijn donkere haren vielen iets over zijn vingers heen. 'Ik... Ik weet niet zo goed hoe ik het moet zeggen.'

Mijn nekharen gingen overeind staan. Hier had je het. Hij had ergens over gelogen en ik was weer eens te goed van vertrouwen geweest. Ik sloeg mijn armen over elkaar. 'Gooi het er maar uit dan.'

'Ik heb contact gehad met je vader.' Hij gooide het eruit. Ik bevroor. Mijn gedachten stokten. En dat gebeurt niet snel, geloof me. Even leek mijn hoofd een ruimte vol losse legoblokjes waar ik wanhopig iets van probeerde te construeren, maar de blokjes werkten niet mee. Contact met mijn vader? De man die we al tijden proberen te lokaliseren? Hoe... Waarom? En dat vroeg ik dan ook: 'Hoe dan? Wanneer en waarom?' Ik trok mijn hand terug en schoof mijn stoel van hem af.

Liam zuchtte diep en deed een poging mijn hand te pakken, maar ik weerde hem af. 'Ik weet niet waar hij is. Echt niet. Ik... Hij belde mij voordat we naar Dublin gingen. Serieus, ik wist niet wat me overkwam, ik had hem jaren niet gehoord of gezien.'

Er begon iets te prikken achter mijn ogen. Ik knipperde en stond op om meer bier te pakken. Veel bier. Heel veel bier. Liam wachtte tot ik een glas voor mezelf had volgeschonken – ik bood hem niets aan – en ging verder.

'Hij vroeg of ik wist dat jij in het witte huis was. Hij had dat vernomen, vraag me niet hoe of van wie. En hij wilde dat iemand een oogje in het zeil hield.'

'Waarom jij?'

'Omdat hij niet wist aan wie hij het anders kon vragen.'

'James?'

'Die kent hij niet, mij wel.'

'En je oma? Ze noemde hem "duivelsgebroed". Zal ze blij mee zijn geweest, dat jij contact met hem had.'

Liam verstarde. Onder de gordel, Maud. Niet tof. Ik kuchte. 'Sorry, dat was gemeen.'

Hij knikte. 'Ik snap het wel.' Hij stond op, schonk voor zichzelf een glas bier in en bleef tegen het aanrecht geleund staan.

'Ik had het je eerder moeten vertellen. Maar ik kende je niet, ik zag er niet zoveel kwaad in. Het enige wat ik hoefde te doen was hem melden als er iets gebeurde.'

'Iets gebeurde?'

'Ja, ik wist op dat moment ook niet waar hij op doelde. Ik vond het maar raar eigenlijk. Wat moest er nou gebeuren? Inmiddels snap ik beter wat hij bedoelde.'

'Ging je daarom mee naar Dublin?'

Liam knikte en dronk in een keer de helft van zijn glas leeg. 'Ja, en daar stopte het ook.'

'Wat?'

'Ons contact. Zijn telefoonnummer was ineens niet meer bereikbaar.'

Dat had die studiegenoot ook gemerkt, herinnerde ik me. Ineens werkte het niet meer.

Ik nipte van mijn bier en dacht na. Dit was verwarrend. Niet eens zozeer vanwege het verraad van Liam. Maar wel vanwege de nieuwe vragen die dit opriep. Hoe wist mijn vader dat ik in het witte huis was komen wonen? En waarom liet hij me in de gaten houden als hij zo overduidelijk geen contact met me wilde?

Ik ging overdwars op het grote bed liggen. Mijn mobiel staarde me zwijgend aan, ik had geen nieuwe appjes. Geen nieuws van James. Dat stak. Ik concludeerde dat er geen nieuws was, maar ergens had ik verwacht dat... Nou ja, ik weet het niet. Mijn stemming was niet top, ik kon beter niet in die gedachtetrein naar zorgenstad gaan zitten. Alleen nog even Instagram checken en dan slapen. Hopelijk zonder rare dromen. Zonder opduikende spoken uit het verleden. Zonder gedachten aan Liams verraad. Mijn laatst toegevoegde foto's waren massaal geliket, Ierland beviel mijn fotofans goed. Mijn oog viel op het symbooltje rechts bovenin: een nieuw privébericht. Mijn hartslag versnelde, ik tikte op het icoontje en mijn inbox opende. Nieuw bericht. Ik schoot overeind. Hij had me geantwoord. En morgen kwam hij zijn sleutel terughalen. Mooi. Dan had ik wel wat vragen voor hem.

Lichtjes in het donker?

Carraigahowley. Ofwel: Rockfleet. Het kasteel van Grace O'Malley in Newport, op een kwartiertje rijden, waar ik laatst al eens was geweest. Gelegen op een verlaten plek, half in het water, tussen het slijk en de zompige velden. Uitgerekend daar wilde hij afspreken, kort na zonsondergang. Was dat toeval? Het was een verlaten plek, maar het barstte van de verlaten plekken in Ierland. Heel veel toevalligheden bij elkaar zijn geen toeval meer.

De hele ochtend had ik Liam en zijn pogingen om een gesprek aan te gaan genegeerd. Ik was boos, en dat mocht hij voelen. Hoe durfde hij al die tijd tegen me te liegen? Hij wist hoe graag ik mijn vader wilde vinden en toch had hij niet verteld dat hij contact met hem had. Hoe slecht en achterbaks ben je dan? Af en toe wierp ik een blik op hem en zag dat hij het er in elk geval zwaar mee had. Mooi zo, kook maar in je sop gaar. Voel je maar flink schuldig.

Tegen zonsondergang vertrok ik, zonder hem te zeggen waarnaartoe. Hij deed een poging het te achterhalen, maar die strandde op mijn volhardende stilzwijgen.

Na ruim tien minuten te hard rijden zag ik Rockfleet Castle opdoemen. De oude verweerde stenen stonden onveranderd trots in de monding van de baai. Nu, in de schemering, in de kletterende regen, viel het laatste daglicht weemoedig over de hoeken van de toren. De toren leek nu levendiger dan de keer dat ik er overdag was. Ergens verwachtte ik een galjoen achter het kasteel te zien opduiken, bemand met piraten die tot de tanden bewapend aan land sprongen. Vol verhalen, vol beleefde avonturen, de armen vol gestolen schatten, blinkend en glanzend. Oké, misschien had ik een al te romantisch beeld van verloren tijden.

Ik keek om me heen. Nergens een auto te zien. Ik zette het zaklampje van mijn mobiel aan en begon in de richting van de toren te lopen. Bij elke stap in het slijk klonk een zuigend geluid als mijn voet omhoogkwam. Mijn capuchon waaide bijna af en ik trok hem zo dicht mogelijk om mijn hoofd, al voelde het onaangenaam opgesloten. Terwijl ik liep draaide ik af en toe om mijn as om te zien of er iemand achter me aan kwam. Niets. Er was niets te zien. Traag bewoog ik voort. Ineens waren er koplampen. Ik keek in de richting van de weg. Een auto passeerde in hoog tempo. Hij stopte niet.

Vlak bij de toren werd de grond nóg drassiger. Het water stond al redelijk hoog. Het was bijna onvoorstelbaar dat hier, in deze onherbergzame omstandigheden, eeuwen geleden een druk leven werd geleid. Er moest rondom de toren een kleine wereld hebben bestaan met mensen, bijgebouwen, een omheining. Er moesten dieren hebben gelopen, mensen hebben geleefd, gelachen, gevochten en gestorven. In de kille avonden hadden ze samen rond hun vuren gezeten, in de nachten dicht tegen elkaar aan gelegen om niet te bezwijken aan de ijzige kou.

Een windvlaag benam me de adem en ik draaide mijn hoofd opzij. Er was hier iets. Stemmen uit een ver verleden. Ik spitste mijn oren. Hoorde ik gezang? Of speelde de huilende wind die om de toren cirkelde me parten? Stapje voor stapje ging ik vooruit, met een omtrekkende beweging om de toren. Ik hoorde echt een geluid. Huilen? Zuchten? IJskoude vingers omklemden mijn ruggengraat en veroorzaakten rillingen tot aan mijn tenen. Ik was gek. Wat deed ik hier? Als hij die sleutel wilde, moest hij maar gewoon naar een warme pub komen. Niet hier. Het laatste daglicht was inmiddels opgeslokt door de horizon. Ik sloeg mijn armen over elkaar om wat warmte te voelen. Langzaam drong de regen door mijn schoenen en broek. Ik zette het zaklampje uit en stopte mijn mobiel in mijn zak. Even bleef ik staan om te luisteren. Het zoevende geluid was weg. Geen gezang of gehuil, helemaal niets, behalve windvlagen en regen. Ik glimlachte. Hoe simpel was het om dingen te zien en te horen als de omgeving er zo *spooky* uitzag.

Ik wilde net mijn mobiel weer pakken om met behulp van de zaklamp weer bij mijn auto uit te komen toen ik opnieuw een geluid hoorde. Geen regen. Geen wind. Geen zingen. Het was... Het leek... Gehijg? Mijn hartslag schoot als een razende omhoog, ik speurde in het donker. Lichtjes, zag ik lichtjes? Gehijg? Gegrom? Ik hoorde gegrom, ik wist het zeker. *What the f...?* Zompige geluiden verrieden een aanwezigheid van iemand die liep. Iemand die snel liep. Ik graaide naar mijn mobiel om het zaklampje aan te zetten, zoals ik van plan was geweest. Het gegrom klonk nu akelig dichtbij. Niet wachten, Maud, rennen. Rennen! Dus ik rende. Ik rende in de richting van de weg, tenminste, dat hoopte ik. Na een tijdje besefte ik dat ik de verkeerde kant op ging, juist van de weg af. Shit. Doorrennen. Ik moest doorrennen. Meer naar links. Daar was de weg, dacht ik. Ik keek achterom. Er bewoog iets achter me. Het was... een beest? Zag ik een dier? Gele lichtpuntjes kwamen dichterbij. Ik verhoogde mijn tempo. Een grote kei liet me struikelen en ik vloog voorover de modder in. Mijn enkel klapte dubbel, ik slaakte een hoge gil. Zo snel als ik kon krabbelde ik overeind en ging verder. Ik moest verder. Ik wist niet wat er achter me zat, maar het was geen schattig schoothondje.

En toen ging het allemaal zo ontzettend snel. De regen sloeg ongenadig hard in mijn gezicht, alsof ik alle tranen van de wereld tegelijkertijd over me uitgestort kreeg. Ik rende harder dan ik had gedacht dat ik kon rennen. Mijn longen protesteerden, mijn rechterenkel deed gruwelijk pijn. Een snelle blik over mijn schouder leerde dat ik dit absoluut ging verliezen. Gele ogen, kleine lichtpuntjes van kwaad in de duisternis, naderden zo snel dat ik niet eens meer kon bedenken dat het te laat was. Te laat voor alles. Ik zou nooit weten hoe het zat, wie ik was, waar ik vandaan kwam en waarom ik in deze raadselachtige ellende was beland. Ik struikelde, raakte ongenadig hard de zompige grond, draaide om, hief mijn arm ten afweer, de gele ogen waren zo dichtbij dat ik de blinkende tanden zag, de stinkende adem rook. En ik dacht in die laatste seconden alleen nog maar: Maud, o Maud, hoe heb je jezelf in godsnaam in deze nesten gewerkt?

Deel 4

'And above all, watch with glittering eyes the whole world around you, because the greatest secrets are always hidden in the most unlikely places. Those who don't believe in magic will never find it.'
— Roald Dahl

Wie is er gek?

'AF! HIER!' Een stem sneed door de duisternis en de gele ogen draaiden weg, de andere kant weer op. Hijgend lag ik op de natte grond en het vocht trok onmiddellijk door mijn kleding tot op mijn huid. Ik rilde en probeerde op te staan.

'Sorry, sorry, dit was niet de bedoeling, soms luistert hij helemaal niet, hij moet gedacht hebben dat je kwaad in de zin had.' De man boog over me heen. De hond met de gele ogen zat hijgend met openhangende bek naast hem. Zijn snuit leek daardoor vertrokken in een sardonische grijns.

Ik tuurde langs het beest heen, in de ogen van mijn vader. Aka Angelino Dolcet. Oftewel Finn Sheehan. Hij was net als ik doorweekt en zijn haren plakten op zijn schedel. 'Dit is mijn bewaker. Eros.'

'Een wolf? Ben je gek of zo?'

'Het is geen wolf, hij lijkt er alleen op. Het is een tamaskan, een kruising tussen...'

'Ja ja, ik hoef geen lesje hondenrassen. Hij lijkt op een wolf. Punt.' Ik kwam overeind en deed een halfslachtige en overbodige poging de modder van mijn kleding af te strijken. 'Je mag wel een bordje om zijn nek hangen dan, je bezorgt mensen een hartverzakking met zo'n beest.'

Het beest stapte naar voren en drukte zijn kop tegen mijn bovenbeen.

'Ha, hij vindt je leuk,' zei mijn vader.

'Nou, ik moet nog bezien of dat wederzijds is.' De woorden kwamen er stroef uit; de koude was op mijn kaken geslagen. 'Ik moet de warmte opzoeken. Anders heb ik morgen een longontsteking.' Ik zocht naar mijn mobiel, zette de zaklamp aan en scheen in de verte. Ik was echt volledig de verkeerde kant op gerend, zag ik nu. Sukkel.

'Mag ik mijn sleutel terug?'

'O wauw, is dat echt het enige waar je nu, op dit moment, aan denkt? Je jaagt me de stuipen op het lijf, ik ga hier bijna dood aan onderkoeling, en jij wilt je sleutel?' Ik schroefde mijn looptempo op, mijn vader en zijn nepwolf volgden.

'Dat is waarom we hier hadden afgesproken.'

Ik draaide me abrupt om en drukte mijn neus bijna tegen de zijne. 'Luister, ik ga nu naar mijn huisje. Ik ga douchen en warme kleding aantrekken. Ik ben alle spelletjes zat. Ik heb die sleutel niet eens bij me, die ligt in het huisje. Als je hem wilt, kom je maar mee.' Ik wees naar de nepwolf. 'En die wolf ook.'

'Hond.'

'Ook goed.' Ik liep verder, en tot mijn verbazing volgde mijn vader zwijgend en braaf. Hij had mijn leugen geslikt. In mijn jaszak zat de sleutel; ik voelde er even aan.

Liam sprong overeind toen hij me binnen zag komen. 'Wat is er met jou gebeurd?' Zijn blik toen hij vervolgens mijn vader met een beest in mijn kielzog zag was onvergetelijk. Ik grijnsde. *Eat this.*

In de spiegel in de badkamer zag ik een hoofd vol smerig en nat haar; het rood was vanwege de modder overwegend bruin. Mijn wangen gloeiden als vuur, mijn ogen flikkerden fel. Ik was op oorlogspad. Afgelopen met dat gemanipuleer en vage gedoe. Vanavond kwamen er antwoorden op tafel. Punt uit.

Het hete water stroomde over mijn lichaam. Pas nu werd ik me bewust van de pijn in mijn enkel, die er normaal uitzag maar niet zo aanvoelde. Het duurde minutenlang voordat mijn lijf de warmte van het water tot diep in mijn binnenste toeliet. Daarna droogde ik me af en keek opnieuw in de spiegel. Schoon nu, maar met dezelfde felheid. Mooi zo.

In een dikke trui en een joggingbroek schoof ik bij Liam en mijn vader aan de eettafel. Mijn vader, die er nog steeds verwilderd en smerig uitzag. Zijn nepwolf lag aan zijn voeten en staarde naar me. Grappig hoe de context verschil maakt; ik zag nu warme lieve ogen, niet de kille gele berekenende ogen van daarstraks. Er stond een glas whiskey voor me klaar, gulzig nam ik een slok, het brandde goddelijk.

'Zo, lekker bijgekletst?' sneerde ik zonder een van hen aan te kijken.

'Hoe bedoel je?' vroeg mijn vader.

'Hou je niet van de domme.'

'Ik geloof niet dat ik je volg.'

'Onze afspraak,' vulde Liam aan. Hij ontweek mijn blik.

'Welke afspraak? Sorry, ik weet niet waar jullie het over hebben,' zei mijn vader en hij streek over de natte kop van zijn hond.

'Dat ik een oogje op haar zou houden,' lichtte Liam verder toe.

Mijn vader fronste. Daarna viel zijn mond open en hij schoot naar voren. 'Ik heb niemand iets gevraagd. Helemaal niemand!' Zijn blik schoot alle kanten op.

Liam keek me verbaasd aan, maar ik haalde mijn schouders op. Ik wist al helemaal van niets. Maar een onheilspellend gevoel bekroop me. Dit klopte niet, helemaal niet. 'Je benaderde mij met het verzoek of ik een oogje in het zeil wilde houden. Je maakte je zorgen over Maud.'

'Shit.' Mijn vader sprong op. Zijn hond bleef doodkalm liggen, maar zijn ogen volgden zijn baasje nauwlettend. 'Hoe... Ze moeten...' Hij beende heen en weer op het kleine oppervlak voor het keukenblok.

Liam stond op en stapte naar hem toe. De hond gromde zacht, maar duidelijk.

'Af, het is goed,' reageerde mijn vader. De hond was onmiddellijk stil.

'Ik dacht... Jij zei... Die persoon aan de telefoon zei dat hij jou was.'

'Herkende je zijn stem niet?' vroeg ik. Ik hield de hond in de gaten. En hij mij.

'Nee, nou ja, ik had hem voor het laatst gehoord in... Geen idee eigenlijk. Lang geleden. Ik heb geen seconde getwijfeld dat het echt jouw vader was.' Hij keek mij aan en toen naar mijn vader: '... dat jij het was. Waarom zou ik ook.' Zijn schouders gingen omhoog, zijn blik werd triest. Het besef dat hij bedrogen was drong langzaam tot hem door. Ook bij mij. En de implicaties ervan eveneens. Iemand in Baltimore wist dat Liam mijn vader kende. Diegene had zich bewust voorgedaan als hem, om mij in de gaten te houden. Om meer over mij te weten te komen? Of in een poging om, net als ik, mijn vader te vinden? Ik richtte me tot hem. 'Wat is er in godsnaam aan de hand? Ben je een soort maffioso of zo? Waarom zitten er mensen achter je aan?' En waarom ontloop je mij? Waarom vallen we elkaar niet in de armen, zoals het eigenlijk zou moeten na al die jaren? Maar die gedachten sprak ik niet hardop uit. Ik beet op mijn lip en stond op om een glas water te pakken. Niet gaan janken nu, Maud.

'Een maffioso?' Hij lachte. 'God nee, ik ben allesbehalve dat.' Hij zuchtte en liet zijn hoofd in zijn handen zakken. De nepwolfhond legde zijn kop op zijn schoot. 'Waar moet ik beginnen...? Hoe meer je weet, hoe gevaarlijker het voor je wordt. Ik...'

'Gevaarlijker? Ik ben achtervolgd, overvallen, er is bij me ingebroken. Hoeveel gevaarlijker kan het worden?'

'Ingebroken? Je bedoelt toen die bloem werd gestolen?'

Ik staarde hem aan. Liam stotterde iets wat ik niet verstond. 'Jij? Wil je zeggen dat jij bij mij hebt ingebroken?'

Mijn vader kreunde zacht. Hij pakte de fles whiskey en schonk zowel zichzelf als ons bij. 'Dat was ik, ja. Ik had vernomen dat Josie dood was en...' Hij viel stil en slikte een paar keer. 'Ik wilde naar haar graf. Hoewel ik me had voorgenomen om nooit meer terug te keren. Maar nu ze er niet meer was, was het gevaar voor haar geweken. Het kon dus geen kwaad, dacht ik.' Hij keek me aan met een blik die voor het eerst iets prijsgaf van emotie.

Ik zei niets en wachtte. Vertel maar verder, laat maar horen wat het verhaal is. Ik was er klaar voor. Dat dacht ik echt. In mijn gedachten had alles al de revue gepasseerd: van maffioso tot spion, van huurmoordenaar tot smokkelaar. Hij kon al die dingen zijn, of erger, voor zover dat mogelijk was. Maar ik had nooit, nooit kunnen raden wat het echte verhaal was. Nooit.

De werkelijkheid is vreemder dan de fantasie, zegt men geloof ik weleens. Sinds de gebeurtenissen waarover ik je aan het vertellen ben, kan ik dat alleen maar volmondig beamen. In mijn stoutste dromen had ik niet kunnen bedenken wat mijn vader mij die avond vertelde. Tot de dag van vandaag, als ik eraan denk, voel ik de verwondering en de verbijstering. Misschien ken je het wel. Eerst denk je dat die ander gek moet zijn. Dan denk je dat je zelf gek geworden bent. Of allebei, dat kan ook. En als het tot je doordringt dat het allemaal echt waar is, dan... Nou, dan wordt je leven anders. Dan is nooit meer iets hetzelfde, alsof je tot een geheim genootschap bent toegelaten waar alleen jij en een paar anderen toegang toe hebben. Zelfs nu, nu ik jou alles vertel, twijfel ik weer een beetje aan mezelf. Ben ik écht niet gek? Dat kan toch? Ik bedoel, wanneer weet je dat überhaupt van jezelf?

Het laat zich raden dat ik die nacht geen oog dichtdeed. Liam, die naast me lag, evenmin. Naast me, ja, want mijn vader had zijn slaapmatje gekregen. En als ik moest kiezen, dan lag ik toch liever naast Liam dan naast mijn vader.

Ik kon geen seconde stilliggen. Liam zei er niets van; ik vermoed dat hij heel goed wist dat als hij dat wel deed, ik hem eruit gegooid had. Het verraad was nog te vers en te groot. Zijn pogingen tot het verzachten van zijn daad strandden allemaal meteen. (Ik kende je nog niet; ik wilde iets goed doen voor je vader, omdat ik hem van vroeger kende; ik zag het als op je passen en zorgen dat je veilig was. Dat soort excuses.) Pogingen die eigenlijk niet eens zo slecht waren als ik mijn weerstand liet zakken, maar *no way* dat ik dat op korte termijn van plan was.

Een appje van James fleurde me een klein beetje op: morgen kwam hij terug. Dat zou dus een gezellige boel worden dan, met z'n vieren in dit tweepersoonshuisje… Ach. Wie dan leeft… wie dan zorgt. Mijn hart huppelde ondertussen voorzichtigjes in mijn borstkas. Jamie kwam terug.

Hij – ik bedoel mijn vader, de man die nu in de woonkamer op een slaapmatje lag, zijn nepwolf met één oog op een kiertje naast hem – had uitgelegd waarom hij zich verborgen hield. In slechts een paar zinnen had hij me een werkelijkheid voorgeschoteld die maar één gedachte bij me opriep: je bent knettergek en je bent ontsnapt uit een psychiatrische inrichting.

Het grote geheim

Vroeg in de ochtend sloop ik uit bed en liep de woonruimte in. Mijn vader was al wakker en stond thee te maken. Zijn trouwe viervoeter lag voor de buitendeur; hij oogde ontspannen, maar ik vermoedde dat hij desgewenst elk ogenblik zijn muil kon openen om de eerste de beste die in de weg liep op te slokken. Buiten kwam de zon op, net buiten het zicht, maar de oranje tinten verrieden de eerste stralen die ergens boven de heuvels uit kwamen.

'Luister. Stel, stél dat ik je geloof. Stel dat je niet liegt, of gestoord bent, of een oplichter.' Ik pakte een mok en maakte koffie voor mezelf. 'Wat dan? Hoe gaat dit verder?'

'Wat geloof je niet?' vroeg hij doodkalm. Alsof hij een verhaal had verteld dat alledaags was. Normaal. Veelvoorkomend.

'Eh, zo ongeveer alles?' Ik ging voor het raam zitten. De lucht was waanzinnig mooi: azuurblauw, warmoranje en het wollige wit van snel voorbijrazende wolkenflarden presenteerden een bewegend schilderij waar ik nooit genoeg van zou krijgen. 'Leg het me nog eens uit, vertel nog een keer wat je gisteravond vertelde.' Ik dacht: als hij nu een andere versie vertelt, dan weet ik in elk geval zeker dat hij maar wat verzint. Ik vond dat best bijdehand van mezelf. 'En het mag ook uitgebreider, want ik had de indruk dat je niet alles blootgaf gisteravond,' voegde ik toe.

Mijn vader ging tegenover me zitten. Onmiddellijk kroop de hond naar hem toe en vlijde zich naast hem. Hij dronk rustig van zijn thee en zweeg. Net toen ik wilde vragen of er nog een antwoord kwam begon hij opnieuw alles te vertellen, nu in de uitgebreide versie.

'Toen ik zestien jaar oud was riep mijn vader me bij zich. Dat deed hij wel vaker, meestal om me terecht te wijzen, want ik was niet zo braaf altijd, maar deze keer was het anders. Ik zag het meteen aan zijn gezicht.' Hij streelde de kop van zijn hond en ontweek mijn blik. 'Geloof me, toen hij het me vertelde dacht ik precies wat jij nu denkt: je bent gek. Het heeft jaren geduurd voordat ik het echt ten diepste kon geloven. En zelfs nu word ik weleens wakker en denk heel even: het is allemaal niet echt waar.' Opnieuw nam hij een slok thee.

'Hij vertelde me dat er in onze familie een geheim was. Een geheim zo groot, zo surrealistisch, dat slechts één iemand uit elke generatie het wist. En dat die ene persoon er verantwoordelijk voor werd, voor het bewaren ervan en voor het doorgeven aan de volgende generatie. In het zestiende levensjaar werd het doorgegeven, dat was de traditie. Ik was enig kind, dus was ik de aangewezen persoon.'

Liam kwam de kamer in. Hij maakte koffie voor zichzelf in en ging zwijgend aan de eettafel zitten. Mijn vader schraapte zijn keel en vertelde verder. 'Ik kreeg het geheim te horen en mocht er nooit iemand iets over vertellen. Nooit, ook niet aan een goede vriend, of aan een toekomstige vrouw. Niemand.'

Ik zag dat zijn gedachten afdwaalden. Dacht hij aan Josie?

Zijn donkere ogen boorden zich in de mijne en hij zei op onverwacht felle toon: 'Ik weet wat je denkt, want ik dacht het ook: het kán niet. Maar ik heb jaren van mijn leven gespendeerd aan onderzoek ernaar. Er is genoeg bewijs voor om in elk geval te kunnen aannemen dat het wél waar is. Er ís ergens een eiland geweest, een eiland dat nu niet meer op de kaart staat. Er is piraterij geweest, grootschalige piraterij aan de kusten van middeleeuws Ierland. Er ís een clan geweest, hier, aan de westkust, die de zeeën tientallen jaren lang beheersten, schepen beroofden en kooplui chanteerden. Er zijn ontelbare schatten vergaard. Schatten die ook weer verdwenen in drank, in corruptie, in het bouwen van vestigingen en in bruidsschatten. Schatten die in verhalen mythische proporties aannamen, en die vermoedelijk in de huidige tijd vooral een schat zijn omdat ze historisch waardevol zijn.'

Ik liet de woorden tot me doordringen. Een eiland dat niet op de kaart staat. 'Wacht, dat eerste: een eiland dat niet op de kaart staat. Je hebt het nu niet over Clare Island?'

Mijn vader fronste. 'Nee, hoezo?'

'Omdat... Laat maar.' Eerst meer horen. Ik moest dit opnieuw ordenen in mijn gedachten. Ik had het fout gehad. Ik had, terwijl het letterlijk uitgespeld voor mijn neus verscheen in de vorm van de verhalen en de boeken, de zaken per se met mijn eenentwintigste-eeuwse verstandelijke blik willen bezien. Het stemmetje vanbinnen, intuïtie, of hoe je het ook noemen wilt: ik had het weggedrukt en genegeerd. Omdat echt geloven in een mythe belachelijk is. En mijn vader beweerde nu vrolijk van niet. Ik sloot mijn ogen even en probeerde mijn gedachten terug te brengen naar het gesprek.

'Ik heb eens een documentaire op National Geographic gezien over een schattenjager. Zo iemand die piratenschepen op de zeebodem zoekt waarin mogelijk kostbaarheden liggen. Fascinerend,' zei Liam.

'Ze bestaan echt. Die schepen. Die schatten. Het stomme is dat het zo sterk de associatie oproept met overdreven actiefilms dat het bijna niet echt meer lijkt. Maar het is wél echt. Alleen is het in dit geval mogelijk nog complexer dan het vinden en bergen van een scheepswrak dat op de zeebodem ligt.'

'Omdat het op een niet-bestaand eiland is?'

'Omdat het op een eiland is dat bestaan heeft, dat mogelijk nog steeds bestaat.'

'Ik begrijp het niet,' bracht Liam in. 'Jij zegt dat er een eiland is dat ooit op de kaart stond, en...'

'Hy Brasil,' onderbrak mijn vader hem.

'Hy Brasil,' ging Liam verder, 'een eiland dat mythisch is. Niet-bestaand. Mogelijk ooit wel bestaand gewéést.'

'Mogelijk bestaat het nog steeds.'

'Dat kan toch niet? Iets bestaat of iets bestaat niet. Als er ergens een eiland is, dan weten we dat en dan staat het op kaarten. Op Google Maps.'

Mijn vader pakte een boek van de tafel. Zijn boek, dat ik van Aidan had gekregen: *Phantom Islands of the Pacific*. 'Heb je het gelezen?' vroeg hij.

'Ik heb het doorgekeken. En ik heb een link gelegd tussen Brasil en Tir Na nOg.' Ik priemde mijn blik in de zijne. 'Van het schilderij, in het witte huis. Het schilderij dat je aan Josie hebt gegeven.'

Hij zei niets. Maar zijn gezicht sprak boekdelen.

'Ik had voor mezelf bedacht dat het symbool moest staan voor een beloofd land dat echt bestaat: Clare Island. Maar begrijp ik nu dat ik ernaast zit? Jij beweert dat er echt een niet-bestaand eiland is?' Dat klonk raar toen ik het zei: een echt niet-bestaand eiland.

'Het spijt me. Soms vergeet ik hoe het verhaal dat voor mij na al die jaren zo vanzelfsprekend is geworden op anderen moet overkomen.' Hij pakte het boek, bladerde erin en legde het open op bladzijde 113: Hy Brazil. Hij wreef met zijn wijsvinger over de letters terwijl hij voorlas: 'Hy Brazil. Gelegen aan de westkust van Ierland. Voor het eerst geregistreerd op een kaart uit 1325. Ook wel Hy Brasil of Brasil genoemd.'

'Angelino Dolcet,' fluisterde ik. 'De cartograaf.'

Mijn vader knikte en ging verder. 'Daarna is het verschenen op kaarten in onder andere 1367, 1513, 1570 en op twee verschillende kaarten in 1595.'

'Is er ooit iemand op het eiland geweest?'

'Er zijn in de loop der eeuwen verschillende expedities geweest. Onder andere door onze eigen heilige St.-Brendan en zijn monniken, die beweerde voet aan land te hebben gezet. Dat was in de zesde eeuw. In 1480 en 1481 zijn er doelgerichte zoektochten geweest. Zonder resultaat. In de loop der tijd zijn er verschillende zichtmeldingen geweest, in de zeventiende eeuw zelfs meerdere. Er zijn verhalen van zeelui die voet aan wal hebben gezet. Verhalen over een groene vallei op het eiland, met schapen en paarden, een onbewoond lijkend kasteel. Een oude chique heer zou de op het strand bivakkerende zeelui verteld hebben dat het eiland vervloekt was en daarom niet zichtbaar, en dat alleen vuur de vloek kon opheffen. De zeelui hadden een vuur gestookt om de nacht warm door te brengen, en de vloek was daarmee per ongeluk opgeheven. Dus het eiland was weer zichtbaar. Een tweede bezoek aan het eiland leek dat te bevestigen, maar kort daarna verdween het weer in de mist, zoals altijd. Uiteindelijk, als de jaren verstrijken, stoppen de zichtmeldingen, en het eiland verdwijnt van de kaarten.'

'Maar hoe kan een eiland er zijn, en daarna niet meer?'

'Los van het feit dat stukken land daadwerkelijk onder water kunnen verdwijnen, meestal door verschuivingen in de oceaanbodem, is er een andere logische verklaring. In de eeuwen waarover we het nu hebben was cartografie nog niet gebaseerd op de techniek die we tegenwoordig kennen. Kaarten werden gemaakt op basis van visuele waarnemingen, soms vanaf de kust, maar meestal via zeevaarders. Maar omdat men niet goed wist waar men was, konden aanduidingen volkomen verkeerd zijn. Denk maar aan Columbus die dacht dat hij Indië had gevonden, terwijl hij eigenlijk aan land ging in wat we nu als Amerika kennen. Zeevaarders die een eiland dat op een kaart stond niet op die plek zagen, dachten simpelweg dat de locatie niet geheel klopte, maar niet dat het eiland niet bestond. Overigens, op de kaart die Columbus gebruikte in 1492, een kaart van Paolo dal Pozzo uit 1457, stond Brazil ook nog vermeld.'

'Als ik het allemaal zo hoor, is het vinden van dat eiland al een schat op zichzelf,' zei Liam.

‘In 1862 is er een zandbank ontdekt: de Porcupine Bank, ongeveer tweehonderd kilometer uit de kust van Ierland. Sommige mensen denken dat die zandbank Brazil is, dat dat is wat zeevaarders vroeger zagen.’

‘En denk jij dat ook?’ vroeg ik.

Mijn vader zei niets en sloeg zijn handen om zijn mok. Zijn schouders gingen omhoog. Na een kort zwijgen schudde hij zijn hoofd en zei: ‘Nee, ik denk niet dat die zandbank Brasil is. Maar ik heb er geen sterk argument voor.’

‘En waar baseer je jouw mening op? Als er echt een eiland is, dan is dat toch eenvoudig te vinden met de huidige kennis en middelen?’

‘Volgens de legende is het eiland een keer per zeven jaar te zien.’

‘O ja, dat klinkt realistisch,’ schamperde ik. Mijn maag rammelde en produceerde een knorrend geluid. Ik zag Liam grijnzen.

‘Dat is ook niet waar, volgens het verhaal zoals dat al generaties doorgegeven wordt. Het probleem met een mythe is dat er in de loop der tijd van alles aan gaat kleven in de overlevering. Het meeste is simpelweg niet waar, maar het is niet altijd duidelijk wat er dan wél waar is.’

‘Krijg je die... erfenis... zwart op wit? Of wordt het altijd mondeling overgedragen?’

‘Eh... mondeling. Alles wat zwart op wit staat kan door buitenstaanders gezien worden.’ Hij ontweek kort mijn blik. Heel kort. Maar ik zag het toch.

‘Dan geldt toch hetzelfde voor jou? Je hoort op je zestiende een verhaal, een verhaal dat kennelijk al eeuwenlang mondeling overgeleverd wordt. Dat kan toch ook veranderd zijn? Net als dat spelletje dat we vroeger in de klas weleens deden. Dat je een zin in iemands oor fluisterde, en die weer bij de volgende, enzovoort, en uiteindelijk kwam er bij de laatste persoon in de kring iets heel anders uit. Volkomen ongeloofwaardig dus.’

‘Je hebt helemaal gelijk, Maud.’

Ik sidderde bij het horen van mijn naam uit mijn vaders mond. Dit was voor het eerst dat hij hem uitsprak.

'Als historicus weet ik dat maar al te goed. En geloof me als ik zeg dat ik lang, erg lang, ook alleen maar sceptisch ben geweest. Misschien juist daarom dat ik het inmiddels durf te geloven.'

'Dat eiland is dus een kwestie van geloof? Net als God?' Ineens dacht ik aan de sleutelhanger: *Je gelooft het als je het ziet*. Had hij het eiland gezien?

'Heb je het gezien? Ben je er geweest?'

'Iedereen kan het zien. Als je het gelooft.'

Daar had je het. Hij was gewoon gek dus. Een soort religieuze fanaticus. Een geloofwaardige gek, gezien de idioten die hem wilden vinden. Meer niet.

Hij pakte een klein boekje uit zijn binnenzak, opende het en legde iets op tafel. Mijn adem stokte. Liams ogen werden groter, hij hield zijn mok schuin, koffie druppelde over de rand. Niet vanwege de bloem, ik had de vorige avond al begrepen dat hij die uit mijn huis gestolen had. Maar vanwege de reden dat hij hem daar neerlegde. Als bewijs. De blaadjes net zo fel als eerst, het groen nog zo groen als vers gras. Het besef viel als een betonblok neer. De bloem die niet bestond. Het was niet alleen maar een nog niet ontdekte soort. Hij kwam écht van een eiland dat niet bestond.

Stiekem ben ik trots op mezelf. Als ik terugkijk snap ik heel goed dat ik mijn intuïtie genegeerd had. Zeg nu zelf: zou jij het geloofd hebben? Het duurde een tijdje, maar uiteindelijk vond ik het bijzonder dat ik, als rationeel eenentwintigste-eeuwse moderne vrouw, toch nog ergens dat vonkje bezat. Dat vonkje dat verbonden is met je oerzintuigen, je zesde zintuig. Dat wat we graag willen negeren, maar wat soms letterlijk levensreddend kan zijn. Nu koester ik het en geef ik het door. Omdat het waardevol is. Want het is hetzelfde stemmetje dat je behoedt voor stomme keuzes. En voor verkeerde mannen.

De kille wind maakten mijn oorschelpen vuurrood. De zon scheen af en aan tussen de voorbijrazende wolken door. Het was droog, dat was al heel wat. Ik liep langs de rand van het water in de baai, dat verraderlijk kalm over het slib kabbelde. Bijna liefkozend. Wat mij betreft had de wind me mogen optillen en wegvoeren, ver van deze maffe situatie. Dat eiland en de bloem en het rare verhaal van mijn vader over een eeuwenoud geheim konden me gestolen worden. Maar mijn hart kon het feit dat ik sinds de vorige dag samen met mijn vader op een paar vierkante meter zat niet verwerken. Dat was omvattender dan wat voor een mysterie ook. Ik voelde me verloren, meer nog dan toen ik niet wist wie mijn vader was. Meer dan toen ik ontdekte dat Mark vreemdging; een gebeurtenis die in het licht van alles wat nu gebeurde een onbenullig voorvalletje leek. Nadat de bloem op tafel kwam was ik vertrokken. Mijn grens was bereikt. Nog meer nieuwe informatie en mijn hoofd zou zijn ontploft, serieus. Liam wilde mee, maar ik moest alleen zijn. Alleen met de Ierse magische luchten, met de geur van het zoute water, met de wind die empathisch meehuilde.

De hoop op andere gedachten vervloog even snel als die huilende wind. Natuurlijk. Het was een illusie om te denken dat ik buiten alles los kon laten. Alles wat hij gezegd had, de vorige avond en daarnet, buitelde over elkaar door mijn hoofd. Terwijl mijn voeten bij elke stap stevig in de aarde landden, glibberde mijn vaders verhaal door mijn gedachten. Ik wilde het op een rij krijgen. Logisch maken. Duidelijk als de foto's die ik schoot: *what you see is what you get*. Dat ging niet. Het verhaal was allesbehalve dat. En mijn vader was allesbehalve dat. Hij was ongrijpbaar, ondanks zijn ogenschijnlijke openhartigheid.

De bloem had hij uit mijn huis gestolen omdat hij niet wilde dat hij door mij gevonden werd. Hij wist niet of Josie op de hoogte geweest was van het bestaan van de bloem. Hij zat al jaren verstopt in dat boek, dat hij min of meer per ongeluk had achtergelaten toen hij voor het laatst in het witte huis was geweest. Hij was degene geweest die de bloemetjes op Josies graf had neergelegd. Hij was degene geweest die ik buiten had gezien, die nacht toen James me op de grond had gevonden. Geen gevaarlijke gek, geen inbreker, maar mijn stalkende vader die een laatste blik op zijn dochter wilde werpen voordat hij weer vertrok om onvindbaar door het leven te gaan. Puzzelstukjes vallen soms zo mooi op hun plek, maar niemand zegt iets over de hardheid en de snelheid waarmee ze vallen en je overdonderen.

Er waren nog veel vragen die door mijn hoofd tolden. De sleutel, nog steeds in mijn bezit, waar was die van? Wie waren die anderen, die mensen die hem opjaagden? Hoe wisten ze dat ik in Ierland was opgedoken, in het witte huis? Er moest iemand op Ringarogy Island zijn, of in Baltimore. Liam? James? Liam had al bewezen dat hij staalhard kon liegen. James was naar het scheen eerlijker geweest, maar deelde niet alles. Hij bleef een soort halfgeopende schelp. Of was er nog iemand anders, iemand die ik nog nooit als verdacht had beschouwd? En de vraag die boven alle vragen uitstak, die na elke nieuwe vraag die ik bedacht meteen weer de eerste plaats opeiste: wat had mijn vaders verhaal te maken met mijn adoptie, áls dat al met elkaar te maken had?

Waarom vroeg je het dan niet aan hem? Ik hoor het je denken. En ik heb het overwogen. Al die vragen lagen de hele tijd op het puntje van mijn tong, klaar om getorpedeerd te worden. Maar ik deed het niet. Ik durfde niet. Ik vertrouwde het niet. Deels was ik bang voor de antwoorden. Stel dat hij had gezegd dat de adoptie niet meer en minder was dan 'ik had geen trek in de zorgen voor een kind'? Ik bedoel, leven met de gedachte dat ik weggegeven ben vanwege een groot eeuwenoud mythisch geheim is veel aantrekkelijker, toch? En wat mij dwarszat was het feit dat hij alleen vanwege een sleutel contact gezocht had. Zonder die sleutel zou ik nog steeds als een malloot achter hem aanjagen. Hij wilde mij niet, dat was duidelijk. Hoe kon ik er dan op vertrouwen dat ik de waar-

heid hoorde op mijn vragen? Zelfs dat hele Brazil-verhaal kon nep zijn. Alles kon verzonnen zijn. Wanneer weet je dat iets echt waar is? Waar ligt de grens van wantrouwen naar vertrouwen? Ik zou spoedig ontdekken dat die grens in elk geval nog niet in zicht was.

'Maud!' Ik bleef staan. Werd ik geroepen? Of speelde de wind weer eens een spelletje met me? Ik trok mijn shawl hoger om mijn oren en liep zo snel door als op de zompige grond mogelijk was.

'MAUD!' Harder nu. Ik draaide me om en daar kwam Liam aangesneld. Hij had flink de pas erin, gleed bijna uit, en kwam naast me lopen. 'Hij is weg, Maud, hij is weg.'

'Hoe bedoel je?' Mijn hart bonsde genadeloos snel in mijn borstkas.

'Ik ging douchen, en toen ik klaar was, was hij verdwenen. Weg, zijn hond ook.'

Ik wist niet wat ik moest antwoorden. Shit. Een onaangename hitte verspreidde zich vanuit mijn buik door mijn lijf, het liefst had ik mijn jas uitgegooid. Ik schrok van een schril geluid boven mijn hoofd. Stomme meeuwen.

'En de bloem?'

'Ook weg.'

'Klootzak. Verdomme.'

'Dat is raar, toch?'

'Dat hij een eikel is? Ja, nogal.' Ik verhoogde mijn snelheid, het werd bijna een drafje. Boven mij betrok de lucht, de heldere kleuren vergrijsden in een hoog tempo. Met een beetje pech werden we nat.

'Heb je hem de sleutel gegeven?'

Nee. Dat had ik niet. Dit was inderdaad raar. De reden waarvoor hij kwam had hij niet meegenomen: de sleutel was nog steeds in mijn bezit. Was er iets voorgevallen waardoor hij zo onverwachts vertrok? Ik keek stiekem even naar Liam. Had hij iets gedaan of gezegd?

‘Het kan allemaal gebral van een waanzinnige zijn.’

‘Dat kan. Maar het kan ook echt waar zijn.’ De wind benam me de adem, ik wendde mijn gezicht af en stopte met lopen. ‘Wat denk jij?’

‘Ik heb vreemdere verhalen gehoord. Het barst van de mythen, van de overgeleverde verhalen. Onze Ierse volksaard gedijt erop, voedt zich ermee. Het is niet iets wat zomaar even terzijde geschoven wordt, zelfs in de huidige tijd niet. Ik heb genoeg gezien en ervaren in mijn leven om de deur naar de onwaarschijnlijkheid open te houden.’

‘Maar een piratenschat, kom op zeg. Op een spookeiland. Er worden mensen voor minder opgesloten in een inrichting.’

‘Misschien. Maar het is niet zo vreemd als dat het lijkt, hoor. Denk aan wat ik eerder zei, over dat programma dat ik heb gezien op National Geographic. Er liggen tientallen schepen op de zeebodem uit de hoogtijdagen van de piraterij. Inclusief hun kostbare schatten. En er zijn mensen die er kapitalen aan besteden om die wrakken te vinden.’

‘Waarom is er dan niemand die die zogenaamde schat van mijn vader heeft gevonden? Of er in elk geval naar gezocht heeft? Waarom doet hij het zelf niet?’

Liam trok zijn schouders op. ‘Geen idee. Het is allemaal nogal wazig. En we moeten maar geloven wat hij zegt.’

‘Je denkt dat hij liegt?’

‘Ik sluit dat niet uit.’

Ik zweeg. Want ik sloot dat ook niet uit.

Het beloofde land?

Liam vertrok na terugkomst in ons huisje naar Westport om boodschappen te doen. Er moest tussen alle wilde avonturen door ook gewoon gegeten en gedronken worden. Voor mij was het tijd voor wat onderzoek. Ik opende Google en tikte 'Hy Brasil' in. Genoeg hits; op internet bestond het eiland overduidelijk wel. Hy Brasil. Spookeiland. Ook bekend als Brazil. Ik las alles wat ik kon vinden, inclusief het hoofdstuk uit het boek over de zeven landen die nooit waren. Alles wat mijn vader verteld had kwam ik tegen. Daarover was hij eerlijk geweest. Wat dat inhield, eerlijk zijn over een niet-bestaand eiland, dat wist ik nog niet zo goed. Ik hinkte voortdurend op twee gedachten. Enerzijds wilde ik graag meegaan in de eigenlijk niet te negeren intuïtie dat het waar was: dat het eiland meer dan slechts een mythe was. Anderzijds hamerde mijn nuchtere verstand hard tegen mijn schedelpan: Maud, dit kán niet. Het was een soort omgekeerd sinterklaasverhaal. De dag waarop je ouders je vertellen dat hij niet echt bestaat, wil je dat liever niet geloven. Ik had moeite met geloven van iets wat kennelijk wél bestond. Maar dat zorgde er niet voor dat ik alles aan de kant gooide. Sterker nog, ik beet me steviger vast in de materie.

Voor mezelf noteerde ik alles waarvan ik dacht dat het van belang was. En dat was in elk geval dat het eiland, hoe verborgen ook, op kaarten altijd ongeveer dezelfde plek had gekregen, in een tijd waarin dat niet voor de hand lag. Een ander punt waar ik waarde aan hechtte was dat niemand kon uitsluiten dat het eiland er nooit geweest was, hoe mythisch het ook was. Heel even, echt heel even maar, kwam de Instagram-fotograaf in me naar boven. Hoe cool zou dat zijn: foto's van een mythisch eiland? Mijn nuchtere ik sabelde die gedachte onmiddellijk weer neer. Eeuwen van zoektochten en expedities hadden het eiland niet gevonden, en zelfs met moderne meetapparatuur en andere instrumenten was dat niet gelukt, hoe moest ik het dan vinden? Onmogelijk. Maar erover fantaseren was aangenaam. Maud McCarthy. Fotograaf van niet-bestaande plekken. Ik zag het visitekaartje al voor me.

Ik las dat de laatste keer dat Brazil op een kaart stond in 1865 was geweest. Het werd toen al niet meer als eiland aangeduid, maar als rots. Dat paste wel bij de theorie van een langzaam verdwijnend eiland door verschuivingen van platen op de zeebodem. Maar goed, fotograaf zijn was niet hetzelfde als geoloog zijn. Dat het eiland volgens de mythe slechts eens in de zeven jaar te zien was, was te verklaren vanuit een symbolische uitleg van het verhaal. Het getal zeven was zowel in het christendom als in het Keltische geloof een magisch getal. Door te beweren dat het eiland eens in de zeven jaar verscheen, wilde men mogelijk alleen maar aanduiden dat het eiland niet altijd zichtbaar was.

Erg interessant was de visie van Graham Hancock, een schrijver die meerdere boeken op naam had over de oorsprong van onze beschaving. Zijn theorie was dat Hy Brazil en de Porcupine-zandbank dezelfde waren. Dat het ooit, lang geleden, wel boven zeeniveau uit kwam. De reden voor deze aanname was vrij simpel: de ligging van beide kwam overeen. Zelfs als cartografen van destijds het eiland baseerden op overleveringen en niet op daadwerkelijke waarneming, dan nog was het te toevallig dat het elke keer, eeuwenlang, op dezelfde plek op de kaarten terechtkwam. Kortom: de gedachte dat er werkelijk land was, of in elk geval was geweest, was niet zo heel erg vreemd.

Ik zocht verder; inmiddels voelde ik me een soort Robert Langdon. Dat voelde best goed, trouwens. De Porcupine-zandbank werd ontdekt in 1862. Hij vormde de begrenzing van het West-Europese continentaal plat. Mooi, mijn aardrijkskundekennis werd en passant ook even opgefrist. Het hoogste deel van de zandbank lag ongeveer honderdvijfenveertig meter onder het zeeoppervlak. Mmm. Daar zwom ik niet zomaar even naartoe dus. Zelfs duiken was geen simpele optie. Ik googelde verder. En toen viel mijn oog op iets heel erg wonderlijks, voor zover alles tot nu toe nog niet wonderlijk genoeg was. Ik lachte hardop, dit was té bizar. Als het echt waar was. Net toen ik wilde opstaan om thee te maken en daarna verder te lezen, bonsde iemand hard op het raam. Ik schrok me rot.

James zag er fantastisch uit, een subtiele glimlach onderstreepte zijn stralende ogen. Een donkergroene tweed pet haalde het rood in zijn haren sterker naar boven. Volgens mij stond ik secondelang stom te staren, tot hij iets zei. 'Hoi Maud, goed weer hier te zijn.' Hij trok zijn jas uit, hing hem over een stoel en ging zitten. Zijn blik viel op de reistas van Liam, die in de hoek stond. De glimlach loste op. Nu kwam het. De strijd van de haantjes. Ik wilde mijn mond al opendoen ter verweer en uitleg, en boosheid oproepen om hem onmiddellijk tot de orde te roepen, maar de glimlach keerde terug. 'Aha, je hebt al gezelschap. Mooi zo. Dat vind ik een prettiger gedachte dan dat je hier in je eentje zou zijn.'

Meende hij dit nu? Ik observeerde zijn trekken. Hij leek oprecht. 'Eh, oké. Ja, Liam bood aan om weer aan te sluiten. Zijn oma is inmiddels begraven.'

'Dat weet ik. Hij appte me. Ik wist dat hij hiernaartoe zou gaan.'

Ik wist niet goed of ik nu blij of pissig moest zijn. Achter mijn rug om met elkaar over mij appen alsof ik een klein meisje was op wie gepast moest worden? Of was dit lief en moest ik blij zijn omdat ze in elk geval samen door één deur konden? Moeheid overviel me. Ik besloot voorlopig de laatste optie te kiezen. Ik was blij. Soort van. James leek evenmin nog last te hebben van ons roerige afscheid, waar ik niet graag aan terugdacht. Ik had me gedragen als een pubermeisje vol hormonen.

'Geen zorgen, ik weet best dat je jezelf wel redt.'

O ja, ook nog gedachten lezen, mister zonnestelsel. De glimlach om mijn lippen zag hij hopelijk niet meer, want ik keerde me snel van hem af.

'Ik heb de makelaar gesproken. Naar mannetje, maar dat was niet verrassend.'

Ik leunde tegen het aanrechtblok en deed nog steeds mijn best om niet te veel te staren naar wat voor een lichaamsdeel van James dan ook. Verdorie.

'Wat wel verrassend was, was zijn openheid. Al moet ik erbij zeggen dat ik hem misschien een paar toekomstbeloften heb voorgespiegeld die ik niet waar kan maken.' Zijn ogen flonkerden. 'Als mensen wanhopig zijn, zijn ze geneigd veel voor waar aan te nemen.'

Ik realiseerde me dat dit de eerste keer was dat ik James meemaakte in de hoedanigheid van advocaat. Het brave conservatieve laagje gleed van hem af. Ineens zag ik de bezieling. Goed bezig, Maud. Voor de zoveelste keer: *don't judge a book by its cover*. Niet dat het hielp de kriebels in mijn lijf te laten verdwijnen. O nee.

James ging verder: 'Zijn interesse in het witte huis had wel degelijk te maken met de wens het tot een B&B om te toveren. De man is een geboren makelaar; hij ziet in elk huis potentie. Maar er was nog een reden. Josies vermoeden dat het niet helemaal pluis was, was niet geheel onterecht.'

Ik spitste mijn oren en ergerde me aan het (sorry voor het cliché, maar ik heb er geen beter woord voor) brandende verlangen hem letterlijk te bespringen.

'Iemand had een deal gesloten met Murphy: zodra het huis in zijn bezit was, mocht die persoon het van onder tot boven doorzoeken.'

'Wist Murphy waarom?'

'Hij zegt van niet. Hij was vooral blij met die deal omdat hij er geld voor kreeg, geld dat hij weer wilde investeren in het verbouwen van het witte huis tot een B&B.' James glimlachte. 'Het is echt zo'n vent met dollartekens in zijn ogen. Hij ziet, ruikt en denkt geld. Geen last van wat voor morele remmingen dan ook.' Nu boog James zich naar me toe. 'Maar wat wel interessant was, was degene die hem benaderd had. Alle communicatie verliep via de telefoon, maar één keer heeft Murphy de persoon in kwestie kort gezien. Hij had roodblond haar.'

Wauw. Dit was goed. Tenminste, dit verbond verschillende gebeurtenissen met elkaar. Die roodblonde gek is cruciaal. Hij is de spil van alles, dat kon niet anders. Ik juichte vanbinnen.

'En de laptop van Josie, wist hij daar iets van? Heeft hij die gestolen?'

'Hij hield bij hoog en laag vol dat hij geen laptop heeft meegenomen. Ik weet niet of hij daarover liegt. Als je veroordeeld bent voor poging tot doodslag is diefstal niet zo'n ramp, maar mijn ervaring leert me dat criminelen daar toch onderscheid in maken; ze hebben een eigen erecode. Maar als hij de laptop niet gestolen heeft, wie dan wel?'

Een klop op het raam. Daar stond Melvin, de eigenaar van het huisje. Ik opende de deur en aarzelend stapte hij naar binnen. 'Sorry dat ik stoor, maar iemand vroeg mij dit aan je te geven.' Melvin overhandigde me een papiertje. Met trillende handen vouwde ik het open. De afzender verraste me. Snel moffelde ik het in mijn zak, bedankte Melvin, die ons weer alleen liet na een kort praatje over de omgeving en wandeltips; hij was echt een sympathieke man.

James keek me vragend aan en ik deed vakkundig alsof mijn neus bloedde.

Na het eten vertrok ik. Zowel James als Liam bood aan me vergezellen, maar ik sloeg hun aanbod af. Ik moest ergens naartoe. Alleen. Op uitdrukkelijk verzoek, had er in het briefje gestaan.

En ja, ik realiseerde me dat ik mogelijk weer eens een stomme beslissing nam, maar als je eigen vader vraagt om alleen te komen, dan doe je dat toch?

Op het papiertje had gestaan waar hij op me zou wachten. Zijn onverwachte vertrek was niets anders geweest dan een primaire reactie op de situatie; hij was al jaren niet anders gewend dan wantrouwig zijn. Kennelijk was hij geschrokken van zijn eigen openhartigheid in Liams nabijheid, en was deze achterdochtige manoeuvre de reactie daarop. Ik snapte dat wel, dat op en neer gaan in vertrouwen, al zou ik dat nooit hardop toegeven.

Mijn vader zat in de Grainne Uaile op me te wachten, een pub in Newport, ongeveer vijftien minuten rijden verderop. Ik schoof naast hem aan de toog. Zijn nepwolfhond hief zijn kop, concludeerde vermoedelijk dat ik een al bekend persoon was, en liet hem weer zakken. Maar zijn ogen bleven waakzaam open. De barvrouw, een stevige kleine dame met een brede lach en donkerbruine krullen, zette haar handen op de rand van de bar en vroeg: *'Hi, how ya doin'?'*

Ik mompelde dat het best aardig ging, bestelde een *half pint* en opende mijn mond om het gesprek te openen. Maar voordat ik een woord kon zeggen, begon mijn vader te praten.

'Erg fijn dat we even onder vier ogen kunnen praten. Ik had sterk de behoefte om een-op-een met je te praten, dat is toch anders.' Hij haalde zijn schouders op en grinnikte; het zag er raar uit. 'En het spijt me oprecht dat je hierin betrokken bent geraakt. Dat is nu net wat ik al die jaren probeerde te voorkomen.'

'Het is zoals het is, en nu ik er toch bij betrokken ben, hoor ik graag het complete verhaal.' Ik observeerde mijn vaders gezicht. Als de zorgelijke waas die voortdurende als een filter over zijn gezicht leek te liggen er niet zou zijn, zou hij best een charmante man zijn. Karakteristieke trekken, felle ogen, een vrij donkere huid, een flinke haardos, en geen bierbuik. De gemiddelde mannelijke vijftiger zou jaloers zijn op zijn voorkomen.

'Je lijkt zo ongelofelijk veel op haar,' fluisterde hij. Zijn blik was gefixeerd op mijn voorhoofd en een tijdlang zweeg hij. Ik deed mijn best om te wachten tot hij vanzelf verderging en dronk ondertussen van mijn bier. De bardame wierp af en toe een steelse blik.

'Die bloem, hoe kwam je daaraan?' Mijn geduld was op.

'Die hoort bij de overdracht.'

'Overdracht?'

'Als je op je zestiende het geheim te horen krijgt, is er tevens een soort overdracht. Spullen die doorgegeven worden, zaken die je onder je hoede krijgt. Die bloem is er een van.'

'Net als de sleutel,' constateerde ik. Die zat nog steeds in mijn zak. En daar bleef hij nog wel even als het aan mij lag. Zolang ik de sleutel had, had ik mijn vader.

Mijn vader knikte. Hij vroeg er niet naar. 'Die bloem is eeuwenoud. Volgens de overlevering is het dus een bloem van Hy Brazil.'

'Het spookeiland. Een spookbloem van een spookeiland. En jij gelooft dat?'

Hij haalde zijn schouders op en draaide langzaam zijn glas rond. 'Ik geloof dat. Meestal, dan.'

'Iedereen kan dat eiland vinden, toch? Tenminste, als het die zandbank is. Stuur er duikers naartoe, en hup, gevonden. Ik begrijp niet zo goed waarom dat nog nooit gebeurd is. Dan hoef je het niet meer te geloven, dan weet je het zeker.'

'Je hebt het niet helemaal begrepen, denk ik. Degene die me opjaagt weet, voor zover ik weet, niet dat het eiland ermee te maken heeft. Hij jaagt op een eeuwenoude schat, zonder enig idee te hebben waar die zich precies bevindt. En waar de schat uit bestaat.' Een ongelukkige grimas verscheen op zijn gezicht. 'Anders zou ik niet zo interessant zijn voor hem.'

'Het is slechts één persoon?' De roodblonde gek sprong in gedachten.

'Ja, met wat handlangers die hij zo nodig af en toe inschakelt, maar die volgens mij niet het naadje van de kous weten.'

'Mensen zoals Murphy de makelaar.'

'Precies.'

'Maar wie, hoe...'

'Hetzelfde als bij mij,' antwoordde mijn vader. 'Via overlevering krijgt diegene het door. Het is misschien wel als een soort spel begonnen, maar inmiddels al generaties veel meer dan dat.'

De informatie duizelde me. Ik probeerde alles wat ik zelf ontdekt had te combineren met wat mijn vader vertelde. De roodblonde man. Behept met een geschiedenis die zijn leven stuurde, net als mijn vader. Een verleden als loden last. 'Waarom heb je nooit zelf gezocht? Dan is het klaar, dan laat hij je met rust, toch?'

'Geloof me, dat heb ik overwogen. Ik heb alle opties die ik in de loop der jaren kon bedenken lang en intensief overwogen. Maar ik kom steeds op hetzelfde uit; het is een soort catch 22. Want stel dat ik de schat vind, als hij al echt bestaat? Dan heb ik hem in mijn bezit. Dan word ik achtervolgd en belaagd vanwege het bezit van de schat. En stel dat ik de schat wegdoe. Aan iemand geef, doneer, wat dan ook. Hoelang duurt het voordat hij echt gelooft dat er niets meer is? Niets meer in mijn bezit, niets meer in mijn hoofd, niets meer op een spookeiland of waar dan ook? Bovendien, in de huidige tijd, wat zouden de consequenties zijn als je een mogelijk historische schat vindt? Alsof je goud of juwelen of dukaten zomaar kunt inruilen voor etenswaren. Dat kon misschien in de middeleeuwen, maar nu is zo'n schat alleen maar ballast die je kunt doneren aan een museum of anders in criminele kringen moet zien te slijten. Dat is wel het laatste waar ik zin in heb. Ik dacht dat ik de perfecte oplossing gevonden had: de familielijn moest eindigen. Als het geheim niet meer doorgegeven werd, en ik het zou meenemen in mijn graf, dan stopt het allemaal. Dan is het klaar.'

'En de sleutel weggooien?' bracht ik in. 'Die sleutel is van belang voor het openen van iets, neem ik aan.'

'Dat weet jij, dat weet ik. Maar denk je dat hij het gelooft als ik zou melden dat ik een sleutel had die nu weg is? Hij zou denken dat ik lieg, om van het gedoe af te zijn, en vervolgens verdergaan met me proberen te vinden. En ik vraag me af of dat voldoende is. Iets openen, een deur, een kist, kan ook zonder die sleutel. Het is meer een symbool dan een functioneel ding. Ook zonder de sleutel heb ik de kennis.'

Ik tuitte mijn mond en liet lucht ontsnappen. Man o man. Het was allemaal niet zo simpel.

'En clantrots. Zelfs als rationele wetenschapper voel ik die oerkracht. Het geheim is van óns, van onze familie. Niemand heeft recht op die kennis behalve wij. Ik buig niet voor intimidatie. Niet voor angst.' Hij streek over de kop van zijn hond. 'Al is extra bescherming soms niet overbodig.'

Clantrots. Het zal wel. Op mij kwam het over als een macho-ding uit een ver verleden waar alleen idioten om gaven. Maar wat wist ik ervan? Mijn roots waren pas kortgeleden duidelijk geworden en ik voelde geen enkele verbinding met een verleden van clans. Mijn keel voelde dikker aan. Niet aan denken, Maud. De bijna onbedwingbare behoefte mijn vader om zijn hals te vliegen duwde ik weg. Net als de tranen die achterlijk snel hun weg probeerden te vinden naar mijn wangen.

'Waarom lijkt het alsof dit hele verhaal nu urgent is? Of word je je hele leven al zo actief achternagezeten?'

'Het is toegenomen, de laatste jaren. Ik kan alleen maar gissen naar de oorzaak. Mogelijk...' Hij nam een slok bier, glimlachte naar de starende barvrouw, die rood kleurde en snel haar blik afwendde, en ging verder. 'Weet je nog dat programma op National Geographic waar Liam een opmerking over maakte? Dat ging over een Engelse piraat, ene Bannister, een man die in zijn carrière als kapitein bij de Britse Royal Navy op een gegeven moment geswitcht is naar de piraterij. Zijn schip, de *Golden Fleece*, zonk in het Caribisch Gebied in de zeventiende eeuw, vol met schatten. In 2009 is het gevonden. En nu komt het interessante: die schatjagers zijn versneld gaan zoeken omdat er elk moment een wetswijziging kan komen die ervoor zorgt dat alles wat er in territoriale wateren gevonden wordt automatisch in handen van de staat valt. Je wordt er zelf niet meer rijk van, tenzij je het probeert in het criminele circuit van de hand te doen, maar ook dat is lastig. Een expeditie om een verloren gegaan schip te vinden én te bergen blijft niet onopgemerkt.'

'Zou het zo zijn dat "hij" actiever achter je aan zit vanwege die wet?'

'Dat is mogelijk. Het zou me niet verbazen als hij verwacht dat het zo'n piratenschat is als in het romantische cliché. Een met goud beslagen kist vol sieraden en dukaten met een waarde van miljoenen. Dat spreekt tot de verbeelding.'

Ik fronste. Er klopte iets niet. Een geheim. Een mogelijke schat. Hoezo dacht 'hij' dat het om een piratenschat ging? Mijn vader zei het allemaal met een vanzelfsprekendheid die verried dat hij meer wist dan hij deelde. Hij leek mijn gemoedsverandering niet op te merken en kletste verder. Ik hoorde zijn stem wel, maar alsof ik een koptelefoon op had die het geluid dempte.

'En ik wil dat je begrijpt dat piraterij niet alleen maar dat is wat je er nu waarschijnlijk bij denkt. In de middeleeuwen hier in Ierland was piraterij een manier van leven die niet alleen overzeese strooftochten omvatte, maar ook overeenkomsten met handelslui die overzee kwamen. Een soort "wij beschermen jou in ruil voor goederen". Het ging ook niet alleen om gouden dukaten of juwelen, maar vaak om gebruiksgoederen, specerijen, dat soort dingen.'

'Jouw schat kan dus net zo goed een jutezak met peperkorrels zijn,' smaalde ik.

Mijn vader glimlachte. 'Dat is zeer wel mogelijk.'

Ik keek hem strak aan en zweeg. De glimlach op zijn gezicht verdween langzaam. En inwendig was mijn verwarring enorm. Mijn vader vertrouwde James en Liam niet. Ik wel, nou ja, in elk geval grotendeels. Maar ik vertrouwde mijn vader niet. En aangezien hij niet honderd procent eerlijk leek te zijn, vertrouwde hij mij kennelijk ook niet. Of was het geen wantrouwen, maar wilde hij me in bescherming nemen?

'Is er niemand geweest in de familie, in al die jaren, die dacht: ik ga die schat halen? Wat is het punt van doorgeven van zo'n geheim als er nooit iemand van profiteert?' vroeg ik.

'Er zijn ongetwijfeld pogingen gedaan, neem ik aan. Probleem is dat het eiland verdween. Als het al bestond. En in vroegere tijden een schat op een zeebodem vinden was geen sinecure, vermoed ik.'

Dat bizarre bericht dat ik eerder op internet had gelezen toen ik meer informatie over Hy Brazil zocht schoot me te binnen. 'In Engeland is jaren geleden een ufo gezien, die...' begon ik.

'Dat verhaal ken ik. Het Rendelsham Forest Incident bedoel je. Naar verluidt heeft iemand contact gehad met aliens, die een binaire code doorgaven. Na ontcijfering bleek het coördinaten van allerlei belangrijke aardse locaties te bevatten, zoals de piramides.'

'En Hy Brazil.'

'Juist. De coördinaten geven de locatie aan, die overeenkomt met de plek waar volgens de kaarten het eiland lag. En ja, dat is ter hoogte van de Porcupine-zandbank.' Hij nieste, verontschuldigde zich en ging verder: 'Áls het waar is. Een mythisch eiland bevestigd door een onbetrouwbare ufosignalering is niet bepaald geloofwaardig.'

'Als, mogelijk, vermoedens... Voor hetzelfde geld jagen die anderen al eeuwen een illusie na, een illusie die door jouw familie al die tijd in stand gehouden wordt.' *Jouw* familie. Ik kreeg het woord *onze* niet over mijn lippen. Ik meende een steek van verdriet over mijn vaders gezicht te zien gaan. Mooi, wist hij ook eens hoe dat voelde.

'Dat is mogelijk, ja. Maar hoelang zoeken mensen al naar de Heilige Graal? Of naar bewijs dat Jezus echt geleefd heeft? Of Atlantis? Of recenter: Elvis? Er zijn serieus mensen die denken dat hij leeft en die hem zoeken. Schattenjagen is niet zo gek als het lijkt, hoor. Er zijn talloze boeken over, met titels als *Shipwrecks of the Western Hemisphere*, *Shipwrecks of the Atlantic*, en nog veel meer. Onderwaterarcheologie is een serieus vakgebied, en uiteraard zwerven daaromheen de lieden met duistere intenties... Punt is dat er iets doorgegeven is, waardoor in elk geval ik en de generaties na mij last hebben van idioten die ons leven vergallen. Als ik daarvoor een simpele oplossing had bedacht, geloof me, dan had ik die uitgevoerd. Ik ben niet verder gekomen dan proberen de ellende bij mij te laten stoppen. Dat was mijn oorspronkelijke plan. Geen nageslacht betekent geen overdracht. Klaar.' Hij haalde zijn neus op en keek naar buiten. 'Ik ben alles verloren door dit geheim. Alles.' Het verdriet op zijn gezicht was nu onmiskenbaar. Ik moest de neiging om hem te omhelzen onderdrukken. Zover was ik nog lang niet. En er was meer dat me tegenhield. Er klopte iets niet. Ik kon er de vinger niet op leggen.

Mijn vader had volkomen gelijk. Uiteindelijk doet het er niet toe hoe echt of waargebeurd iets is. Het gaat om wat mensen geloven. Ooit hoorde ik de uitspraak: '"Niet echt gebeurd" is niet hetzelfde als "niet waar".' Ik geef toe, het is een doordenker, maar wel een die de spijker op z'n kop slaat. Als ik erop terugkijk, zie ik duidelijker dan toen de ontzettende verwarring die me in zijn greep had. Ik had nergens meer een stevig houvast en moest varen op dat wat een handjevol mensen die ik allemaal pas erg kort kende me vertelden. Dit gesprek met mijn vader was wel een keerpunt. Dankzij dat ene woord dat hij – volgens mij per ongeluk – uitsprak, waarvan ik pas later volledig begreep wat hij daarmee bedoelde. Je weet welk woord ik bedoel, toch?

Hoe dan ook had ik wel een antwoord waarvan ik op dat moment niet volledig de implicaties tot me liet doordringen. Zijn plan was om de familielijn te laten uitsterven. Dáárom was ik ter adoptie opgegeven. Geen kind betekent geen voortzetting van het ge-

heim van de schat. Rest slechts de vraag: wist Josie het dan ook? Wie geeft anders haar dochter zomaar op?

Uren later zat ik alleen in het donker. Na enig aandringen van mijn kant, had mijn vader ook Liam en James de rest verteld. James had vanwege zijn bezoek aan Murphy sowieso een en ander gemist, en was nu ook volledig bijgepraat. Ergens was het allemaal ontzettend ironisch, ook mijn vader moest stappen zetten in het vertrouwen van anderen, net als ik.

En nu sliep iedereen, Liam op zijn matje, James in het tweepersoonsbed, mijn vader op een stapel kleding op de grond. Ik kon de slaap niet vatten en had mezelf een glas whiskey ingeschonken. Twee kaarsen flakkerden. Ik hoorde Liam langzaam in- en uitademen; het klonk alsof hij ver in dromenland was. Mijn weerspiegeling in de ruit zag er vaag uit, alsof ik een schaduw van mezelf was. Als ik naar een vast punt tuurde, lukte het af en toe om door mijn reflectie heen te kijken en de in het donker gehulde contouren van de baai buiten te zien. Ik zoog de lucht naar binnen en blies die zo langzaam mogelijk weer naar buiten. Mijn buik bolde op, zakte weer in.

Die wet, die kon een reden zijn waarom de achtervolger zijn netten had aangespannen. Maar ik dacht dat er ook een andere reden kon zijn, een reden die ik mijn vader niet verteld had. Een reden die tegelijkertijd ironisch en treurig was. Degene die hij had willen beschermen, Josie dus, had door haar zoekactie mogelijk zelf het zoeken en achtervolgen weer aangewakkerd. Ergens had ze een ingeving gehad, of informatie gevonden die haar op het spoor van mijn vader had gezet. Ik had geen idee of het haar alleen om hem ging, of dat ze ook weet had van het grote geheim. Volgens mijn vader had hij Josie nooit iets verteld. Alleen in een emotionele bui met te veel alcohol had hij een keer wat losgelaten, tot zijn grote spijt. Niet veel, dacht hij, voor zover hij het zich kon herinneren. Genoeg om haar in beweging te krijgen, dacht ik. En als je geen idee had van de omvang van dit hele verhaal, waarom zou je dan geheimzinnig doen? Josie had misschien van alles gedeeld met de verkeerde mensen, zonder dat ze het wist. Trevor Ward, de man op Clare Island. Met hem had ze veel gesproken. En weer gingen mijn gedachten naar Baltimore. Wie sprak daar met Josie? Ik had een vermoeden, maar dat vermoeden was te bizar. Ik wilde er niet aan. Dat kon gewoonweg niet.

Morgen ging ik terug naar Clare Island. En mijn vader ging mee. Voordat we uit de pub terugkeerden naar het huisje zei hij dat hij me iets over de abdij wilde vertellen wat niemand weet, iets uit de overlevering, nadat ik hem gevraagd had of hij wist waarom Josie erin geïnteresseerd was. Ondanks mijn aandringen zweeg hij. 'Morgen, bij de abdij. Het helpt je geloven.' Dat was alles wat hij losliet. Het kwam goed van pas. Ik wilde ook een dingetje controleren op dat eiland. James bood aan ons te vergezellen. Dat vond ik wel een aangenaam idee.

Ik keek naar Liam, die diep in dromenland op zijn matje lag. Zijn borst bewoog traag op en neer. Een lok viel over zijn voorhoofd, en bij elke ademteug verschoof hij een beetje. Ik slikte. En verdrong opkomende gedachten over hem en over James.

Frankenstein bestaat

'Mag ik mijn sleutel.' Het was geen vraag.

Ik keek stoïcijns voor me uit, mijn handen omklemden het stuur. Over een paar minuten waren we bij de ferry naar Clare Island.

'Als we zo gearriveerd zijn. Dan krijg je jouw sleutel. Dan kunnen jij en je vriendje' – ik wees achter me naar de hond die op de achterbank naast James zat en naar buiten keek alsof hij daadwerkelijk de omgeving bewonderde – 'weer vertrekken.' Ik perste mijn lippen onaangenaam hard op elkaar.

Mijn vader knikte en staarde uit zijn raam.

'Ik heb iemand kunnen bereiken. Om twee uur staat hij bij de abdij om ons binnen te laten. Ik heb een verhaal opgehangen over wetenschappelijk onderzoek naar historische locaties op Ierse eilanden.' James had voor vertrek rondgebeld. Met resultaat. Ik wierp een blik in mijn achteruitkijkspiegel en zag James de hond aaien. Wat een schatje. James dus. Het borrelde in mijn buik. Stop met staren, Maud, straks kwijl je harder dan die hond.

Na een rustige overtocht – het water was kalmer dan ooit – stapten we aan land op Clare Island. Grace O'Malleys kasteel stond scherp afgetekend tegen de verrassend blauwe lucht erachter.

'Hoe wist Josie dat de abdij belangrijk was?' Ik liep naast mijn vader, de hond tussen ons in. Af en toe keek het beest naar me op. Ik weet niet wie er wantrouwender was, hij of ik. Meteen na het aanmeren had ik mijn vader zijn sleutel teruggegeven. Hij had er met zijn duim overheen gewreven, waarbij ik de gedachte aan de wonderlamp van Aladin niet kon onderdrukken. Ik dacht daarbij een glimp van verdriet in zijn ogen te zien, maar misschien vulde ik dat in.

'Geen idee. Ze was een slimme vrouw.' Zijn ogen glansden. 'Jij bent toch ook bij de abdij beland?'

Dat was zo. Ik was er beland, zonder enig idee van de waarde of niet-waarde ervan. Josie wist misschien net zo weinig als ik toen ik daar stond. Of ze wist meer dan ik. Daar zouden we nooit meer achter komen.

'Wat heeft Grace O'Malley ermee te maken? Ik kwam op het spoor van Clare Island en de abdij door haar. Omdat ik over haar las.'

'Had je een aanwijzing over haar dan? Dat ze van belang is?' Zijn stem steeg een fractie in toonhoogte.

'Eh, nee. Ik was zeg maar met hagel aan het schieten, en volgde sporen naar aanleiding van de minieme informatie die ik had. Jij kwam vaak in dit gebied, vertelde je studiegenoot in Dublin me, je had een scriptie over piraten geschreven, en bij de boeken in Josies kast kwam ik haar tegen. Grace dus. En als je niets concreets hebt, ga je zoeken op basis van wat je wel weet, in de hoop dat je al doende meer vindt.' Ik haalde mijn schouders op. Dat had ik best helder uitgelegd, al zeg ik het zelf.

'Niet iedereen doet dat. Ik denk dat de meeste mensen helemaal niets zouden doen.'

'Ik ben niet "de meeste mensen".'

Hij keek me aan en zei: 'Nee, dat ben je niet.' Ik zweer dat ik een glimp van trots zag. Snel draaide ik mijn hoofd weg en versnelde mijn pas. In de verte zag ik de abdij opdoemen. De heldere blauwe lucht begon langzaam te verdwijnen dankzij wolkenvelden die traag maar gestaag dichter naar elkaar trokken. De wind zwol aan. Het was weer eens gebeurd met het mooie weer.

Ik trok mijn shawl strakker om mijn hals, verborg mijn kin en mond erin en stak mijn handen in mijn zakken.

'Die vent, die met het roodblonde haar,' begon mijn vader, zijn blik vooruit gericht, 'is een afstammeling van Grace O'Malley. Hij komt voort uit de lijn van de Bourkes, het tweede huwelijk van Grace.'

Ik staarde hem met open mond aan. Ik zag dat hij zijn kaken met kracht op elkaar klemde, een spiertje in zijn wang trilde. Hij liep in onverminderd tempo door. James boog zich naar me toe. 'Hoorde ik dat nu goed? Een nazaat van Grace?'

Ik knikte. Dit was groot en tegelijkertijd had ik geen idee waarom. Het zei alles en niets tegelijk. Stukjes donderden op hun plek. Ik moest dit laten bezinken. Een afstammeling van de grote Grace O'Malley...

Tussen de graven rondom de abdij stond een man te wachten. Naast mij vertraagde mijn vader zijn pas.

'Dat moet de man zijn die ons binnenlaat,' opperde James.

'Dat hoop ik dan maar,' antwoordde mijn vader.

Als de drie musketiers, maar dan wel de aarzelende en nerveuze variant, kwamen we aan bij de abdij. Eros de nepwolfhond bleef de laatste meters voor ons uit lopen, zijn oren plat in zijn nek, en af en toe gromde hij zacht. Mijn vader keek schichtig om zich heen. Er was niemand te bekennen, behalve de man tussen de graven. Hij was verrassend lang, had grove trekken en een vierkante kop, en een rokende sigaret bungelde aan zijn lippen. Diepe groeven in zijn gezicht verraadden dat hij geen jonkie meer was. Vlassige grijze haren, te lang om voor netjes door te gaan, wapperden in de wind. Na wat een eeuwigheid leek te duren, deed hij een stap voorwaarts en stak een hand op. *'Hiya,'* klonk het schor.

Onmiddellijk trok Eros zijn bovenlip op en gromde vervaarlijk. De man zette van schrik weer een stap terug, zijn sigaret viel uit zijn mond, en hij hief beide handen. *'What ya doing?'* Zijn blik schoot schichtig alle kanten op.

'AF!' riep mijn vader Eros terug, die meteen gehoorzaamde en naast mijn vader ging staan, zonder zijn alertheid te verliezen. Ik begon die hond steeds leuker te vinden.

'Sorry,' verontschuldigde mijn vader zich naar de man, en hij stak zijn hand uit. 'Old Daniel,' zei de lange man om zich voor te stellen. Hij draaide zich om en liep op een vreemd houterige wijze naar de deur van de abdij. Ineens kwam de associatie met Frankenstein bij me op.

Old Daniel ontsloot de toegangsdeur, een massief houten lage deur met metalen scharnieren die, uiteraard, piepten bij het openen. De sleutel die hij gebruikte deed me denken aan de sleutel die tot voor kort in mijn jaszak had gezeten. Antiek. Een vieze muffe geur ontsnapte. Binnen in de abdij klonk een gierend geluid.

'De wind,' lichtte Old Daniel toe zonder de vraag gesteld te krijgen. 'Komt door de kieren.'

Een tweede, hoger geluid, drong zich op en overstemde de wind.

'Het verleden,' zei Old Daniel, opnieuw ongevraagd.

Ik trok een wenkbrauw op, James zijn schouders. Het verleden? Dat maakte geluid?

'Geesten,' fluisterde James in mijn oor.

'Doe normaal!'

Hij haalde zijn schouders op. 'Geloof wat je wilt. Als hij' – hij maakte een hoofdbeweging naar Old Daniel – 'het zegt, dan zal het wel zo zijn.'

Ik zuchtte. Het hoge geluid zwol aan. Ik sloeg mijn armen over elkaar. Het zal wel zo zijn. Ja, ja. En de aarde is plat. Tss. Het geluid zwol nog sterker aan. Old Daniel draaide zich met een ferme ruk om, verrassend niet-passend bij zijn trage bewegingen en lompe figuur, keek me aan, zei niets, en zuchtte harder dan ik net deed. Waarom was dat nou weer? Ik rilde. Snel weer weg hier.

'Mogen we alleen rondkijken?' vroeg mijn vader aan Frankenstein, die een nieuwe sigaret opstak. Rook kringelde mijn neusgaten in.

'*Well*, eigenlijk...' Hij keek mijn vader aan en zweeg, waarop mijn vader geld uit zijn zak haalde en dat aan hem overhandigde. Hij frommelde het bankbiljet in zijn jaszak, zoog aan de sigaret, wierp een blik op zijn horloge en stapte weer naar buiten. 'Tien minuten,' riep hij, en bam. De deur was dicht.

'Gezellige man,' zei ik tegen niemand in het bijzonder. Ik keek om me heen. Het was binnen groter dan het vanbuiten leek.

'Het is gerestaureerd. Tientallen jaren geleden zat het dak er niet op, het was een ruïne,' zei mijn vader. Hij scheen met een zaklamp omhoog.

'Wanneer is het gebouwd?'

'In de twaalfde eeuw, en rond 1460 is het herbouwd. Volgens de overlevering ligt Grace O'Malley hier begraven.' Hij wees naar een uitsparing in een wand met een sierlijke soort boog erboven.

'Volgens de overlevering? Het is dus niet zeker?'

'Nee. En ik denk dat ze hier niet ligt.' Hij fluisterde.

'O.' Wat moest ik zeggen? Wat deed het ertoe? 'Zijn we daarom hier? Om naar een graf te staren dat vermoedelijk leeg is? Omdat ze de betbetbetbetovergrootmoeder van een roodblonde mafkees is? Wat heeft dat te maken met alles?'

'Die roodblonde man en dat graf hebben er niets mee te maken. Maar dát wel.' Nu richtte hij zijn licht op de muren, en nu zag ik het pas. Muurschilderingen. Tientallen. Vaag, verkleurd, maar duidelijk aanwezig.

'Deze schilderingen stammen uit de middeleeuwen. Ze zijn de best bewaarde van Ierland. En kijk,' – hij wees een tekening aan die een ruiter op een paard voorstelde – 'ze zijn echt magnifiek.'

Magnifiek. Wie gebruikt dat woord nu nog? Ik glimlachte. 'Prachtig inderdaad.' Maar net als het graf: wat deed het ertoe?

'Ik ga je nu iets vertellen wat je mogelijk niet gelooft. En dat geeft niet. Maar het is de reden waarom ik hier in het verleden vaker ben geweest. Dat is de reden waarom Josie hier was, vermoed ik, omdat ík hiernaartoe ging. Al zal ze niet geweten hebben wat jij zo meteen wel weet. En hij ook.' Hij maakte een hoofdbeweging naar James, die met zijn armen over elkaar naast ons stond. En naast hem hijgde Eros als een persoonlijke bewaker.

'Deze schilderingen, die stellen iets voor.'

'Ja, dat lijkt me logisch.'

'Maar niet dat wat iedereen denkt.'

'Wat denkt iedereen dan?'

'Dat het voorstellingen zijn van het leven in deze streek, in de middeleeuwen.'

'Ik vind dat geen gekke gedachte. Wat zou het anders moeten zijn?'

Mijn vader wiebelde heen en weer van zijn ene voet op zijn andere. Ineens piepten de scharnieren van de toegangsdeur. Frankenstein stak zijn gegroefde kop om de deur. Eros schoot overeind en trok een bovenlip op, mijn vader gebaarde naar hem dat hij moest gaan liggen, en hij zei: 'Tijd is voorbij. Jullie moeten eruit.'

'Dit waren geen tien minuten,' antwoordde mijn vader. Hij duwde de deur weer dicht en riep: 'We komen eraan. Heel even nog.' Toen draaide hij zich weer naar mij en zei: 'Het stelt het leven voor van een andere plek. Een ander eiland.' Hij boorde zijn donkere ogen in de mijne.

Mijn mond viel een beetje open. Ik keek snel naar James, die aan zijn verbaasde uitdrukking te zien kennelijk dezelfde gedachte had als ik. 'Hy Brasil,' fluisterde ik. 'Ze stellen het leven op Hy Brasil voor.'

Buiten drukte mijn vader Frankenstein wat extra geld in de handen. 'Ik maak snel wat foto's en dan zijn we weg.'

'Foto's mag niet,' bromde Old Daniel.

Een extra handjevol euro's zorgden ervoor dat foto's wel mochten. Old Daniel stak de zoveelste sigaret op en leunde tegen een hoge grafsteen waarin de naam van een O'Malley uitgebeiteld was, terwijl mijn vader de abdij weer in ging voor wat foto's. Pas toen hij binnen was realiseerde ik me dat hij geen fotocamera had. Had hij soms een mobiel bij zich?

'Ik weet niet, hoor,' zei James zachtjes tegen mij. 'Omdat de overlevering zegt dat het zo is? Het kan toch kul zijn? Hy Brazil? Misschien is hij wel van lotje getikt!'

Ik begon te lachen. Van lotje getikt. Nog zo'n uitspraak die ik jaren niet gehoord had. Magnifiek. Van lotje getikt. Eeuwenoude tekeningen van een niet-bestaand eiland. Een bloem die niet bestaat. Idiote Ieren die eruitzagen als bizarre personages uit oude griezelverhalen. Ik lachte steeds harder, tot ik de slappe lach kreeg zoals je die eigenlijk alleen in je puberjaren krijgt in een volle klas op een moment in een les waarop lachen wel het laatste is wat je zou moeten doen. Vanuit mijn ooghoeken zag ik mijn vader, vergezeld door Eros en Frankenstein *himself*, die kennelijk ook naar binnen was gegaan, weer naar buiten komen. James stond te grijnzen; hij leek het wel amusant te vinden.

'Wat is er zo grappig?' zei mijn vader.

Ik schudde mijn hoofd. 'Niets, helemaal niets.' Na een minuut of wat kalmeerde ik en vervolgden we onze weg. Mijn weg.

'Waarom wil je naar het huis van die man, hoe heette hij ook alweer?' Mijn vader wierp regelmatig een blik over zijn schouder.

'Trevor Ward. Hij heeft Josie gekend. Zijn huisje is hier dichtbij. Ik wil gewoon iets nagaan. Nu we toch op dit eiland zijn.' Ik keek naar de schapen aan de kant van de weg. Sommigen keken terug, alsof ze verbaasd waren dat hier mensen liepen. Niet geheel onterecht. Na enkele tientallen meters een zijweggetje in, kwamen we aan bij Trevors huisje. Het zag er net als de eerste keer verlaten uit. Ik klopte op de deur. Geen reactie.

'Er lijkt hier niemand te wonen.' Mijn vader hield Eros dicht aan zijn zij, en hield zijn ogen op de weg achter ons gericht. Alsof hij iemand verwachtte.

'Zo leek het de vorige keer ook, maar hij woont hier echt.' Ik klopte weer, harder deze keer. Wederom geen reactie. Het raam naast de deur was smerig. Ik veegde er met mijn mouw overheen en drukte mijn neus tegen het venster. Ik zag niemand binnen. Of wacht, zag ik... Hoe kwam hij daar? Ik keek snel naast en achter me. James was weg. Een krakend geluid weerklonk. De voordeur ging open. En daar stond James, met een grijns op zijn gezicht. 'Hier woont niemand. Dat vermoedde ik de vorige keer al, maar nu weet ik het zeker. Er is niet eens een achterdeur.' Volkomen verbaasd, zo verbaasd dat ik geen woord uit mijn mond kreeg, liep ik achter hem aan. Door het gangetje, door de kleine woonkamer waar, onaangeroerd, de kopjes stonden waaruit we pasgeleden nog thee hadden gedronken, naar de keuken waar die thee gezet was. En inderdaad. De keuken had niet eens een volledige muur meer, de kille wind blies door de ruimte. Resten van een gordijn wapperden als een stille getuige. Op het aanrecht lagen bladeren en plasjes water van een regenbui. En er stond een thermoskan. Daar had de thee in gezeten. 'Shit!' riep ik harder dan ik wilde. 'Shit.'

Vroeger dacht ik dat als je studeerde en ouder werd – niet per se in die volgorde – dat het aantal onbeantwoorde vragen in je leven afnam. Ik had al voor deze hele historie ervaren dat dat onzin is. Hoe meer je weet, hoe minder je weet. En toen ik daar uit dat armetierige huisje stapte met James en mijn vader, met zijn maffe hond in mijn kielzog, had ik opnieuw ontdekt dat meer kennis alleen maar meer vragen opleverde. Vervelend is dat die wetenschap me niet minder nieuwsgierig maakt. Ook in dit geval gold dat. Ik laat me niet op mijn kop zitten, zeker niet door een nepbewoner van een leegstaand huis. Vandaag, terwijl ik in mijn huis zit, met een kop heerlijke warme chocolademelk in mijn handen en, als ik heel stil ben, het ruisen van de zee op de achtergrond, kan ik erom lachen. Heel hard zelfs. Maar toen? Nee, toen niet.

Liam sprong op toen ik met een knal de deur van ons huisje opende en naar binnen stormde. Ik was woest. Woester dan toen ik had ontdekt dat Mark vreemdging, en geloof me, toen was ik woest. De hele terugweg had ik vragen afgevuurd op mijn vader. Alle schroom was weg, alle angst om antwoorden te krijgen die ik niet wilde horen was verdwenen, achtergebleven in dat krot van Trevor Ward, of van wie het dan ook was.

Waarom ging je de abdij weer in? Waarom liet je mij in de steek? Waarom loop je met zo'n beest rond? Waarom? Waarom? Waarom? Ik ijsbeerde door de kamer. Mijn vader was gaan zitten aan de eettafel en probeerde me te kalmeren. Liam stond tegen het aanrecht geleund en zei niets. James evenmin. Ik denk dat ze donders goed aanvoelden dat alles wat ze nu zouden inbrengen verkeerd zou vallen. Ik wilde huilen, schreeuwen, en dat deed ik allebei een beetje. Mijn vader liet me begaan; waarschijnlijk zou ik op dat moment niet eens zijn antwoord gehoord hebben of goed tot me kunnen laten doordringen. Na een paar minuten kalmeerde ik wat en ging zitten. Ik veegde per ongeluk mijn tas van de tafel op de grond. De inhoud rolde eruit. Fijn, dat kon er ook nog wel bij. Woest stoof ik weer overeind, graaide zakdoekjes, lippenbalsem en veel te veel papiertjes en bonnetjes die al lang in een prullenbak hadden moeten eindigen bij elkaar. Ik moest echt een tas met een rits aanschaffen. Ik wilde hem weer op tafel zetten toen Liam bukte, iets van de grond raapte, het omhooghield en vroeg: 'Wat is dit dan?'

Ik staarde ernaar en haalde mijn schouders op. Mijn vaders ogen werden groot, ik zag hem een blik van verstandhouding naar James werpen, en toen hij zei wat hij vermoedde dat het was, was ik alle waaromvragen op slag vergeten.

De roodblonde gek. De overvaller die mijn tas probeerde te stelen in Dublin. Dezelfde man die makelaar Murphy voor zijn karretje gespannen had. Hij had mijn tas helemaal niet willen stelen. Hij had er een zendertje in gestopt. Een heel kleine gps-tracker. Met andere woorden, sinds dat moment in de portiek in Dublin wist mister Roodblond de hele tijd precies waar ik was.

'Zo'n ding heeft een beperkte batterijduur, op een gegeven moment valt het signaal weg,' mompelde James, terwijl hij het dingetje in zijn hand ronddraaide. 'Misschien is het zelfs al weggevallen.'

'Misschien was het enkel bedoeld om te zien wat je volgende stap zou zijn, na Dublin.' Liam opende een fles wijn en schonk voor ons allen in. Ik sloeg het eerste glas bijna in een keer achterover en hield het op voor een navulling. Liam aarzelde kort en schonk toen bij.

Ik dacht aan Blauwoog, zogenaamd mijn beschermer volgens Liams oma. Kon hij me niet ook waarschuwen voor dit soort ellende? Of werkte dat niet zo? Wat had ik er dan aan? God, wat verlangde ik ineens naar mijn ongecompliceerde leventje dat ik in Nederland had. Dat ik destijds overigens enorm gecompliceerd vond, hoor, maar inmiddels had dat begrip een geheel nieuwe invulling gekregen. Ik legde mijn hoofd in mijn handen. En ineens voelde ik iets op mijn schoot. Ik opende mijn ogen en keek langs de tafelrand naar mijn benen. Eros had zijn kop neergevlijd en keek omhoog. Hij piepte zachtjes. Och. Wat lief. En dat was het laatste zetje dat nodig was. De tranen vloeiden onbedaarlijk.

Na een overdaad aan wijn dook ik het bed in. Eros lag naast mijn kant van het bed op de grond. Mijn vader vond het prima. Ik dacht dat hij vooral blij was dat hem door de commotie over de gps-tracker een vragenspervuur bespaard was gebleven, en dat hij daarom akkoord ging met het delen van zijn maatje. In de woonkamer hoorde ik de drie mannen zachtjes praten, ik kon het niet verstaan. Ik wilde het niet verstaan, ik wilde helemaal niets. De kamer draaide om me heen. Ik hoorde de wind om het huis suizen en de regen kletteren op het dak. Het maakte me slaperig. Mijn ogen vielen halfdicht.

Aan het voeteneinde bewoog een schim. Ik fluisterde Eros' naam. 'Kom maar, jongen. Ga maar liggen.' Ineens was zijn kop naast me. Hij hijgde zacht en legde zijn kop tegen mijn bovenarm. Aan het voeteneinde was nog steeds een beweging. Ik opende mijn ogen weer helemaal. Dat was niet heel verstandig; door de wijn begon de kamer als een idioot in de rondte te spinnen. In het draaien meende ik bekende blauwe ogen te zien. Een golf misselijkheid kwam op. Snel sloot ik mijn ogen weer en probeerde mijn ademhaling te vertragen door mijn hand op mijn buik te leggen. Een fluisterende stem herhaalde mijn naam. Een kiertje dan, heel langzaam opende ik een oog op een kiertje. Er zat iemand. Het was vast James. Maar ik hoorde hem in de woonkamer net, toch? Ik voelde mezelf wegzakken in een dronkenmansslaap, ik mompelde nog iets liefs tegen Eros, en fluisterde tegen de schim: 'Tot morgen, Jamie...'

Een klein vlindertje

Ik wist wat er niet klopte. Het gesprek met mijn vader in Newport, in de pub. Oorspronkelijk. Dat woord had hij gezegd. De familielijn laten stoppen was zijn *oorspronkelijke* plan. Als je dat woord gebruikt, dan heb je dus ook een nieuw plan. Maar wat was dat? De koffie verwarmde mijn handen en mijn binnenste. En langzaam verwarmde de houtkachel de ruimte. Oorspronkelijk had hij een plan: geen nageslacht. Dat was mislukt, getuige mijn aanwezigheid in dit maffe leven. Nu had hij dus een ánder plan. Waar in dat nieuwe plan paste ik? Had ik daar überhaupt een plek in? Mijn maag protesteerde tegen de koffie, zuur kwam omhoog. Een onrustige tinteling verspreidde zich door mijn onderbenen. 'Ik ga.' Ik gooide het in de groep alsof ik vroeg of er nog liefhebbers voor koffie waren.

'Waarheen?' Liam gaapte, leunde met zijn elleboog op tafel en liet zijn hoofd op zijn hand steunen.

'Naar huis.'

'Het witte huis op Ringarogy?'

'Dat is mijn huis, ja.'

'Je bent klaar hier?'

'Ik heb hem gevonden' – ik knikte naar mijn vader die voor het aanrechtblok stond om brood te smeren – 'en ik weet dat Josie hier is geweest, ik weet dat die vage achtervolger weet dat ik hier ben, dus ja. Ik ben er helemaal klaar mee.' Het gps-geval lag op tafel, ik had geen idee of het nog functioneerde.

'En dan?' Mijn vader ging naast Liam zitten. James kwam uit de slaapkamer gesjokt, voor deze ene keer de langslaper in deze gelegenheidsfamilie. Had ik al gezegd dat hij er ook in de ochtend prachtig uitzag? Zelfs in zijn ouderwetse streepjespyjama (ja, echt) oogde hij aantrekkelijk. Het leek eeuwen geleden dat we gezoend hadden, en dat beviel me allerminst.

'Niets "en dan". Verder met mijn leven. Foto's maken, reizen, genieten.' En liefde vinden, dacht ik er achteraan. Ik volgde James met mijn blik totdat ik merkte dat Liam me aanstaarde. Ik kleurde, Liam trok een mondhoek op en gaapte opnieuw. Wat betekende dat?

'Je kunt dit toch niet zomaar achter je laten!' Mijn vader zette met een klap zijn bord met brood op tafel en ging zitten. Eros strekte zijn poten, kwam overeind en liep naar hem toe.

'Nou, dat denk ik wel. *Watch me*.' Wat dacht hij wel niet. Pff.

'En die vermeende schat dan?' bracht James in.

'Eh, die is generaties lang niet gevonden. Ik hou die traditie graag in ere en laat die schat, áls hij al bestaat, graag liggen waar hij ook liggen mag. Hij,' – ik wees naar de gps-tracker – 'mag hem hebben.'

'Dus dit alles is voor niets?' zei mijn vader. De toon in zijn stem was verhard. Eros kroop onder de tafel.

'Voor niets? Hállo!' Ik sprong omhoog, stootte tegen de tafel waardoor Eros schrok en weer tevoorschijn kwam. 'Jij hebt geen enkel recht van spreken! Ik weet al die jaren van niets, en dan opeens ontdek ik dat mijn ouders mijn ouders niet zijn, en kom ik terecht in een avontuur dat niet zou misstaan in een thriller! Jij loopt van me weg, liegt tegen me, hangt een vaag verhaal op, en ondertussen zit er een idioot achter me aan.' Ik greep het gps-geval en smeet het tegen een muur. 'Mijn echte moeder is dood, zijn oma' – ik gaf Liam een tik – 'is al net zo dood en hij' – James kreeg de volgende tik tegen zijn arm – 'loopt zijn keurige advocatenleventje te vergallen vanwege mij. Dus ja, ik ga, en ik stop ermee.' Zonder een reactie af te wachten stormde ik de slaapkamer in en begon losliggende kleding in mijn koffer te proppen. Ik wilde zó graag weg, en wel nú. Ik moest alleen zijn, ik moest loskomen van deze hele ellende. Dingen op een rij zetten, al klonk dat als een godvergeten cliché. En dan zag ik later wel weer. Later, over lange, lange tijd.

James verscheen in de deuropening. Hij keek me aan met een blik vol medelijden. Fijn, dat kon er ook nog wel bij: zielig gevonden worden. Ik pakte mijn fototas en mijn camera. Dat hielp in elk geval om een beetje rustiger aan te doen, want mijn camera mocht niet lijden onder mijn bui. Voorzichtig draaide ik de lens van het toestel en stopte die in zijn omhulsel.

'Zullen we samen een stukje wandelen?'

Ik keek James aan en begon te lachen. Wandelen? 'Wandelen? Dat is de oplossing, denk je?'

'Nee, dat denk ik niet. Maar wat frisse lucht en de zinnen verzetten kan geen kwaad.'

'Ik kan verkouden worden,' wierp ik tegen. Volkomen kul.

James' grijns groeide. Er verschenen kleine kuiltjes in zijn wangen. Man, hij gooide van alles in de strijd waartegen ik niet bestand was. Achter James dook Eros op. Hij hijgde met zijn bek open en dat zag eruit als een brede vreemde grijns. Moest die hond niet ook even naar buiten? Beetje piesen en poepen langs het water, dat moest toch een feestje voor hem zijn? Ik keek van de bruingele hondenkijkers in James' ogen en stapte naar voren; mijn tas en camera liet ik op het bed liggen. 'Akkoord, ik ga wandelen. Om Eros uit te laten, want dat moet ook gebeuren.' Ik wrong mezelf langs James heen, mijn arm streek langs zijn borst, haartjes op mijn arm kwamen overeind. Hij bleef staan en verschoof geen centimeter. De zak. Een combinatie van aftershave en zijn eigen lichtzoete lichaamsgeur drong mijn neusgaten binnen. Met knikkende knieën belandde ik in de woonkamer. 'We gaan jouw hond uitlaten,' sneerde ik in de richting van mijn vader, die wijselijk bleef zwijgen en een blik van verstandhouding naar James wierp.

'Met de hond uit wandelen. Ja, ja.' Liam sloeg zijn armen over elkaar en trok een gezicht waaruit ik niet kon opmaken of het jaloers of bemoedigend bedoeld was.

Vertrouwen. Je hebt het vast allang door: dat is nogal een thema in dit verhaal. Ik word er nog steeds pissig van als ik eraan terugdenk. Hoe moet je iemand vertrouwen die niet alles deelt? Ik bedoel, ik moest iemand vertrouwen die iemand anders moest vertrouwen. Dat vraagt toch ook dubbel zoveel vertrouwen, als je begrijpt wat ik bedoel? Inmiddels denk ik dat ik dat vertrouwensgedoe wat beter in de vingers heb. Niet omdat ik sneller anderen vertrouw, maar meer omdat ik beter ben geworden in loslaten. Loslaten van de twijfel of iemand oprecht is. Ik doe het gewoon, afgaan op het woord van de ander. O wacht, dat is dan hetzelfde als vertrouwen hebben, geloof ik?

Ondanks de kou was het heerlijk buiten. De wind sneed in mijn gezicht, en dat was een sensatie die ik liever ervoer dan de figuurlijke messteken die ik vanbinnen voelde. Eros liep een paar meter voor me uit en keek om de zoveel seconden achterom of ik wel volgde. Of om me in de gaten te houden, dat wist ik niet zeker. Ik vond beide opties prima. James wandelde naast me. De eerste minuten zeiden we geen van beiden iets. De wind en de zilte lucht wasten me symbolisch schoon, pas na een tijdje kalmeerde ik inwendig. Een beetje dan.

'Misschien...' begon James, maar hij zweeg onmiddellijk weer.

'Misschien wat?' Als hij nu met allerlei adviezen ging strooien, dan was deze wandeling sneller voorbij dan hem lief was. Ik bukte, pakte een stok van de grond en wierp die een eind weg. Eros gaf geen krimp. Hij keek me even aan – ik zweer je dat er een glimp van sarcasme in zijn ogen lag – en sjokte vervolgens doodkalm verder. Rare hond.

'Je vader is misschien niet zo erg als je denkt.'

'En jij weet dat, want...?'

'Gisteravond hebben we een tijdje zitten praten.'

'Dat hoorde ik.' Ik dacht aan de schim op het bed. Was dat niet James geweest? Ik schudde de gedachte van me af en concentreerde me op het geluid van de zee. Het water rolde over de kiezels en weer terug, de steentjes kletterden zacht. Alsof iemand op een wonderlijk niet-bestaand instrument speelde. Niet-bestaand... Dat werd een dingetje.

'Ik was net als jij sceptisch over hem. Die man duikt ineens op, en vertelt een verhaal waar de honden geen brood van lusten, behalve hij dan misschien.' Hij wees naar Eros, die inmiddels rondjes rende en daarbij af en toe in de branding belandde. 'En hij lijkt ook nog eens niet alles te vertellen wat hij weet. Dus ja, een sceptische houding is geen overbodige luxe in dergelijke casuïstiek.'

Ik lachte. Casuïstiek. Meneer de advocaat met zijn vakjargon. 'Je vergeet nog een detail.'

James keek me vragend aan.

'Het feit dát ik pas net weet dat hij mijn vader is. Dat is evenmin een sinecure.' Zo, ik kon ook met dure woorden strooien. Vanuit mijn ooghoeken zag ik hem glimlachen. 'Waarover hebben jullie gesproken?'

'Over van alles.'

'O, dat.' Het sarcasme droop van mijn stem. Dat hoopte ik tenminste, want daar deed ik wel mijn stinkende best voor.

'Over zijn leven, over dat bizarre verhaal van hem, waar ik na het gesprek met hem nu meer van geloof dan eerst.'

Ik bleef stilstaan. Een windvlaag blies mijn haren in mijn gezicht. Door de lokken heen zag ik Eros naar me toe komen, nat van de branding. 'Waarom?'

'Omdat het steek houdt, hoe onwerkelijk het ook klinkt. Omdat zijn verhaal niet verandert, zelfs op kritische vragen weet hij te antwoorden in lijn met de rest van het verhaal. En uiteindelijk omdat mijn intuïtie dat zegt. En daar vertrouw ik op.'

Ik staarde over de bescheiden rollende golven van de baai en de heuvels die het bewegende water deels insloten. In de verste verte was geen levende ziel te zien. Hoewel, als ik mijn ogen toekneep meende ik koeien te zien. Er voeren geen bootjes. Ik hoorde geen verkeer. Alleen maar de wind en het water. Ik sloot mijn ogen. James vertrouwde erop. Maar al met al deelde hij verrekte weinig met me. Moest ik mijn vader vertrouwen op basis van James? Via? In een flits zag ik de afgelopen weken voor me. Van Ringarogy naar Dublin, van Dublin naar deze plek. De koude vochtige borstelige vacht van Eros streek langs mijn hand, en ik opende mijn ogen. Er knaagde nog een restje. Een onopgelost restje waar ik zelf achteraan moest. Als ik die persoon gesproken had, als ik mijn ruimte genomen had, als ik weer in mijn eigen huis was... dan, en niet eerder, zou ik de sprong wagen. *A leap of faith* heet dat toch?

'Kom maar, jongen,' spoorde ik Eros aan, en ik draaide me om om terug te lopen naar het huisje. James zweeg, en na enkele meters voelde ik zijn hand de mijne vastpakken. Zijn hand voelde warm en ik liet hem begaan. Zachtjes kneep ik, hij gaf een lief kneepje terug, en ik negeerde de vlinders die in mijn buik opborrelden. Oké, eentje liet ik er toe, die gaf ik enthousiast fladderend toegang tot mijn hart. Eentje. Meer niet. Maar het was een begin.

De warmte binnen was overweldigend na de kilte van buiten. Mijn oren gloeiden. Mijn gedachten gloeiden net zo hard. Ik moest maar eens iemand in Baltimore opzoeken. Iemand van wie ik verwachtte dat hij wist waar Josies laptop was. Ik babbelde vrolijk met iedereen, deed alsof de wandeling mijn wantrouwen en afstandelijkheid opgelost had, en plande ondertussen in mijn hoofd de volgende zet. Het was nog niet afgelopen. Maar eerst terug naar huis. En dat was een aangenaam idee. *Home sweet home.*

De finale onthulling

Het laatste stuk van de route, vanaf de weg over de baai naar Ringarogy, klopte mijn hart sneller. Ik was heel blij weer thuis te zijn. Mijn vader was achtergebleven in het huisje aan Rosmoney Bay, Liam reed op een later moment, hij wilde nog wat blijven hangen, met zijn eigen auto terug, en James had mij net afgezet bij de toegangspoort vlak voor mijn huis. We hadden een verrassend gezellige terugrit gehad, afgezien van het noodweer dat ons halverwege had overvallen. Hier, aan de zuidwestkust, was het inmiddels weer een beetje gekalmeerd, maar de wind rukte nog steeds veranderlijk aan de auto en de regenbuien werden hoogstens afgewisseld door miezerige motregen. Liam had het al eens gezegd: vierhonderd soorten regen zijn er in Ierland. Hij had niet overdreven.

James baalde van het weer, want het liefst was hij naar zijn paard gegaan om een flinke rit te maken. Optie twee was achterstallig werk oppakken. Veel minder leuk. De Instagram-volgers en opdrachtgevers bleven niet vanzelf komen. En eerlijk gezegd miste ik de hashtags. Ik nam me voor om, naast mijn andere belangrijke en nu eerst uit te voeren plan, de komende dagen op pad te gaan in de omgeving, misschien wel richting Bantry waar James crosscountryritten maakte met zijn merrie. Met het achterlaten van de westkust viel er een zwaarte van me af. Of kwam dat door het achterlaten van mijn vader?

Ik zag het vrijwel direct nadat ik de poort passeerde. De voordeur stond open. Ongelofelijk. Ergens had ik het wel verwacht, maar de realiteit hakte er toch harder in dan ik had gedacht. De gang lag vol zand en bladeren, en was deels natgeregend. Dit was dus niet heel recent gebeurd. Binnen kreeg ik echter een veel grotere schok. Het was een enorme bende. Iemand had echt álles overhoopgehaald. In de woonkamer lagen boeken op de grond, de bank was verschoven, de tafel lag op zijn kant, en zelfs het behang was op sommige plekken gescheurd. In de keuken waren alle laden uit de kast getrokken en op de kop gegooid, evenals de kastjes en laden van het aanrechtblad. Met een dikke keel liep ik de trap op, om boven een vergelijkbare ellende aan te treffen. In mijn slaapkamer liet ik me op het bed zakken, waarvan het dekbed op de grond lag en de matras verschoven was. Wat hadden ze gedacht te vinden? Ik snoot mijn neus en sloeg een paar keer op mijn kussen. Verdomme. Ik was het zó ontzettend zat.

Het duurde ruim een uur, met korte theepauzes tussendoor, om de boel weer enigszins op orde te krijgen. Alleen de keuken en de hal nog. Later. Het was te deprimerend om in één keer alles te doen. Een appje en een telefoontje van Liam negeerde ik. Een appje van James eveneens. Het stomme was dat ik eigenlijk geen idee had of er iets gestolen was of niet. Niets opvallends in elk geval. De kluis achter het schilderij was geopend. De sleutel hadden ze dus gevonden, maar dat was ook niet zo moeilijk, want die lag simpelweg in de la van de keukenkast. De map met mijn adoptiepapieren lag uitgewaaierd over de grond. Er leek niets te ontbreken. Ze hadden vast iets waardevollers verwacht te vinden. Het schilderij was gelukkig onbeschadigd gebleven en ik legde het op tafel. De golven, de zee, Tir Na nOg in het midden. Ik glimlachte.

Ineens viel me het in. Dit was dé perfecte aanleiding. Ik ging aangifte doen. Een nieuw appje van Liam. *Kun je me bellen?*

Eh, nee. Ik was druk. Hij was vast ontstemd door de strandwandeling die ik met James had gemaakt, en het laatste waar ik nu zin in had, was een gekneusd mannelijk ego herstellen. Ik trok mijn jas aan, duwde de voordeur zo goed en kwaad als ging dicht, wat nog niet meeviel want het slot was met geweld geforceerd, en scheurde de weg op. Baltimore, *here I come*.

In Baltimore overviel me opnieuw de weemoed. Ook hier voelde ik me thuis. Ik knikte naar een voorbijganger toen ik uit de auto stapte, die me aankeek alsof ik gek was. Ik grijnsde. Ja, dit voelde als thuis. De miezerige regen deerde me niet. Ik was op een missie. Focus. Dat kon ik heus wel. Na een paar minuten door de uitgestorven straten lopen kwam ik aan op de plek van bestemming. Nu maar hopen dat hij aanwezig was. Ik schudde mijn capuchon van mijn hoofd en stapte de voordeur door.

Als je iemand door een andere bril bekijkt, vallen je ineens zaken op die je eerder niet zag. Agent Burke oogde bijvoorbeeld helemaal niet zo kinderlijk en onschuldig. Zodra hij me zag binnenkomen in het kantoor van de Garda sprong hij op en liep rood aan.

'Miss, wat heb ik u lang niet gezien, u bent terug!'

U? Dat was nieuw. Ik stak mijn hand naar beneden en schudde zijn ruw aanvoelende handje. 'Ik ben terug, inderdaad,' zei ik en ik nam plaats op de stoel die hij me aanwees. 'En ik wil aangifte doen.'

Burke werd nog roder, hij schoof zijn stoel strakker tegen de tafel en zat nu zo ongeveer vastgeklemd ertussen. Ik moest een lach onderdrukken.

'Want tot mijn grote verbazing is er ingebroken in mijn huis, ontdekte ik daarstraks.'

'O, dat is vreselijk.' Burke graaide in zijn papieren. 'Ergens heb ik een aangifteformulier liggen, momentje.'

'Wordt dat niet in een computer ingevoerd? O, misschien kan ik daar ook nog aangifte van doen. Josie had vermoedelijk een laptop, die na haar dood opeens is verdwenen. Of weet jij daar iets van? Heeft de politie die in beslag genomen?' Ik liet me achterover zakken tegen de onaangename en veel te harde stoelleuning en boorde mijn ogen in de zijne. Hij staarde terug, zijn mond ging open om iets te zeggen, maar hij sloot hem onmiddellijk weer. Meer bevestiging had ik niet nodig. Deze op het oog onschuldige kleine agent was een van hen. Een van de jagers. Een van de mensen die mijn vader en inmiddels ook mij het leven onmogelijk maakten.

'Ik wil de laptop terug. En ik wil aangifte doen van stalken, bedreiging en inbraak. En geweld. En...'

'Miss,' fluisterde Burke schor. 'Zullen we even een eindje wandelen?' Hij keek schichtig om zich heen naar twee collega's die verderop zaten. Ze keken niet, maar vermoedelijk hadden ze hun oren gespitst.

In mijn zak voelde ik mijn mobiel trillen. Negeren Maud, niet nu. Ik hield mijn blik op Burke gericht. 'Ik wil niet wandelen,' zei ik luid. 'Ik wil aangifte doen. Van stalken, bedreiging, inbreken en geweld,' herhaalde ik. 'Hier, in Dublin en in Westport. Door vrienden van jou, door idioten, door iemand die hier oma O'Connor zo geïntimideerd heeft dat ze eraan bezweken is. Iemand die onopvallend door de omgeving kan bewegen omdat iedereen hem kent, en omdat iedereen gewend is aan zijn aanwezigheid op allerlei plekken. Iemand die vertrouwen inboezemt omdat hij een uniform aan heeft.' Ik boog naar hem toe. 'Jij dus.' Ik sloeg mijn armen over elkaar.

'Ik weet niet waar je het over hebt,' zei Burke toen hij zich had hersteld. Hij stond op en kwam naast me staan. 'Misschien moeten we echt even een stukje wandelen samen.'

'Ik dacht het niet.' Ik draaide mijn hoofd weg van hem. De collega's doken met hun neus in de papieren toen ze me naar hen zagen kijken. Zolang ik hier was, was ik veilig. Vermoedde ik. Of die twee andere malloten hier zaten ook in het complot, dan had ik een probleem, maar gezien Burkes aandringen om weg te gaan, leek dat niet het geval te zijn.

'Maud...'

Ik schrok van het horen van mijn voornaam en keek hem weer aan.

'Luister, het is niet wat je denkt, geloof me.'

Ik schoot overeind. 'Ik weet heel goed hoe het zit. Ik ben niet meer de domme gans die hier net kwam wonen. Ik weet alles. Ik weet van het geheim, van al die jaren, ik heb mijn vader gevonden.' Ik zette mijn handen in mijn zij en keek naar beneden.

'*Damn it*, je begrijpt het niet.' Hij pakte mijn elleboog en trok eraan. 'Meekomen.'

Ik schudde me los en liep van hem weg naar de uitgang. 'Ik ben niet gek. Ik ga. En mij krijg je niet zo snel uit de weg als Josie!'

De twee collega's kwamen in de benen. Een haalde zijn schouders op, de ander vroeg aan Burke of er hulp nodig was. Burke maakte een afweergebaar. Tuurlijk. Geen pottenkijkers. Ik snelde het kantoor uit en rende naar mijn auto. Hijgend ging ik zitten, deed het portier op slot en wachtte. Kwam hij achter me aan? Na een minuut of tien startte ik de auto. Burke was nergens te bekennen. Met de ruitenwissers op standje ADHD scheurde ik naar het witte huis. Míjn huis. Onderweg bonkte mijn hoofd als een bezetene. Ik wist niet eens wat ik als volgende stap van plan was. Al helemaal niet als hij inderdaad achter me aan zou komen. Ging ik dan vechten met hem, voor mijn huis of zo? Zou ik hem aankunnen? Hij was dan wel klein, maar misschien wel erg sterk, wie weet? Als ik een wapen had, een knuppel of zo? Ik lachte bij de beelden die in gedachten opdoken. Ik in gevecht met een politieagent van kabouterformaat die op zoek was naar een misschien bestaande eeuwenoude schat op een spookeiland. Wat een idioterie. Ik lachte tot ik ervan moest huilen en ik niet meer zeker wist of het waas waardoor ik keek door mijn tranen of door de beslagen voorruit kwam.

Dat was natuurlijk een flink staaltje overmoed en bravoure. Want je snapt wel: wat wilde ik bereiken daar? Alsof zo'n man direct toegeeft wat hij gedaan heeft en zijn excuses gaat aanbieden. Ik denk dat ik vooral behoefte had om de wereld – en dan bedoel ik de ingewijden van dit bizarre verhaal – te laten weten dat ik niet gek was. Al was ik dat natuurlijk wel, met mijn onbezonnen actie. Want je kunt het al raden, dit zou natuurlijk consequenties hebben. Er was nu geen weg meer terug. Al ging die ingeslagen weg een volledig andere kant op dan ik op dat moment inschatte. Ik had het zo ontzettend fout.

Er stond een auto voor mijn huis. Liam? Wat deed hij nou hier? Ik zette mijn auto ernaast en stapte uit. De voordeur stond op een kier, maar dat kon ook niet anders vanwege het geforceerde slot. *Note to self*: voordeurslot laten repareren.

'Liam?' riep ik, terwijl ik de gang in sloop.

'Ik ben in de keuken,' antwoordde hij. Ik hervatte mijn ademhaling. Gelukkig. Niet weer een inbreker.

Hij zat aan de eettafel met een kop thee. 'Ik heb het mezelf gemakkelijk gemaakt.' Een glimlach. Een ongemákkelijke glimlach. 'Je reageerde niet op mijn appjes.'

'Nee, en als ik dat niet doe, betekent dat dat ik geen contact wil, toch? Het is geen verkapte uitnodiging om dan maar onaangekondigd op de thee te komen.'

Hij grijnsde. 'Dat klopt. Daarom ben ik ook niet hier.'

Ik ging tegenover hem zitten. 'Waarom dan wel? Ik dacht dat je misschien nog even daar op Clare Island zou blijven?' Samen met mijn vader, dacht ik erachteraan. Of was die dan ook hier, op Ringarogy of in Baltimore?

'Dat was het plan. Maar plannen veranderen.' Hij stond op. 'Wil je ook thee?'

Ik knikte en volgde zijn bewegingen.

'Er is ingebroken.' Hij vroeg het niet.

'Goh, helder licht ben je. Ja, er is ingebroken. Of dacht je dat mijn huis er altijd zo uitzag?' Ik gebaarde naar de zooi op de grond.

'Is er iets weg?' Hij zette een kop thee voor me neer en keek naar de spullen op de grond.

‘Liam, luister...’ begon ik. Ik moest het maar op tafel gooien. Ik kon hem niet langer laten hopen op iets wat nooit echt ging gebeuren. ‘Ik had dat niet moeten doen, in Dublin. En die keer daarvoor.’

Hij keek me verrast aan. ‘Wat bedoel je?’

‘Jou kussen.’ Warmte kroop omhoog naar mijn wangen. De herinnering was niet onaangenaam. In zijn geheel niet. Shit.

Zijn blik schoot alle kanten op. En ineens lachte hij hardop. ‘Dacht je dat ik daarom hier ben?’

‘Niet dan?’ Ik begreep er niets van. Waarom anders? Of moest hij me weer in de gaten houden, deze keer wel door mijn echte vader aangespoord?

Hij stond op en liep naar de zooi op de grond voor de kast. ‘In die kast ligt de sleutel voor de kluis achter het schilderij, toch?’ Hij ging met zijn hand door de spullen. Plakbandrolletjes. Een post-itblokje. Paperclips. Plastic zakjes. Een doosje naalden. Een rol draad. Nog meer paperclips.

‘Hoe weet jij dat?’ Ik volgde zijn bewegingen met mijn ogen.

‘Je vader heeft me dat verteld. Ik zie geen sleutel, kan dat kloppen? Heb je hem ergens anders opgeborgen?’

‘Nee, dat heb ik niet.’ Ik stond op. ‘Wil je me nog vertellen waarom je dit vraagt? Ik weet niet waar de sleutel nu is. Ze hebben hem in elk geval gevonden, want de kluis is geopend.’

Liam sprong op. ‘Is hij leeggehaald?’ Hij haastte zich naar de kluis, die nog openstond. Hij stapte boven op de papieren die uitgewaaierd over de grond lagen.

‘Pas op!’ Ik duwde hem opzij en raapte de papieren bij elkaar. De papieren die aantoonden dat Josie mijn moeder was. De papieren die aan de oorsprong stonden van deze ellende. Als ik niet ontdekt had dat ik geadopteerd was, was ik vermoedelijk nooit in Ierland gebleven.

‘Lag dat in de kluis?’ vroeg Liam. Zijn stem klonk schril.

‘Ja, hoezo?’

‘Mag ik kijken?’ Hij wilde de papieren uit mijn handen pakken.

'Nee, waarom?'

Hij beet op zijn onderlip, zijn ogen schoten heen en weer. 'Ik wil alleen weten...'

'Wat? Wat wil je weten?' Ik hield de papieren achter mijn rug. 'Vertel op. Zeg wat je wilt weten. Ik ben het spuugzat, dat geheimzinnige gedoe.'

Dat was waar. Ik was het echt spuugzat. Ik stond te trillen tussen de puinhopen van mijn eigen huis, tegenover een man die toch op zijn minst een korte tijd iemand was geweest van wie ik gedacht had dat hij meer kon zijn dan een vriend. Een man die me verraden had, nou ja, bewust iets voor me achtergehouden had. Wel om mij te beschermen, maar dan nog. En nu stond hij voor mijn neus, vage vragen te stellen en zich te gedragen als een konijn in de koplampen. Ik gaf hem een duw in de richting van de keuken en wees naar een stoel aan de eettafel. Gedwee en vermoedelijk geïmponeerd (tenminste, dat hoopte ik) nam hij plaats. Nog steeds probeerde hij te zien wat voor een papieren ik in mijn handen had.

'Ik geloof jouw vader. Ook al klinkt het allemaal nog zo bizar. Bovendien...' Hij trommelde met zijn vingers op de tafel. 'Ik voel me schuldig.'

Ik keek hem niet-begrijpend aan. Schuldig? Op het moment dat hij begon te praten viel bij mij het kwartje. Natuurlijk, dat was waar ook.

'Ik heb me voor de gek laten houden. Ik ben met mijn ogen open in de val getrapt. Ik dacht echt dat het jouw vader was die me had gevraagd om jou in de gaten te houden. Ik neem het mezelf enorm kwalijk dat ik zo naïef was. Dat ik jou misschien wel in gevaar gebracht heb.' Hij reikte met zijn hand naar de mijne en legde hem erop. Ik bewoog niet. 'Je hebt geen idee hoe klote ik me daarover voel, missy...' Hij glimlachte ongelukkig, in zijn ogen zag ik vooral veel verdriet.

Mijn beschermingsmuurtje brokkelde af. 'Je kon het niet weten,' bracht ik in. Dat was toch ook zo? Hij kón het niet weten, hij dacht het juiste te doen. Ik had niet het recht om boos op hem te zijn. Deed ik niet voortdurend hetzelfde? Denken dat ik het juiste deed? Deden we dat niet allemaal?

Ik was in verwarring en trok mijn hand terug. 'Liam, ik vind het allemaal ingewikkeld. Het is alsof ik op ijs rondloop waarvan ik niet zeker weet of het dik genoeg is om me te dragen. Wie moet ik geloven? Hoe moet ik handelen? Hoe moet ik me opstellen ten opzichte van mijn vader? Ten opzichte van jou? Van James?'

Bij het vallen van de naam van James vertrok Liams gezicht. Hij liet zich achterover zakken tegen de stoelleuning. 'James,' herhaalde hij, waarna hij zijn ogen in de mijne boorde. 'Ik had nooit anders verwacht. Mannen als James winnen het altijd van mannen zoals ik.' Hij haalde zijn schouders op. *'No hard feelings.'* De toon waarop hij de woorden uitsprak was niet mis te verstaan. Dit was zijn grootste leugen ooit.

'Het gaat niet om winnen, volgens mij. Het was nooit een wedstrijd.'

'Voor jou misschien niet.'

'Voor niemand. Ik was nooit van plan om op wie dan ook verliefd te worden en toch is dat gebeurd.' Ik schrok van mijn eigen woorden. Ik had hardop gezegd dat ik verliefd was. Mijn tong was sneller dan mijn hart. Ik zag Liam ineenkrimpen. Goed bezig, Maud, wrijf het er maar in.

Liam slikte een paar keer, staarde van de papieren naar mij en weer terug. Hij leek een afweging te maken, haalde diep adem, en toen begon hij te vertellen.

Hij vertelde dat mijn vader hem en James die avond in het huisje aan Rosmoney Bay betrokken had bij een plan waarbij het eeuwenlang doorgegeven geheim eindelijk aan degenen die er al net zolang achteraan zitten onthuld zou worden. Hij had ervoor gezorgd dat meneer Roodblond zelf de sleutel vond. Niet alleen letterlijk de sleutel die mijn vader in bezit had, maar ook de figuurlijke sleutel: er is waarschijnlijk een schat te vinden die eeuwen geleden op een eiland is achtergelaten door onze voorouders die actief waren in de piraterij. Dat eiland heeft waarschijnlijk echt bestaan. De schat is eveneens een waarschijnlijkheid. Toegegeven: veel waarschijnlijkheden. Maar als je eeuwenlang achter een geheim aanjaagt waarvoor je geen enkele aanwijzing hebt, dan is bovenstaande informatie toch echt wel een doorbraak. De gok was dat mijn vader verwachtte dat zijn achtervolger nu op jacht zou gaan naar de schat. En die zou vinden, of niet.

De manier waarop hij dit had geregeld en waarom hij niet eerlijk tegen me kon zijn, was best slim. Hij had me al verteld dat de kans dat zijn vijand hem zou geloven als hij de figuurlijke en de letterlijke sleutel zou overhandigen minimaal was. Dus bedacht hij dat ze het zelf moesten ontdekken. Als de vijand zou denken dat hij eigenhandig de benodigde informatie had ontdekt, door list en bedrog, door diefstal, door achtervolgen, door alles wat hij en zijn voorgangers al zo lang deden, dan zou het veel geloofwaardiger zijn. Het enige nadeel: hij had dan daadwerkelijk het geheim in handen. Een eeuwenlang, traditioneel doorgegeven familiegeheim was dan eindelijk onthuld.

'Dit meen je n-n-niet...' Ik was zo verbaasd, ik voelde me zo genaaid, *excuse my French*, dat ik ervan stotterde.

Liam trok een wenkbrauw op. 'Om dit plan te laten slagen, mocht jij er niets van weten. Dat snap je toch wel?'

'Of ik dat snap? Ik...' Ik kneep met mijn handen in mijn bovenbenen en wilde overeind vliegen. Maar Liam was sneller, sprong van zijn stoel en snelde om de tafel heen naar me toe. Een duw zorgde ervoor dat ik met mijn rug in de leuning gedrukt werd. 'Wat doe je nou!' schreeuwde ik tegen hem en ik wilde opnieuw omhoogkomen.

'Luister!' Hij verhief zijn stem en ging op de tafel zitten. Met twee handen pakte hij me bij de schouders. 'Luisteren. Voor één keer: gedraag je en luister naar een ander. Als ik klaar ben, mag je stuiteren.'

Verbouwereerd bleef ik zitten. Mijn ademhaling zat hoog en mijn hart klopte als een razende.

'Je mocht niets weten, zodat je geen roet in het eten kon gooien. Iets wat je bijna gedaan hebt door Joshua Burke lastig te vallen.'

Mijn mond viel open. 'Wat bedoel je?' bracht ik moeizaam uit.

'Hij is een vriend van je vader. Iemand die al die jaren een oogje in het zeil hield. Eerst bij Josie, nu bij jou. Daarom wist je vader wat er zich hier afspeelde. Híj heeft Josies laptop veiliggesteld, na haar dood, om te voorkomen dat die in verkeerde handen viel.'

Ik was met stomheid geslagen. Rare knullige agent met zijn vreemde gedrag. Een beschermer, terwijl ik dacht dat hij bij de vijand hoorde. Ik liet mijn adem langzaam ontsnappen, mijn buik bolde op.

'Weet hij... Burke bedoel ik, van Hy Brazil? Van het geheim?'

Liam knikte. 'Ja. Hij stamt af van dezelfde clan. Je vader heeft hem ooit in vertrouwen genomen.'

'Maar waarom? Dat had toch een verkeerde keuze kunnen zijn?'

'Dat had gekund. Maar dat heb je met vertrouwen, hè. Dat je het niet zeker weet. Je vader heeft uiteindelijk ook de stap durven zetten om James en mij in vertrouwen te nemen. Terecht.'

Ik liet mijn hoofd zakken en sloot mijn ogen. Ik probeerde mezelf te overtuigen dat ik geen verwijt hoorde doorklinken in het laatste woord van Liam. Liams handen lieten me los. Ik keek naar hem op. *Dat je het niet zeker weet. Vertrouwen.*

'Hij deed dat voor Josie, hè?' Een dikke vette brok nestelde zich in mijn keel. 'Hij nam het risico voor haar.' Liefde met een grote L...

Liam zei niets. Zijn blik zei alles.

Ik sloot wederom mijn ogen. Ze prikten, ik kneep ze dichter, maar het hielp niet.

'Hoe heeft hij ervoor gezorgd dat het geheim ontdekt werd?

Hij zal niet met die lui om de tafel zijn gaan zitten.' Een magere poging tot een grap. Liam noch ik lachte. Maar het hielp me om uit mijn emotie te stappen, voordat ik ter aarde zou storten van ellende.

'Hij heeft hier ingebroken, en...'

'Dat wist ik al,' onderbrak ik hem, maar onmiddellijk beet ik op mijn lip. Laat mensen toch eens uitpraten, Maud.

'... en hij heeft toen niet alleen die bloem meegenomen. Hij heeft ook iets achtergelaten, in de hoop dat het gevonden zou worden. Door hem, zijn achtervolger dus. Hij zette de eerste stap voor de valstrik door in jouw kluis, waar hij net als Josie een sleutel van had, de kluis achter het schilderij, een document neer te leggen. Een vervalst document, zogenaamd stammend uit de zestiende eeuw, met daarin het geheim en een aanwijzing naar de plek waar een echte sleutel verborgen lag: in de abdij op Clare Island. Daarom ging hij, toen we daar met zijn allen waren, even alleen terug naar binnen, om die sleutel daar te verstoppen. In de tombe van Grace O'Malley. Of het allemaal zou lukken was niet de vraag, de vraag was wannéér het zou lukken. De makelaar die James bezocht had in Cork, die meneer Murphy, wist vermoedelijk van het bestaan van de kluis dankzij zijn bezoekjes aan Josie, en heeft dat doorgefluisterd. En de gedachte dat het witte huis daarmee iets verborg dat verbonden was met het geheim deed de rest. Hopla. Een beetje goede timing en een snufje geluk erbij en voilà: document gevonden.' Liam haalde zijn schouders op. 'Zo gaat dat in het leven: een beetje geluk zet alles op het juiste spoor.' Hij grimaste en keek me vluchtig aan. 'Of niet. O ja, dat jij naar de westkust vertrok dankzij een tip van Aidan Kelly, dat was onderdeel van het plan. Je vader had hem verzocht om dat te doen, dat met die tip. Hij vermoedde dat je zou worden gevolgd. Zo werd het spoor steeds duidelijker, en liet hij hen denken dat ze het zelf allemaal uitgevogeld hadden.'

Alles wat Liam vertelde wervelde door mijn gedachten. Een plan. De inbraak. Het risico dat het allemaal voor niets was.

Mijn zoektocht, mijn hoop, mijn angsten. Het verdriet van zoeven maakte plaats voor woede.

'Hij heeft me gebruikt, de klootzak. Vanwege een stom spelletje tussen idioten over een mythische schat op een of ander stom eiland. Hij heeft mijn leven moedwillig in gevaar gebracht en hij...'

Ik schrok op van de harde klap die Liam met vlakke hand op het tafelblad gaf. 'Je snápt het niet, hè?' perste hij er ongemeen fel uit.

Ik keek hem niet-begrijpend aan en wilde me gaan verdedigen, maar Liam stopte niet.

'Dit gaat helemaal niet over een schat. Of over geheimen. Zelfs niet over vertrouwen, uiteindelijk.' Zijn stem werd zachter met elk uitgesproken woord. Hij boorde zijn donkere ogen, die zonder lichtinval inktzwart leken, in de mijne en slikte een paar keer voordat hij verderging. 'Hij deed wat hij deed voor Josie. En wat hij nu deed, deed hij voor jou. Voor zijn dochter. Hij deed het uit liefde. Dit gaat over liefde, Maud. Over onbegrensde liefde. Hij heeft je leven niet in gevaar gebracht. Hij heeft het juist gered.' Hij stond op, draaide zijn gezicht weg, en pakte zijn jas van de stoel.

'Liam...' probeerde ik.

Hij schudde zijn hoofd, en verliet mijn huis. Mijn witte huis. Pas na minuten realiseerde ik me dat hij niet alleen op de liefde van mijn vader voor Josie en voor mij had gedoeld.

Dat was het dan. En daar zat ik. Aan de keukentafel in het witte huis, in mijn eentje, nadat Liam vertrokken was. Ik huilde, ik schold, ik gebruikte een dozijn papieren zakdoekjes en ik sloeg een paar keer met mijn vuisten op de tafel. Ik opende een fles whiskey en dronk meer dan verstandig was. De appjes van Liam negeerde ik. Een berichtje van James beantwoordde ik met: *Nu niet*. Daarna dook ik mijn bed in en viel in een lange rusteloze slaap, waarin mijn al te bekende droom weer voorbijkwam.

Ik, op het galjoen, nu gekleed in middeleeuwse kledij en vergezeld door James in zijn gebruikelijke dandy-outfit. Hij lachte naar me, en steunde me bij elke schommeling van het schip op de rollende golven.

Verderop bij het roer stond een vrouw, die er meer uitzag als een man. Gehuld in lompen en met een steek op haar hoofd. Ik wist wie ze was. Nu wel. Ze draaide haar gezicht naar me toe en grijnsde een mond vol blinkende tanden bloot. En ze wenkte me. Aarzelend schuifelde ik over het dek naar haar toe, met James in mijn kielzog. Bij het roer aangekomen trok de vrouw aan mijn mouw en zette me aan het roer. Ik omvatte de ruwhouten handvatten en keek voor me. De zee was prachtig. Het water flonkerde en schitterde. James stond achter me en sloeg zijn armen om mijn schouders. Ik keek opzij. De vrouw was verdwenen. Ik glimlachte en zette koers in de richting van de horizon. En langzaam, heel langzaam, zag ik een eiland opdoemen.

Mijn vader, zonder capuchon in de regen, zijn haren lagen slap over zijn hoofd, doorweekt. Naast hem kwispelde Eros zijn staart er bijna af. 'Mag ik alsjeblieft binnenkomen?' Tot mijn eigen verbazing was ik overwegend blij hem te zien. Ik gaf Eros een aai over zijn natte kop, trok mijn ochtendjas wat strakker om me heen en liet ze binnen.

Liam had het al aangekondigd: mijn vader zou me komen opzoeken. Hij wist ervan dat Liam de kaarten op tafel had gelegd, dat ik op de hoogte was van zijn plan. Maar er was nog iets over. Er was nog een verhaal te vertellen, een verhaal over ruim veertig jaren geleden. En daar stond hij. Ik keek in zijn ogen, de ogen die mij als eerste hadden gezien toen ik voor het eerst het levenslicht zag. De ogen van de man die zijn principes opzijgezet had om zijn dochter een leven te gunnen. Een leven zonder vijand, zonder achterdocht. De rimpels in zijn gezicht vormden zijn verhaal. Ik wilde graag het deel dat mij onbekend was horen. Ik opende de deur en ging hem voor naar de woonkamer, waar de haard knisperde, en liet hem plaatsnemen. Een aanbod voor thee of koffie liet ik achterwege. Eerst praten.

'Ik ben je een verklaring verschuldigd, geloof ik.'

Ik sloeg mijn armen over elkaar en zweeg. Hier hoefde ik toch niet serieus op te antwoorden?

Hij ging verder: 'Ik begin bij het begin. Toen Josie zwanger bleek van jou, was dat voor ons allebei een verrassing, en ik schoot in paniek. Ik was jong en wist pas een paar jaar van het grote geheim, en daar was ik niet echt gelukkiger van geworden. Ik heb toen een keuze gemaakt die ik tot op de dag van vandaag betreur. Ik vertrok. In mijn jonge naïviteit dacht ik dat het simpel was: jou afstaan, weggaan, en klaar. Geen gedoe meer. Het geheim zou vervagen alsof het er nooit was geweest.'

'Mij afstaan? Hoe dan? Wilde Josie mij niet houden?' Ik schraapte mijn keel. Mooi niet dat ik hier ging zitten janken.

'Jawel. Maar ik had iets bedacht waardoor ik haar ervan kon overtuigen dat het beter was dat jij even uit beeld zou zijn. Aileen, Josies zus, stond op het punt om naar Nederland te vertrekken vanwege een baan die Ronan McCarthy, de man van wie jij al die jaren dacht dat hij je vader was, daar had aangenomen. Het idee was dat jij een tijdje mee zou gaan, en als de gemoederen hier bedaard waren, zou Josie je weer in huis nemen.'

'Wat heb je tegen haar gezegd dan?'

'Dat ik last had van schuldeisers. Dat ik dingen had uitgevreten die het daglicht niet konden verdragen en dat er wat types uit waren op wraak. Gokproblemen.'

De louche zaakjes. De geruchten die rondzoemden in Baltimore. Hij had ze zelf de wereld in geholpen. Ik dacht aan Liams oma, die hem duivelsgebroed had genoemd. Ze had gelijk.

'Vergeet niet dat Josie pas zestien was. En dat we in een kleine gemeenschap leefden waar het niet zoals tegenwoordig, in elk geval in de steden, acceptabel is om zo jong en ongehuwd een kind te krijgen. Dit is het platteland van Ierland, niet Amsterdam.' Hij wachtte kort. Ik zei niets.

'Ik moest wel. En mijn gelijk werd niet lang daarna bewezen. Toen jouw opa van de kliffen werd geduwd.'

Ik stokte en mijn adem schoot vast. Wát zei hij? Blauwoog? 'Hij pleegde zelfmoord bij de Beacon, toch?'

Mijn vader schudde zijn hoofd. 'Iemand was mij op het spoor. Jouw opa werd lastiggevallen, net zoals Liams oma lastiggevallen is. Ik weet niet of zijn val met opzet was, misschien was het een ongeluk. Misschien werd er geduwd in het heetst van een discussie en ging het mis. Net als met Josie. Ik weet het gewoon niet. Feit is dat hij dood is. En dat Josie dood is.' Mijn vader liet zijn hoofd in zijn handen zakken. 'Toen dat met jouw opa gebeurde, was ik ervan overtuigd dat ik de juiste keuze gemaakt had.' Hij haalde een paar keer diep adem en wreef met zijn wijs- en middelvingers over zijn slapen. 'Maar uiteindelijk was het fout. Het was stom. Terwijl ik het echt goed bedoelde. Ik dacht dat ik het juiste deed. Het stomste was dat het na een paar jaar helemaal niet eenvoudiger werd. Jij was in Nederland, en wist niet anders dan dat Aileen en Ronan jouw ouders waren. En de gedachte vatte post dat het misschien beter was om het zo te laten. Je had het goed bij ze, je leefde in een wereld vol mogelijkheden, niet op een afgelegen Iers eiland bij een alleenstaande moeder. Dus bleef je daar.'

'Wisten mijn ouders, ik bedoel mijn adoptieouders, hoe het echt zat?'

'Nee, voor zover ik weet hebben ze het nooit precies geweten.'

'En Josie?'

Hij schudde zijn hoofd. 'Misschien heb ik wel onbewust signalen doorgegeven, hints achtergelaten. Misschien wilde ik wel dat Josie erachter kwam. Ik miste haar zo vreselijk, al die jaren. Zij was mijn grote liefde.' Hij ademde diep in en zweeg kort. 'Liefde is zo mooi, en geen schat ter wereld is meer waard. Het stomme is dat ervaring en ouder worden je dat leren, en dat dat soms te laat is.' Het hartzeer knalde bijna van zijn gezicht af en raakte me in mijn ziel. Mijn vader leed onder zijn keuzes, en onder de keuzes die eeuwen geleden iemand voor hem gemaakt had en alle generaties die volgden. Een keuze die mijn leven compleet anders had laten verlopen.

'En het allerergste is, dat realiseerde ik me pas toen het al te laat was: ik heb niet alleen mezelf, maar ook de vrouw van wie ik hield haar kind ontnomen.' Hij keek me aan met rode ogen en een traan rolde traag langs zijn neus.

Ik stond op en schonk met trillende handen voor ons beiden een biertje in. Hij nam het aan en sloeg de helft van het glas in een keer achterover. Ik deed hetzelfde.

'Weet je, die sleutel die je op de vloer van de pub had gevonden, die had ik altijd bij me, zodat hij niet gestolen kon worden bij een inbraak. Tijdens die afspraak met jou zat ik er met mijn hand mee te spelen. Zenuwen. Ik zag mijn dochter terug, voor het eerst in meer dan dertig jaar. Ik wilde je vastpakken en nooit meer loslaten. Je hebt geen idee hoe zwaar die minuten daar waren.' Hij sloot zijn ogen een paar seconden. 'Op het moment dat je letterlijk onder ogen ziet wat je hebt opgegeven, verandert alles. Ik dacht oprecht dat het voor jou het beste zou zijn. Ik heb onderschat hoe zwaar het was, ook voor jou toen je het eenmaal had ontdekt. Zelfs als je dit allemaal nooit te weten was gekomen, was het fout geweest. Dan was ik mijn graf in gegaan met een loodzware last en de schrale hoop dat jou mijn soort leven bespaard zou blijven, want zeker weten zou ik het nooit. En nu, nu ik je ken, weet ik dat ik destijds de verkeerde keuze heb gemaakt. De laatste jaren ben ik een plan gaan uitdenken. Een back-upplan. Dat plan bedenken werd getriggerd toen ik vernam dat Josie naar de westkust was vertrokken.' Op mijn vragende blik zei hij: 'Joshua Burke hield me op de hoogte van haar doen en laten, dus zo kon ik toch een oogje in het zeil houden, al was het van een afstandje.' Een vage glimlach volgde. 'Ik realiseerde me dat ik misschien andere opties moest hebben, andere opties dan een levenslang vluchten. Ik had jou uit beeld weten te houden, maar Josie niet. Dus toen bedacht ik het plan waar jij nu, onverwacht en onbedoeld, in betrokken bent geraakt. Het plan waarbij ik "hem" op het spoor zet en aanwijzingen geef, en daarmee de druk van onze familie af haal.'

'En waarmee je een eeuwenlang geheim dus hebt opgegeven. Lang leve de clantrots.'

Bij het woord 'clantrots' verscherpte zijn blik en wendde hij zijn hoofd van me af. 'Kijk,' zei hij, en hij veranderde verrassend snel van onderwerp. Hij pakte zijn tas, haalde er een laptop uit en zette hem aan. Josies laptop. 'Die Trevor Ward, als dat zijn echte naam is, heeft inderdaad echt gemaild met Josie. Hij heeft haar er vakkundig in geluisd. Ik denk niet dat ze geweten heeft wie hij echt was, uit niets blijkt dat ze achter de volledige waarheid gekomen is. Dat moet voor hen een teleurstelling zijn geweest.' Mijn vader draaide de laptop naar me toe. 'Er zijn verschillende mails. Ik wil dat je ze leest, zodat je in elk geval weet dat dit deel van wat ik zeg waar is. Na al die leugens is dat nodig, als we samen verder willen.' Hij sloeg zijn ogen neer. 'Want dat wil ik graag. Ik kan alleen maar hopen dat jij dat ook wilt, maar ik begrijp ook dat het veel gevraagd is.'

Ik staarde naar de mails. Mails van mijn moeder aan Trevor Ward. Over mijn vader, over Clare Island, over de abdij. Met een klap sloeg ik de laptop dicht. Niet nu. Het was te veel, te groot. Ik keek naar de gebroken man voor me, mijn vader. Hij verborg nog iets voor me. Iets cruciaals. Ik wist het zeker. Er zat een gat in zijn verhaal, maar ik wist niet precies waar. Een ontbrekend stukje informatie. Clantrots. Dat woord zong rond in mijn hoofd. Maar het was goed, zo. Ik ging hem niet dwingen om me erover te vertellen. Ik zou erop vertrouwen dat hij dat wel deed zodra het nodig was. Áls het ooit nodig was. Als ik één ding geleerd had, was het wel dat het soms helemaal niet erg is om niet alles precies te weten. Om erop te vertrouwen dat het komt zoals het komt. Ik streek over Eros' kop en voelde een grote rust over me komen.

Ik denk dat ik al die maanden dat ik bij tijd en wijle boos rondliep een groot deel van mijn verdriet al ruimte had gegeven. Tijdens dat gesprek met mijn vader was ik op momenten boos, maar uiteindelijk voelde ik vooral medelijden. En respect. Mijn vader heeft zijn leven opgeofferd. En nee, dat heeft hij niet al te handig gedaan, en ja, er valt van alles af te dingen op zijn keuzes en beweegredenen. Maar ik zei het veel eerder al: achteraf is alles makkelijk. Zoals filosoof Kierkegaard al eens opmerkte: 'Het is beslist waar, zoals de filosofen zeggen, dat het leven naar achteren moet worden begrepen. Maar ze vergeten de andere kwestie, dat het leven naar voren moet worden geleefd.'

En dat neem ik graag ter harte. Voorwaarts gaan. Want ik kan blijven hangen in een verleden dat onveranderbaar is, of een toekomst leven die alle kanten op kan gaan, ook de goede. Inclusief een vader. En ik ben zo blij dat ik die keuze toen gemaakt heb, wetende wat ik nu weet.

Een tik op het raam. Ik draaide me om, daar was James. 'Nu niet' appen als antwoord op zijn vraag of hij mocht langskomen was kennelijk Iers voor 'kom de volgende dag maar onaangekondigd op bezoek'. Maar toch was ik er stiekem blij om en ik gebaarde dat hij binnen moest komen.

Mijn vader wilde opstaan en vertrekken, maar ik zei dat hij moest blijven. Mócht blijven. Ik was leeg, ik was op. Ik was het vechten moe, ik wilde rust. Ik wilde een gewoon leven. Of in elk geval zoiets. Of eigenlijk niet helemaal, want dat werd saai. James ging naast me zitten en kreeg eveneens ongevraagd een biertje voor zijn neus. Voor zijn prachtige zonnestelselneus. Ik glimlachte naar hem, en hij glimlachte terug, met een opgetrokken wenkbrauw. Mijn vader keek ons beurtelings aan en fronste, om vervolgens ook te glimlachen. Hij had het door.

Laat op de avond – mijn vader lag te slapen in de kleinste slaapkamer boven – zat ik met James voor het haardvuur in de woonkamer. De wind gierde om het huis, de regen kletterde tegen de ramen, de golven in de baai sloegen waarschijnlijk gaten in kliffen, en ik voelde me onverwacht heel gelukkig. Ik had James alles verteld, echt alles. Over mijn vader, over zijn keuzes, en ook over mijn dagen in Dublin. En ja, ook over mijn avond met Liam. En misschien was het zijn reactie op die mededeling die definitief mijn hart ontsloot en me die nacht in zijn armen dreef, om er nooit meer uit te gaan. (Oké, niet letterlijk uiteraard...)

'Het gaat om nu. Ik ben de laatste die iemand veroordeelt om gedane zaken. Ik heb...' Hij aarzelde even. 'Ik heb Liam op de middelbare school soms gepest. Omdat hij anders was. Omdat hij onconventioneel was. Nu ik ouder ben weet ik dat ik simpelweg jaloers was. Jaloers op zijn eigenheid, zijn lef om buiten de gebaande paden te stappen. De ironie van het lot is dat buitenstaanders hem vermoedelijk eerder als pestkop zouden zien dan mij.'

Dat vertelde hij me, op de bank voor de haard, met een warme chocolademelk in handen en de wind die aan het huis trok. Dat was dus wat Liam bedoelde, toen hij tegen me zei dat James niet was zoals ik dacht. Het grappige, of eigenlijk is het helemaal niet grappig, was dat juist dít verhaal de rest van de vlinders in mijn buik liet ontsnappen. Pats. Rechtstreeks mijn hart in. Niet omdat ik zijn pesterijen goedkeurde, integendeel, maar om zijn vermogen om tot inzicht te komen en zich kwetsbaar op te stellen. Dat had ik Mark nooit zien doen. Die kon niet eens het kleinste foutje toegeven.

Diep in de nacht ging ik naar bed. En James volgde. Met mij. Naast mij. Tegen mij aan. Geen ongemakkelijk gedoe zoals in het huisje aan de westkust. Alleen maar liefde en warmte. Ik dacht aan Josie, aan mijn vader, aan mijn leven in Nederland van lang geleden, aan mijn ouders daar, en toen we zoenden en ik zijn warme lichaam dicht tegen me aan voelde, verdwenen die gedachten ver naar de achtergrond. Mijn hart wilde hem, met huid en haar, met ziel en zaligheid. In voorspoed en tegenspoed. Liefde met een grote L. Ik was thuisgekomen.

Het staartje (want dat is er altijd...)

'We're all ghosts. We all carry, inside us,
people who came before us.'

– Liam Callanan, *The Cloud Atlas*
(David Mitchell)

Het witte huis is wél een kers

Twee jaar na het hele avontuur begroef ik mijn vader. Een kort ziekbed ging aan zijn sterven vooraf. Een ziekbed waarin we de losse eindjes afhechtten met elkaar. Zo gaat dat in het leven geloof ik: alles krijgt pas echt ruimte op het einde, als de ruimte bijna op is.

We waren dicht tot elkaar gekomen in die twee jaren. Ik mocht dan veel op Josie lijken qua uiterlijk, maar innerlijk bleek ik een vrij getrouwe kopie van mijn vader. Vele uren brachten we door bij de Beacon, in de verte kijkend naar een onzichtbaar eiland, en we vertelden elkaar over de jaren die geweest waren, de jaren zonder elkaar. Eros vergezelde ons altijd en als de drie musketiers zaten we tussen de grazende koeien boven op het klif, terwijl de golven vele meters beneden ons tegen de rotsen beukten. Soms, heel soms, zag ik een glimp van pijn in zijn blik als hij naar me keek. Hij moest Josie zien in mij, net als iedereen. Zijn Josie, zijn liefde, de liefde die hij opgeofferd had. Ik heb er nooit naar durven vragen, bang dat het verdriet hem zo sterk zou overspoelen dat hij zou instorten of zichzelf van de kliffen zou gooien.

In een van onze laatste gesprekken gaf hij het laatste stukje dat hij in zich verborgen had gehouden bloot. Waarom niet eerder? Ik weet het niet precies. Ergens wilde hij me nog steeds in bescherming nemen, omdat hij zich realiseerde dat dit laatste stukje kennis consequenties kon hebben.

Ik was hem aan het helpen met water drinken, dat ging moeizaam. Ik zat naast hem, hield het glas tegen zijn mond, hij slurpte een minimale hoeveelheid naar binnen. Zijn hoofd zakte terug in de kussens, en hij fluisterde: 'Weet je nog dat ik ooit iets tegen je zei over clantrots?'

Ik knikte, want ik kreeg geen woorden uit mijn mond.

'Ik had moeten beseffen dat jij die ook hebt. Ik heb het gezien, deze paar jaar dat ik bij je in de buurt kon zijn.'

'Ik wist niet eens dat ik uit een clan kwam,' zei ik schor. Ik schraapte mijn keel.

'Je hoeft het niet hier' – hij tikte tegen zijn hoofd – 'te weten om het hier' – hij legde zijn hand op zijn hart – 'te voelen.' Even zweeg hij en nam me geconcentreerd op. 'Je bent zoals zij, denk ik. Haar kracht zit ook in jou.'

Als zij? 'Wie bedoel je?' Ik vroeg het, maar tegelijkertijd wist ik al wat het antwoord was.

'Granuaille. Grace. Jouw voorouder.' Hij hoestte en ik dacht dat hij erin bleef. Langzaam kwam hij weer op adem. 'James heeft een brief. Ik heb hem een tijdje geleden geschreven, voor jou. Daar staat het in.' Opnieuw schoot hij in een hoestbui. Ik ondersteunde hem en kneep in zijn hand. Hij kneep niet terug. Alle kracht was weg.

'Niet meer praten pap. Ik lees de brief wel.' Ik legde mijn hoofd naast hem op het kussen, en wachtte tot hij in slaap dommelde. In stilte bleef ik liggen, zijn warmte voelend zo lang het nog kon.

De brief las ik toen ik weer thuis was na de gebruikelijke bijeenkomst in de pub na de begrafenis. Liam was als laatste vertrokken; dit afscheid zo relatief kort na het verlies van zijn oma viel hem zwaar. De lange warme knuffel die we elkaar gaven, de eerste na mijn terugkomst in het witte huis twee jaar geleden, was als een extra begrafenis: die van ons verleden. En het begin van een nieuwe verhouding tot elkaar voor in de toekomst. Driemaal raden trouwens wie in de pub alle boterhammen naar binnen had geschrokt. Wel met glanzende oogjes, dat dan weer wel.

Ik had me gesetteld voor de haard. James had me alleen gelaten. Dit moest ik in mijn eentje doen. Het geknapper van het vuur vermengde zich met de geluiden van de wind die huilde zoals mijn hart huilde. In de brief las ik wat ik al die tijd al vermoedde.

Grace O'Malley had, zo schreef mijn vader, tussen haar twee huwelijken in een verhouding gehad. Niemand weet precies hoe en met wie. De naam Hubert de Lacy zong rond, maar dat was niet de man om wie het ging. Wie het ook was: er was een kind uit voortgekomen. Dat kind, een jongetje genaamd Cathal (wat 'grote krijger' betekent), werd bij een voogd in huis geplaatst. In die tijd was een onwettig kind niet handig, zeker niet voor een vrouw als Grace, die in feite een mannenleven leidde. Een kind onder de hoede van een voogd plaatsen was niet ongebruikelijk in vroegere tijden; met een zoon uit een van haar huwelijken deed ze hetzelfde. Op latere leeftijd, toen Grace dicht bij de dood was, wilde ze haar onwettige kind, net als haar wettige kinderen, iets nalaten. Ze verborg een nalatenschap op een eiland, het fameuze Hy Brazil, en liet een brief achter met aanwijzingen over de verstopplaats, samen met een gedroogde bloem die ze ooit meenam van het eiland en een sleutel. Door onbekende omstandigheden duurde het tientallen jaren voordat het document in handen van de nakomelingen kwam. En in de jaren die volgden begon ook de jacht op de brief, de bloem en de sleutel. Een jacht die werd uitgevoerd door de wettige erfgenamen uit haar laatste huwelijk, die meenden dat alleen zij recht hadden op die verborgen erfenis waarover de geruchten gonsden en in de loop der jaren alleen maar toenamen.

Niemand weet de naam van de man met wie Grace haar zoon Cathal kreeg. Het enige, zeer magere, bewijs is het doorgeven van de nalatenschap. Een nalatenschap die onbereikbaar is omdat het eiland onvindbaar is. Een sprookje met een wurgcontract, daar leek het nog het meeste op.

Ik wist niet hoeveel waarde ik aan die brief moest hechten. In een PS schreef mijn vader dat het originele document van Grace achter het schilderij verborgen zat. Achter het zeezicht met een vaag eiland. Natuurlijk was dat niet zo; in de kluis lag alleen nog mijn mapje met adoptiepapieren. Verder niets meer. Mijn vader was al een tijdje ziek en soms dacht ik dat hij de wereld om hem heen niet meer helder beschouwde. Wie weet waren er verhalen in zijn hoofd door elkaar gaan lopen en was deze fantasie eruit gerold. Zoals hij in die laatste maanden ook Hy Brazil gereconstrueerd had op basis van de muurschilderingen in de abdij. Honderden schetsen heeft hij me nagelaten van een plek die niet bestaat. Het maakt niet uit. Voor hem was het echt.

Was het allemaal waar, was mijn vader de hoeder van dat grote geheim geweest? Waren we onwettige afstammelingen van een van de grootste vrouwelijke piraten uit de geschiedenis? Ik had geen idee. Maar ik had genoeg meegemaakt in die maanden waarin we half Ierland doorkruisten om te geloven dat er in elk geval iéts aan de hand was.

En nu was mijn vader eindelijk thuisgekomen. Hij lag bij zijn geliefde Josie in het graf. Hun beider namen, eindelijk weer naast elkaar. De brief ging mee het graf in, dat leek me gepast. Zijn geheim, zijn leven.

Ik heb pas na de dood van mijn vader de mails van Josie aan Trevor gelezen. Er stond weinig bijzonders in. Ze zat op een spoor, maar had geen idee. Net als ik in die tijd eigenlijk. Het is oneindig triest dat ze stierf voordat ze erachter kon komen. Voordat ze kon weten dat mijn vader, haar grote liefde, wél van haar hield, haar in zijn hart droeg zoals zij hem. Elke dag dat ik naast James wakker word ben ik me bewust van ons geluk. We zijn bij elkaar, we weten van onze wederzijdse liefde, we hoeven niet te vluchten of geheimen te dragen. En mocht op een dag de ellende weer beginnen omdat iemand denkt dat er toch nog wat te halen valt, dan weten we beiden hoe het zit.

Naarmate de jaren zullen verstrijken, zal de hele geschiedenis steeds meer als een droom gaan voelen, tot we op een dag niet meer met zekerheid durven te beweren dat het echt gebeurd is. Voor mij maakt het niet uit. Leven gaat niet om waar of niet waar, maar om hoe je het tot je neemt. Ik heb zoveel gewonnen. Ik heb ervaren dat er mensen zijn zoals mijn vader, die bereid zijn een hoge prijs te betalen voor de vrijheid en het geluk van een ander. Van mij, in dit geval. De ouders die me in Nederland opgevoed hebben, hebben iets soortgelijks gedaan: ze hebben mij al hun liefde gegeven om mij te beschermen. Dat is onbetaalbaar. En *last but not least*: ik heb zelf de liefde gevonden. Niet een liefde zoals die met Mark (God, dat voelt als een eeuwigheid geleden, een ander leven), maar een liefde op zijn puurst. Liefde met een grote L waar een prachtig geschenk uit is gekomen: kleine Grace Josie Ryan.

Of Pirate Queen Grace blij zou zijn geweest met deze afloop? Dat weet ik niet. Maar ik kan me niet voorstellen dat ze een eeuwenlange strijd tussen haar nageslacht voorzag en een deel van die nakomelingen daarmee een bestaan onder de radar had gegund. Een bestaan vol wantrouwen, angst en eenzaamheid. Dus. Wie het hebben wil, mag het hebben: de erfenis van Grace.

Dit is het, dit is mijn verhaal. Ik denk dat ik alles verteld heb, maar misschien ben ik af en toe een detail vergeten; pin me er niet op vast. Elk verhaal is het verhaal dat de verteller verkiest te vertellen. Als je James of Liam zou vragen hoe het allemaal is gegaan, dan zal het een ander verhaal zijn. In hoofdlijnen hetzelfde, maar op de details...

Kleine Grace lijkt op haar vader, inclusief de zonnesproetjes. Zij gaat nog heel wat Ierse harten breken. En nu ik toch afsluit, durf ik je nog te vertellen wat er kort na de uitvaart van mijn vader voorviel. Zie het maar als de uitsmijter.

Op een avond, Grace lag al te slapen, en James was naar de stal om zijn geliefde merrie te verzorgen, zat ik in de keuken. Eros lag aan mijn voeten te slapen. Ineens hoorde ik een geluid. Eros had het ook gehoord, hij stond op en begon zacht te piepen. Eerst dacht ik dat het de wind was. Vervolgens schoot heel kort de mogelijkheid door mijn hoofd dat die roodblonde kerel weer bezig was. Ik speurde om me heen, en toen zag ik hem. Het was lang geleden dat ik hem had gezien. Een geest zien is een wens, zoiets was het toch? Een aardige gedachte, maar hij stond er wel echt. Ik knipperde met mijn ogen, ik keek de andere kant op en weer terug. Het hielp niet. Opa Blauwoog stond glimlachend in de deuropening. Het was als een déjà vu, als die keer dat hij verscheen en mij op de sleutel wees in de keukenkast, die naar de kluis achter het schilderij leidde. Dat moment waarop ik ontdekte wie ik eigenlijk was, en waarmee mijn leven voor altijd veranderde.

Voor mijn gevoel bleef hij een eeuwigheid staan, ik werd er ongemakkelijk van. Wat wilde hij? Pas toen ik opstond en een stap in zijn richting deed, want ik kreeg de onbedwingbare behoefte om aan hem te gaan voelen of hij echt was, bewoog hij. Hij hield stil bij het schilderij, en tikte er geluidloos tegenaan. Wat nu weer? Ik kende de plek van de kluis. Zijn hoofd schudde en hij tikte opnieuw. Las hij mijn gedachten? Ik deed een stap terug. Hij tikte weer, dringender. En in mijn hoofd hoorde ik een stem die fluisterde: achter het schilderij. Jezus. Ik werd gek, dat moest het zijn. Ik snelde naar de tafel terug om mijn camera te pakken. Deze keer zou ik hem vastleggen op beeld. Maar helaas, toen ik de lens op de gang richtte was hij verdwenen. Shit. Ik legde de camera terug en liep naar het schilderij. Met twee handen haalde ik het van het haakje. De kluis was gesloten, natuurlijk. Ik bekeek het schilderij. Achter het schilderij, resoneerden de woorden. Achter het schilderij. Ik draaide het om en bekeek de achterkant. Verrek. Het leek...

Op dat moment kwam James binnenlopen. Hij wilde iets zeggen, maar ik schudde mijn hoofd en mompelde: 'Sst. Wacht.'

Verbaasd kwam hij naast me staan. 'Wat doe je?'

'Weet ik niet. Wacht,' herhaalde ik. Er zat iets achter een bruine

stof die er recent op bevestigd leek te zijn, met erachter een subtiele maar zichtbare verdikking. Nu begon de adrenaline zijn werk te doen. Ik stoof naar het aanrecht, pakte een mesje, legde het schilderij op tafel en sneed voorzichtig een zijde van de stof open. Met twee vingers voelde ik erachter. Er zat een stuk papier. Behoedzaam trok ik het eruit. Het was een witte envelop met mijn naam erop.

'What the...' *bracht James uit.*

Uit de envelop viel de droogbloem. Vervolgens kwam een dun perkamentachtig document tevoorschijn. Het oogde fragiel, en oud. Heel erg oud. Met de grootst mogelijke voorzichtigheid vouwde ik het open.

'Dat is Gaelic,' fluisterde James. Boven hoorde ik gehuil. Grace was wakker geworden. Ik staarde naar de vage, deels niet meer goed te lezen letters. Ik wist wat dit was. Zonder het te kunnen lezen wist ik het. Naast mij mompelde James, hij las zo goed als mogelijk de nog leesbare woorden hardop. Zijn vinger ging naar de laatste woorden onder aan het document. Er stond een naam. 'Grace O'Malley,' prevelde hij. 'Het is de brief van Grace.'

‘You’re only given a little spark of madness. You mustn’t lose it.’
– Robin Williams

Nawoord

Het schrijven van dit boek was een bijzondere ervaring. Voor het eerst stapte ik af van het schrijven van een thriller. Dat begon met het korte verhaal dat in de zomer van 2018 in tijdschrift *Flair* verscheen: 'Het witte huis'. Dat verhaal is uiteindelijk de start van dit boek geworden. Ik vond het heerlijk om over Maud te schrijven, en om het verhaal in een ander land dan Nederland te situeren. Ierland kwam bij toeval op mijn pad, en direct de eerste keer dat ik er was, werd ik verliefd. Ik ben er nu drie keer geweest, en heb het land in mijn hart gesloten. Voor mij is dit boek een beetje een ode aan dat prachtige land. Zee, kliffen, rust en ruimte, veel groen, en veel vriendelijke mensen. En, niet te vergeten: de pubs en de muziek!

Ik houd ook van Ierland vanwege de historie en de mythes. Het verhaal van Tír Na nOg en Hy Brasil vond ik zo mooi en wonderlijk dat ik het per se in dit boek wilde verwerken. En dan Grace O'Malley. De legende van deze machtige piratenvrouw raakte me. Ik heb me maandenlang verdiept in haar, en dat leidde tot de theorie die in dit boek onthuld wordt: Maud is een nazaat. In theorie zou het kunnen: Grace heeft ook in het echt een tot op de dag van vandaag onbekende minnaar gehad.

Het witte huis bestaat ook echt. Ik ben er geweest, en mocht zelfs binnenkijken. Ook het huisje waar Maud verblijft in West-Ierland bestaat, en de aardige eigenaar is ook echt.

Alle plekken die voorbijkomen, alle pubs en restaurants die ik noem: ze bestaan.

Ik wil nog mijn dank uitspreken naar drie mensen die mij geholpen hebben met wat praktische vragen die ik had: Michelle Power, Éadaoin Remli McGill de Mari en Laura Downey.

Ook veel dank aan redacteur Saskia van Schip, haar tips en scherpe blik hielpen het verhaal sterker en authentieker te maken.

En als altijd veel dank aan Riejanne Zwiers, inmiddels vaste proeflezer: ik ben er blij mee!

Natuurlijk veel dank aan het team van De Crime Compagnie! Ilse, Manon, Nikki, Sanne, Coby: ik ben iedere keer weer blij dat jullie mijn schrijfsels willen uitgeven.

En als laatste natuurlijk weer een enorme dankjewel aan het thuisfront. Mariska die schrijft betekent een Mariska die lange tijd met haar hoofd in andere werelden zit. Zonder jullie geduld en liefde zou dat zoveel zwaarder zijn. Mijn hoofd was bij het schrijven in Ierland, mijn hart altijd bij jullie, Nadia, William en Rob.

Mariska, april 2020

In februari 2021 verschijnt de
nieuwe thriller van Mariska Overman:

Noorderlicht

Vier mensen zoeken een slachtoffer.
Iemand moet dood. Dat hebben ze afgesproken.

Noor, Frode, Magnus en Katja hebben elkaar ontmoet op een online literair forum. Een van hen had een idee. Nu bevinden ze zich op een zeilschip in de ijzige winterkou van Noorwegen. Net als de andere passagiers zijn ze op zoek naar het befaamde noorderlicht. Maar ze zijn ook op zoek naar een slachtoffer: iemand moet dood. Dat is wat ze hebben afgesproken. Maar zo simpel blijkt het niet te zijn.

Genoten van dit boek? Dan vind je vast de andere boeken van De Crime Compagnie ook leuk! Onze boeken zijn te herkennen aan de kleine doodskopjes op de achterkant.

Enkele van onze titels zijn:

Loes den Hollander – *Toen ik dood was*
Linda Jansma – *In eigen hand*
Marelle Boersma – *Terug naar Cornwall*
Angelique Haak – *Nooit meer alleen*
Carmen Prins – *Carmens Kookpunt*
Marijke Verhoeven – *Onder invloed*
Heleen Smit – *Op het verkeerde moment*
Anna West – *Het spel van leugens*

Kijk voor meer informatie ook op www.crimecompagnie.nl.